Amélie Duval

Gegen jede Vernunft

New Orleans Blues 1

Montlake
Romance

Das Buch

Die schöne Elinor Page findet nichts aufregender als Zahlen – denn, wenn man sie richtig liest, bergen sie dunkle Geheimnisse, die die erfolgreiche Steuerprüferin nur zu gern ans Tageslicht befördert. Als sie zum Anwesen von Kane Deveraux geschickt wird, sind all ihre weiblichen Instinkte in höchster Alarmbereitschaft. Denn der prominente Geschäftsmann Deveraux ist nicht nur einer der heißesten Männer, mit denen Elinor je zu tun hatte, er gilt als skrupellos. Man sagt ihm sogar Verbindungen zum organisierten Verbrechen nach.

Elinor kann es kaum abwarten, seine Bücher genau unter die Lupe zu nehmen. Doch im Hause Deveraux läuft nicht alles nach Plan: Zwischen dem geheimnisvollen Kane und der zurückhaltenden Elinor knistert es gewaltig, und als ein Sturm die Straßen unpassierbar macht, muss Kane Elinor wohl oder übel ein Bett für die Nacht anbieten …

Die Autorin

Amélie Duval ist gebürtige Französin. Sie studierte in Deutschland Sprach- und Literaturwissenschaften und arbeitete in einem Frankfurter Verlag sowie in der Werbebranche.

Seit 2008 ist sie als Autorin tätig und schreibt hauptsächlich im romantischen Genre. In ihren Liebesromanen erzählt sie gefühlvolle, spannende und prickelnde Geschichten. Mit ihrer Bestsellerreihe »L.A. Guards« begeisterte sie bereits über hunderttausend Leser.

Amélie Duval

GEGEN JEDE VERNUNFT

New Orleans Blues

Roman

Montlake Romance

Deutsche Erstveröffentlichung bei
Montlake Romance, Amazon Media EU S.à r.l.
5 Rue Plaetis, L-2338 Luxemburg
November 2018

Umschlaggestaltung: zero-media.net, München
Umschlagmotiv: © ImagesBazaar / Getty; © Irina Bg / Shutterstock;
© KaiMook Studio 99 / Shutterstock
Lektorat und Korrektorat: Verlag Lutz Garnies, Haar bei München,
www.vlg.de
Gedruckt durch:
Amazon Distribution GmbH, Amazonstraße 1, 04347 Leipzig /
Canon Deutschland Business Services GmbH, Ferdinand-Jühlke-Straße 7,
99095 Erfurt /
CPI books GmbH, Birkstraße 10, 25917 Leck

ISBN 978-2-919-80451-1

www.montlake-romance.de

Für meine Freundin Conny

Prolog

Nur wenige Hundert Meter vom Mississippi entfernt, der sich träge durch die Stadt schlängelt, befindet sich ein kleiner Laden, eingebettet im Parterre eines viktorianischen Hauses mit weißem Stuck und schmiedeeisernen Gittern vor den Fenstern. Schon die eindrucksvolle Klingensammlung im Schaufenster lässt vermuten, dass sich im Innern eine echte Kuriosität verbirgt. Was an einem Ort wie New Orleans mit seinen Voodoo-Shops und Boutiquen für Vampirbedarf und Wahrsagerei etwas heißen soll!

Das *Marcello's* ist nicht nur einer der exklusivsten Herrensalons der Stadt, sondern auch ein »Eldorado für den Mann von Welt«, wie der Inhaber und Meisterbarbier Antoine Archer nicht müde wird zu betonen. Sei es irischer Whiskey, Guinness vom Fass, die aktuelle Ausgabe vom *Playboy* oder eine frische Rasur: Die Herren der Schöpfung müssen hier nichts entbehren, und das bereits seit einem knappen Jahrhundert. In den Fünfzigerjahren, als der Laden einfach nur *The Barber Shop* hieß, war Carlos Marcello, der bekannteste Mafioso von New Orleans, hier Stammgast. Betritt man heute den Laden, scheint kein Tag seitdem vergangen zu sein. Die Stühle sind Vintagemodelle der Edelmarke Koken, die alten Spiegel und Theken bergen unzählige Geschichten. In einer Vitrine sind die Gamaschen ausgestellt, in denen Marcello steckte, als er im Winter 1958 von einem Konkurrenten auf offener Straße niedergestreckt wurde. Im Verlauf der Rasur, die wie zu Zeiten des Mafioso mit Schaum, Pinsel und Rasierriemen aus Rindsleder vollzogen wird, gluckert leise der Jazz aus den Lautsprechern, während der an der Decke befestigte Ventilator für etwas Kühlung sorgt. Wer sich in Archers meisterhafte Hände begibt, lässt sich nicht lumpen. Dafür gibt es den edlen Tropfen für den Gaumen, das niveauvolle Gespräch oder die kubanische Zigarre im holzgetäfelten Hinterzimmer inklusive.

An diesem Vormittag ist im Salon nur ein einziger Kunde, was für sich genommen ungewöhnlich wäre, hinge da nicht ein GESCHLOSSEN-Schild an der Tür. Der Mann, der sich eben frisch rasiert aus dem Friseurstuhl hievt, schätzt seine Privatsphäre. Ungeachtet der schwülen Julihitze, die die zahlreichen Touristen in den Gassen des French Quarter gequält aufstöhnen lässt, trägt er einen dunkelgrauen Anzug mit Weste, dazu ein am Kragen offenes schwarzes Hemd ohne Krawatte. Seine Garderobe komplettieren glänzende dunkelgraue Schuhe mit Lyralochung und dezentem Rautenmuster. Selbstverständlich maßgeschneidert. Bis auf einen schweren Siegelring am rechten Ringfinger trägt er keinen Schmuck, nicht einmal eine Uhr. Sein Haar ist kurz geschnitten, sein Kinn glatt. Der Mann hält nichts von Hipsterbärten oder Man-Buns, dem neumodischen Dutt für Männer.

Als er seine Brieftasche zückt, weicht Antoine Archer, der zu seinem Leidwesen mit einem kahlen Schädel geschlagen ist, was er durch einen imposanten Schnauzbart zu kompensieren versucht, zwei Schritte zurück. Obwohl der Mann seit zwei Jahren jeden Donnerstag bei ihm erscheint, ohne dass es je zu einem Zwischenfall gekommen wäre, jagt ihm dieser eine Heidenangst ein. Dessen rabenschwarze Haare sowie das scharf geschnittene Gesicht mit dem gebräunten Teint und den hellen

Augen verraten die Cajun-Herkunft. Die Mutter stammt aus dem Sumpfgebiet im Westen, wie Archer wohl weiß. Von seinem kreolischen Vater hat der Stammkunde die hohe Statur und die unerwartet schmale Nase geerbt, die Anhänger der *bon vieux temps*, der guten alten Zeit, von denen es in New Orleans nicht wenige gibt, als aristokratisch bezeichnen würden. Wäre da nicht die Narbe auf seinem Nasenrücken – wie von einer scharfen Klinge –, die ihm ein brutales Aussehen verleiht.

Sein gezeichnetes Antlitz lässt den Mann älter aussehen als vierunddreißig Jahre, aber nicht sein Äußeres entsetzt den Meisterbarbier, sondern die Geschichten, die sich um ihn ranken.

»Mister Archer!«, holt ihn dessen ungehaltene Stimme in die Gegenwart zurück.

»Natürlich, Sir«, sagt der Barbier und springt hastig hinter die Kasse, um dem Mann das Wechselgeld zu geben. Dieser zahlt immer bar. »Entschuldigen Sie.«

Ein kurzes Nicken ist die Antwort.

Gern würde er diesen Stammkunden loswerden, aber mit welcher Begründung? Der Mann hat ihm nie einen Anlass geliefert, die Cops zu rufen oder ein Hausverbot zu erteilen. Etwas zu erfinden, würde ihm nicht im Traum einfallen. Denn mehr als die wöchentlichen Besuche ängstigt den Barbier die Vorstellung, den Zorn des Mannes zu entfesseln.

Nachher ende ich als Krokodilfutter in irgendeinem Tümpel, fährt es ihm durch den Kopf.

Entsprechend erleichtert ist er, als sein Kunde den Laden verlässt und die Tür hinter ihm ins Schloss fällt. Bevor er das GESCHLOSSEN-Schild entfernt, geht Archer ins Hinterzimmer und genehmigt sich zur Nervenberuhigung einen kleinen Schluck Kilbeggan-Whiskey. Wie jeden Donnerstag um diese Zeit.

Draußen blickt sich der hochgewachsene, frisch rasierte Mann prüfend um, bevor er sich in Bewegung setzt. Im selben Moment startet auf der anderen Straßenseite ein schwarzer BMW mit abgedunkelten Scheiben den Motor. Die Wolken hängen schwer über der Stadt, es riecht nach Regen, was eine Gruppe von japanischen Touristen dazu veranlasst, in einen nahe gelegenen Schirmladen mit dem blumigen Namen *Le Beau Parapluie* einzufallen. *Man kann in New Orleans auch nicht erwarten, dass es regnet*, denkt der Mann verächtlich, während er die Straße überquert, um zu dem wartenden BMW zu gelangen. Doch statt nach der Klinke der Beifahrertür zu greifen, stockt er kurz und wirbelt dann unvermittelt herum. Vor ihm steht eine spindeldürre alte Frau mit einem Gesicht wie eine verschrumpelte Pflaume. Ihr wadenlanges Kleid ist mit bunten Perlen bestickt, um ihren Hals baumelt ein *Gris-gris*, ein Talisman in Form eines grob zusammengenähten Lederbeutels, der mit Muscheln verziert ist. Der zerfledderte Strohhut und die schmutzigen Füße in den Flip-Flops runden das Bild ab. Das ideale Fotomotiv. Die japanischen Touristen wären begeistert.

»Was willst du?«, herrscht der Mann die alte Frau an.

»Begrüßt man so eine Freundin?« Ihre Stimme rasselt wie Nägel in einer Blechdose.

»Seit wann sind wir Freunde, Lavinia?«

»Stimmt, mein Fehler.« Als sie die Lippen zu einem Lächeln verzieht, offenbart sie eine Reihe gelb verfärbter Zähne. »Du hast keine Freunde.«

»War's das?« Der Mann macht Anstalten, in den Wagen zu steigen.

»Lass mich dir aus der Hand lesen«, sagt sie rasch. »Das letzte Mal ist Jahre her.«

»Ich wüsste nicht, dass ich ein Abo abgeschlossen hätte«, kommt es schneidend zurück.

»Ich sorge mich eben um dich.«

In die Augen des Mannes tritt ein kaltes Funkeln. »Natürlich.«

»Willst du nicht wissen, wie deine Zukunft aussieht?«

»Das weiß ich bereits.«

Bevor er reagieren kann, hat sie seine rechte Hand gepackt. Ihr Griff ist überraschend fest. Als der Fahrer des BMW Anstalten macht, sich einzumischen, gibt ihm der Mann mit einer knappen Geste zu verstehen, dass er wieder einsteigen soll.

»Schon sehr bald wird ein feuerspeiender blonder Engel aus dem Norden an deine Tür klopfen«, sagt die alte Frau mit starrem Blick auf die Handfläche des Mannes. Ihre Stimme klingt heiser und unheilvoll.

»Meinst du Lily aus dem *Showcase Gentlemen's Club*?«, spottet der Mann. Gemeint ist ein bekannter Stripklub in der Broad Street im Norden der Stadt. »Damit kann ich leben.«

Ein Blick aus dunklen Augen trifft den Mann, finster wie die Nacht, was diesen nicht im Mindesten beeindruckt. Zartbesaitete Gemüter allerdings würden vermutlich noch lange von Albträumen geplagt werden.

»Reiß ruhig deine Witze!«, krächzt die Frau. »Aber selbst du wirst nicht verhindern können, dass sie dich in tiefe Verzweiflung stürzt …«

»Also doch eine Frau«, wirft der Mann ein, der langsam ungeduldig wird.

»Natürlich!«, kommt es triumphierend zurück. »Eine Kämpferin mit einem messerscharfen Verstand und einer reinen Seele, die dein schwarzes Herz mit der Flamme der Rechtschaffenheit zu Asche verbrennen wird. Sie wird dich für deine Sünden büßen lassen, und je größer deine Qualen sein werden, desto mehr wirst du ihr verfallen. Du wirst winseln wie ein Hund.« In einer theatralischen Geste reißt sie die Arme hoch. »Und du wirst im Höllenfeuer enden!«

Der Mann schnaubt verächtlich, dann kramt er seine Brieftasche hervor. »Eines muss man dir lassen, Lavinia, du weißt dein Publikum zu unterhalten.« Er zieht einen Hundert-Dollar-Schein hervor. »Hier, für deinen Erfindungsreichtum.«

»Hochmut kommt vor dem Fall, *p'tit bonhomme*«, zischt die Frau ihn an, und er kann den Kautabak riechen, der zwischen ihren Backenzähnen hängt.

P'tit bonhomme. Kleiner Mann. So hat sie ihn früher genannt, wenn er Brennholz in ihre Hütte geschleppt hat, um sie gnädig zu stimmen. Als Kind hat er sich beim Anblick der verrückten alten Hexe aus dem Bayou fast in die Hosen gemacht, doch das war in einem anderen Leben. Heute ist er derjenige, der andere das Fürchten lehrt, was ihm wesentlich besser behagt. Unter trägen Lidern fixiert er die alte Frau. Zumindest ist sie clever genug gewesen, ihre Äußerung im Flüsterton vorzubringen, damit niemand anderer sie hören kann. Andernfalls würde sie nicht so glimpflich davonkommen.

»Du willst mein Geld also nicht?«, fragt er in einem gedehnten Tonfall.

Mit einem giftigen Blick reißt sie ihm den Schein aus der Hand. »Ich freue mich schon darauf, zuzusehen, wie sie dich auf kleiner Flamme röstet.«

»Du lässt auf deine alten Tage nach, Lavinia«, entgegnet der Mann abfällig und steigt in den Wagen. »Engel interessieren mich nicht.«

Mit diesen Worten schlägt er die Tür zu, und der schwarze BMW gleitet langsam davon.

Mit loderndem Blick schaut ihm die alte Frau hinterher. »Das werden wir ja sehen«, flüstert sie mit einem Kichern, das das junge Paar vor dem Schaufenster hinter ihr veranlasst, eiligst das Weite zu suchen.

Ein dicker Fisch

Eli

Und? Wie ist dein erster Schultag?

Schmunzelnd tippe ich die Antwort auf dem Handy ein: *Keine Ahnung. Ich sitze noch im Bus.*

Ah. Ein gelber Daumen. *Sag Bescheid, wenn die anderen Kinder dich ärgern, dann komme ich vorbei und mische den Laden auf.*

Mir entfährt ein lautes Lachen, und ich kann aus dem Augenwinkel sehen, wie mir die Frau auf dem Nachbarsitz einen irritierten Blick zuwirft.

Mein Held!, erwidere ich mit einem Smiley.

Eine laute Durchsage, die durch den Bus schallt, lässt mich aufhorchen.

Du, ich muss Schluss machen, tippe ich eilig ein. *Beim nächsten Halt muss ich aussteigen.*

Alles klar! Viel Glück, Eli.

Danke, großer Bruder. xxx

Auch wenn Stephens Worte als Witz gemeint sind, glaubt er immer noch, mich vor der bösen Welt da draußen beschützen zu müssen. Früher hätte ich ihn dafür an die Wand klatschen können, heute wird mir bei dem Gedanken warm ums

Herz. Obwohl uns vier Jahre trennen, halten uns manche für Zwillinge, was daran liegen mag, dass wir beide blaue Augen und Pferdehaare haben. *In der Farbe von reifem Weizen in der Abendsonne.* Nicht meine Worte, sondern die unserer Mutter, einer hoffnungslosen Romantikerin und glühenden Anhängerin der englischen Literatur. Stephen und ich wurden nach berühmten Romanfiguren benannt, selbst unser Terriermischling Heathcliff blieb nicht davon verschont. Doch während mein Bruder mit einem blauen Auge davongekommen ist, meinte es Mom mit mir besonders gut. Getauft wurde ich auf den Namen Bathsheba Agnes Elinor Page. Das muss man sich einmal auf der Zunge zergehen lassen!

Wenige Tage nach meinem dreizehnten Geburtstag fand anschließend ans Abendessen eine tränenreiche Auseinandersetzung zwischen mir und Mom statt, die die beiden Männer in unserer Familie veranlasste, das Weite zu suchen. Stephen stattete seinem Freund einen spontanen Besuch ab, während Dad in sein Arbeitszimmer flüchtete, um Hausaufgaben zu korrigieren. Ich kämpfte wie eine Löwin, damit Elinor –aus meiner Sicht das kleinere Übel – mein Rufname wird. In der Schule war mein Vorname eine Steilvorlage für Spott und dumme Sprüche, und ich war der festen Überzeugung, dass davon mein ganzes späteres Glück abhängen würde. Mein beruflicher Werdegang, die Zusammensetzung meines Freundeskreises, selbst die Gründung einer Familie – welcher vernünftige Mann würde eine Frau namens Bathsheba heiraten wollen? Ich sah mich schon als verbitterte alte Jungfer, die Kindern anderer Leute Nachhilfe in Mathematik geben würde. Angesichts meiner offenkundigen Verzweiflung gab Mom schließlich nach. Für mich bestand also Hoffnung.

Die ruckartige Bremsbewegung des Busses reißt mich aus meinen Erinnerungen. Hastig springe ich von meinem Sitz auf und laufe zur Tür, die sich in diesem Moment mit einem

Zischlaut öffnet. Draußen auf dem Bürgersteig bleibe ich wie angewurzelt stehen, meine braune Ledertasche fest gegen die Brust gepresst. Überwältigt sehe ich mich um. Ich befinde mich im Herzen des Geschäftsbezirks von New Orleans. In meinem Rücken wölbt sich *The Dome* wie ein überdimensionaler Bagel. Die Veranstaltungshalle bietet Platz für mehr als siebzigtausend Zuschauer und war schon sieben Mal Austragungsort des Super Bowl. Vor mir ragen Wolkenkratzer in die Höhe. Türme aus Stahl und Beton, die die Palmen am Straßenrand winzig erscheinen lassen. Männer und Frauen in grauen Anzügen und mit Kaffeebechern von *Starbucks* oder *PJ's Coffee* gewappnet, eilen zu den Eingängen. Mein Augenmerk fällt auf das knapp achtzig Meter hohe Gebäude vor mir, dessen Glasfassade im Zickzack gefaltet zu sein scheint. Ein Sonnenstrahl verfängt sich in einem Fenster, und ich muss blinzeln.

1555 Poydras.

Mit klopfendem Herzen passiere ich die Poller aus Beton, durchquere den kleinen Vorplatz und steuere auf den doppelflügligen Eingang zu. Die Wolkenkratzer in New Orleans mögen bei Weitem nicht so hoch und zahlreich sein wie in anderen amerikanischen Großstädten, weil die Stadt auf Sumpfland erbaut wurde. Dennoch reichen sie aus, um ein Mädchen aus der Provinz mächtig zu beeindrucken. Was für ein Kontrast zu dem dreistöckigen Bürogebäude in Monroe, meiner Geburtsstadt, wo ich die letzten fünf Jahre gearbeitet habe! In der Lobby geht es zu wie auf dem Bahnhof. Die medizinische Fakultät der Tulane University teilt sich die zweiundzwanzig Etagen mit Firmen jeglicher Couleur und einigen Regierungsbehörden.

Meine Augen tasten die Orientierungstafel ab und werden fündig. Ich muss in die zweite Etage, also nehme ich die Treppe. *Jeder Schritt zählt.* Oben angekommen, werfe ich noch einen schnellen Blick in meinen Handspiegel. Kein verrutschter

Kragen, keine verschmierte Wimperntusche, und der dicke lange Zopf sieht nach wie vor ordentlich aus, soweit ich das erkennen kann. Ich atme tief durch, dann erst öffne ich die Glastür mit den drei magischen Buchstaben: IRS.

Dahinter verbirgt sich keine hippe Werbeagentur mit Typen in schwarzen Rollkragenpullovern und Designerbrillen, auch kein Architekturbüro in kühlem Design und mit Weltrenommee. Nein. Heute trete ich meine neue Stelle beim Internal Revenue Service an, der Steuerbehörde von New Orleans. Ich bin Steuerprüferin, und das aus Leidenschaft. Dad, ein Mathematiklehrer, war von meiner Berufswahl hingerissen. Mom weniger. Sie hatte wohl gehofft, ich würde einen kreativen Beruf ergreifen wie Stephen, der als freischaffender Naturfotograf arbeitet. Aber Zahlen faszinieren mich nun mal. Ich liebe es, mich darin zu verlieren, so paradox es für viele Menschen auch klingen mag. Für mich sind Zahlen nicht nüchtern oder kalt, sondern Anker und warme Decke zugleich.

Zahlen verhöhnen dich nicht. Sie skandieren nicht im Chor »Bathmath, Badematte!, Bathmath, Badematte!« auf dem Schulhof, um dann in hämisches Lachen auszubrechen. Sie traktieren dich nicht mit vagen Vorwürfen oder dramatischen Stimmungswechseln, und sie enttäuschen dich nicht. Niemals. Sie folgen nachvollziehbaren Regeln. Was nicht bedeutet, dass sie nicht hier und da kleine Überraschungen für dich bereithalten, um dich bei Laune zu halten. Warum ich nicht wie Dad Mathematik unterrichte, liegt auf der Hand. Mit Schulkindern im Allgemeinen verbinde ich keine angenehmen Erinnerungen. Ich war eine fleißige Schülerin, buk Kekse für den Wohltätigkeitsbasar und sang im Chor. Muss ich noch mehr sagen? In meiner Klasse gab es wohl niemanden, der uncooler war.

Warum ich beim IRS gelandet bin? Es mag naiv klingen, aber ich stelle mir gern vor, ein weiblicher Robin Hood zu sein.

Pro Jahr werden 250 Millionen Steuererklärungen eingereicht, gleichzeitig wurden in den vergangenen Jahren die Mittel drastisch gekürzt, was die Behörde zwingt, ihre Prüfungen auf die großen, lukrativen Fische zu beschränken. Wenn ich also jemandem auf den Zahn fühle, und darin bin ich wirklich gut, trifft es nicht die Supermarktangestellte, die sich zweimal die Woche als Kneipenbedienung schwarz etwas dazuverdient. Und auch nicht den Fabrikarbeiter, der nach Feierabend Taxi fährt. Nein, mir geht es um Banken und Unternehmen, die im großen Stil Gelder am Finanzamt vorbeischleusen.

Stephen sieht das natürlich anders. Er vertritt die Meinung, dass ich voyeuristisch veranlagt bin und gern in fremden Leben herumschnüffle, statt selbst zu leben. Was natürlich völliger Unsinn ist! Obwohl sich nicht ganz von der Hand weisen lässt, dass in Belegen und Rechnungen jede Menge Geschichten verborgen liegen, was auch den Reiz ausmacht. Vor allem, wenn man, wie ich, von Natur aus neugierig ist. Es kommt schon mal vor, dass ich mir anhand einer Restaurantrechnung vorstelle, was der Anlass für dieses Treffen gewesen sein mag, welche Menschen daran teilgenommen haben und wie der Abend wohl verlaufen ist … Wenn ich sie dann auf ihre Echtheit prüfe, haftet dem Ganzen schon etwas Detektivisches an.

»Warum bist du nicht Steuerfahnderin geworden? Das ist allemal sexyer als der langweilige Sesselpupserjob, den du jetzt hast«, hat mich Stephen einmal gepiesackt.

»Weil ich nicht Lara Croft bin«, habe ich erwidert und ihn damit zum Lachen gebracht.

»Nein, das bist du wirklich nicht.«

Obwohl ich es mir nicht habe anmerken lassen, war ich wegen seiner Bemerkung ein wenig pikiert. Schließlich bin ich kein Zuckerpüppchen! Allerdings lässt sich nicht von der Hand weisen, dass Steuerfahnder aus einem harten Holz geschnitzt sind. Sie sind diejenigen, die den Drogenschwarzmarkt trockenlegen, Geldwäscher identifizieren und finanzielle Unterstützung für Terroristen kappen – und zwar weltweit. Entsprechend umfangreich ist die Ausbildung, die zusammen mit Anwärtern des Secret Service absolviert wird. Sie beinhaltet Forensik, Interview- und Überwachungstechniken, selbst Grundwissen im Rechtswesen. Steuerfahnder müssen körperlich fit sein und dürfen nicht zögern, im Notfall von der Pistole Gebrauch zu machen. Und das ist der eigentliche Knackpunkt. Ich hätte nichts dagegen, die richtig bösen Jungs zu jagen, aber ich verabscheue Schusswaffen. Als ich noch klein war, habe ich auf dem Weg zur Schule einen toten Jugendlichen gesehen, dem man aus nächster Nähe in den Kopf geschossen hatte. Niemals werde ich den Anblick vergessen. Er lag mit verdrehten Gliedern auf dem Bürgersteig, sein Schädel war halb aufgerissen, sein Gesicht eine blutige Masse. Seitdem weiß ich, was ein großkalibriges Geschoss anrichten kann. Ich rühre die Teile nicht mit der Kneifzange an. Meine Waffen sind und bleiben das große Einmaleins und ein gespitzter Bleistift.

»Was kann ich für Sie tun?«, begrüßt mich die Frau am Empfang, als ich den Vorraum betrete. Sie trägt die dauergewellten blonden Haare kurz, eine Hornbrille verdeckt ihr halbes Gesicht.

»Guten Morgen«, antworte ich mit einem Lächeln. »Mein Name ist Elinor Page. Heute ist mein erster Arbeitstag.«

»Oh … ja … natürlich.« Die Züge der Frau entspannen sich ein wenig, während sie etwas in ihren Computer eintippt. »Ja. Hier habe ich Sie.« Sie sieht mich an. »Herzlich willkommen, Miss Page! Mein Name ist Rachel Miller. Ich bin für den Empfang und die Ausgabe von Arbeitsmaterial zuständig. Bitte folgen Sie mir.«

Sie steht auf und geht mit energischen Schritten voraus, einen langen Gang hinunter, von dem verschiedene Konferenzräume, Toiletten und die Garderobe mit abschließbaren Fächern abzweigen. Wir gelangen in ein weiträumiges, lichtdurchflutetes Großraumbüro mit zwanzig bis dreißig Arbeitsplätzen, das von emsigem Stimmengewirr erfüllt ist, was ein wenig an einen summenden Bienenschwarm erinnert. Während wir das Labyrinth aus Computerarbeitsplätzen und brusthohen Trennwänden durchqueren, fällt mir eine Sache auf: Obwohl so viele Menschen konzentriert auf einem Fleck arbeiten, herrscht eine heitere Stimmung, was vielleicht daran liegt, dass Familienfotos, bunte Kinderzeichnungen, Postkarten aus aller Welt, aber auch blühende Topfpflanzen den Raum mit fröhlichen Farbtupfern versehen. Der himmelblaue Teppichboden sowie eine breite Fensterfront mit Blick auf das Nachbargebäude geben den letzten Schliff.

Am Ende des Mittelgangs weist Rachel auf mehrere Kaffeemaschinen hinter einer Trennwand, die gurgelnd und zischend duftenden Kaffee in die Glaskannen stoßen.

»Unser Lebenselixier«, sagt sie mit einem Lächeln, das ich erwidere.

Ich folge ihr in ein kleines Büro mit dem Türschild »Viola Johnson, Human Resources«. Die Frau, die bei unserem Erscheinen hinter ihrem Schreibtisch hervortritt, ist eine elegante Erscheinung. Sie ist schlank, misst gut und gern 1,80 Meter, das eng geschnittene dunkelblaue Kostüm sitzt wie angegossen. Ihre Gesichtszüge sind ebenmäßig, die Augen leicht schräg. Die dunklen glatten Haare trägt sie streng nach hinten frisiert. Ein freundliches Lächeln umspielt ihre dunkelrot geschminkten Lippen.

»Sie müssen Elinor Page sein«, begrüßt sie mich. Und dann an Rachel gerichtet: »Danke, Mrs Miller.«

Nachdem die Empfangsdame das Büro verlassen und die Tür hinter sich geschlossen hat, fordert mich die Personalchefin auf, Platz zu nehmen. Es folgt die übliche Einführung, an deren Ende die Aushändigung eines Behördenausweises und der Schlüsselkarte fürs Büro steht. Nachdem ich die Empfangsbestätigung unterschrieben habe, geleitet mich Miss Johnson (sie trägt keinen Ehering) zu meinem neuen Arbeitsplatz mitten im Bienenstock. Ein hellbrauner Schreibtisch, ein Stuhl mit Rollen, ein Computer, ein kleiner Schrank für Büromaterial und persönliche Dinge, ein tragbares Telefon, eine Magnetwand, ein gelber Plastikbecher mit Markerstiften und Kugelschreibern, übereinandergestapelte Ein- und Ausgangsablagen und ein Tischkalender. Mein neuer Arbeitsplatz mag nicht viel hermachen, so eingezwängt zwischen drei Trennwänden, dennoch überkommt mich bei dem Anblick ein leises Kribbeln. Hier werde ich Großes vollbringen. Ich fühle es.

»Richten Sie sich in Ruhe ein«, sagt die Personalchefin. »Unter der Tastatur finden Sie das Eingangspasswort für Ihren Rechner. Sie sollten es so schnell wie möglich ändern. Wenn Sie Probleme haben, hier finden Sie die Nummer unserer IT.« Sie zeigt auf eine Telefonliste auf dem Tisch. »Zu den Programmen muss ich Ihnen ja nichts sagen. Es sind die gleichen wie in …« Sie runzelt die Stirn. »Wo haben Sie vorher gearbeitet?«

»Monroe, M'am.«

»Richtig. Und bitte nennen Sie mich nicht M'am.« Sie lächelt. »Viola reicht völlig. In einer Stunde haben Sie einen Termin bei Mister Garrett. Sein Büro befindet sich am Ende des Gangs.«

Ich nicke langsam, während ich meine Tasche absetze. Paul Garrett. Innerlich straffe ich mich. In Kürze lerne ich meinen neuen Boss kennen. Da ich auf eigenen Wunsch versetzt wurde, habe ich ihn nie kennengelernt. Es ist ja nicht so, dass ich mich persönlich hätte vorstellen müssen. Solche Dinge laufen übers Intranet des IRS.

»Na dann. Noch einmal herzlich willkommen!«, schließt Viola ab. »Und falls Sie Fragen haben, meine Tür steht immer offen.«

»Danke schön.«

Sie geht, und ich beginne, ein paar Dinge aus meiner Tasche zu fischen. Zunächst eine grandiose Unterwasseraufnahme vom Great Barrier Reef in Australien, die Stephen vor drei Jahren gemacht hat. Ich hefte sie mit einem Magneten an die Tafel. Dann hole ich meine Kaffeetasse hervor. Sie ist dunkelblau, und darauf steht in weißer Schreibschrift:

Ich bin
Matematiker
Mahtematiker
Mathematikker
gut im Rechnen.

Dad und Stephen haben sich schlapp gelacht, als ich ihnen meine neue Tasse gezeigt habe. Nur Mom, der die Sprache heilig ist, bedachte mich mit ausdrucksloser Miene. Die Retourkutsche kam postwendend. Eine Woche später trank sie ihren Kaffee aus einer Tasse mit der Aufschrift: *Ich mag Katzen kochen und stricken.* Und darunter: *Sei kein Irrer, verwende Satzzeichen!* Soll noch einer behaupten, Mom besäße keinen Humor! Die Erinnerung zaubert mir ein Lächeln aufs Gesicht.

»Hi!«, ertönt eine leise männliche Stimme.

Als ich aufblicke, entdecke ich einen dunkelblonden Wuschelkopf mit Bart und lächelnden blauen Augen, der um die Ecke lugt.

»Hi!«, antworte ich ebenso leise.

Daraufhin schiebt sich der Kopf samt Körper weiter in mein Blickfeld. Ich schätze den Mann, der grinsend aus seiner Bürozelle rollt, auf Anfang dreißig.

Er streckt mir die Hand entgegen. »Ich bin Ben. Ben Fisher, Sachbearbeiter für den Bereich Energie.«

»Ich heiße Elinor Page. Steuerprüferin.«

Er stößt einen leisen Pfiff aus. »Die Speerspitze unserer Behörde.«

Verlegen lächele ich. »Na ja, die Speerspitze sind eher die Special Agents von der Steuerfahndung.«

Ben verdreht demonstrativ die Augen. »Das sind doch alles nur aufgeblasene Idioten! Die mit ihren Knarren und Machosprüchen …«

Ich muss grinsen, verkneife mir aber eine Bemerkung für den Fall, dass wir belauscht werden. Ich will nicht gleich am ersten Tag jemandem auf die Füße treten.

»Kaffee?«, flüstert er.

Ben wird mir von Minute zu Minute sympathischer.

Während wir an den Kaffeemaschinen stehen, unterhalten wir uns mit leiser Stimme weiter, um die anderen nicht zu stören. Ich erfahre, dass Ben im Staat Washington geboren ist und seit drei Jahren beim IRS in New Orleans arbeitet. Die Liebe, die ihn hierhergeführt hat, ist Schnee von gestern, dafür hat es ihm die Stadt angetan, also hat er beschlossen zu bleiben.

»Wann bist du hergezogen?«, fragt er mich, nachdem ich ihm in knappen Sätzen von Monroe und meiner Familie erzählt habe.

»Vor einer Woche.«

»Erst?« Seine Augen leuchten. »Dann liegt das Abenteuer New Orleans noch vor dir.«

Ich lächele. »Ja.«

»Wenn du Fragen hast … nicht zögern. Ich kenne da ein paar coole Ecken. Vor allem kann ich dir sagen, welche Touristenfallen du am besten vermeiden solltest.«

»Gut zu wissen.«

»Ich habe übrigens auch einen älteren Bruder«, sagt er. »Ein richtiges Ekel.«

»Wieso? Was hat er angestellt?«

»Er ist Steuerfahnder.«

Ich schlage mir die Hand vor den Mund, um nicht laut loszuprusten. An meinem ersten Arbeitstag einen so fröhlichen und unterhaltsamen Kollegen wie Ben zu treffen, ist ein Segen. Ich spüre, wie ich mich immer mehr entspanne.

Zurück an meinem Schreibtisch, mache ich mich mit dem Computer vertraut und stelle fest, dass die Menüoberfläche mit der in Monroe identisch ist, was mir den Einstieg enorm erleichtern wird. Die Zeit vergeht schnell, und Punkt 9.29 Uhr mache ich mich auf den Weg zu Paul Garretts Büro. Ich bin gern vorbereitet, also habe ich mich im Vorfeld über meinen neuen Boss informiert. Geboren ist er vor sechsundfünfzig Jahren im Staat New York. Er ist geschieden, hat keine Kinder, dafür aber zwei Doktortitel. Er ist groß und stämmig mit rotblonden Haaren, die sich an den Schläfen lichten. Eine hohe Stirn, eng stehende Augen und schmale Lippen verleihen ihm Autorität. Entsprechend seiner Position trägt er an diesem Morgen Anzug und Krawatte. Sein Händedruck ist fest, sein Blick energisch. Er gehört zu den Menschen, in deren Gegenwart man sich instinktiv strafft, um einen bestmöglichen Eindruck zu machen. Oder anders ausgedrückt: Paul Garrett ist der geborene Leader, und es würde mich nicht wundern, wäre sein Aufstieg innerhalb der Behörde noch lange nicht zu Ende.

»Wir freuen uns, Sie an Bord zu haben, Miss Page«, sagt er, nachdem ich Platz genommen habe. »Ich habe nur Gutes über Sie gehört. Eine vorbildliche Mitarbeiterin. Zuverlässig und hartnäckig. Genau das, was wir hier brauchen.«

Seine Worte treiben mir die Röte ins Gesicht. »Danke, Sir.«

»Sie haben sich schon mit allem vertraut gemacht?«

»Ja. Miss Johnson war so freundlich, mir …«

»Fein, fein«, unterbricht mich Paul Garrett, als wäre er nicht wirklich an der Antwort interessiert. »Zum Einstand habe ich eine Herausforderung für Sie.«

Mein Herz macht einen Hüpfer. Ich kann es kaum abwarten loszulegen.

Er greift nach der blauen Akte, die vor ihm auf dem Tisch liegt. »Ein Geschäftsmann. Er besitzt unter anderem eine Schiffswerft und mehrere Immobilien.«

Ein dicker Fisch.

Meine Hände zittern vor Aufregung, als ich die Akte öffne, um einen Blick zu riskieren. Kane Antoine Deveraux, vierunddreißig Jahre alt, geboren in Lockport, Louisiana. Neben der bereits erwähnten Werft und den Immobilien im Zentrum besitzt er ein Luxushotel, ein vierzig Hektar großes Anwesen am Bayou Chevreuil und ein Stadthaus im Garden District, dem Nobelviertel von New Orleans. Darüber hinaus steht Kane Deveraux einer Stiftung vor, die seine Familie vor über fünfzig Jahren gegründet hat. Mein Blick fliegt über die Seite, bleibt schließlich an seinem Gesamtvermögen kleben. Die Ziffern beanspruchen fast eine halbe Seite.

Ein sehr dicker Fisch.

Ein Vermerk lässt mich stutzen. »Es gab in den letzten fünf Jahren zwei Prüfungen?«, frage ich mit gerunzelter Stirn.

Das ist ungewöhnlich. Statistisch gesehen werden Unternehmer dieser Größenordnung nur zwei- bis dreimal in zwanzig Jahren unter die Lupe genommen.

Paul Garrett nickt. »Wir glauben, dass Deveraux im großen Stil Steuern hinterzieht, vielleicht sogar Geldwäsche betreibt.« Er legt eine vielsagende Pause ein. »Ich möchte, dass Sie sich die Stiftung vornehmen. Vor drei Jahren hat er Vorstand und Kontrollorgan abgesetzt und steht jetzt allein an der Spitze. Seitdem wurden mehr als die Hälfte der gemeinnützigen Projekte eingestellt trotz eines Eigenkapitals von 32 Millionen Dollar.«

Ich nicke. »Was ist mit seinen anderen Geschäftszweigen?«

»Die Werft ist sauber. Wir haben sie bei der ersten Prüfung gründlich unter die Lupe genommen. Das Hotel ist verpachtet, die Immobilien vermietet, aber die Stiftung …« Er schaut grimmig. »Ich bin sicher, da ist etwas faul. Deshalb haben wir sie bei der letzten Prüfung vor einem Jahr gecheckt.«

»Und? Wurden Unregelmäßigkeiten entdeckt?«

»Nein, was aber nichts zu bedeuten hat.« Ein Schatten legt sich auf Paul Garretts Gesicht. »Die zuständige Beamtin hat nicht sauber gearbeitet. Ich will, dass Sie diesen Fehler ausbügeln. Zeigen Sie mir, dass Sie Ihrem Ruf gerecht werden.«

Ich spüre, wie meine Wangen erneut heiß werden. »Ja, Sir.« Energisch klappe ich die Akte zu. »Ich werde Sie nicht enttäuschen.«

»Seien Sie vorsichtig!«, gibt er mir noch mit auf den Weg, bevor ich sein Büro verlasse. »Kane Deveraux ist gerissen.«

»Wenn etwas nicht stimmt, finde ich es«, versichere ich mit fester Stimme.

Paul Garrett schenkt mir ein zufriedenes Lächeln. »Sehr schön. Genau diese Einstellung erwarte ich von meinen Leuten.«

Damit bin ich entlassen.

Mit der Akte in der Hand kehre ich zu meinem Platz zurück. Einige Kollegen nicken mir freundlich zu, und die Endorphine rauschen durch meine Adern. Schon lange habe ich mich nicht mehr so motiviert gefühlt.

»Und? Wie ist es gelaufen?«, fragt mich Ben, kaum dass ich sitze.

Im Bereich Energie scheint zurzeit nicht viel los zu sein.

»Ich habe einen Fall. Etwas Großes«, antworte ich, nicht ohne Stolz.

»Wer ist es? Welchem armen Teufel wirst du auf den Zahn fühlen?«, fragt Ben mit einem Grinsen.

»Der Mann heißt Kane Deveraux.«

Das Lächeln in Bens Gesicht bricht zusammen. »So ein Mistkerl!«, entfährt es meinem Kollegen.

Verunsichert starre ich ihn an. »Wen meinst du? Kane Deveraux?«

Er schüttelt heftig den Kopf und zeigt in die Richtung, aus der ich gekommen bin. »Ich meine unseren Boss da drüben.«

Mein Magen flattert leicht. »Warum sagst du das?«

»Weil heute dein erster Tag ist und du für ihn in eines der größten Wespennester stechen darfst, die wir hier haben.« Besorgnis liegt in Bens Blick. »Sagt dir der Name Kane Deveraux denn gar nichts?«

»Nein. Sollte er?«, frage ich, um Gelassenheit bemüht.

»Allerdings.« Er schaut sich um, bevor er sich nach vorne beugt, woraufhin ich es ihm unwillkürlich gleichtue. »Man nennt ihn auch ›The Gator‹ …«, verkündet er im Flüsterton.

Ich beiße mir auf die Lippen, um nicht loszukichern. »Soll das ein Witz sein?«

»Keineswegs.« Bens Miene ist ernst, und das unangenehme Gefühl in meinem Magen verstärkt sich. »Alligatoren gelten als äußerst zielstrebig. Sie weichen niemals von ihrem eingeschlagenen Weg ab und legen dabei eine außergewöhnliche Geduld an den Tag. Vor allem bei der Jagd.« Ben macht eine bedeutsame Pause. »Reizt man sie jedoch, kommt ihre brutale Natur zum Vorschein, und sie werden zu kaltblütigen Killern. Das alles trifft auf Kane Deveraux zu.«

Mir kommt ein Leitspruch in den Sinn, der in New Orleans bekannterweise gern beherzigt wird: Lass dir von der Wahrheit keine gute Geschichte vermiesen. Entsprechend groß ist meine Skepsis.

»Übertreibst du nicht ein wenig?«, erwidere ich mit einem kleinen Lächeln.

»Von wegen.« Ben senkt noch einmal die Stimme. »Die Familie Deveraux ist alt und einflussreich. Sie hat die

Stadt mitbegründet, was in New Orleans so etwas wie ein Ritterschlag ist. Kane Deveraux war sein Leben lang das schwarze Schaf, trotzdem steht er seit fünf Jahren an der Spitze des Familienunternehmens. Er hat die konkurrierende Verwandtschaft nach und nach ausgeschaltet. Seinen Onkel hat er durch dubiose Machenschaften in den Selbstmord getrieben, um anschließend dessen Geschäfte zu übernehmen. Seine gebrechliche Großmutter hat er aus ihrem Haus geworfen mit nichts als dem, was sie am Leib trug. Was seitdem aus ihr geworden ist, weiß niemand so recht. Vielleicht ist sie gestorben. Es kursiert das Gerücht, sie hätte bei ihrem Hinauswurf um das Leben ihres Beagles Roscoe gebettelt.« Kurze Pause. »Kane Deveraux hat den Hund erschossen, direkt vor ihren Augen …«

»Psst!«, ertönt es plötzlich aus der Bürozelle vor uns. »Es gibt Leute, die arbeiten müssen!«

Ben verdreht demonstrativ die Augen, dann schiebt er sich rückwärts in seine Zelle. Entsetzt starre ich auf die blaue Akte, die vor mir auf der Schreibtischplatte liegt. Eine arme alte Frau vor die Tür zu setzen, ist grausam, aber dann noch ihren Hund zu erschießen … Unbändige Wut steigt in mir auf. Ich bin von Natur aus ein friedfertiger Mensch, der vieles vergeben kann, aber so etwas ist mit nichts zu rechtfertigen! Unwillkürlich denke ich an Heathcliffs feuchte Schnauze in meinem Haar und an seinen liebevollen Blick, wenn wir früher miteinander geschmust haben, und balle die Fäuste. Alligator hin oder her: Diesem Kane Deveraux werde ich die Zähne ausreißen.

Arithmetisch betrachtet natürlich.

White Owl Mansion

Eli

Vier Tage später verlasse ich in aller Frühe New Orleans in westlicher Richtung. Im Kofferraum meines Wagens, eines roten Honda Accord, den ich vor zwei Jahren gebraucht gekauft habe, liegt eine Reisetasche mit Kleidung und Toilettenartikeln für mehrere Tage. Paul Garrett hat darauf bestanden, dass ich in der Sache Deveraux eine Außenprüfung durchführe, das gängige Verfahren bei Verdacht auf Steuerhinterziehung im großen Stil. Prüfungen vor Ort bieten die Möglichkeit, Buchführung und Belege auf ihre Richtigkeit zu checken, Personalakten einzusehen, Mitarbeiter zu befragen, die Anschaffung von Dienstwagen oder Einrichtungsgegenständen zu kontrollieren und, und, und.

Meine Hoffnung, »vor Ort« hieße in der Villa im Garden District, hat sich leider zerschlagen. Die Geschäftsräume der Deveraux-Stiftung befinden sich auf dem Familienanwesen im Bayou Chevreuil, sechzig Meilen westlich von New Orleans. Für die Prüfung wurden fünf Tage angesetzt. Weil ich am östlichen Stadtrand wohne und die einfache Fahrt fast zwei Stunden dauern würde, werde ich in einem Motel am Highway 307 übernachten, nur fünfzehn Autominuten von dem Anwesen entfernt.

Ich bin darüber nicht traurig. Das dreistöckige Reihenhaus aus rotem Backstein, in das ich kürzlich eingezogen bin, ist hübsch und mit den anderen Häusern durch eine gemeinsame Veranda und einen blühenden Vorgarten verbunden, doch in meinem Apartment herrscht noch das reine Chaos. Nicht nur, dass alles mit ungeöffneten Kartons vollgestopft ist, die Hälfte der Möbel fehlt. Die letzten Nächte habe ich auf einer Matratze auf dem Boden verbracht, weil das Bett noch nicht geliefert worden ist. Zu allem Überfluss befinden sich Teile meiner Garderobe immer noch in diversen Koffern. Da ziehe ich das Motel allemal vor.

Auf dem vierspurigen Highway Richtung Westen ist um diese Tageszeit nicht viel los, lediglich ein paar Trucks kreuzen meinen Weg. Rasch habe ich den Speckgürtel der Stadt hinter mir gelassen und fahre durch eine ebene, dünn besiedelte Landschaft. Weiden und Bäume säumen die Straße, vereinzelte Lagerhallen und Tankstellen durchbrechen die Eintönigkeit. Der weite Himmel über mir ist hellblau, doch in der Ferne durchzuckt Wetterleuchten die schwarzen Wolken, die sich über dem Golf von Mexiko aufgetürmt haben. An der Ausfahrt Thibodaux verlasse ich den Highway und begebe mich Richtung Norden, die Zivilisation hinter mir lassend.

Die Straße windet sich im Zickzackkurs durch das Marschland mit seinen aus dem Wasser ragenden toten Bäumen, an die sich der Nebel klammert. Mit jeder Meile verändert sich die Landschaft, wird üppiger, unwegsamer, weil sich immer mehr Bäume auf den Landstreifen im Sumpf gegenseitig den Platz streitig machen. Hin und wieder erhebt sich ein Graureiher von seinem Futterplatz und schwebt mit weiten Schwingen davon. Würde ich der gut ausgebauten Straße weiter folgen, wäre ich bald am Motel, doch weil keine Zeit mehr zum Einchecken ist, fahre ich direkt zum Anwesen der Deveraux.

Auf Höhe eines flachen Sees biege ich in einen Weg ein. Während ich den überschwemmten Wald durchquere, bewundere ich die blauvioletten Blüten unzähliger Lilien, die in dieser düsteren Umgebung leuchtende Akzente setzen. Im diffusen Licht vor mir taucht plötzlich eine Brücke auf. Obwohl sie stabil wirkt, knarzt das Holz unheilvoll, als ich darüberfahre. Aus dem Augenwinkel erspähe ich einen langen, dunklen Schatten im braungrünen Wasser. Und er ist nicht allein! Was, wenn die Brücke morsch ist und das Auto einbricht? Könnte ich mich schnell genug daraus befreien, bevor mich die Krokodile erwischen? Von mir bliebe nicht viel übrig, was beerdigt werden könnte, so viel ist sicher. Panisch ramme ich den Fuß aufs Gaspedal und sehe zu, dass ich den Abstand zwischen mir und den gefräßigen Reptilien vergrößere. Ich und meine blühende Fantasie!

Je tiefer ich ins sumpfige Terrain eindringe, desto unruhiger werde ich. Mein Blick schnellt wiederholt zum Navi. Irgendwo hier müsste ein Weg abgehen. Als ein Pelikan vorbeiflattert, bin ich so abgelenkt, dass ich die Abzweigung beinahe übersehen hätte. Im letzten Moment reiße ich das Lenkrad herum und biege links in einen etwas breiteren Weg ab. Nach einer Weile erreiche ich die Grenzen des Deveraux-Anwesens. Keine Mauer, kein hohes schmiedeeisernes Tor, nur zwei schlichte weiße Sockel, die die Zufahrt flankieren, sowie ein Schild mit der schnörkeligen Aufschrift *White Owl Mansion*.

Während ich weiterfahre, legt die Natur ihre Wildheit immer mehr ab, zwängt sich in ein von Menschen geschaffenes Korsett. Der Sumpf weicht blaugrünen Rasenflächen, durchbrochen von blühenden Magnolien und Azaleen. Moosbewachsene knorrige Eichen säumen den Anfahrtsweg zum Haus, während das Morgenlicht, das durch das dichte Blätterdach fällt, den Boden mit goldenen Sprenkeln überzieht. Die Moosflechten hängen in wilden Fetzen von den Ästen, als wären die Eichen in einen grünen Schleier gehüllt. Zwischen den Bäumen blitzt das Haus auf. Eine Südstaatenvilla, ganz in vornehmem Weiß gehalten, bestehend aus einem vorgelagerten Haupthaus, von dem sich zwei Flügel nach rechts und links erstrecken. Der rundum verlaufende Balkon wie auch das Vordach über dem Eingang werden von korinthischen Säulen getragen.

Hier geht wohl nichts ohne Säulen.

Würde in diesem Moment Scarlett O'Hara die imposante Treppe hinunterschweben, wäre ich nicht im Mindesten überrascht. Weiße Blumenkübel mit Rosen und Geranien grenzen den Kiesplatz vor dem Haus ein, und ich parke seitlich davon, nur einen Steinwurf vom Flaschenbaum entfernt. Solche »Geisterfallen« findet man überall in Louisiana. Die Bäume sind mit leeren Flaschen bestückt, vorzugsweise in Kobaltblau, weil die leuchtende Farbe die bösen Geister am zuverlässigsten anlockt. Diese verfangen sich in den Flaschen und werden so vom Haus ferngehalten. Im Garten meiner Eltern steht ebenfalls ein Flaschenbaum, wenn er auch nicht so protzig wie dieser hier ist.

Ich blicke auf die Uhr. Es ist zehn Minuten vor acht, also greife ich nach meiner braunen Aktentasche und steige aus dem Wagen. Der Juli ist einer der heißesten und zugleich regenreichsten Monate in der Region, und obwohl es noch früh ist, legt sich binnen kürzester Zeit die feuchte Hitze wie ein klebriger Film auf meine Haut. Mich stört es nicht. Auch wenn ich im Norden von Louisiana aufgewachsen bin, wo es nicht ganz so schwül ist wie hier, bin ich das Klima gewohnt. Ich trage eine weiße Chiffonbluse und eine beigefarbene Sommerhose, dazu einen schwarzen Blazer und halbhohe schwarze Pumps. Die ideale Montur, um deutlich zu machen, dass ich meinen Job ernst nehme. Ich trage keinen Schmuck und kein Make-up, dafür einen Strohhut mit einer weiß gepunkteten gelben Schleife, unter dem mein langer blonder Zopf hervorlugt. Ich selbst mag mit der Sonneneinstrahlung gut umgehen können, sie aber nicht mit mir. Zehn Sekunden in der prallen Sonne reichen schon aus, um mein Gesicht in eine überreife Tomate zu verwandeln.

Für den Fall, dass mich jemand vom Haus aus beobachtet, steige ich die Stufen energisch nach oben. Vergeblich suche ich nach einer Klingel, also betätige ich den schweren Türklopfer aus Messing. Während ich darauf warte, dass geöffnet wird, setze ich meinen Strohhut ab und hole meinen Behördenausweis hervor. Drinnen höre ich Schritte und straffe mich. Mein Gesichtsausdruck ist freundlich, aber bestimmt. Die Person, die kurz darauf die Tür öffnet, ist nicht Scarlett O'Hara, dafür aber mit viel Testosteron ausgestattet. Der Mann trägt ein hellblaues Polohemd, dazu eine weiße Hose und teure Slipper. Seine Haut hat die Farbe von Milchkaffee, seine Augen leuchten wie Smaragde in der Abendsonne. Seine Züge sind von solch perfekter Ebenmäßigkeit, dass es mir kurz den Atem verschlägt. Er ist der schönste Mann, den ich je in meinem Leben gesehen habe.

Du meine Güte! Bitte lass es nicht Kane Deveraux sein!

Nicht dass es eine Rolle spielen würde, natürlich nicht, aber trotzdem.

»Ja?«, fragt er mit wohltönender Stimme.

»Hi. Ich … äh …«, stammele ich und fuchtele etwas hilflos mit meinem Ausweis herum.

»Sie müssen die Steuerprüferin sein«, erwidert er mit einem patentierten breiten Lächeln, das zweifellos dem weiblichen Geschlecht vorbehalten ist.

Obwohl es mir bewusst ist, schließlich bin ich nicht auf den Kopf gefallen, kann ich mich der Wirkung nicht entziehen und erröte.

Ohne meine Antwort abzuwarten, macht er eine einladende Geste. »Bitte treten Sie ein, Miss Page. Es ist alles für Sie vorbereitet.«

Schon setzt er sich in Bewegung, sodass mir nichts anderes übrig bleibt, als ihm zu folgen. Der Mann bewegt sich mit der Eleganz einer Raubkatze, und ich kann nicht umhin, seine wohlproportionierte Gestalt zu bewundern.

Denk daran, was der Kerl seiner Familie angetan hat, Eli, und reiß dich verflucht noch mal zusammen!

Gewaltsam löse ich meinen Blick von dem Adonis vor mir und schaue mich um. Das Interieur ist wie erwartet luxuriös. Die große Halle zieren mehrere Kristalllüster, die Wände sind mit hellem Marmor ausgelegt, in der Mitte führt eine gewundene Treppe mit vergoldeter Brüstung ins obere Stockwerk. Das Sahnestück aber sind die beiden meterhohen klassischen Statuen, die den Treppenaufgang säumen. Hier wird wahrlich nicht gekleckert.

»Ein schönes Haus«, sage ich höflich, als wir im linken Seitenflügel einen Raum mit modernster Büroeinrichtung betreten, der irgendwie fehl am Platz wirkt.

Bei unserem Erscheinen dreht sich der Mann, der am Fenster gestanden hat, zu uns herum. Er ist groß, dunkelhaarig und trägt einen tiefschwarzen Anzug mit grauer Krawatte. In seinen Augen liegt keine Spur Wärme, als er mich mustert. Er strahlt eine unterschwellige Aggressivität aus, die durch die Narbe auf seinem Nasenrücken und den harten Zug um seinen Mund noch unterstrichen wird.

»Das Haus ist ein Drecksloch«, entgegnet er mit einer ungewöhnlich rauchigen Stimme. »Auf Hochglanz poliert zwar, nichtsdestotrotz ein Drecksloch.«

In dieser Sekunde wird mir mein Fehler bewusst. Der scharfe Tonfall, die feindselige Haltung … Das hier muss Kane Deveraux sein.

The Gator.

»Nur um die Sache klarzustellen«, erklärt er, bevor ich den Mund aufmachen kann. »Die Unterlagen der letzten drei Jahre liegen hier.« Er zeigt auf die Akten, die sich auf den Schreibtischen stapeln. Im weichen Morgenlicht, das durch das Fenster scheint, blitzt sein Siegelring kurz auf. »Mir wurde mitgeteilt, dass Sie fünf Tage brauchen werden. Schaffen Sie es in vier!« Seine Worte knallen wie Pistolenschüsse. »Sie laufen nicht durchs Haus, schnüffeln nicht herum. Ich will Sie nicht hören und erst recht nicht sehen. Das Thermostat befindet sich links von der Tür, nebenan finden Sie einen Waschraum mit Toilette.« Sein Kopf ruckt zu dem Mann hinter mir, gleichzeitig weist sein Finger auf einen roten Knopf, der in der Schreibtischplatte eingefasst ist. »Wenn Sie zwischendurch etwas brauchen oder eine Frage haben, rufen Sie nach Leroy. Guten Tag, Miss Page.«

Ohne mich eines weiteren Blickes zu würdigen, geht er an mir vorbei. Als sein Schatten auf mich fällt, erbebe ich innerlich. Mit einem Mal scheinen mir Bens Schauergeschichten realer denn je, gleichzeitig ist mein Kampfgeist geweckt. Als Steuerprüfer wird man selten mit einem roten Teppich empfangen, aber so barsch hat mich bisher noch keiner behandelt. Oh ja, wenn an Kane Deveraux etwas faul ist, finde ich es heraus. Auch in vier Tagen!

Während der nächsten Stunden arbeite ich mich durch Unmengen von Belegen und Rechnungen, auf dem Tisch neben mir steht ein Glas mit Eistee und Pfefferminzblättern, das Leroy so freundlich war mir zu bringen. Er ist der einzige Mensch, den ich in dieser Zeit erblicke. Im Haus herrscht Totenstille. Auf meine Frage, wo sich die beiden Verwaltungsangestellten befinden, die für die Stiftung arbeiten, antwortet er mir, sie seien im Urlaub.

»Beide gleichzeitig?«, will ich wissen.

»Sie sind ein Paar.«

Wie überaus praktisch.

Natürlich glaube ich nicht an einen Zufall. Es wäre nicht das erste Mal, dass fiktive Mitarbeiter angegeben werden, um zusätzliche Personalkosten von der Steuer abzusetzen.

»Ich muss sie sprechen«, sage ich.

»Sie sind nicht erreichbar. Firmenpolitik.« Leroy zwinkert mir schelmisch zu. »Turteltäubchen soll man nicht stören.«

»Sie werden eine Ausnahme machen müssen.«

Achselzucken. »Wir wissen nicht, wo sie sich aufhalten, tut mir leid.«

Der schöne Leroy büßt von Minute zu Minute immer mehr von seinem Charme ein.

»Und wann kommen sie zurück?«, will ich wissen.

»In zehn Tagen.«

»Schön, dann werde ich mit meinem Abschlussbericht so lange warten, bis ich mit ihnen gesprochen habe.«

»Wie Sie wollen, Miss Page. Noch einen Eistee?«

»Nein, danke«, antworte ich mit frostiger Stimme. Wenn es etwas gibt, was ich nicht ausstehen kann, dann ist es, für dumm verkauft zu werden.

Die Sache landet direkt auf meiner Bedenklichkeitsliste.

Gegen Mittag hole ich ein Käse-Schinken-Sandwich aus meiner Tasche, das ich in null Komma nichts verputze. Danach gönne ich mir ein Stück Schokolade. Während ich daran lutsche, um den Genuss in die Länge zu ziehen, schaue ich aus dem Fenster auf eine Rasenfläche, die durch einen breiten Kiesweg geteilt ist. Dahinter erheben sich Bäume und grünes Dickicht. Gerade als ich voller Bedauern das glänzende leere Papier zu einem Kügelchen zusammenknülle, fährt ein silberfarbener Sportwagen im Schritttempo vorbei. Kurz erhasche ich einen Blick auf den Fahrer. Es ist Kane Deveraux. Die Garage muss irgendwo hinter dem Haus sein. Was sich dort wohl noch befindet außer sündhaft teuren Luxusschlitten? Waffen?

Drogen? Schwarzgeld? Vielleicht hat er sie im Boden oder in der Wand versteckt. Wie gern würde ich mich auf dem Grundstück umsehen, aber leider sind mir die Hände gebunden. Meine Befugnisse beschränken sich auf die Geschäftsräume der Stiftung, also auf das Büro, in dem ich gerade sitze. Und ich werde den Teufel tun, die Prüfung durch einen Formfehler zu gefährden.

Das Geräusch eines aufheulenden Motors verrät mir, dass der Sportwagen das Anwesen verlässt. Hoffentlich bricht die Holzbrücke ein. So ein Sportwagen wiegt doch einiges, oder nicht? Bleib sachlich, weise ich mich in die Schranken und ziehe den nächsten Beleg aus der Klarsichthülle. Nichts in dem großen, ruhigen Haus stört meine Konzentration, und der Nachmittag verfliegt im Nu. Um fünf Uhr packe ich meine Sachen zusammen und mache mich auf den Weg ins Motel. Leroy, der, wie ich in Erfahrung gebracht habe, als Chauffeur und Privatsekretär fungiert, bringt mich zur Tür.

»Einen schönen Abend, Miss Page«, verabschiedet er mich und schaut mir dabei tief in die Augen.

»Ihnen auch, danke«, antworte ich kurz angebunden und sehe zu, dass ich zu meinem Wagen komme.

Die Fahrt ins Motel verläuft ohne Probleme. Inzwischen ist die Landschaft um mich herum in goldenes Licht getaucht, aber ich habe keinen Blick dafür übrig. Etwas an *White Owl Mansion* bereitet mir Unbehagen, als würde es ein düsteres Geheimnis bergen. Aber tun das solche Häuser nicht immer? Ich schüttle den Kopf. Ich sollte mir nicht so viele Gedanken um Nichtigkeiten machen, sondern mich einzig und allein auf die Zahlen konzentrieren. Irgendwann gelange ich zurück auf die breite asphaltierte Straße und erreiche im Nu das Motel, einen tristen Flachbau mit hellbrauner Fassade und grauem Dach, mit einem Colaautomaten vor der Rezeption. Eines der Nebengebäude beherbergt ein kleines Restaurant, nicht mehr als eine Bretterbude mit ein paar Tischen und Stühlen und einer offenen Küche, was in Louisiana niemanden abschrecken sollte. Gerade in solchen Läden sind die Speisen häufig frischer und schmackhafter als anderswo.

Ich parke den Wagen, checke ein und nehme den Schlüssel für Zimmer sieben in Empfang. Entgegen dem äußeren Schein entpuppt sich das Zimmer als gemütlich und sauber. Es gibt sogar eine Badewanne und eine Kaffeemaschine auf der Ablage neben dem Waschbecken. Über dem Bett hängt ein quietschbuntes Gemälde, das fischende Indianer zeigt, was nicht weiter verwundert. Der Nachbarort ist nach den Choctaw-Indianern benannt, deren Nachfahren heute überall in Louisiana verstreut leben. Nachdem ich mich frisch gemacht habe, gehe ich nebenan ins Restaurant, wo ich gebratene Barbe mit einer Portion braunem Reis bestelle. Dazu genehmige ich mir ein Bier. Außer einem Gast am Tresen sind nur zwei Tische besetzt.

Während ich auf das Essen warte, blättere ich in der aktuellen Ausgabe der *Times-Picayune*, die verwaist auf einem der Nachbartische liegt. Die Titelstory, die mehr als eine halbe Seite einnimmt, handelt von einem Spieler der *New Orleans Zephyrs*, des hiesigen Baseballteams, der von einem wütenden Fan vorsätzlich überfahren wurde und nun mit lebensgefährlichen Verletzungen im Krankenhaus liegt. Weiter unten steht etwas von einer Schießerei in Lafayette, bei der eine Frau getötet wurde, daneben wird die Schließung einer Textilfabrik in Baton Rouge erwähnt, was für über zweihundert Menschen den Verlust ihrer Arbeitsplätze bedeutet. Mir entfährt ein Seufzer. Nichts als schlechte Nachrichten. Ich blättere weiter. Im Sprengel Saint Charles, Bayou des Allemands, findet am Wochenende ein großer Angelwettbewerb mit anschließendem Barbecue und Tanz statt. Allerdings äußern die Organisatoren ihre Sorge darüber, dass ihnen der für Freitag angekündigte Sturm einen Strich durch die Rechnung machen könnte …

Aus dem Augenwinkel sehe ich den beleibten Wirt mit Küchenschürze und vollem Teller auf mich zukommen, also lege ich die Zeitung beiseite. Wie erwartet, schmeckt das Essen köstlich, also gönne ich mir hinterher noch einen Becher Walnusseis. Zurück im Motel, surfe ich noch ein wenig im Internet, bevor ich mich bettfertig mache. Anschließend zappe ich so lange durch die TV-Kanäle, bis mir die Augen zufallen. Kurz darauf bin ich eingeschlafen.

Schwarze Seele

Eli

Ich wache mit steifem Nacken und leichtem Kopfdruck auf. Das Kissen war zu hoch, und es wäre besser gewesen, ich hätte darauf verzichtet. Missmutig steige ich unter die Dusche, dann ziehe ich mich an. Zu Hose und Blazer wähle ich eine hellblau gestreifte Bluse. Nachdem ich meine Haare gekämmt und zu meinem üblichen Zopf geflochten habe, gehe ich nebenan ins Restaurant, um einen starken Kaffee zu trinken, während mir Larry, so der Name des Betreibers, einen Hühnchensalat mit Tabasco zum Mitnehmen zubereitet. Hier geht nichts ohne Tabasco. Südstaatler lieben es scharf. Zurück in meinem Zimmer, putze ich mir noch schnell die Zähne, dann mache ich mich auf den Weg.

Bereits nach wenigen Meilen spüre ich ein leises Pochen unter der Schädeldecke. Gequält fahre ich wiederholt mit meinen Fingern den Scheitel entlang, aber statt besser zu werden, verschlimmert sich der Schmerz. Ich spüre jede einzelne meiner Strähnen, als wären sie in Blei gegossen, die Haarwurzeln protestieren scharf. Schließlich fahre ich rechts ran, um meinen Zopf zu lösen. Ein erleichtertes Seufzen entschlüpft mir, als ich meine Kopfhaut ausgiebig massiere. Besser. Den Weg bis zum Anwesen lege ich mit offenem Fenster und flatternden Haaren zurück, genieße den Fahrtwind auf meiner Haut.

Zehn Minuten später parke ich vor der weißen Villa. Mit einem Blick in den Rückspiegel fahre ich mir durch die Haare, um sie ein wenig zu ordnen, und binde sie zu einem tiefen Pferdeschwanz zusammen, darauf bedacht, keine Spannung auf den Wurzeln entstehen zu lassen. Mit dem Ergebnis, dass einige Strähnen heraushängen, was ein wenig unordentlich aussieht, worüber ich heute großzügig hinwegsehen kann. Ich bin ein wenig früher dran als gestern, und weil der Vorplatz noch im Schatten liegt, verzichte ich auf meinen Strohhut. Als ich klopfe, öffnet Leroy die Tür. Wie am Vortag sieht er umwerfend aus, als sei er frisch aus der Barbie-Verpackung »Ken and Friends« gezogen worden, was mich diesmal kalt lässt. Für meinen Geschmack ist Leroy Masters, so sein vollständiger Name, zu makellos.

»Möchten Sie einen Eistee?«, fragt er mich, nachdem ich im Büro meine Sachen abgelegt habe.

»Ein Kaffee wäre mir lieber, wenn Sie haben«, antworte ich. »Mit Milch bitte, aber ohne Zucker.«

»Was immer Sie wollen, Miss Page«, sagt er mit einer Stimme so weich und verführerisch wie schmelzendes Karamell.

»Danke schön.«

Ungeachtet des lauernden Kopfschmerzes stürze ich mich in die Arbeit. Ich telefoniere viel an diesem Vormittag, rede mit einigen Förderern der Stiftung, darunter ein ehemaliger Bürgermeister und eine bekannte Musikgröße. Unter anderem bestätigen sie, dass sie regelmäßig mit den beiden Verwaltungsangestellten zu tun haben, also streiche ich diese wieder von meiner Bedenklichkeitsliste. Bisher gibt es an den Zahlen nichts zu beanstanden. Alles scheint korrekt zu sein.

Kurz halte ich inne und denke nach. Eine beliebte Methode, Fördergelder beiseitezuschaffen, statt sie an Bedürftige zu verteilen, besteht darin, eine Briefkastenfirma im Ausland zu gründen, wo das Geld verwaltet wird und sich vermehren soll. Steuerfrei, versteht sich. Weil hier die Anonymität des Steuerflüchtlings oberstes Gebot ist, werden Scheinfirmen in der Regel von einem Treuhänder geführt. Das kann ein Anwalt sein oder auch eine Vertrauensperson aus dem näheren Umfeld. Ein Privatsekretär zum Beispiel.

Zeit, die Reiseaktivitäten aller Beteiligten unter die Lupe zu nehmen. Dazu nehme ich mir das Fahrtenbuch, die Kontoauszüge und die entsprechenden Belege vor. Blatt für Blatt, Zahlenkolonne für Zahlenkolonne. Als ich das nächste Mal auf die Uhr schaue, sind drei Stunden vergangen. Ich setze die Brille ab und strecke mich ausgiebig. In meinem Rücken knackt es leise, also stehe ich auf, um mir ein wenig die Füße zu vertreten. Prompt erfasst mich ein Schwindelgefühl, und ich muss mich an der Stuhllehne festhalten. Ich brauche etwas frische Luft. Auf leisen Sohlen verlasse ich das Büro und begebe mich zur Eingangstür. Auch heute wirkt das große Haus wie ausgestorben, und ich unterdrücke ein Schaudern. Als wäre ich lebendig begraben.

Gerade als ich auf den Ausgang zusteuere, nehme ich aus dem Augenwinkel eine huschende Bewegung unter der Treppe wahr. Mein Puls schießt in die Höhe.

»Hallo? Ist hier jemand?«, rufe ich mit zittriger Stimme.

Keine Antwort.

»Hallo?«, rufe ich noch einmal.

Ich bin eine Schisserin, das gebe ich unverhohlen zu, und als ich zur Treppe gehe, schlottern mir die Knie. Unwillkürlich halte ich die Luft an, während ich ins Halbdunkel starre. Nichts. Nur Stein und Marmor.

Du meine Güte, ich sehe schon Gespenster.

Ich brauche wirklich dringend frische Luft, also eile ich zum Ausgang. Weil die Holztür schwer und massiv ist, muss ich mich richtig ins Zeug legen, um sie zu öffnen. Was nicht gerade zu meiner Beruhigung beiträgt. Kaum ist sie einen Spalt weit offen, wende ich keuchend das Gesicht ab. Die Welt da draußen ist in gleißendes Licht getaucht. Unter dem Vordach, wo sich die Hitze gestaut hat, ist es in etwa so kuschelig wie in einem Brotofen. Kein Wunder, laut meiner Uhr ist es kurz nach zwölf. Obwohl mir die Hitze in der Regel nicht zusetzt, hätte ich in diesem Moment nichts gegen eine Kühlung einzuwenden.

Als hätte mich eine höhere Macht erhört, vernehme ich just ein fernes Planschen. Die Vorstellung von Wasser ist ungemein verlockend, und so lenke ich meine Schritte in Richtung Geräusch. Dabei durchquere ich die Halle bis zum Ende – nicht ohne einen verstohlenen Blick zur Treppe zu werfen. Durch eine der Flügeltüren, die zur Terrasse hinausgehen, entdecke ich einen kleeblattförmigen Pool, der von Königspalmen gesäumt ist, die sich leicht im Wind bewegen. Ein Traum. Wie wundervoll wäre es, sich an den steinernen Mosaiktisch zu setzen, der im flachen Teil des Beckens steht, um einen Eistee zu trinken. Denkbar wäre natürlich auch ein Nickerchen auf einem der Liegestühle …

Ein Schatten unter der Wasseroberfläche erregt meine Aufmerksamkeit. Ein langer brauner Männerkörper, der die Arme ausbreitet und einige kräftige Schwimmzüge beschreibt, bevor er auftaucht und sich langsam am Beckenrand hochzieht. Fasziniert beobachte ich, wie sich seine Armmuskeln anspannen und die Wassertropfen auf seiner Haut glitzern. Leroy Masters mag ein wenig zu glatt und berechnend sein, aber ein Hingucker ist er allemal. Plötzlich fällt mir Paul Garretts Schilderung über die Kollegin ein, die durch zu viel Ablenkung die Steuerprüfung in den

Sand gesetzt hat. Ob sie einen Blick zu viel riskiert hat? So etwas wird mir garantiert nicht passieren. Hastig mache ich einen Schritt nach hinten und pralle gegen etwas Hartes, Unnachgiebiges.

»Hatte ich nicht gesagt, Sie sollen nicht herumschnüffeln?«, grollt eine dunkle Stimme in meinem Rücken.

Erschrocken wirble ich herum und starre auf ein schwarzes Hemd, das sich über einer breiten Männerbrust spannt. Die oberen Knöpfe sind offen und entblößen ein Stück gebräunter Haut. Ich widerstehe dem Drang zurückzuweichen und lege den Kopf in den Nacken, um Kane Deveraux ins Gesicht zu schauen. Seine hellgrauen Augen treffen mich mit solch stechender Intensität, dass mir heiß und kalt wird.

»Ich wollte nur Luft schnappen. Mir war etwas schwindelig …«, erkläre ich.

»Natürlich«, erwidert mein Gegenüber mit einem vielsagenden Blick auf Leroy und den Pool.

Aufgebracht wische ich mir eine Strähne aus dem Gesicht. »Wofür halten Sie mich? Für eine Spannerin?«

»Sie überschätzen sich, Miss Page. Ich verschwende an Sie keinen Gedanken.« Ein gemeiner Zug legt sich um seinen Mund. »Sie rufen höchstens ein lästiges Gefühl hervor, ähnlich wie ein Pickel am Arsch.«

Kurz verschlägt es mir die Sprache. »Ach wirklich?«, antworte ich schließlich. »Dann werde ich dafür sorgen, dass er ordentlich juckt, der Pickel!«

Obwohl mir das Herz bis zum Hals schlägt, schiebe ich mich ohne ein weiteres Wort an ihm vorbei.

»Wer hat Sie geschickt?«, ruft Kane Deveraux mir hinterher. Seine Stimme trieft vor Gereiztheit. »Paul Garrett, dieser elende Schwanzlutscher?«

Mein Gesicht glüht, als ich ins Büro zurückkehre. Einen Atemzug lang lehne ich mich mit dem Rücken gegen die geschlossene Tür und schließe die Augen. Pickel am Arsch, elender

Schwanzlutscher ... Interessante Wortwahl für das Oberhaupt einer altehrwürdigen Familie. Nachdem ich mich beruhigt habe, setze ich mich zurück an den Schreibtisch. Zumindest ist das Schwindelgefühl vorbei, der Ärger über diesen ungehobelten Kerl hat meinen Kreislauf wieder in die Gänge gebracht.

Am Ende des Tages fahre ich frustriert zum Motel. Zwei Tage sind bereits vergangen, ohne dass ich auch nur den kleinsten Pups gefunden habe. Die Reiseaktivitäten haben sich als Sackgasse erwiesen. Andere Frauen erobert man mit roten Rosen oder einem hübschen Schmuckstück, mir würde der Beleg über einen Flug zu klassischen Steueroasen wie den Kaymaninseln vollauf genügen. Ich seufze. Normalerweise achte ich auf Distanz und Objektivität, aber Kane Deveraux wünsche ich in die tiefste Steuersünderhölle!

Mir bleiben nur noch drei Tage, um ihn festzunageln.

An diesem Abend stehe ich kurz davor, meinen Bruder anzurufen, um ihn zu fragen, wie man mit Rüpeln wie Kane Deveraux umgeht, verwerfe den Gedanken aber gleich wieder. Zum einen jagt Stephen vermutlich in diesem Moment irgendwelchen Nashörnern in der afrikanischen Steppe nach. Zum anderen bin ich, was meine Arbeit betrifft, zu absoluter Verschwiegenheit verpflichtet. Ich darf auf keinen Fall diese Prüfung vermasseln.

Davon einmal abgesehen, kann ich mir gut vorstellen, wie Stephens Rat lauten würde: »Tritt ihm in den Arsch, Schwesterchen!«

So oder so ähnlich.

Mom würde mir im Gegenzug nahelegen, mit Kane Deveraux ein ruhiges Gespräch zu führen, schließlich seien die meisten Menschen für vernünftige Argumente offen, während Dad den Kopf schütteln und mich beschwören würde, meine Aufmerksamkeit auf die Zahlen zu richten, und zwar nur auf die. Der Gedanke lässt mich schmunzeln. Meine Familie mag manchmal etwas eigen sein, aber ich würde sie um nichts in der Welt gegen eine andere eintauschen wollen.

Am nächsten Tag eröffnet sich mir tatsächlich eine Möglichkeit, Kane Deveraux »in den Arsch zu treten«. Möglicherweise stehe ich vor einem wichtigen Durchbruch, was ich Kommissar Zufall verdanke. Während ich zahlreiche Institutionen kontaktiere, denen der Geldhahn grundlos zugedreht wurde, darunter ein Hospiz und ein Veteranenheim, komme ich mit einer Ärztin ins Gespräch. Von ihr erfahre ich, dass Leroy Masters sie vor einem knappen Monat bedroht hat. Nachdem sie mehrmals telefonisch um eine Erklärung gebeten hatte, kam er eines Tages persönlich vorbei, um ihr »Vernunft einzubläuen«.

»Hat er Sie geschlagen?«, rufe ich entsetzt.

»Nein … das musste er gar nicht. Ich habe die Botschaft auch so verstanden.«

Du meine Güte!

»Wann war das?«, frage ich eher aus Neugier, denn genau genommen ist die Information für meine Prüfung nicht relevant.

»Am 6. Juni. Ich weiß es deshalb noch, weil mein Sohn an dem Tag Geburtstag hat.«

Der 6. Juni. Ich bin schon einmal über dieses Datum gestolpert, nur in welchem Zusammenhang? Nachdenklich runzele ich die Stirn. Dann fällt es mir wieder ein. An dem Tag wurde ein Flugticket für Leroy Masters gebucht, und zwar nach … Hastig blättere ich durch die Dokumente und ziehe schließlich einen Beleg heraus. Seattle. Laut den Unterlagen flog er morgens um acht Uhr und kam spätnachts wieder zurück. Wenn er keinen Zwilling hat oder die Stiftung im Keller keine Klone produziert, konnte er schwerlich an zwei Orten gleichzeitig sein, oder? Vielleicht irrt sich die Ärztin, vielleicht aber auch nicht. Also rufe ich beim Flughafen New Orleans an. Schnell habe ich die Sache geklärt. Als Mitarbeiterin des IRS komme ich ohne Probleme an die Informationen, da sich niemand mit der Steuerbehörde anlegen möchte. Ein kurzer Rückruf in der Zentrale, der meine Identität bestätigt, und ich erfahre alles, was ich wissen will. Innerlich jubiliere ich. Endlich habe ich ihn gefunden, den faulen Apfel, der Kane Deveraux den Magen verderben wird.

Mit einem triumphierenden Lächeln drücke ich auf den roten Knopf, der im Schreibtisch eingefasst ist.

»Sie waren am 6. Juni in Seattle?«, frage ich Leroy, kaum dass er das Büro betreten hat. »Was haben Sie dort gemacht? Erzählen Sie doch mal.«

Zu meiner Genugtuung gefriert das Lächeln auf seinen Lippen. »Äh … Ich fliege regelmäßig dorthin.«

»Aus welchem Grund?«

»In Seattle lebt eine wichtige Förderin unserer Stiftung.« Er findet sein Lächeln wieder. »Sie wissen doch, wie diese reichen Leute sind«, sagt er in einem verschwörerischen Tonfall. »Sie wollen ab und zu gebauchpinselt werden.«

Ich kann mir gut vorstellen, was er in dem Fall mit »gebauchpinselt« meint.

»Wer ist David Lime?«, frage ich unvermittelt.

Er blinzelt, und zwar ziemlich heftig.

Volltreffer!

»Tut mir leid, dazu kann ich nichts sagen«, antwortet er mit versteinerter Miene.

»Gut«, entgegne ich gelassen. »Ich will mit Mister Deveraux sprechen. Sofort.«

»Ich weiß nicht, ob …«

»Er ist gesetzlich dazu verpflichtet, meine Fragen zu beantworten«, entgegne ich scharf und unmissverständlich.

Mich hat das Jagdfieber gepackt, und ich kann nur mit Mühe ein Lächeln unterdrücken. Das Recht auf seiner Seite zu haben, ist ein beflügelndes Gefühl.

Ein Ruck geht durch Leroys Körper. »Ich hole ihn.«

Ich nicke knapp. »Tun Sie das.«

Nachdem er gegangen ist, stehe ich auf und positioniere mich neben dem Schreibtisch, den entlarvenden Beleg in der Hand. Als sich draußen energische Schritte nähern, wappne ich mich innerlich gegen das, was gleich durch die Tür kommt. Beim Anblick von Kane Deveraux gerät mein Herzschlag kurz aus dem Takt. Die Aufregung, nehme ich an. Wie immer trägt er einen dunklen Anzug, heute allerdings hat er die Jacke ausgezogen und die Ärmel seines königsblauen Hemdes hochgekrempelt. Als er sich vor mir aufbaut, die Arme vor der Brust verschränkt, komme ich nicht umhin, die gebräunten muskulösen Unterarme zu bemerken.

»Was wollen Sie?«, fährt er mich an. »Meine Zeit ist kostbar, ich habe noch einiges zu erledigen.«

»Ihren Pferdefuß beschlagen, zum Beispiel?«, entgegne ich.

In seinen grauen Augen blitzt es kurz auf. Ob aus Belustigung oder Mordgier, kann ich nicht sagen, aber der Ausdruck jagt mir einen Schauer über den Rücken.

»Ich glaube nicht, dass der Teufel ein Hufeisen trägt«, antwortet er.

»Sie müssen es ja wissen.«

Er löst seine Arme, tritt einen Schritt näher. »Ach wirklich?«

»Ja. Welcher mitfühlende Mensch stoppt die Fördergelder für ein Hospiz?« Ich spüre, wie meine Wangen vor Empörung heiß werden.

»Haben Sie sich dieses sogenannte Hospiz einmal angesehen? Nein?« Sein Blick glänzt härter als zuvor. »Dann sollten Sie lieber den Ball flach halten, Lady!«

Als er sich abwenden will, stelle ich mich ihm in den Weg. Das Herz schlägt mir bis zum Hals.

»Wer ist David Lime?«, frage ich.

Mit finsterer Miene blickt er auf mich herunter. Uns trennt nur eine Handbreit, und ich kann seinen Duft riechen. Eine Mischung aus Sandelholz und Moschus. Überraschend angenehm für einen solchen Kackstiefel.

»Sie lassen nicht locker, was?«, stößt er zwischen zusammengebissenen Zähnen hervor.

Ich recke das Kinn. »Nein.«

Einen Moment hakt sich sein Blick in meinem fest. Obwohl er mich nicht berührt, beginnt meine Haut heftig zu prickeln, bis hinauf zu den Haarspitzen. Die Farbe seiner Augen erinnert an einen schweren Gewitterhimmel. Düster, lähmend und kurz davor, den ersten Blitz abzufeuern.

Gefahr!

Gewaltsam reiße ich mich von dem Anblick los. »Wer ist David Lime?«, wiederhole ich. Meine Stimme klingt ein wenig schrill.

Er zuckt mit den Schultern. »Keine Ahnung.«

»Laut Ihrer Buchführung ist Ihr Privatsekretär im Juni nach Seattle geflogen, aber meine Nachforschungen haben ergeben, dass das Ticket im letzten Moment umgebucht wurde, und zwar auf einen Mann namens David Lime. Sie müssen der Fluggesellschaft einen Batzen Geld bezahlt haben, damit sie sich auf ein solches Manöver einlässt.« Während ich rede, nehme ich all meinen Mut zusammen und hefte meine Augen erneut auf sein Gesicht, darauf lauernd, dass er sich verrät. »Und jetzt raten Sie doch mal, wohin Mister Lime von Seattle aus weitergeflogen ist?«

Kane Deveraux hebt betont gelangweilt eine Augenbraue. »Sagen Sie es mir einfach.«

»Auf die Bahamas!«, antworte ich triumphierend.

Sein Lächeln ist spöttisch. »Das war's? Das ist die Pointe?«

»Die Bahamas sind eine Steueroase.«

»Und warum sollte mich das interessieren?«

»Möglicherweise hat der Mann dort für Sie etwas erledigt. Etwas Illegales.«

»Glauben Sie, ja?«, kommt es ungerührt zurück. »Nun, vielleicht wollte dieser … Wie hieß der Mann noch gleich?«

»David Lime«, antworte ich ziemlich knurrig.

Gott, ich könnte den Kerl erwürgen!

»Nun, vielleicht wollte sich dieser David Lime einfach nur eine kleine Auszeit gönnen.« Seine Augen schweifen über mein Gesicht. »Piña Colada am Strand schlürfen und ein paar Inselschönheiten vögeln.«

Ich kann mir gerade noch ein Blinzeln verkneifen. »Er war nur einen Tag dort«, antworte ich kühl.

»Dann musste er sich ganz schön ranhalten.«

»Wer's glaubt!«, entgegne ich schnaubend.

Als sich Kane Deveraux zu mir herunterbeugt, will ich zurückweichen, doch der Aktenschrank in meinem Rücken verhindert das. »Sie haben eine blühende Fantasie, Miss Page«, raunt er mir zu. Sein Lächeln ist verschwunden, und ich kann den Zynismus und die Verachtung in seinen Augen sehen. »Sie sollten Romane schreiben.«

Seine Wange ist so nah an meiner, dass ich die Wärme seiner Haut spüren kann. Mein Blick wandert unbewusst zu seinem glatt rasierten, markanten Kinn und bleibt viel zu lange an der leicht aufgeworfenen Unterlippe hängen. Wieder schrillen meine Alarmglocken, und als er einen Schritt nach hinten macht, atme ich befreit auf.

»Wenn das alles wäre …«, sagt er.

Ich bedenke ihn lediglich mit einem bösen Blick.

»Gut, und behelligen Sie mich nicht noch einmal mit solchem Scheiß, sonst verklage ich Sie wegen Verleumdung!«

Er wendet sich ab und verlässt das Büro. Das Blut dröhnt in meinen Ohren, so laut schlägt mein Herz, und ich benötige einige Augenblicke, um meinen Puls wieder unter Kontrolle zu bringen. Sollte ich bis dahin noch irgendwelche Zweifel gehabt haben, sind diese ein für alle Mal beseitigt: Kane Deveraux hat Dreck am Stecken.

Kane

David Lime war unvorsichtig, und das macht mich wütend. Wenn selbst eine Büromaus innerhalb von zwei Tagen seinen Trip auf die Bahamas aufdecken kann, wird Marguerite, das heimtückische Miststück, über kurz oder lang ebenfalls auf den Trichter kommen. Ich muss mit Lime sprechen, sichergehen, dass er alle weiteren Spuren verwischt hat. Unwillkürlich wandern meine Gedanken zu Miss Page. Noch zwei Tage, dann bin ich dieses lästige kleine Ding los! Ganz gleich, was sie zu finden gehofft hat, sie wird enttäuscht von dannen ziehen müssen. Dafür habe ich gesorgt. Meine Lippen verziehen sich zu einem freudlosen Lächeln. Eigentlich hätte ich mir denken können, dass Marguerite nicht locker lässt und ihr Schoßhündchen beim IRS wieder in Stellung bringt. Um Paul Garretts letzte Schnüfflerin hat sich Leroy gekümmert, Miss Page allerdings scheint gegen seinen Charme immun zu sein … Ein übereifriges Bienchen, das sich durch nichts und niemanden ablenken lässt. Ich hätte sie beim Betrachten von Leroys Alabasterkörper gestern am Pool nicht unterbrechen sollen, aber ich konnte der Versuchung nicht widerstehen, sie in Verlegenheit zu bringen.

Hat Lavinia sie gemeint, als sie etwas von einem blonden Engel aus dem Norden gebrabbelt hat? Eine Kämpferin, die mir Todesqualen bescheren wird? Nun, die liebe Miss Page ist weit davon entfernt, Feuer zu speien. Sie verspritzt etwas Gift, aber das ist auch schon alles. Für meine schwarze Seele droht aus der Richtung garantiert keine Gefahr.

Ich schenke mir einen Scotch ein, lehne mich in meinem Ohrensessel zurück und schlage die Beine übereinander. Aber Mumm hat sie, das muss ich ihr lassen. Nur wenige Menschen trauen sich, in diesem Tonfall mit mir zu reden. Entweder ist sie furchtbar naiv oder einfach nur dumm, was ich wiederum nicht glaube. Schließlich hat sie die Sache mit Lime herausgefunden. Nachdenklich drehe ich das Glas in meinen Fingern. Hübsch ist sie ja. Ein wenig zugeknöpft vielleicht mit ihren spießigen Blüschen und den geflochtenen Haaren, aber sie hat die Rundungen an den richtigen Stellen. Und sie riecht gut. Nach Rosen und Lavendel. Wie sie wohl schmeckt? Vom ersten Moment an hat ihr Zopf meine Fantasie beflügelt. Er ist dick und fest und würde sich gut in meiner Faust machen, während ich sie von hinten …

Schluss damit!, weist mich meine innere Stimme in die Schranken. *Du kannst dir jetzt keine Ablenkung leisten.*

Stimmt. Jetzt die Mitarbeiterin einer staatlichen Behörde flachzulegen, wäre schlichtweg fahrlässig, schließlich steigt Samstagnacht die nächste Aktion. Zu meinem Leidwesen poppt in meinem Kopf erneut Miss Pages Gesicht mit den blauen Augen und dem breiten Mund auf, der sicherlich gern und viel lacht. Selbst wenn ich es darauf anlegte, bezweifle ich, dass Fräulein Saubermann freiwillig die Beine für mich breitmachen würde. Wenn sie mich mustert, sehe ich in ihrem Blick nur Furcht und Abscheu. Ich schnaube verächtlich. Ihr Freund ist vermutlich vom Typ »Schwiegermamas Liebling« mit Seitenscheitel und gestärktem Hemd, der es ihr einmal die Woche in ihrer Einhornbettwäsche besorgt.

Wie kann eine erwachsene Frau nur so verflucht unschuldig wirken? So sauber und ordentlich. Als hätte sie kein einziges Mal in die hässliche Fratze des Lebens geblickt. In meinem

Innern bläht sich die Wut wie ein Ballon auf, und ich balle die Faust. Warum werden manche Menschen von der Dunkelheit verschont und andere nicht? Warum sucht sich Gott seine Lieblinge aus, während er anderen ins Gesicht spuckt?

Warum?

Der Zorn explodiert unvermittelt, und ich schmettere das halb volle Glas Scotch gegen die Wand, wo es in tausend Stücke zerbirst und einen unschönen Fleck hinterlässt. Als ich aus der Bibliothek stürme, kullert der abgebrochene schwere Glasboden immer noch über den Teppich. Im Vorbeigehen schnappe ich meine Jacke vom Kleiderhaken und laufe zur Garage. Der Drang, etwas zu zerstören, ist beinahe übermenschlich. In Thibodaux kenne ich jemanden, der dieses Bedürfnis zu stillen weiß.

Ein Sturm zieht auf

Eli

Der Wind hat über Nacht überraschend aufgefrischt und bläst mir den Staub ins Gesicht, als ich zu Larry gehe, um meinen Morgenkaffee zu trinken. Während er mir ein Käse-Tomaten-Sandwich zubereitet, erzählt er mir, dass der für morgen angekündigte Sturm schon einen halben Tag früher wüten wird. Irgendeine Kaltfront, die auf Scherwinde Einfluss nimmt, meint er. Genauer kann er mir das nicht erklären. Jedenfalls sind die ersten Ausläufer bereits deutlich zu spüren.

Nachdem ich meinen Kaffee ausgetrunken habe, setze ich mich ins Auto und fahre los. Auch ohne Larrys Auskunft wäre mir schnell klar geworden, dass sich über meinem Kopf einiges zusammenbraut. Immer mehr schwarze Wolken verschlucken die aufgehende Sonne, bis der Lichtstreif am Horizont gänzlich verschwunden ist. Heute werde ich keinen Strohhut benötigen. Das Thermometer fällt rasch, und ich schließe das Fenster. Stürme sind zu dieser Jahreszeit nichts Ungewöhnliches, zumal die Hurrikansaison eben erst begonnen hat. Viele Generationen lang haben sich die Menschen in dieser Region damit abgefunden, bis Katrina 2005 alles verändert hat. Seitdem gehört die Angst vor einer Wiederholung zum Alltag, doch diesmal besteht kein Grund zur Beunruhigung. Der aufziehende Sturm wird im Vergleich zu Katrina ein laues Lüftchen sein. Nichtsdestotrotz kräuselt sich das Wasser des Bayou bereits wie Elefantenhaut, und das Moos an den Zweigen der Zypressen bewegt sich wild hin und her, als würde es mir zuwinken.

Der Regen setzt zwei Stunden später ein, als ich vor meinem Laptop sitze und versuche, etwas über David Lime herauszufinden. Insgesamt stoße ich auf vierundfünfzig Personen dieses Namens in der näheren Umgebung. Eine Nadel im Heuhaufen, zumal ich nicht sicher sein kann, dass der Gesuchte in dieser Gegend ansässig ist. Dennoch muss ich irgendwo anfangen, also treffe ich eine Vorauswahl. David Lime, der Privatdetektiv in Lafayette, erscheint mir fürs Erste vielversprechender als David Lime, der Fachmann für Sanitär und Heizung im Sprengel Saint Charles.

Während draußen der Regen niedergeht und der Wind die Kronen der alten Eichen schüttelt, arbeite ich konzentriert daran, die Identität des Mannes aufzudecken. Mein Instinkt sagt mir, dass ich einer wichtigen Sache auf der Spur bin. Ich bin ehrgeizig, das gebe ich unumwunden zu. Ich will aufsteigen, beim IRS Karriere machen. Mir geht es dabei weniger um Geld oder Prestige, sondern um die Herausforderung, die damit einhergeht. Kann ich nachweisen, dass Kane Deveraux Schwarzgeld auf den Bahamas deponiert, wäre das ein erster großer Schritt in die richtige Richtung.

Irgendwann am frühen Nachmittag, gerade als ich den letzten Bissen meines Sandwiches hinuntergeschluckt habe, stoße ich im Internet auf eine Google-Anzeige.

Lime & Bishop, St. Ann Street, New Orleans, Fachanwälte für Erbrecht und Immobilienrecht.

David Jacob Lime und Ann Bishop lauten die vollständigen Namen der beiden Anwälte. In meinem Nacken kribbelt es, als würden Ameisen über meine Haut trippeln, untrügliches

Zeichen dafür, dass ich ein Stück Faden in der Hand halte. Jetzt muss ich nur noch daran ziehen in der Hoffnung, dass an dessen Ende etwas von Bedeutung hängt. Die St. Ann Street liegt unweit der berühmten St. Louis Cathedral, ein teures Pflaster und vermutlich genau die Adresse, die jemand wie Kane Deveraux aufsuchen würde. Als ich nach meinem Handy greifen will, um die angegebene Nummer zu wählen, rütteln draußen die Fensterläden so heftig an ihren Scharnieren, dass ich erschrocken aufblicke. Erst da fällt mir auf, dass der Wind den Regen in dichten Schleiern vom Dach fegt. Das Wasser schießt durch die Abflussrohre auf den Rasen, der bereits völlig durchweicht ist.

Wie aufs Stichwort öffnet sich hinter mir die Bürotür, und Leroy tritt ein. »Sie sollten nach Hause fahren, Miss Page«, sagt er in einem eindringlichen Tonfall. »Der Sturm nimmt zu.«

Das hättest du wohl gern.

»Ich habe noch zu tun«, entgegne ich mit einem Kopfschütteln.

Leroys Stirn legt sich in Falten. »Der Regen könnte die Straße unpassierbar machen, dann sitzen Sie hier fest.«

»So schlimm wird es schon nicht werden«, erwidere ich mit einer wegwerfenden Geste.

Irgendwo tief in mir drin weiß ich, dass er nicht ganz unrecht hat. Aber ich werde den Teufel tun, jetzt meine Arbeit zu unterbrechen. Möglicherweise stehe ich kurz vor dem Durchbruch.

Leroy zuckt mit den Achseln. »Wie Sie meinen. Ziehen Sie einfach die Haustür hinter sich zu, wenn Sie gehen.«

»Sie bleiben nicht?«, frage ich.

Er schüttelt den Kopf. »Ich will bei meinen Kindern sein, wenn es richtig losgeht. Meine Kleinste fürchtet sich vor Blitz und Donner.«

Ich bin so perplex, dass mir die Worte fehlen. Niemals, nicht in tausend Jahren, hätte ich mir Leroy Masters als fürsorglichen

Vater vorgestellt. Wie man sich doch täuschen kann! Kurz darauf nehme ich ein Motorgeräusch wahr, und ein dunkelblauer Geländewagen fährt am Fenster vorbei. Dann ist nur noch das schreckliche Heulen und Tosen des Sturms zu hören. Erst jetzt wird mir meine Situation bewusst, und mich überkommt ein mulmiges Gefühl. Bin ich jetzt allein im Haus? Unwillkürlich muss ich an den huschenden Schatten denken, den ich gestern unter der Treppe gesehen habe. Du lieber Himmel! Warum habe ich nicht auf Leroy gehört? Ich kann auch vom Motel aus weitere Nachforschungen anstellen. Aber ich dumme Gans musste ja unbedingt die knallharte Frau mimen! Als ein Blumentopf vom Balkon kippt und auf dem Boden vor dem Fenster zerbricht, springe ich auf. Keine Minute später bin ich schon auf dem Weg ins Freie, mit der Telefonnummer des Anwalts und weiteren Dokumenten in meiner Aktentasche.

Draußen unter dem Vordach raubt mir der Wind kurzzeitig den Atem. Mit zusammengekniffenen Augen verfolge ich das herumwirbelnde zerfetzte Laub ringsum. Es ist kühl, und die Luft riecht nach nassen Bäumen und dem schwefligen Geruch der Blitze, die am schwarzen Himmel zucken. Ich krame in meiner Tasche nach dem Autoschlüssel, dann flitze ich los. Der Regen prasselt mit ungeheurer Wucht auf mich nieder, und ich versuche, meine Aktentasche mit den Armen zu schützen. Als sich die Welt um mich herum schlagartig verzerrt, begreife ich, dass ich immer noch meine Lesebrille trage. Im Nu bin ich durchnässt, die Haare kleben mir am Kopf, und weil ich halb blind in eine der Pfützen trete, die sich auf dem Kiesplatz gebildet haben, gibt's ein Fußbad obendrauf. Beim Wagen angekommen, öffne ich schnell die Tür und steige ein, begleitet vom melodischen Klang der Regentropfen, die auf dem Flaschenbaum wie auf einem Xylofon spielen.

Nachdem ich mich vergewissert habe, dass sich die Akten in meiner Tasche nicht in ihre einzelnen Moleküle aufgelöst haben, verfrachte ich sie auf den Rücksitz. Die Lesebrille lege ich ins Handschuhfach. Anschließend fahre ich los. Der Regen hämmert laut aufs Autodach, und die Scheibenwischer haben alle Mühe, mit den Wassermassen fertigzuwerden. Ich beuge mich nach vorn bei dem Versuch, durch den dichten Regenvorhang etwas zu erkennen. Zum Glück habe ich es nicht weit, dennoch kann ich nicht verhindern, dass sich meine Finger am Lenkrad verkrampfen.

Hoffentlich ist die Holzbrücke nicht überflutet.

Der breite Weg, der vom Haus wegführt, hat sich in eine rutschige Schlammpiste verwandelt, und als eine heftige Windböe den Wagen erfasst, verliere ich die Kontrolle. Ich werde aus der Spur gedrückt und sause haarscharf an einer der knorrigen Eichen vorbei. Mit viel Mühe gelingt es mir, wieder die Herrschaft über das Auto zu erlangen. Mir bricht der kalte Schweiß aus. Nicht auszudenken, wenn ich gegen den mächtigen Stamm gekracht wäre! Am Ende des Weges biege ich nach rechts in den Wald. Der starke Regen zwingt die Bäume in die Knie, aus allen Richtungen schlagen tief hängende Äste auf die Karosserie ein. Um mich herum läuft der Sturm zur Hochform auf, zuckende Blitze tauchen die Szenerie in ein gespenstisches Licht. Starr halte ich die Augen auf den Pfad gerichtet, während der Wagen über Schlaglöcher, Steine und heruntergefallene Äste ruckelt. Noch einmal darf ich nicht vom Weg abkommen. Links und rechts erstreckt sich der Sumpf, und dort steht das Wasser inzwischen hoch.

Als die Holzbrücke auftaucht, atme ich erleichtert auf. Sobald ich sie hinter mir habe, ist das Schlimmste überstanden. Ich habe den Gedanken noch nicht zu Ende gebracht, als direkt vor mir ein stark schwankender Baum abknickt und auf den Weg kracht. Keine zehn Meter entfernt. Das Geräusch ist selbst durch den Sturm ohrenbetäubend. Erschrocken trete ich auf die Bremse. Zum Glück bin ich im Schritttempo gefahren und komme fast schlitterfrei zum Stehen. Der Baum hat die Brücke nur um wenige Zentimeter verfehlt. Gut für die Brücke, weniger gut für mich. Denn der Weg ist versperrt. Was tun? Meine Gedanken überschlagen sich. Den umgestürzten Baumstamm kann ich nicht fortbewegen, er ist zu lang und auch zu schwer. Mir bleibt nichts anderes übrig, als zurückzufahren. Gab es weiter hinten noch andere Gabelungen, die es mir ermöglichen, auf einem anderen Weg die Hauptstraße zu erreichen? Ich versuche mich zu erinnern, aber es gelingt mir nicht. Hoffentlich hilft das Navi weiter ... Meine Gedanken reißen jäh ab, als ich im Gestrüpp Bewegungen wahrnehme, die definitiv nicht vom Wind herrühren. Angestrengt kneife ich die Augen zusammen, um etwas zu erkennen.

Ich wünschte, ich hätte es nicht getan!

Nur einen Katzensprung vom Wagen entfernt schieben sich lange Reptilienkörper durch das überschwemmte Gras. Ich zähle fünf Alligatoren, sie sind riesig, bestimmt drei Meter lang. Die Leere in meinem Kopf füllt sich schlagartig mit Panik. Ich muss sofort hier weg! Krokodile greifen nur dann Menschen an, wenn sie sich bedroht fühlen, versuche ich mir einzureden. Aber es nützt nichts. Ich stehe kurz davor, die Beherrschung zu verlieren.

Leg den Rückwärtsgang ein!

Ich versuche, meine Hand zu bewegen, aber etwas hindert mich daran.

Tu es! Sofort!

Wie paralysiert starre ich durch das Fahrerfenster auf eines der Tiere. Es lässt mich nicht aus den Augen, fixiert mich mit leicht geöffnetem Maul. Wie viele Zähne hat so ein Krokodil? Fünfzig? Hundert? Als sich das Tier in Bewegung setzt, stoße ich einen lauten Schrei aus, der mich aus meiner Starre löst. Der Motor heult auf, als ich zu heftig auf das Gaspedal trete, gleichzeitig bricht der Wagen seitlich weg.

Ruhig Blut, Eli!

Ich atme tief durch, fahre langsam zurück, um den Abstand zwischen mir und den Krokodilen zu vergrößern. Dennoch kann ich mich des Eindrucks nicht erwehren, dass sie sich geschlossen an meine Fersen heften. Als hätten sie telepathische Fähigkeiten oder so was Ähnliches. Die Angst treibt mir den Schweiß aus den Poren, zumal ich es hasse rückwärtszufahren. Schon auf einer normalen Straße ist es kein Vergnügen, aber auf einem matschigen Waldweg voller Schlaglöcher ist es ein Albtraum! Weiche ich auch nur ein paar Zentimeter vom Weg ab, könnte ich mit einem Hinterrad im Morast stecken bleiben. Bestenfalls. Schlimmstenfalls versinkt der Wagen. Die Räder drehen durch, und je mehr man auf das Gaspedal drückt, desto tiefer sackt man ein. Und überall wimmelt es von Krokodilen. Mein Nacken schmerzt vor Anspannung, die Adern in meinen Schläfen pulsieren.

Ich befinde mich mitten in einem Horrorfilm!

Bevor mich die Panik vollends verschlingt, zwinge ich mich, den Blick ausschließlich nach hinten zu richten. Alles andere blende ich aus. Meine Augen brennen, weil ich es nicht wage zu blinzeln. Als etwas von außen gegen die Beifahrertür rumpelt, zucke ich erschrocken zusammen, wende den Blick jedoch nicht ab. Ein Kloß so groß wie ein Straußenei hat sich in meinem Hals gebildet. Ich habe Todesangst. Aber dieses urmenschliche Gefühl bewahrt mich davor, eine Dummheit zu begehen, und während ich mir Meter um Meter erkämpfe, rückt das Ende des Weges immer näher. Erst nachdem ich die Gabelung erreicht habe, riskiere ich einen Blick nach vorn durch die Windschutzscheibe.

Bis auf ein paar abgebrochene Äste ist der Weg leer.

Mir entfährt ein Schluchzen, das Herz schlägt schmerzhaft in meiner Brust, und ich brauche einen Moment, um mich zu fassen. Dann wende ich den Wagen und fahre den breiten Weg zurück zum Anwesen. Ein Kinderspiel verglichen mit dem, was ich eben durchgemacht habe. Als die weiße Villa hinter dem dichten Regenvorhang auftaucht, laufen mir Tränen der Erleichterung über die Wangen. Im Wagen will ich nicht bleiben für den Fall, dass ein weiterer Baum beschließt, das Zeitliche zu segnen – mit mir darunter. Lieber suche ich Schutz unter dem Vordach der Terrasse, bis das Schlimmste vorüber ist. Vielleicht ist auch eines der Nebengebäude offen. So oder so: Alles ist besser als der Sumpf und seine Bewohner. Pro forma klopfe ich an die große Eingangstür, doch wie erwartet ist niemand da, also begebe ich mich im Laufschritt zum hinteren Teil der Villa, wo ich mich unterstelle. Die Arme um den Oberkörper geschlungen, beobachte ich, wie der Regen über den Pool hinwegfegt. Die Palmen wiegen sich hin und her, und alles ist von einem grauen Schleier überzogen. Obwohl das Thermometer an der Wand immer noch achtzehn Grad anzeigt, legt sich ein eisiger Schauer auf meinen Körper. Nach zehn Minuten klappern meine Zähne unkontrolliert. Hier kann ich unmöglich bleiben.

Mein Blick richtet sich auf ein flaches Gebäude gut hundert Meter hinter dem Pool. Der Fensterform und der Veranda nach zu schließen, handelt es sich weder um eine Garage noch um einen Unterstand für Gartengeräte. Vielleicht ist es ein Gästehaus. Kurz wäge ich ab, dann sprinte ich los. Mit etwas Glück ist eine Tür nicht abgeschlossen, und wenn nicht …

… schlägst du ein Fenster ein!

Genau.

Energisch schiebe ich meine Skrupel beiseite. Immer noch besser, als in meinem ersten Monat beim IRS wegen einer schweren Bronchitis auszufallen. Zerbrochene Fenster kommen bei stürmischem Wetter immer wieder vor, rede ich mir meine bevorstehende Straftat schön. Außerdem wäre es ein Notfall. Wie sich herausstellt, muss ich nicht zur Kriminellen mutieren, denn die Hintertür des Häuschens ist offen. Ich schicke ein Dankgebet zum Himmel und trete ein. Im schummrigen Licht – ich ziehe es vor, die Deckenleuchte nicht einzuschalten – erkenne ich einen großzügig geschnittenen Wohnraum mit einer Polstergarnitur in L-Form, einem Couchtisch und einer Essecke. Ein Flachbildschirmfernseher bedeckt die halbe Wand. Hier lässt es sich aushalten, bis …

… ja, bis wann eigentlich? Solange der Baum nicht entfernt wird, stecke ich hier fest. Vielleicht kann ich später die Feuerwehr anrufen oder meinen dummen Stolz hinunterschlucken und Leroy Masters informieren. Aber erst einmal sollte ich zusehen, dass mir wieder warm wird. Mir liegt es fern, etwas zu entwenden, aber meine Sachen triefen vor Nässe, und ich brauche etwas Trockenes zum Anziehen. Ich bin völlig durchgefroren. Als ich das Schlafzimmer aufsuche, stellt sich der Kleiderschrank als Enttäuschung heraus, denn er ist leer, ebenso die Kommode. Mist! Also gehe ich ins angrenzende Bad, schnappe mir ein Handtuch, um mich notdürftig abzutrocknen. Derweil öffne ich aus Neugier das Schränkchen über dem Waschbecken. Bis auf eine Bodylotion und eine zusammengerollte Tube Zahnpasta ist es leer. Nicht sehr ergiebig.

Dann schweift mein Blick zur Duschkabine. Die Versuchung ist einfach zu groß. Im Nu habe ich mich meiner Kleidung entledigt und schlüpfe unter die Dusche. Den Heißwasserhahn drehe ich fast bis zum Anschlag auf und seufze wohlig, als das dampfende Wasser über meinen nackten Körper läuft. Während die Kälte aus meinen Knochen vertrieben wird, empfinde ich nichts anderes als pures Glück. So muss es im Paradies sein! Ich bleibe unanständig lange unter der Dusche, bis der Dampf aus der Kabine quillt und ich nichts mehr sehe. Schließlich gebe ich mir einen Ruck und drehe das Wasser ab, dann steige ich aus der Dusche. Nachdem ich mich ausgiebig abgetrocknet habe, hole ich aus dem Unterschrank ein weiches Badetuch und wickle es mir um den Oberkörper. Zum Glück reicht es mir bis zu den Kniekehlen. Meinen feuchten Zopf löse ich, damit die Haare schneller trocknen. Im Haus ist es relativ warm, die Hitze der letzten Tage ist in den Räumen noch spürbar. Barfuß und mit den nassen Klamotten unterm Arm schlurfe ich zurück ins Wohnzimmer. Ich gehe zum Esstisch, um meine Sachen über die Stuhllehnen zu hängen. Sie dürften innerhalb weniger Stunden trocken sein. Die Unterwäsche auf jeden Fall.

Der Angriff erfolgt blitzschnell und ohne Vorwarnung. Bevor ich reagieren kann, legt sich ein stählerner Arm um meinen Oberkörper, während eine große Hand meinen Mund verschließt. Verzweifelt versuche ich mich aus der Umklammerung zu befreien. Ich kratze und strample mit den Beinen. Ohne Erfolg. In meinem Kopf spielen sich Bilder von Gräueltaten ab, die man Plünderern gewöhnlich zuschreibt. Diebstahl, Mord, Vergewaltigung. Mein Magen droht zu rebellieren, und ich kämpfe gegen die aufsteigende Übelkeit an.

»Was soll ich nur mit Ihnen machen, Miss Page?«, flüstert eine rauchige Männerstimme an meinem Ohr. »Sie wollen einfach nicht hören.«

Kane Deveraux.

Vor Erleichterung werden meine Knie weich, wenn auch nicht für sehr lange. Sein Griff, hart und unbarmherzig, lässt keine Zweifel darüber aufkommen, dass er stinksauer ist. Sollte er mir etwas antun wollen, bin ich chancenlos. *Und halb nackt.* So ein Sturm ist eine willkommene Gelegenheit, jemanden loszuwerden. Bei den vielen Unfällen, die passieren können …

»Offenbar muss ich etwas deutlicher werden«, fügt er hinzu und presst mich so fest an sich, dass ich fast keine Luft mehr bekomme.

»Lassen Sie mich los«, wimmere ich in seiner Hand.

»Nicht eher, bis Sie mir erklären, was Sie hier tun.«

Sein warmer Atem, der über meine Wange streift, fühlt sich wie eine Liebkosung an, straft seinen drohenden Unterton Lügen. Sein süß-herber Duft steigt mir in die Nase und macht mich seltsam trunken. Mit einem Mal spüre ich seinen Körper in meinem Rücken überdeutlich, ein Körper wie ein Fels. Muskulöse Beine, die sich durch das Handtuch gegen meinen Hintern pressen, ein Druck an meinem unteren Rücken. Unverkennbar männlich. Mein Unterleib zuckt wie unter einem Stromschlag, und mir entfährt ein Keuchen.

Wehr dich!

Wie gesagt, ich bin nicht Lara Croft. Und ich habe nur ein lächerliches Handtuch an.

Mag sein. Aber du hast gesunde Zähne, oder etwa nicht?

Guter Punkt.

Mit aller Kraft beiße ich in seine Handfläche. Er stößt einen wüsten Fluch aus, lockert seinen Griff, und ich bin frei. Schnell bringe ich mich hinter dem Esstisch in Sicherheit, dann wirble ich herum.

»Sie haben mich angegriffen, Sie Mistkerl!«, schreie ich ihn an, während meine Finger sich um das Handtuch krallen, als würde mein Leben davon abhängen. »Ich werde Sie anzeigen!«

Sich die Handfläche reibend, hält Kane Deveraux meinem wütenden Blick gelassen stand. Abgesehen von nassen Hosenbeinen und triefenden Lederschuhen ist er, wie üblich, tadellos gekleidet, glatt rasiert und hat die Ausstrahlung eines Kühlschranks. Zumindest optisch. Sein fester Körper an meinem eben hatte so gar nichts von einer Expedition in die Arktis.

»Das können Sie gern versuchen, Miss Page, aber vorher schalte ich meinen Anwalt ein.« Seine Lippen verziehen sich zu einem kalten Lächeln. »Einbruch, Vandalismus, Entwendung von fremdem Eigentum. Es könnte interessant werden. Ihre Steuerprüfung können Sie damit vergessen.«

»Vandalismus? Was für ein Vandalismus?«, rufe ich.

Empört will ich die Hände in die Hüften stemmen, überlege es mir wegen der fragilen Handtuchkonstruktion aber anders.

Er zeigt auf meinen BH, der über einer Lehne hängt. »Das sind Designerstühle. Jeder von ihnen kostet mehr als zwölfhundert Dollar. Die Feuchtigkeit hinterlässt Flecken.«

Seine Unverfrorenheit treibt mir die Röte ins Gesicht. »Sie nehmen mich doch auf den Arm!«

»Eigentlich nicht. Es ist teures Ebenholz. Sehr empfindlich.«

Es ist unübersehbar, wie sehr er die Situation genießt. Musste er ausgerechnet auf meinen stinklangweiligen weißen Baumwoll-BH zeigen? Würde ich doch nur feine Spitze tragen, die auf ein ausgefülltes und raffiniertes Sexleben hindeutet! Ich wette, mein BH passt genau in das Bild, das er von mir hat.

Und? Was juckt es dich?

Richtig. Gar nicht. Ich beschließe, die Taktik zu ändern und an sein Mitgefühl zu appellieren, falls dieser Kerl überhaupt so etwas besitzt.

»Hören Sie, es tut mir leid, dass ich hier … äh … eingedrungen bin, aber ich war verzweifelt. Hinten an der Brücke ist ein Baum umgestürzt. Der Weg ist blockiert … und überall sind Krokodile«, füge ich mit einem Zittern in der Stimme hinzu, das nicht einmal gespielt ist.

»Sie hätten früher fahren sollen«, entgegnet Kane Deveraux gleichmütig.

So viel zum Thema Mitgefühl.

»Das alles ist Ihre Schuld!«, stoße ich hervor.

»Wie bitte?«

»Hätten Sie mich vorhin ins Haus gelassen, als ich an die Tür geklopft habe, hätte ich hier nicht einbrechen müssen.«

»Ich habe Sie nicht gehört. Ich war im Keller, um die Generatoren zu checken.«

Nun ist es an mir zu schnauben. »Das soll ich Ihnen glauben?«

»Glauben Sie, was Sie wollen.« Unsere Blicke fechten einen unerbittlichen Kampf aus. »Und jetzt packen Sie Ihre Sachen und verschwinden Sie!«

»Wo soll ich denn hin, Sie Genie?«

»Mir egal.«

Vergessen ist meine Angst, vergessen das würdelose Handtuch um meinen Körper. Aufgebracht gehe ich auf ihn zu, bleibe aber vorsichtshalber einen halben Meter vor ihm stehen.

»Sie würden mich bei diesem Wetter hinauswerfen?«, zetere ich. »Und wenn mir etwas passiert? Oder ich angegriffen werde?«

Sein kantiges Gesicht ist grimmig, er hat das Kinn vorgeschoben. »Sie werden sich schon zu wehren wissen.«

»Das kann doch nicht Ihr Ernst sein!«

»Ich will Sie nicht in meiner Nähe haben, Miss Page.«

»Schön, dann sind wir uns ja einig«, entgegne ich. »Lassen Sie mich einfach hier.«

Er schüttelt den Kopf. »Auf keinen Fall! Frauen Ihres Kalibers machen nur Ärger.«

Meines Kalibers? Was zum Geier soll das bedeuten?

»Dann sind Sie also nicht nur ein …«, verbissen suche ich nach einer adäquaten Bezeichnung, »… Ekelpaket, sondern auch ein Misogyn? Das bedeutet …«

»Ich weiß, was es bedeutet, Miss Page.« Seine grauen Augen mustern mich scharf. »Und nein, ich hasse Frauen nicht. Mich widern die Menschen generell an. Da mache ich keinen Unterschied zwischen den Geschlechtern.«

»Ha!«, rufe ich. »Ausgerechnet so jemand wie Sie führt eine gemeinnützige Stiftung! Dass ich nicht lache!«

»Vielleicht unterstütze ich ja den Tierschutz«, erwidert er.

»Den Tierschutz!«, entgegne ich verächtlich. »Sie?«

Kurz runzelt er die Stirn, dann huscht ein undefinierbarer Ausdruck über sein Gesicht. »Ah, ich verstehe. Sie haben von der Geschichte mit Roscoe gehört. Nun, der kleine Scheißer ging mir mit seinem Gekläffe auf die Nerven«, ergänzt er in einem aufreizenden Tonfall.

In diesem Moment empfinde ich unbändige Mordlust. »Eines Tages werden Sie Rechenschaft ablegen müssen, Mister Deveraux«, stoße ich zwischen zusammengebissenen Zähnen hervor.

»Ich bin niemandem Rechenschaft schuldig, Miss Page«, entgegnet er tonlos. »Nicht einmal Gott.«

Ich mache einen Schritt auf ihn zu, lege den Kopf in den Nacken und banne seinen Blick. »Sie sind der verdorbenste Mensch, den ich jemals getroffen habe«, sage ich im Brustton der Überzeugung, der über den plötzlichen Anflug von Traurigkeit in meinem Herzen hinwegtäuschen soll.

Er blinzelt kurz. »Du lieber Himmel«, ruft er hämisch und rückt ein Stück von mir ab. »Aus welchem Provinznest sind Sie denn hervorgekrochen?«

»Monroe«, antworte ich mechanisch und ärgere mich, überhaupt geantwortet zu haben.

»Monroe? Wurde da nicht vor zwei Jahren ein Geistlicher wegen Pädophilie verhaftet?« Mit einem leisen Schnauben wendet er sich ab, um eine dunkelgrüne, feucht glänzende Regenjacke vom Kleiderhaken zu nehmen, die zuvor nicht da gehangen hat. »Die Menschen sind schlecht, Miss Page. Je früher Sie sich das klarmachen, desto besser.«

Konsterniert starre ich auf seinen breiten Rücken, bis er mir über die Schulter einen ungeduldigen Blick zuwirft. »Kommen Sie jetzt mit oder nicht?«

Nun ist es an mir zu blinzeln. »Wohin wollen wir?«

»Zum Haupthaus.«

»Jetzt auf einmal doch?«

»Ja, jetzt auf einmal doch!« Es klingt ziemlich mürrisch.

»Darf ich mich wenigstens anziehen?«

Er mustert mich kurz. »Ich bitte darum.«

So ein Arschloch, also ehrlich!

»Und, Miss Page …«, ruft er mir hinterher, als ich meine nassen Klamotten einsammle und ins Bad gehe.

»Was?« Kein Grund, höflich zu sein.

»Ich behalte Sie im Auge.«

Jambalaya mit Schuss

Eli

Der Mistkerl denkt nicht daran, mir seine Regenjacke zu überlassen, und als wir das große Haus durch eine Hintertür betreten, bin ich wieder nass bis auf die Knochen. Zu meinen Füßen hat sich eine kleine Pfütze gebildet.

»Sie hätten nicht zufällig etwas Trockenes zum Anziehen?«, knurre ich ihn an.

»Ich denke schon«, antwortet er, während er sich seelenruhig die Jacke auszieht.

Als er sich zum Gehen wendet, bleibt mir nichts anderes übrig, als ihm wie ein Hündchen zu folgen. Wir nehmen die Treppe nach oben, vorbei an den protzigen Statuen, und durch eines der Fenster sehe ich, wie der Rasen grellweiß aufleuchtet, als ein Blitz über den Himmel zuckt. Der Kronleuchter über unseren Köpfen flackert kurz auf. Die Galerie in der ersten Etage weist eine freskenverzierte Decke auf sowie eine Reihe pompös gekleideter Herrschaften, die aus ihren goldenen Bilderrahmen auf uns Normalsterbliche herabblicken. Ich bleibe vor dem Gemälde einer dunkelblonden Frau im roten Abendkleid stehen, um sie zu betrachten. In den blauen Augen ist ein hochmütiger Glanz, den ich bei Kane Deveraux noch nie gesehen habe, dennoch ist die Familienähnlichkeit unverkennbar. Die Cartier-Uhr am rechten Handgelenk verrät mir, dass es sich um ein Porträt aus dem 20. Jahrhundert handeln muss.

»Ist das Ihre Mutter?«, frage ich. »Sie ist wunderschön.«

Kane Deveraux bleibt mir die Antwort schuldig und öffnet stattdessen eine breite Tür links am Ende des Gangs.

»Hier entlang«, sagt er.

Ich komme seiner Bitte nach, die mehr nach einem ungehaltenen Befehl klingt, und betrete ein prunkvoll eingerichtetes Schlafzimmer, das mich schlagartig in die Zeit des Sezessionskrieges zurückversetzt. Samt rosafarbenem Baldachinbett, zierlichen französischen Stühlen mit geschwungenen Beinen und einer Polsterung aus hellem Damast.

»Ihr Zimmer?«, frage ich mit unschuldigem Augenaufschlag.

Wieder erhalte ich keine Antwort, aber diesmal kann ich sehen, wie der Muskel in seiner Wange zuckt. Ein wohliges Gefühl der Schadenfreude macht sich in mir breit, das leider nicht lange anhält.

»Hier ist alles, was Sie brauchen«, sagt er und zeigt auf den mit Schnitzereien verzierten riesigen Kleiderschrank. »Unterwäsche finden Sie in den Schubladen darunter. Allerdings ist Isabella groß und sehr schlank. Ich bezweifle, dass Sie in einen ihrer BHs oder Slips hineinpassen.«

Empört schnappe ich nach Luft. »Sie könnten etwas feinfühliger sein!«, erwidere ich scharf.

»Wozu?«

Ich fuchtle vor seinem ausdruckslosen Gesicht herum. »Nennt sich Empathie.«

»Ich frage Sie noch einmal: Wozu soll das gut sein?«

»Mit Freundlichkeit kommt man weiter. Schon mal darüber nachgedacht?«

»Das glauben Sie wirklich?« Er verzieht die Lippen höhnisch. »Sie sind so scheißnaiv, dass es schon wehtut!«

»Und Sie sind ein gefühlloser Arsch!«, fauche ich ihn an, von meiner Wortwahl selbst überrascht. Unglaublich, wozu mich dieser Mann treibt!

Ein Ruck geht durch Kane Deveraux' Körper, als wollte er sich auf mich stürzen und seine Alligatorenzähne in mich schlagen, doch am Ende begnügt er sich mit einem dunklen, stechenden Blick, dem ich nur mühsam standhalte. Mein Herz pocht schmerzhaft gegen die Rippen, die Luft scheint plötzlich dünner geworden zu sein, als stünde ich auf einem sehr hohen Berg. Nach einer gefühlten Ewigkeit wendet er sich ab und greift nach der Klinke. Erleichtert atme ich aus.

»Sobald Sie angezogen sind, kommen Sie in die Bibliothek«, sagt er kühl. »Die holzgetäfelte Tür links von der Treppe. Und trödeln Sie nicht!«

Dann bin ich allein.

Meine Hände zittern, als ich ein Sweatshirt aus dem Schrank ziehe, das mir fast bis zu den Kniekehlen reicht, dafür aber über dem Busen unangenehm spannt. Die dazugehörige Jogginghose sitzt auch nicht viel besser. Ich muss mich regelrecht hineinzwängen und die Hosenbeine dreimal umschlagen. Auf Unterwäsche verzichte ich ganz, denn Kane »The Ass« Deveraux hat leider recht. Diese Isabella, wer immer sie auch sein mag, besitzt Modelmaße. *Ob sie seine Gelegenheitsgeliebte ist?* Obwohl ich bei einem Fashionwettbewerb keinen Blumentopf gewinnen würde, genieße ich die Wärme und das herrlich kuschelige Gefühl der weichen Baumwolle auf der Haut. Am Ende suche ich noch ein paar Wollsocken heraus und Hausschlappen, die mir etwas zu groß sind. Meine feuchten Haare stopfe ich unter eine wärmende Wollmütze, dann verlasse ich das Zimmer und gehe hinunter.

Die Bibliothek stellt sich als genau das heraus, was ich erwartet habe. Deckenhohe Regale voller Bücher, dunkle Holztäfelungen, antike Möbel, eine Couch, zwei gigantische Ohrensessel, in einem davon sitzt Kane Deveraux. Selbst ein Kamin ist vorhanden, was in einer Region, in der es im Winter nicht kälter als zehn Grad über null wird, pure Angeberei ist. Was ich allerdings nicht erwartet habe, ist der Hund, der zu Füßen des Hausherrn sitzt. Braun-weißes Fell, muskulöse kurze Beine, Schlappohren, sanfter Blick. Ein Beagle. Bei meinem Erscheinen springt er auf die Füße und knurrt.

»Ruhig, Roscoe«, ermahnt ihn Kane Deveraux leise. »Alles in Ordnung.«

Roscoe?

Perplex starre ich abwechselnd von dem Mann zu dem Hund und zurück. Langsam dämmert mir, wessen Schatten ich neulich unter der Treppe gesehen habe.

»Sie sollten nicht jede Schauergeschichte glauben, die über mich erzählt wird, Miss Page«, sagt Kane Deveraux, während er den Beagle hinterm Ohr krault.

»Aber Sie haben doch selbst gesagt, dass …«, beginne ich und halte dann ratlos inne.

»Ich habe nur gesagt, was Sie von mir hören wollten.«

»Wollen Sie mir etwa weismachen, Sie wären ein Unschuldslamm?«, stoße ich säuerlich hervor. Ich hasse es, manipuliert zu werden.

Er bricht in ein Lachen aus, das etwas hölzern klingt, als würde es selten aus seinem Mund dringen. »Sicher nicht. Dieser Zug ist abgefahren.«

Kane Deveraux tut alles, um ein möglichst schlechtes Bild von sich abzugeben. Ist das nur eine Masche, oder steckt mehr dahinter? Ist er vielleicht ein Psychopath?

»Haben Sie sich deshalb die Narbe auf der Nase nicht weglasern lassen?«, frage ich weiter. »Um den Leuten das zu präsentieren, was sie sehen wollen?«

Unsere Blicke treffen sich einige Herzschläge lang.

»Sie sind ganz schön vorlaut«, sagt er leise und klingt zu meinem Erstaunen nicht verärgert, sondern nachdenklich.

Trotzdem zucke ich zusammen, als er unvermittelt aufsteht und zu einem Schränkchen schlendert, das sich als Hausbar entpuppt.

»Scotch?«, fragt er.

Nein.

»Gern«, antworte ich, über mich selbst erstaunt.

Nachdem er mir eingeschenkt hat, greife ich nach dem Glas und nehme einen hastigen Schluck. Der Alkohol brennt in meiner Kehle, und ich kann nur mit Mühe ein Husten unterdrücken. Damit Kane Deveraux mein rotes Gesicht nicht sehen kann, wende ich mich schnell ab und setze mich in den zweiten Ohrensessel. Roscoe lässt mich keine Sekunde aus den Augen. In seinem Blick lese ich Argwohn. Dank des Scotchs, der eine angenehme Wärme in meinem Bauch auslöst, entspanne ich mich ein wenig. Während Kane Deveraux mir gegenüber Platz nimmt, nehme ich die Wollmütze vom Kopf, damit die Haare an der Luft trocknen können.

»Wer ist Isabella?«, frage ich, während ich mir mechanisch durch die Mähne fahre.

Kane Deveraux' Gesicht liegt im Halbschatten, dennoch kann ich sehen, dass er meiner Geste mit den Augen folgt. »Meine Cousine.«

»Sie haben eine Cousine?«, frage ich wenig geistreich.

»Ja, stellen Sie sich vor, auch ich habe eine Familie.«

»Lebt Ihre Cousine hier?«

»Wenn sie nicht gerade am Lee Strasberg Institute in Hollywood Schauspielunterricht nimmt, schon.«

»Verstehen Sie sich gut?«

»Nein. Sie hasst mich.«

Statt einer Antwort nehme ich erneut einen Schluck Scotch, wenn auch einen kleinen diesmal.

»Sie wirken nicht überrascht«, bemerkt Kane Deveraux.

»Nicht wirklich.«

Ein Lächeln huscht über sein Gesicht. Vielleicht ist es aber nur der Blitz vor dem Fenster, der mir einen Streich spielt.

»Könnte daran liegen, dass Sie Ihren Onkel, der aller Wahrscheinlichkeit nach ihr Vater war, in den Selbstmord getrieben haben«, füge ich hinzu. »Oder ist das auch nur eine Schauergeschichte?«

Sag mal, Eli, bist du lebensmüde?

Was folgt, ist eisiges Schweigen. Kane Deveraux' Körper im Sessel ist wie ein unförmiger großer Schatten, sein Gesicht ein ausdrucksloser Fleck.

»Hat Ihr Daddy Sie nicht davor gewarnt, einen fremden Mann in seinem eigenen Haus zu beleidigen?«, fragt er mit gedehnter Stimme. »Vor allem, wenn Sie mit ihm allein sind?«

»Nein.« Mein Herz rast. »Er hat mich eher davor gewarnt, bei Primzahlen Äquivalenz mit Implikation zu verwechseln.«

Verblüfftes Schweigen.

»Mein Dad ist Mathematiklehrer«, füge ich hinzu.

»Ah, das erklärt einiges«, entgegnet Kane Deveraux mit unverkennbarer Arroganz.

»Hören Sie auf, mich in eine Schublade zu stecken!«, fahre ich ihn an. »Sie wissen gar nichts über mich!«

Als er sich nach vorn beugt, fällt Licht auf sein Gesicht. Er hat die Augenlider leicht gesenkt. »Sie haben recht, bitte entschuldigen Sie«, sagt er, und es klingt kein bisschen schuldbewusst. »Um auf Ihre Frage zurückzukommen, Miss Page: Isabella hasst mich, weil sie ein verwöhntes kleines Biest ist, das mit einem silbernen Löffel im Mund geboren wurde. Sie hat sich in ihrem ganzen Leben noch nie etwas erkämpfen müssen, aber das wird sich in Zukunft ändern.«

Erst in diesem Moment wird mir bewusst, dass er die Tatsache nicht verneint hat, seinen Onkel in den Selbstmord getrieben zu haben. Die enthemmende Wirkung des Alkohols verfliegt schlagartig, und ich verschränke meine zitternden Hände ineinander. Dann stimmen die restlichen Geschichten vermutlich, die man sich über ihn erzählt. Oder vielleicht doch nicht? In meinem Inneren wütet ein chaotischer Gefühlscocktail. Bei Roscoes Anblick glaubte ich, einen Zug Menschlichkeit in Kane Deveraux' Wesen erkannt zu haben, aber nun …

»Sobald sich der Sturm gelegt hat, werde ich den Weg freiräumen. Das wird frühestens morgen möglich sein«, sagt er. »Sie werden hier übernachten müssen.«

»Sie wollen das selbst machen?«, frage ich hörbar skeptisch, seine teure Anzughose und sein blütenweißes Hemd musternd.

Er wirft mir einen eigenartigen Blick zu. »Was dachten Sie denn?«

Da es eine rhetorische Frage ist, erspare ich mir die Antwort. »Ich könnte drüben im Gästehaus schlafen«, schlage ich stattdessen vor.

»Haben Sie Angst, mit mir allein unter einem Dach zu sein?«, fragt er mit einem spöttischen Lächeln, das ich eher erahne als sehe.

»Natürlich nicht«, erwidere ich mit fester Stimme.

Warum sollte ich Angst davor haben, die Nacht mit einem zwielichtigen Kerl zu verbringen, der Tiere den Menschen vorzieht?

»Gut, dann ist die Sache entschieden. Sie schlafen in Isabellas Zimmer.«

Verstohlen blicke ich auf die Standuhr. Es ist kurz nach fünf. Ein Donnerschlag erschüttert das Haus. Prompt rollt sich Roscoe zu einem Knäuel zusammen und versteckt sich unter den

Beinen seines Herrchens. Ich verzichte darauf, es ihm gleichzutun, beiße dennoch nervös auf meiner Unterlippe herum. Das Haus steht schon seit zweihundert Jahren. Sicher wird es noch weitere zweihundert Jahre überstehen, oder?

»Sagen Sie, Mister Deveraux …«

Meine Frage geht in einem gewaltigen Donnerschlag unter, der die Mauern erzittern lässt. Stehlampe und Deckenleuchte flackern kurz auf und erlöschen. Stromausfall. Weil die Fensterläden geschlossen sind und durch die Ritzen nur wenig Tageslicht dringt, sitzen wir im Halbdunkel.

»Wahrscheinlich ist eine Stromleitung gerissen«, sagt der Hausherr unbeeindruckt und steht auf. »Bleiben Sie hier. Ich werfe den Notstromgenerator an.«

Während er nach draußen geht, beäugen Roscoe und ich uns misstrauisch.

»Na, mein Junge«, sage ich sanft.

Der Beagle befindet sich offensichtlich in einem Dilemma. Einerseits fühlt er sich genötigt, Wache zu halten, weil sein Herrchen abwesend ist, andererseits jagt ihm das Gewitter eine Heidenangst ein. Hektische Bewegungen vermeidend, stehe ich von meinem Sessel auf und gehe hinüber. Erneut gibt Roscoe ein Knurren von sich, aber davon lasse ich mich nicht beirren.

»Keine Angst, mein Süßer«, sage ich leise. »Ich werde deinem gruseligen Herrchen den Platz schon nicht abspenstig machen.«

Mit diesen Worten setze ich mich etwa einen Meter von ihm entfernt auf den Boden und lehne mich seitlich gegen den Sessel. Meine rechte Hand lasse ich locker hängen. Wie ich gehofft habe, ist die Neugier größer als die Angst. Eine feuchte Schnauze beschnuppert meine Hand, sanft und zögernd. Unsere Blicke treffen sich.

»Du bist aber ein Hübscher«, murmele ich.

Als ich die Hand langsam hebe, erstarrt er und zieht den Schwanz ein. Meine Güte, was ist diesem Hund bloß widerfahren? Er legt typische Verhaltensweisen eines traumatisierten Tieres an den Tag.

»Ich tue dir nichts, versprochen«, säusele ich weiter in der Hoffnung, ihn mit meiner Stimme zu besänftigen.

Und tatsächlich. Nach einem kurzen Moment, in dem wir beide die Luft anzuhalten scheinen, lässt er zu, dass ich mit der Hand seine rechte Flanke berühre. Nichtsdestotrotz ist sein Blick nach wie vor misstrauisch. Im Zeitlupentempo legt er sich auf den Boden, die Beine leicht angewinkelt, bereit zur Flucht, wenn nötig. Als das Licht plötzlich wieder angeht, hebt er zwar kurz den Kopf, macht jedoch keine Anstalten, Reißaus zu nehmen, also streichele ich ihn sachte und flüstere ihm Belanglosigkeiten zu.

»So ist es gut«, sage ich. »Siehst du, alles halb so schlimm.«

Mein Herz krampft sich zusammen, als ich unter meinen Fingern Unebenheiten an Hals und Flanke erfühle. Ich brauche nicht hinzusehen, um zu wissen, dass es vernarbte Bisswunden sind. *Armer Roscoe.* Wie von der Tarantel gestochen, springt er plötzlich auf die Füße und rennt schwanzwedelnd zur Tür. Ich hebe den Blick. Auf der Schwelle steht Kane Deveraux und fixiert mich mit einem schwer zu deutenden Ausdruck, der meinen Herzschlag kurz aus dem Takt bringt. Hastig rappele ich mich auf.

»Scheint wieder zu funktionieren«, fülle ich die peinliche Stille.

»Ja.« Er betritt das Zimmer. »Der Generator läuft einwandfrei, allerdings nur für diesen Raum hier und die Küche. Wenn Sie zur Toilette wollen, müssen Sie die hier mitnehmen«, sagt er und reicht mir eine Taschenlampe.

»Danke. Wo ist die?«

»Rechts vom Eingang.«

»Alles klar.« Ich räuspere mich. »Was ist mit ihm passiert?«, frage ich und deute mit dem Kopf auf Roscoe, der auf seinem Hinterteil sitzt und sein Herrchen anhimmelt.

Kane Deveraux zögert die Antwort hinaus, indem er ein Leckerli aus seiner Tasche fischt und es dem Beagle gibt. »Er wurde von klein auf abgerichtet, um an Hundekämpfen teilzunehmen.«

Ich sauge die Luft scharf ein. »Was?« Mein Herz füllt sich mit Wut und Trauer. »Wie schrecklich! Wer tut so etwas?«

»Meine Familie.«

Mit großen Augen schaue ich Kane Deveraux an. Mir hat es schlichtweg die Sprache verschlagen. Wieder einmal.

»Haben Sie Hunger?«, fragt er mich in einem Tonfall, der unmissverständlich klarmacht, dass er das Thema nicht weiterverfolgen will.

Mein Blick fliegt zu Roscoe, der sich die Pfote leckt. Ein Schauer läuft mir über den Rücken.

»Eigentlich nicht, nein«, murmele ich, unfähig, die Bilder in meinem Kopf zu verdrängen.

Mir ist der Appetit vergangen.

Kane Deveraux zuckt mit den Schultern. »Wie Sie wollen. Ich werde in die Küche gehen und eine Kleinigkeit zubereiten. Wir können auch später essen.«

»Ja, danke. Das wäre mir lieber.«

Am Ende stellt sich die Kleinigkeit als Jambalaya heraus – ein scharf gewürztes Reisgericht mit Hühnerfleisch und Shrimps –, und zwar eines der köstlichsten, das ich je gegessen habe. In der Bibliothek gibt es keinen größeren Tisch, also sitzen wir nebeneinander auf der Couch und essen aus riesigen Suppentellern, während Roscoe uns mit Argusaugen betrachtet. Ich kann sehen, wie seine Nase gierig hin und her zuckt.

»Das schmeckt ja unglaublich!«, stoße ich nach dem ersten Bissen begeistert hervor.

»Das Geheimnis liegt im Schuss Calvados.«

»Davon höre ich zum ersten Mal«, antworte ich und nehme mir vor, es unbedingt auszuprobieren. »Von wem haben Sie das Rezept?«

»Von meiner Mutter.« Wieder dieser eigenartige Tonfall.

Die Frau auf dem Gemälde?, will ich nachhaken, aber sein umwölkter Blick hindert mich daran.

»Mögen Sie Soul?«, fragt er, nachdem er die Teller abgeräumt und in die Küche gebracht hat.

»Ja, aber hauptsächlich die alten Sachen, wenn ich ehrlich bin«, antworte ich. »Nicht das Zeug, was heute als Soul bezeichnet wird.«

Kane Deveraux schreitet zur Bücherwand, in deren äußerer rechter Ecke eine große Anzahl von Musik-CDs steht.

»Was ist hiermit?«, fragt er mit einem kaum merklichen Glitzern in den Augen und hält ein Best-of-Album von Aretha Franklin hoch.

»Oh, ich liebe Aretha!«, rufe ich begeistert.

Mein Gastgeber nickt, schiebt die CD in den Player, der sich im Fach darunter befindet, schon erfüllt die gewaltige Stimme der Queen of Soul den Raum.

»Eine schöne Bibliothek haben Sie da«, sage ich, nachdem ich mich zu ihm gesellt habe, um die Buchtitel zu studieren. Vorsichtig streiche ich mit dem Zeigefinger über die teilweise alten und brüchigen Rücken.

Mit verschlossener, aber nicht unfreundlicher Miene schaut er auf mich hinunter. »Suchen Sie sich ruhig etwas aus. Der Abend ist noch lang.«

Daraufhin stoße ich ein verlegenes Lachen aus. »Würde ich gern, aber leider liegt meine Lesebrille im Handschuhfach des Wagens.«

Kane Deveraux wirft einen kurzen Blick zum Fenster. »Ich kann sie holen, wenn Sie wollen.«

»Würden Sie das tun?« Ich bin verblüfft über so viel Freundlichkeit, die so gar nicht zu ihm passt.

»Ja. Der Wind ist leicht abgeflaut.« Er setzt sich in Bewegung. »Es wäre eine gute Gelegenheit, Roscoe noch einmal rauszulassen.«

»Das wäre wunderbar, danke schön! Der Wagen ist nicht abgeschlossen.«

Kaum ist Kane Deveraux mit Roscoe durch die Tür verschwunden, fährt mir der Schrecken durch die Glieder. Was, wenn er es nicht bei dem Handschuhfach belässt und meine Aktentasche auf dem Rücksitz durchwühlt? Schnell rufe ich mir ins Gedächtnis, was sich darin befindet. Die Telefonnummer von David Lime auf einem Stück Papier; sollte tatsächlich eine Verbindung bestehen, dürfte sie für Kane Deveraux keine große Überraschung darstellen. Seine IRS-Akte, die ebenfalls keine Geheimnisse beinhaltet, weil sie auf seinen Angaben beruht. Mein Handy, das durch einen Sperrcode geschützt und damit uninteressant ist. Heikel könnte hingegen das Büchlein mit meinen handschriftlichen Notizen sein. Ich beiße mir auf die Lippen. Bleibt nur zu hoffen, dass Kane Deveraux meine Sauklaue nicht lesen kann. Unfassbar! Wie konnte ich nur so leichtsinnig sein?

Hey, du wärst heute fast von einem Baum erschlagen worden und hattest ein Tête-à-Tête mit ausgehungerten Krokodilen. Du darfst dir auch mal einen Patzer leisten!

Gewöhnlich höre ich auf meine innere Stimme, doch in diesem Fall kann sie mich nicht überzeugen. Mir ist richtig übel bei dem Gedanken, welche Konsequenzen meine Nachlässigkeit nach sich ziehen könnte. Als Kane Deveraux wenige Minuten später hereinkommt und mir meine Lesebrille reicht, mustere ich sein Gesicht auf der Suche nach einem Anflug von Arglist. Vergeblich. Seine Miene lässt sich in etwa so leicht deuten wie die eines japanischen Zeremonienmeisters.

Eine halbe Ewigkeit wandere ich vor den Bücherregalen auf und ab – in einer Buchhandlung kann ich locker zwei Stunden verbringen –, bevor ich schließlich den Roman *Dreizehn bei Tisch* von Agatha Christie herausziehe und mich in meinen Ohrensessel fläze, um mich darin zu vertiefen. Allerdings bin ich mir der Gegenwart des Mannes allzu deutlich bewusst, der nur einen Steinwurf entfernt mit geschlossenen Augen auf der Couch liegt, einen Arm unter dem Kopf verschränkt. Während er der Musik lauscht, hält er in der linken Hand ein Glas Scotch. Immer wieder linse ich verstohlen hinüber, mustere sein angespanntes Gesicht. Was mag nur in diesem Mann vorgehen? Eine widerspenstige Strähne hat sich verirrt, und es juckt mir in den Fingern, sie ihm aus der Stirn zu streichen.

Nur ein mütterlicher Instinkt, rede ich mir ein. *Ähnlich dem Drang, einen Fussel vom Pulli zu entfernen.*

Unwillkürlich schweift mein Blick ab, wandert über den breiten Brustkorb, der sich mit jedem Atemzug hebt und senkt, dann weiter zum flachen Bauch und …

Definitiv kein mütterlicher Instinkt!

Bevor mich Kane Deveraux dabei erwischt, wie ich ihn unverhohlen anstarre, stecke ich meine Nase tief ins Buch und lasse mich von Hercule Poirot ins London der Dreißigerjahre entführen. Reiche Adelige, illustre Abendgesellschaften, eine Schauspielerin und ein heimtückischer Mord. Spannende Zutaten einer Geschichte, die mich nach ein paar Seiten derart in ihren Bann zieht, dass ich alles andere ausblende. So verbringen wir Stunde um Stunde in einträchtigem Schweigen, mit dem heulenden Sturm, der Musik und Roscoe, der sich ab und zu schüttelt, als einzige Geräuschkulisse. Ich schaue erst wieder von meinem Buch auf, als Kane Deveraux unvermittelt vor mir steht. In den Händen hält er ein paar Decken und Kissen.

»Wir werden hier schlafen«, sagt er. »Es könnte heute Nacht empfindlich kalt werden, und hier funktioniert die Heizung. Ich hoffe, Sie haben damit keine Probleme.«

Hercule Poirots gezwirbelter Schnurrbart zerplatzt vor meinem inneren Auge wie eine Seifenblase. »Es gibt nur eine Couch«, wispere ich, darum bemüht, nicht wie eine hysterische alte Jungfer zu klingen.

»Ich werde die beiden Sessel zusammenschieben und darauf schlafen.«

Mir fällt ein Stein vom Herzen. Ich sah mich schon mit Kane Deveraux zusammengequetscht auf der Couch liegen. In der Löffelchenstellung.

»Wie spät ist es eigentlich?«, frage ich und nehme die Brille ab.

»Kurz nach halb elf.«

»Wow, schon?« Ich schließe das Buch. »Die Zeit ist wie im Flug vergangen.«

»Sie können ruhig weiterlesen, wenn Sie wollen«, sagt er.

»Oh ja, das würde ich wirklich gern«, antworte ich mit einem Lächeln. »Sofern das Licht Sie nicht stört.«

»Tut es nicht.«

Als er sich unerwartet zu mir herunterbeugt, ziehen sich meine Bauchmuskeln ruckartig zusammen. Verwirrt schaue ich zu ihm hoch.

»W…was ist?«

»Ich möchte mich schlafen legen«, sagt er und zeigt auf die Sessel.

»Oh, natürlich.« *Wie peinlich!* Ich mache Anstalten aufzustehen, überlege es mir dann aber anders. »Wissen Sie was? Nehmen Sie die Couch! Ich bleibe hier. Ich bin kleiner als Sie. Auf den zusammengeschobenen Ohrensesseln kann ich mich fast komplett ausstrecken. Das passt schon.«

»Sicher?«

Ich nicke.

»Wie Sie wollen«, entgegnet er.

Schnell springe ich auf, um die beiden Sessel in die gewünschte Position zu bringen. Anschließend drapiere ich Kissen und Decke zu einem provisorischen Bett und mache es mir mit meinem Buch bequem, nicht ohne mich vorher zu vergewissern, dass ich im Liegen den Schalter der Stehlampe betätigen kann. Ich werfe einen Blick zur Couch. Kane Deveraux liegt dort ausgestreckt, er hält die Augen geschlossen und hat die Decke bis über die Hüften gezogen. In diesem Moment springt Roscoe hoch, dreht sich mehrmals um die eigene Achse und lässt sich schließlich mit einem hörbaren Seufzen zu seinen Füßen nieder. Versonnen betrachte ich den großen Mann. Der Schatten, der auf sein Gesicht fällt, betont die tiefen Kerben um seinen Mund. Härte und Weichheit in unmittelbarer Nachbarschaft.

»Sehen Sie mich nicht so an«, sagt er unvermittelt.

Ertappt schaue ich ihm in die Augen. *Das habe ich nun davon! Einmal zu viel geglotzt!* Kane Deveraux hält meinen Blick gefangen.

»Nur weil Roscoe zu meinen Füßen schläft, bin ich noch kein guter Mensch, Miss Page«, murmelt er und wendet mir den Rücken zu.

In dieser Nacht dauert es sehr lange, bis ich eingeschlafen bin.

Im Herzen des Bayou

Eli

Der Sturm hat bis in die frühen Morgenstunden getobt und ist vor Kurzem erst abgeebbt. Entsprechend schlecht ist meine Nachtruhe ausgefallen, während die beiden »Herren« auf der Couch tief und fest geschlafen haben, wofür ich sie streckenweise hätte erwürgen können. Als ich aufwache, treiben sich noch Bruchstücke eines Traums in meinem Kopf herum.

Ich in einem langen schwarzen Kleid. Um mich herum elegant aussehende Menschen ohne Gesichter. Obwohl sie keine Augen haben, spüre ich, dass sie mich anstarren. Mein Kleid scheint eine Tonne zu wiegen, und jeder Schritt ist eine Qual. Als ich mich umdrehe, stelle ich fest, dass ich einen riesigen, wild peitschenden Reptilienschwanz wie eine Schleppe hinter mir herziehe. Fehlt nur noch Stephen, der unter den Zuschauern ist und Fotos macht!

Benommen öffne ich die schweren Augenlider und blinzele gegen die Helligkeit an. Der Tag ist bereits angebrochen. Ein Sonnenstrahl hat seinen Weg durch die geschlossenen Fensterläden gefunden und leuchtet mir direkt ins Gesicht. Ich richte mich auf, um mich umzusehen. Ich bin allein. Die Standuhr zeigt fünf Minuten vor acht. Meine Füße tasten nach den Hausschuhen, dann stehe ich auf, wobei mein Rücken scharfen Protest anmeldet. Ich fühle mich wie gerädert. Als hätte ich in einem provisorischen Bett geschlafen, das aus zwei zusammengeschobenen Sesseln besteht! Was hat mich nur geritten, freundlich sein zu wollen? Ausgerechnet zu einem Kerl wie Kane Deveraux? Missmutig schlurfe ich aus der Bibliothek und blicke mich in der leeren Halle um.

»Hallo?«, rufe ich.

»Küche!«, kommt es prompt zurück.

Der Kaffeeduft weist mir den Weg. Als ich die große Küche in Profiqualität betrete, muss ich heftig blinzeln. Nicht wegen des französischen Gastronomieherds oder der blank polierten Kupfertöpfe an der Wand. Auch nicht wegen der im Boden eingelassenen Glasscheibe, die den Blick auf den darunter befindlichen Weinkeller erlaubt, sondern wegen des Mannes, der sich gerade den letzten Rest Rührei vom Teller kratzt. Er trägt ein abgenutztes T-Shirt und verwaschene Jeans, dazu schwere Boots. Der Siegelring am Finger fehlt. Am verwirrendsten ist der Bartschatten, der sein kantiges Kinn bedeckt. Er ist mehr Kane denn Deveraux.

»Kommen Sie!«, begrüßt er mich. »Essen Sie etwas, dann brechen wir auf. Es gibt viel zu tun.«

»Äh … ich hätte mich gern vorher etwas frisch gemacht.«

Kurz flackert Unmut in seinen grauen Augen auf. »Okay, aber beeilen Sie sich.«

»Darf ich wenigstens Kaffee trinken?«, frage ich etwas gereizt.

»Natürlich.« Er schaut auf die Uhr, dann steht er auf. »Sie haben eine halbe Stunde. Im Kühlschrank finden Sie alles, was Sie fürs Frühstück brauchen. Brot steht auf dem Tisch. Bedienen Sie sich!«

Energischen Schrittes verlässt er die Küche.

»Wo sind Teller und Besteck?«, rufe ich ihm hinterher.

»Einbauschrank hinten links«, kommt es im Telegrammstil zurück.

»Ihnen auch einen schönen guten Morgen, Mister Deveraux«, entgegne ich spöttisch. Sein Erscheinungsbild mag sich verändert haben, sein schlechtes Benehmen nicht.

Nachdem ich ein Erdnussbuttersandwich in Rekordzeit geschmiert und hinuntergeschlungen habe, eile ich nach oben in Isabellas Zimmer, um im angrenzenden Bad zu duschen. Glücklicherweise ist dort alles vorhanden, was ich benötige: Duschgel, Zahnpasta, Deo und, ganz wichtig, ein Kamm. Nach einer Dreißig-Sekunden-Dusche suche ich in den Schränken nach einem sauberen Slip, in den ich mich fluchend hineinzwänge, dann schlüpfe ich in meine trockenen Sachen. Gerade als ich meine Haare mit einem Gummi zusammenbinde, klopft es an der Tür.

»Fertig?« Die Stimme klingt schroff und ungeduldig.

»Jaja«, murre ich zurück. »Ich komme!«

Schon höre ich, wie er die Stufen hinunterpoltert. Du meine Güte, der Mann hat heute Morgen Hummeln im Hintern.

»Fahren wir zu dem umgestürzten Baum?«, frage ich etwas atemlos, als ich mich an seine Fersen hefte.

»Nein«, antwortet Kane Deveraux, der nicht im Traum daran denkt, seine Schritte zu verlangsamen.

»Aber ich dachte …«

»Ich muss vorher etwas überprüfen«, unterbricht er mich.

»Schön«, antworte ich und bleibe abrupt stehen. »In der Zeit kann ich hierbleiben und weiterarbeiten.«

Endlich habe ich seine volle Aufmerksamkeit. Er stoppt ebenfalls und bedenkt mich mit einem finsteren Blick. »Auf keinen Fall! Das Letzte, was ich will, ist, dass Sie allein im Haus sind.«

»Roscoe kann auf mich aufpassen«, scherze ich.

»Kann er nicht. Er begleitet uns.«

Der Mann besitzt nicht einen Hauch von Humor.

»Ehrlich, Sie sind förmlich besessen von der Vorstellung, mich unbeobachtet in Ihrem ach so kostbaren Haus zu lassen.« Ich hebe vielsagend die Augenbrauen. »Was verbergen Sie? Folterinstrumente und Leichenteile im Keller?«

»Bringen Sie mich nicht auf Ideen, Miss Page.«

Sein drohender Tonfall lässt mich schwer schlucken, und ich wünschte, ich hätte meinen vorlauten Mund gehalten. Als er durch den Haupteingang nach draußen stapft, bleibt mir nichts anderes übrig, als ihm innerlich protestierend hinterherzulaufen. Schon wieder. *Wie ich das hasse!* Neugierig blicke ich mich um. Die Folgen des Sturms sind unübersehbar. Überall Pfützen, Äste, einzelne Dachziegel und Papiermüll, der von irgendwoher herangeweht wurde.

»Ich habe gesehen, dass in Ihrem Handschuhfach eine Sonnenbrille liegt«, sagt Kane zu mir. »Sie werden sie brauchen.«

Ich nicke und gehe zum Wagen. Außer der Sonnenbrille nehme ich noch mein Handy mit, dann ziehe ich den Schlüssel aus der Zündung und schließe den Wagen ab. Den Schlüssel stecke ich zusammen mit dem Handy in meine Hosentasche, die Sonnenbrille schiebe ich mir ins Haar. Noch ist der Himmel bewölkt, aber das kann sich schnell ändern. Mit einem kurzen Nicken setzt sich Kane in Bewegung. Während ich ihm zu einem Pfad folge, der rechts vom Haus ins Dickicht führt, kann ich nicht verhindern, dass mir der Anblick seines straffen Hinterns in der Jeans einen trockenen Hals beschert. Von den muskulösen Oberschenkeln und den breiten Schultern ganz zu schweigen. Verärgert über meine Reaktion, beiße ich mir auf die Lippen.

»Du bist definitiv untervögelt, Schwesterchen«, würde mein Bruder jetzt sagen.

»Das ist der Schlafmangel, du Hornochse!«, würde ich dagegenhalten.

Gerade als ich mich frage, wohin der Weg führt, taucht zwischen den Bäumen eine dunkelrot gestrichene Holzhütte mit einem Blechdach auf, dahinter schimmert Wasser. Ich mache eine Anlegestelle aus.

»Da der Landweg blockiert ist, nehmen wir das Boot«, erklärt Kane.

»Aha«, entgegne ich wenig begeistert.

Bei der Hütte angekommen, holt er einen kleinen Schlüssel aus seiner Hosentasche und sperrt die Tür auf, die mit einem Vorhängeschloss und einer schweren Kette versehen ist. Als Letztere mit einem lauten Scheppern zu Boden fällt und ein Ibis keine zwei Meter von mir entfernt erschrocken davonflattert, zucke ich heftig zusammen.

»Entspannen Sie sich«, brummt Kane und geht hinein.

Die Hütte entpuppt sich als Bootshaus. Mit Fischernetzen an den Wänden, einem Holzofen, einer Hobelbank, einem Hocker, einem großen Metallschrank und natürlich dem Boot, das sanft im Wasser schaukelt. Dabei handelt es sich um ein Aluminiumboot mit Außenbordmotor, ein im Bayou beliebtes Modell, mit dem man problemlos durch Flachwasser und über verlandete Stellen gelangt. Versonnen fahre ich mit den Fingerspitzen über ein Astloch in der Wand, als mich Kane aus meinen Gedanken reißt.

»Ziehen Sie die Hose aus!«, fordert er energisch.

Mir bleibt fast das Herz stehen. »Wie bitte?«, keuche ich und starre ihn mit großen Augen an.

Er zeigt auf meine dunkelblaue Hose mit Bügelfalte. »Wenn Sie mit der Hose ins Boot steigen, können Sie die hinterher auf den Müll werfen.«

»Oh! Natürlich«, antworte ich und komme mir ziemlich dämlich vor.

Kane nimmt eine robust aussehende dunkelgrüne Arbeitshose vom Haken sowie eine Armeejacke und ein kurzes

Seil. »Sie werden Ihnen etwas zu groß sein, aber das ist besser als nichts.«

»Danke, aber was soll das Seil?«, frage ich. »Soll ich mich damit aufhängen?«

»Das können Sie als Gürtel benutzen.«

Einige Sekunden vergehen. »Ihnen ist doch klar, wie sehr ich Sie verabscheue, oder?«, murmele ich schließlich.

»Glasklar«, antwortet er mit ruhiger Stimme. »Hier!«, sagt er weiter und reicht mir ein Paar Gummistiefel. »Die werden Sie auch brauchen. Ihre Sachen legen Sie einfach in den Schrank.«

Ich sehe mich um. »Wo soll ich mich umziehen?«

Er macht eine raumfüllende Geste. »Na hier.«

»Äh.«

Sein Mundwinkel zuckt leicht. »Ich fahre inzwischen das Boot raus.«

»Tun Sie das«, entgegne ich in einem, wie ich finde, sehr souveränen Tonfall.

Es mag übertrieben anmuten, aber ich will ihm nicht meinen halb nackten Hintern vor die Nase halten. Nicht in diesem unsäglich engen Slip, der sich inzwischen in meine Poritze verabschiedet hat, was jeden Schritt zur Tortur macht. Während ich mich umziehe, nutze ich den Moment des Alleinseins, um den winzigen Stoff wieder hervorzuholen, in dem Wissen, dass das Gefühl der Erleichterung genau drei Sekunden anhalten wird. Die grüne Arbeitshose ist natürlich viel zu weit, und ich binde mir das Seil dreimal um die Hüften, damit sie nicht herunterrutscht. Die Jacke ist auch nicht besser. Im Notfall könnte ich darin campen. Und natürlich sind die Stiefel drei Nummern zu groß.

»Und? Alles klar?«, ertönt Kanes Stimme in meinem Rücken.

Ich drehe mich zu ihm um. »Ich sehe aus wie ein Vollidiot«, sage ich mit einem unglücklichen Seufzen.

Er neigt leicht den Kopf, während er mich mustert. »Sie sehen aus wie Calamity Jane.«

Calamity Jane war eine tabakkauende, schießwütige und fluchende Wildwestlegende.

»Ja«, kontere ich. »Die zu heiß gewaschen wurde und hinterher die Sachen ihres großen Bruders anziehen musste!« Verlegen fahre ich mir durchs Gesicht. »Haben Sie vielleicht eine Kopfbedeckung für mich? In der Sonne werde ich rot wie ein Hummer. Meine Vorfahren stammen aus Finnland«, füge ich hastig hinzu, als ob es alles erklären würde.

»Sicher«, antwortet er und fischt aus dem Metallschrank eine Baseballmütze.

Bevor ich danach greifen kann, hat er sie mir schon auf den Kopf gedrückt.

»Perfekt«, sagt er beinahe sanft.

Sein Lächeln ist nicht mehr als ein schmaler Sonnenstrahl, der hinter dunklen Wolken hervorguckt, dennoch kappt es mir kurzfristig die Luftzufuhr. Entsprechend geheuchelt ist der böse Blick, den ich ihm zuwerfe. Mir sagt dieser lockere Kane Deveraux mehr zu als die sarkastische, menschenverachtende Variante. Als er aus dem Schrank ein Gewehr hervorholt, das er sich über die Schulter wirft, bekommt meine Begeisterung allerdings einen Dämpfer.

»Wofür ist das?«, frage ich fast panisch.

»Krokodile. Schon vergessen?«

Wie könnte ich das vergessen?

»Verstehe«, murmele ich.

»Gut. Können wir?«

Ich nicke.

Nachdem Kane die Hütte abgeschlossen hat, begeben wir uns zum Anleger, wo das Boot vertäut ist. Mit Roscoe darin.

»Huch?« Ich muss lachen. »Wo kommt der denn plötzlich her?«

»Er ist eben ein schlaues Bürschchen.«

Weil die Aluminiumschüssel beim Einsteigen ziemlich schwankt, nehme ich Kanes helfende Hand dankbar an. Seine warmen Finger erzeugen prickelnde Schauder auf meiner Haut, und in meinem Magen flattert es, was sehr verwirrend ist. Hastig setze ich die Sonnenbrille auf und nehme auf der Bank Platz, derweil Kane das Seil löst und den Motor startet. Mit einem Dröhnen setzen wir uns in Bewegung, eine Kielwelle hinter uns herziehend. Das Land ist zu beiden Seiten dicht mit Zypressen bewachsen, in der Luft hängt der Duft von karmesinroten und gelben Wunderblumen. Mit sicherer Hand manövriert Kane das Boot durch das grünbraune Gewässer, weicht geschickt den zahllosen abgebrochenen Ästen und Zweigen aus, die der Sturm herangetragen hat.

Plötzlich deutet er mit ausgestrecktem Arm auf einen Haufen brauner Steine im Wasser, die sich am Ufer zwischen einigen knorrigen Wurzeln befinden. Ich kneife die Augen zusammen. Keine Steine, sondern der mit kleinen Krebsen und Muscheln bewachsene Kopf eines Alligators, dessen Augen aus dem Wasser ragen.

Sehr witzig.

Kane zwinkert mir kurz zu, dann wendet er den Blick wieder nach vorn. Mein Atem beschleunigt sich, während ich die Augen auf seinen breiten Rücken hefte. Wer ist dieser Mann? Wüsste ich es nicht besser, würde ich denken, Kane Deveraux hätte mit seinem Hillbilly-Zwilling über Nacht die Plätze getauscht. Und noch etwas ist augenfällig. Hier, tief in den Eingeweiden des Bayou, umgibt ihn eine gewisse Heiterkeit – falls man so etwas über Kane Deveraux sagen kann. Als hätte er eine schwere Last abgelegt.

Während wir durch immer enger stehende Bäume gleiten, dringt nur noch vereinzelt Licht durch das Blätterdach, und ich setze die Sonnenbrille wieder ab. Dichte Nebelschwaden ziehen durch den überfluteten Wald, in die Luft mischt sich feuchte Kälte. Die schwere Armeejacke würde ich inzwischen nicht mehr missen wollen. Gedankenverloren streichle ich Roscoe über den Kopf, der zu meiner großen Freude die Berührung zulässt. Wie eine Fata Morgana taucht rechts eine Hütte aus dem Dunst auf. Sie steht inmitten einer Lichtung. Eine schlichte Konstruktion aus Ziegelsteinen auf einem Fundament aus Beton und Zypressenstümpfen. Es gibt kein Glas an den Fenstern, sondern Läden aus Brettern, die oben an Scharnieren befestigt sind und mithilfe eines Stocks hochgestellt werden. Hinter der Hütte steht ein verrosteter Pick-up. Ohne Räder und Türen.

»Wo sind wir hier?«, will ich wissen, nachdem Kane das Boot an einem kräftigen Ast festgemacht hat und wir wieder festen Boden unter den Füßen haben.

Roscoe ist von Bord gesprungen, kaum dass wir angelegt haben, und rennt schwanzwedelnd durch das kniehohe Gras.

»Das ist unser altes Haus«, antwortet Kane. »Hier bin ich aufgewachsen.«

Womöglich bilde ich es mir nur ein, aber ich könnte schwören, dass ein Hauch von Stolz in seiner Stimme mitschwingt. Für einen kurzen Moment weiß ich nicht, was ich sagen soll. Mein Blick schweift unwillkürlich zu dem Toilettenhäuschen, dessen Dach – ein rostiges Reklameschild für *Dixie Beer* – ein paar Meter entfernt im Schlamm liegt. Der Sturm vermutlich.

»Man gewöhnt sich daran«, sagt Kane, der meinen ungläubigen Blick aufgefangen hat.

»A...aber, ich verstehe nicht ...«

Bevor Kane etwas erwidern kann, taucht eine hohe, magere Gestalt unter den Bäumen hervor. Ein dunkelhaariger Mann, Mitte, Ende siebzig. Ein zäher Kerl mit sonnenverbranntem Gesicht, das an einen alten Lederschuh erinnert, unverwüstlich, aber voller Furchen. Mir entfährt ein leises Keuchen.

In den Händen hält er ein Gewehr, deren Mündung auf uns gerichtet ist.

»*Qui est là?*«, ruft er mit überraschend kräftiger Stimme. Wer ist da?

»*C'est moi, vieux filou*«, antwortet Kane, ohne zu zögern. Ich bin's, du alter Gauner. »Du solltest dir wirklich eine Brille anschaffen«, fügt er in breitem Südstaatenakzent hinzu.

»Unsinn!«, kommt es laut zurück. »Die Sonne hat mich geblendet.«

Sonne? Welche Sonne?

Ich wechsele einen schnellen Blick mit Kane, der mich angrinst.

»Komm her, Junge!«, bellt der alte Mann, der uns mit wenigen Schritten erreicht hat. »Lass dich drücken!«

Er hat auffällig blaue Augen, fast türkis, und ich kann sehen, dass sie leicht getrübt sind. Vermutlich leidet er an grauem Star.

»Du hast jemanden mitgebracht!«, ruft er hörbar entzückt, nachdem er sich von Kane gelöst hat. »Deine Freundin? *Elle est jolie.*«

Meine Französischkenntnisse reichen gerade so aus, um zu verstehen, dass er mich als hübsch bezeichnet hat. Ich spüre, wie die Hitze in meine Wangen steigt. Natürlich ist es nur das Gerede eines freundlichen alten Mannes, dennoch fühle ich mich geschmeichelt.

»Nein«, sage ich. »Ich bin nicht seine Freundin, nur …« *Die Frau, die ihm Steuerbetrug nachweisen will.* »… eine Bekannte.«

»Wie ist dein Name, *ma belle*?«, fragt der alte Mann und drückt mir die Hand.

»Elinor … Elinor Page.«

»Ich bin Joseph Broussard, aber nenn mich Joe.«

Ich lächele. »Okay … Joe.«

»Habt ihr schon gefrühstückt?«, will der alte Mann wissen, während wir auf die Hütte zugehen und Roscoe mit einem fröhlichen Bellen um uns herumspringt.

»Ja«, antwortet Kane.

Zu meiner Erleichterung lassen wir die baufällig aussehende Baracke hinter uns und betreten den Wald.

»Schade. Ich habe heute Morgen frischen *boudin* gemacht.«

Boudin ist eine Bratwurst aus Schweinefleisch, Reis und der heiligen Dreifaltigkeit der Cajuns: Zwiebeln, Paprika und Sellerie. Normalerweise esse ich gern *boudin*, aber um die Uhrzeit wäre mir eher nach einem weiteren Kaffee zumute.

»Joe ist für seinen *boudin* berühmt«, wendet sich Kane an mich.

»Gut, dann ist es abgemacht«, sagt der alte Mann zufrieden. »Louisette!«, brüllt er anschließend in den Wald hinein. »Wir haben Besuch!«

Eine halbe Stunde später sitzen wir auf der zurückversetzten Veranda eines typischen Hauses der Cajuns. Auf Pfählen gebaut zum Schutz vor Alligatoren, Schlangen und Überflutungen, mit einem Blechdach und Wänden aus Zypressenholz. Die Cajuns, Nachfahren französischer Siedler, sind nicht nur für ihre Musik und ihren alten westfranzösischen Dialekt bekannt, sondern auch für ihre Küche. So türmen sich auf meinem Teller neben *boudin* auch Shrimps in scharfer Soße, Hornhechtklößchen und Süßkartoffeln. Dabei ist es noch nicht einmal zehn Uhr morgens. Joe und seine Frau Louisette, mit der er seit fünfzig Jahren verheiratet ist, meinen es besonders gut mit uns. Genau wie ihr Mann ist die alte Frau rüstig, wenn auch zierlich. Sie hat helle Augen, und ihre grauen Haare sind zu einem lockeren Knoten zusammengebunden. Ihre Haut, obgleich ebenso gebräunt wie die der meisten Cajuns, hat einen etwas anderen Farbton. Ich tippe auf indianische Vorfahren.

»Habt ihr den Sturm gut überstanden?«, will Kane wissen, während Roscoe zu seinen Füßen auf einem Knochen herumkaut. »Irgendwelche Schäden?«

Joe lacht laut. »Aber nein!«, bellt er, während ich immer mehr den Verdacht hege, dass auch seine Ohren vom grauen Star befallen sind. »Das war doch nicht mehr als ein lauer Furz.«

»Jetzt hör dir diesen alten Maulhelden an!«, schnaubt seine Frau. »Ein lauer Furz ...« Und dann mit einem Blick zu mir. »Dass Männer immer den großen Macker raushängen lassen müssen! Erzähl Kane von der Regenrinne!«, sagt sie, wieder an ihren Mann gewandt.

»Regen... was?«, entgegnet dieser mit Blick auf die Süßkartoffeln auf seinem Teller, die eine ungeheure Faszination auszuüben scheinen.

»Joseph Baptiste Broussard!«, mahnt seine Frau.

»Schon gut.« Der alte Mann hebt seufzend die Augen. »Die hintere Regenrinne ist abgerissen. Nichts Wildes.«

Schon springt Kane auf die Füße. »Okay, sehen wir uns das mal an!«

»Aber Junge«, wirft Louisette sanft ein. »Willst du nicht erst mal fertig essen?«

Das Lächeln, das Kane der alten Frau schenkt, ist so voller Wärme, dass es mir einen Stich versetzt. Was ist nur mit diesem Kane Deveraux geschehen? Warum versteckt er sich sonst hinter einer feindseligen Maske?

»Es war köstlich«, sagt er. »Und ich bin pappsatt.«

»Aber ich habe *couche-couche* gemacht«, erwidert Louisette. *Couche-couche* ist eine schwere Eier-Mehl-Speise, die man als Beilage, aber auch als Dessert mit Zuckersirup essen kann.

Als Kane daraufhin in Lachen ausbricht, starre ich wie gebannt auf sein Gesicht. Um seine funkelnden Augen haben sich Fältchen gebildet. Seine Zähne blitzen im fahlen Licht der Sonne auf, die als Streifen durchs Dach fällt. Unglaublich.

Und betörend.

»Ich fürchte, im Augenblick muss ich passen«, erklärt er. Und dann an Joe gewandt: »Lass uns den Werkzeugkasten aus dem Schuppen holen.«

Dann zieht er mit dem alten Mann von dannen, nicht ohne mir vorher einen kurzen mahnenden Blick zuzuwerfen. Wovor hat er Angst? Dass ich diesen braven Leuten erzähle, was für ein Halunke er ist? Vermeintlicher Halunke, verbessere ich mich im Stillen.

»Kennst du Kane schon lange?«, fragt mich Louisette, während sie mir von ihrem starken Kaffee nachschenkt, wofür ich ihr sehr dankbar bin.

»Nein, erst seit fünf Tagen.«

»Wirklich?« Verblüfft schaut sie mir ins Gesicht. »Und nach so kurzer Zeit bringt er dich mit hierher?«

Um meine Verlegenheit zu überspielen, nehme ich einen Schluck Kaffee. »Ich fürchte, er hatte keine große Wahl.«

Die alte Frau bricht in Lachen aus. »Kane hat immer eine Wahl.«

Einen Moment lang hängen wir unseren Gedanken nach. In der Stille des Waldes hallen die fernen Schläge einer Axt ohrenbetäubend wider.

»Und seit wann kennen Sie Kane?«, breche ich irgendwann das Schweigen.

Ihre Augen funkeln. »Seit er ein kleiner Junge war.«

Neugierig beuge ich mich vor. »Wie war er denn so? Ich kann ihn mir als Kind überhaupt nicht vorstellen.«

Wieder ein lautes Lachen. »Er war ein kleiner Rabauke. Aufgeweckt, aber ziemlich wild. Mit seinen Streichen hat er seiner Mutter viele schlaflose Nächte bereitet. Einmal hat er in der Kanzel des Pfarrers eine fast zwei Meter lange tote Wassermokassinschlange versteckt. Der arme Mann hat sich während der Messe zu Tode erschrocken und wie am Spieß geschrien.« Die alte Frau kichert. »Zur Strafe musste Kane einen Monat lang den Boden der Kirche schrubben.«

»Und wo sind seine Eltern jetzt?«

Die Fröhlichkeit im Gesicht der alten Frau erlischt prompt, und ich verpasse mir für meine Indiskretion gedanklich eine Ohrfeige. »Tot«, antwortet sie mit dumpfer Stimme. »Sein Vater starb, als Kane acht Jahre alt war, seine Mutter folgte ihm drei Jahre später. Sie starb an gebrochenem Herzen.«

»Oh ... das tut mir leid«, antworte ich erschüttert. »Das muss für Kane furchtbar gewesen sein. Der arme kleine Junge ... Was hat er denn gemacht, so ganz allein?«

»Er war nicht allein!«, widerspricht Louisette energisch. In ihren Augen glüht ein rebellischer Funke. »Cajuns halten zusammen. Wir, unsere Nachbarn, eigentlich die ganze Gemeinde haben sich um ihn gekümmert, bis er alt genug war, auf eigenen Füßen zu stehen.«

»Entschuldigen Sie«, beeile ich mich zu sagen. »Ich wollte Sie nicht beleidigen.«

Die Lippen der alten Frau verziehen sich zu einem sanften Lächeln. »Ich muss mich entschuldigen, *ma belle*. Ich habe dich mit dieser Geschichte in Verlegenheit gebracht.«

Ich schüttele den Kopf. »Ich hatte ja gefragt.«

»Und was machst du so?«, fragt Louisette, während sie sich ein paar Klößchen auf den Teller schaufelt. Die alte Frau muss drei Mägen haben. »Du bist Südstaatlerin, aber nicht von hier. Das höre ich heraus.«

»Ich stamme ursprünglich aus Monroe. Seit Kurzem lebe ich in New Orleans.«

Louisette nickt. »Monroe kenne ich nicht, aber in New Orleans war ich schon zwei Mal.«

Ungläubig starre ich sie an. »Erst zwei Mal? Wirklich?«

»Städte sind nichts für mich.« Sie lächelt. »Und was machst du in New Orleans? Du gehst arbeiten, nehme ich an. Das machen heutzutage alle Frauen.«

Weil in diesem Moment Kane und Joe um die Ecke biegen, komme ich zum Glück um die Antwort herum. Ich schäme mich nicht für meinen Job, ganz im Gegenteil, aber hier an diesem Ort erscheint er mir plötzlich so surreal.

»Die Regenrinne hängt wieder an ihrem Platz«, erklärt Joe, nachdem sich die beiden Männer an den Tisch gesetzt haben.

Daraufhin wendet sich Louisette an Kane. »Sicher, dass du keinen Nachtisch möchtest, Junge?«

»Die beiden sind reizend«, sage ich später zu Kane, als wir mit viel zu viel *couche-couche* im Magen und Roscoe im Schlepptau wieder ins Boot steigen. »Aber wer genau sind sie?«

»Grandpère und Grandmère.«

Ich brauche einen Moment, um zu begreifen. »Ihre Großeltern?«, frage ich verblüfft.

Er nickt.

»Sie gehören aber nicht zu denen, die für Roscoes Qualen verantwortlich sind, oder?«, frage ich mit Blick auf den Beagle, der sich mit einem wohligen Seufzen auf den Rücken gewälzt hat.

»Nein. Das war ein anderer Zweig der Familie«, entgegnet Kane kühl und startet den Motor.

Die Cousine mit den Modelmaßen; die Großmutter, die er aus ihrem Haus geworfen hat; der Onkel, den er in den Selbstmord getrieben hat … Dieser Zweig der Familie etwa? Die Deveraux? Mir brennen viele Fragen auf der Zunge, aber ein dunkler Schatten hat sich urplötzlich über das Boot gesenkt, und so legen wir den Rückweg schweigend zurück. Inzwischen haben sich die meisten Wolken verzogen, und die Luft ist drückend und feucht. Der Bayou ist zum Leben erwacht. Insektenschwärme tanzen dicht über dem Wasser, gierig schnappen die Fische danach. Ich entdecke Schildkröten im Unterholz und smaragdgrüne Echsen beim Sonnenbaden. Trotz der gedrückten Stimmung nimmt die Fahrt ein viel zu schnelles Ende. Schließlich gleiten wir durch den quadratischen Durchgang zurück ins Innere des Bootshauses. Während Kane das Tor verriegelt, steige ich aus, um mich hastig umzuziehen. Zufällig oder vielleicht auch aus Rücksicht wendet er mir derweil den Rücken zu.

»Jetzt kümmern wir uns um den umgestürzten Baum«, sagt er, als ich fertig bin.

»Kann ich die Baseballmütze aufbehalten?«

»Von mir aus«, lautet die brummige Antwort.

Yeah! Der alte Kane Deveraux ist zurück.

Ein folgenschwerer Fehler

Kane

Es war ein Fehler, sie mitzunehmen. Was habe ich mir nur dabei gedacht?

»Sie ist ein nettes Mädchen«, hat mir Grandmère Louisette beim Abschied ins Ohr geflüstert. »Ich mag sie.«

»Sie bedeutet mir nichts, *mémé*.«

»Wie kannst du nur?«, hat sich Grandmère erbost.

»So ist das nicht!«, habe ich mich beeilt zu sagen. »Es gibt nichts zwischen uns. Sie kam gestern an, weil sie sich für die Stiftung interessiert. Wegen des Sturms war die Straße blockiert, und sie musste im Haus übernachten. Ende der Geschichte«, habe ich erklärt, weil ich mir nicht weiterzuhelfen wusste.

»Sie hat mir erzählt, ihr hättet euch am Montag kennengelernt«, hat Grandmère Louisette daraufhin argwöhnisch erwidert.

»Da haben wir zum ersten Mal miteinander telefoniert.«

»Oh.« Die Enttäuschung ist Grandmère deutlich anzumerken gewesen. »Das ist aber schade. Sie ist die netteste Frau, die du je mitgebracht hast.«

»Ich habe noch nie eine Frau mitgebracht«, habe ich erwidert, offenen Auges in die Falle tappend.

»Ganz genau«, hat Grandmère Louisette triumphierend erwidert.

Also gut, ich habe tatsächlich noch nie eine Frau zu meinen Großeltern mitgebracht. Und wenn schon? Hätte ich Miss Page vielleicht im Haus allein lassen sollen, damit sie ihre Nase überall hineinsteckt? Nur über meine Leiche! In diesem Moment sitzen wir in meinem dunkelgrünen Pick-up und fahren zu der Holzbrücke, um den umgestürzten Baum zu beseitigen. Meine Ausrüstung, darunter eine Motorsäge und Schutzkleidung, sowie das Gewehr liegen hinten auf der Ladefläche, und ich freue mich diebisch darauf, mich auspowern zu können. Hoffentlich hat der Baum einen dicken Stamm.

Je schneller ich die Frau neben mir loswerde, desto besser für meinen Seelenfrieden. Als ich Grandmère sagte, zwischen Elinor und mir gebe es nichts, war das nicht gelogen. Trotzdem bekomme ich die Bilder von ihr nicht aus dem Kopf. Wie sie, nur in ein Badetuch gewickelt, vor mir stand, mit blitzenden Augen und wirrem Haar und einer Haltung, die einer Königin würdig gewesen wäre. Ich wollte sie so sehr, dass meine Eier schmerzten. In meiner Fantasie packte ich sie, zwängte mein Knie zwischen ihre nackten Oberschenkel und vögelte sie auf dem Tisch. Schnell und hart. Abends ging die Folter dann weiter. Ihr straffer, wohlgerundeter Körper in Isabellas viel zu engen Klamotten. Weil sie keinen BH trug, konnte ich durch das Sweatshirt die Konturen in aller Deutlichkeit erkennen. Jeder Atemzug, jede Bewegung versetzte ihre Brüste in Schwingungen, immer wieder drückten sich ihre harten Nippel gegen den Stoff. Und dann die kleinen Pobacken in der zu engen Trainingshose! Grundgütiger! Als würde jemand Öl ins Höllenfeuer gießen, in dem ich langsam geröstet wurde. Diese Art von Höllenfeuer wird Lavinia mit ihrer albernen Prophezeiung wohl kaum gemeint haben. Ein schwacher Trost. Wäre das Sweatshirt kürzer gewesen, hätte ich Elinors Schamlippen durch die Hose sehen können, da würde ich wetten …

Ein Rumpeln und ein heftiger Schlag holen mich brutal in die Wirklichkeit zurück.

»Autsch!«, ruft Elinor, die mit dem Kopf oben gegen den Fensterrahmen geknallt ist. Mit ihren blauen Augen schießt sie empörte Pfeile auf mich ab.

Ich war so sehr in meiner Vorstellung gefangen, dass ich nicht auf den Weg geachtet habe und durch ein Schlagloch gefahren bin.

»Entschuldigung«, murmele ich gereizt. Eine weitere Erklärung erspare ich mir, da wir am Ziel sind. »Sie steigen hinten auf die Ladefläche und halten nach Krokodilen Ausschau«, weise ich sie an.

Sie nickt.

»Hier«, füge ich hinzu, nachdem sie brav hinten Stellung bezogen hat, und drücke ihr das Gewehr in die Hand. »Sobald Sie eins von den Viechern sehen, schießen Sie in die Luft.«

Bestürzt schaut sie mich an. »Aber …«

»Können Sie damit etwa nicht umgehen?« Ich warte ihre Antwort erst gar nicht ab und zeige ihr, wie sie das Gewehr entsichert und schießt. »Alles klar?«

»Ich mag keine Waffen«, sagt sie mit kleiner Stimme, während sich ihr Blick verliert. Für einen Moment scheint ihr hübsches Gesicht zusammenzufallen.

»Herrgott, Sie schießen doch nur in die Luft!«, fahre ich sie an, ungehalten darüber, dass ihre Furcht mein Herz berührt.

Als sie zusammenzuckt, fühle ich mich kein bisschen besser.

Ich ringe mir ein beruhigendes Lächeln ab. »Sie schaffen das, Miss Page«, sage ich. »Ich verlasse mich auf Sie.«

Anschließend schlüpfe ich in meine Schutzkleidung samt Helm, Brille und Ohrenschützer und begebe mich, mit der Motorsäge bewaffnet, zu dem umgestürzten Baum. In der

Nähe mache ich keine Krokodile aus, also gehe ich gleich an die Arbeit. Prüfend gleitet mein Blick über den Stamm. Wie zu befürchten war, steht der Baum unter Spannung. Ein häufiges Problem bei Sturmschäden. Größte Vorsicht ist nun geboten, denn als Folge dieser Spannung kann es beim Sägen zu unerwarteten Bewegungen kommen, die schwere Verletzungen verursachen können. Zunächst entferne ich alle kleinen Äste, um die Situation besser einschätzen zu können. Dann befreie ich den Baum von Gewicht, indem ich alle unter Spannung stehenden Äste beseitige. Anschließend setze ich mehrere kleine Schnitte in den Hauptstamm, bis die Spannung vollständig gelöst ist.

Kurz setze ich die Säge ab und wische mir über die nasse Stirn. Inzwischen ist es Mittag, und die Sonne hat zu ihrer gewohnten Intensität zurückgefunden. Ich kann spüren, wie das Hemd an meinem Rücken klebt. Mein Blick fliegt zu der Baumkrone, die ich als Nächstes in Angriff nehmen werde, dann setze ich die Säge erneut an. Nachdem ich die Baumkrone abgetrennt habe, fange ich an, den Hauptstamm zu zersägen. Ich weiß nicht, wie viel Zeit vergangen ist, aber als ich aufschaue und zum Pick-up hinüberlinse, befindet sich Elinor immer noch in der gleichen angespannten Haltung und lässt ihren Blick prüfend hin und her schweifen. Mit ihrer Baseballmütze und ihrer Sonnenbrille sieht sie wie ein echter Haudegen aus, was mir ein Lächeln entlockt.

Als ich Elinor mein Elternhaus gezeigt habe, habe ich mit Abscheu gerechnet, doch alles, was ich in ihren Augen gelesen habe, waren Verwunderung und Neugier. Auch wenn ich es mir nur ungern eingestehen will, so habe ich mich insgeheim darüber gefreut. Für mich ist dieses Haus so etwas wie der Heilige Gral. Hier habe ich die glücklichste Zeit meines Lebens verbracht. Ich kann mich gut erinnern, wie ich mit meinem Vater auf der Veranda saß und wir kaputte Netze reparierten. Dabei erzählte er mir Geschichten über den *Rougarou*. Eine glutäugige, werwolfähnliche Kreatur, die in den Sümpfen Jagd auf ungezogene Kinder und sündige Katholiken macht. Ich weiß noch, wie Mutter aus dem Haus stürmte und meinen Vater beschimpfte, weil er mir solche Schauergeschichten erzählte. Obwohl es mich immer gegruselt hat, lauschte ich meinem Vater gern. Er hatte eine schöne tiefe Stimme, die er im richtigen Moment gekonnt senkte oder hob. Vor allem dann, wenn er flüsterte, lief mir ein wohliger Schauer über den Rücken. Er war ein begnadeter Geschichtenerzähler. Diese Nachmittage gehören zu meinen liebsten Erinnerungen, zumal mir Mutter hinterher immer einen Extrakeks als »Wiedergutmachung« zusteckte.

Gegen meinen Willen fliegt mein Blick erneut zu Elinor auf dem Pick-up. Ein verhängnisvoller Fehler. Die Motorsäge in meinen Händen ruckelt, rutscht ab und verfehlt meinen Oberschenkel um Haaresbreite. Als ich ausweiche, bleibe ich mit der Ferse an einer Wurzel hängen und gerate ins Stolpern. Während ich die kreischende Säge weit von mir werfe, pralle ich gegen einen abgebrochenen Ast, der sich schmerzhaft in meinen linken Oberarm bohrt.

»Fuck!«

Eli

Ich verlasse mich auf Sie.

Die Mittagshitze ist zäh wie Sirup. Obwohl ich im Halbschatten stehe, rinnt mir der Schweiß die Schläfen herab, und meine Augen brennen vor Anstrengung. Die Finger habe ich so fest um das Gewehr gekrallt, dass ich garantiert Abdrücke im Holz hinterlassen werde. Da! Mir bleibt das Herz fast stehen. Hat sich hinten im Wasser nicht gerade etwas bewegt? Hektisch wische ich mir übers Gesicht und kneife die Augen zusammen. Vielleicht war es auch nur eine optische Täuschung, dort, wo einzelne Sonnenstrahlen über das Wasser tanzen.

Geschlagene fünf Minuten halte ich den Blick auf die Stelle gerichtet, doch von Krokodilen keine Spur. Erleichtert atme ich aus. Ich sollte es nicht tun, dennoch riskiere ich einen Blick in Kanes Richtung. Auch er schwitzt. Der Baumwollstoff seines Hemdes klebt an seinem Körper wie eine zweite Haut, betont das perfekte Zusammenspiel seiner Muskeln, Arme und Beine, während er den Baumstamm mit sicherer Hand zersägt. Seine Bewegungen sind fließend und kontrolliert.

Kane Deveraux mag widersprüchlich und nicht ganz lupenrein sein, aber er bringt meine Hormone gehörig in Wallung. Diese Tatsache zu bestreiten, wäre müßig. Meine Augen heften sich auf seinen Hintern, und nicht zum ersten Mal bei seinem Anblick erwacht die untere Region meines Körpers zum Leben. Selbst das Geräusch der Motorsäge erscheint mir erregend. Kraftvoll und männlich. Gewaltsam rufe ich mich zur Ordnung. Ich habe eine Aufgabe zu erfüllen. Nachher werden wir nur deshalb von Krokodilen gefressen, weil ich scharf auf einen großen dunkelhaarigen Halbcajun war. Ich richte meinen Blick erneut auf den Sumpf. Dennoch kann ich nicht verhindern, dass meine Fantasie Amok läuft.

Ich, die mit laszivem Hüftschwung zu ihm hinüberschlendert. Er, der meine Anwesenheit spürt, die Motorsäge ausschaltet und Ohrenschützer und Brille achtlos beiseiteschleudert. (Den Helm behält er auf.) Sein Blick ist wild, als er mich packt und auf die Ladefläche des Pick-ups wirft. Ich spüre seine Erektion und sein wild pochendes Herz. In einer schnellen Bewegung reißt er mir die Klamotten vom Leib, was ich natürlich zulasse. Meine Brüste springen ihm entgegen, meine Nippel werden an der Luft sofort hart. Seine Finger zwicken und zupfen, während mein Schoß überläuft. Herausfordernd blicke ich ihn an, und sein Lächeln wird breiter. Der Dreitagebart lässt ihn noch verwegener erscheinen. Er macht sich nicht die Mühe, seine Jeans auszuziehen, sondern schiebt sie lediglich ein Stück herunter und holt seinen Schwanz heraus. Kurz blicken wir uns an, dann legt er sich auf mich und stößt zu, was mir ein Stöhnen entlockt. Seine Lippen senken sich gierig auf meinen Mund. Wie gut er schmeckt! In meiner Vorstellung gibt es selbstverständlich weder Krokodile noch Stechmücken oder rostiges Metall im Rücken. Nur Kanes harter Körper, sein Schwanz und seine Zunge …

Ein derber Fluch reißt mich aus meinem prickelnden Tagtraum. Irritiert blinzele ich, *Mist aber auch!*, und schaue in Kanes Richtung, der sich in diesem Moment aufrappelt. Vorsichtig bückt er sich nach vorn und benötigt mehrere Anläufe, um die kreischende Motorsäge, die auf dem Boden hin und her tänzelt, sicher zu packen. Erst nachdem er sie ausgeschaltet hat, bemerke ich das Blut an seinem linken Oberarm. Mit einem Keuchen springe ich vom Pick-up herunter und laufe zu ihm – ohne lasziven Hüftsprung, dafür mit Roscoe an den Hacken.

»Was ist passiert?«, rufe ich angsterfüllt.

»Nur ein Kratzer. Ich habe nicht aufgepasst.« Schon reißt er sich den linken Ärmel auf. »Der Erste-Hilfe-Kasten befindet sich im Handschuhfach.«

Sofort sprinte ich zum Pick-up, um den Kasten zu holen.

»Können Sie mir den Arm verbinden?«, fragt Kane, als ich zurückkomme.

»Natürlich.«

Die Wunde ist gut zehn Zentimeter lang und blutet ziemlich stark, also lege ich einen Kompressionsverband an. Dabei kann ich nicht verhindern, dass meine Hände zittern.

»Wären Sie doch nur in Monroe geblieben, verfickte Scheiße!«, fährt mich Kane unerwartet an.

»Was?« Als ich den Blick hebe, lese ich in seinen Augen kalte Wut. »Geben Sie mir etwa die Schuld für Ihr Missgeschick?«, frage ich.

»Ja!«, zischt er zwischen den Zähnen.

Statt einer Antwort binde ich den Verband mit einem nicht gerade sanften Ruck fest, was einen unterdrückten Schmerzenslaut und ein unheilvolles Blitzen in seinen Augen zur Folge hat.

»Oh, hat das wehgetan?«, säusele ich. »Das tut mir leid.«

Mit einer unwirschen Geste reißt er sich los und wendet sich ab. Als er die Motorsäge aufhebt, um sie wieder einzuschalten, packe ich ihn an der Schulter.

»Was haben Sie vor?«, frage ich erschrocken.

»Ich muss das hier fertig machen.«

»Sie sind verletzt!«

»Ja, aber wenn ich jetzt aufhöre, habe ich mir die Verletzung umsonst zugefügt«, erwidert er mit düsterem Blick.

»Das ist unvernünftig.«

»Es gibt Dinge, die getan werden müssen, Miss Page.«

Echt jetzt?

»Ein Mann muss tun, was ein Mann tun muss«, äffe ich ihn mit tiefer Stimme nach und schnaube. »Mir brauchen Sie nicht zu beweisen, dass Ihre Eier aus rostfreiem Stahl sind, Mister Deveraux.«

Kanes Mienenspiel wechselt von Verblüffung zu einem Ausdruck, den ich nicht deuten kann. Als er sich dicht vor mir aufbaut, muss ich schwer schlucken. Er riecht nach Waldboden und frischem Schweiß. Nach einem kurzen Blinzeln hebe ich die Augen. Sein Blick ist dunkel, in seinem trägen Lächeln liegt eine Drohung oder ein Versprechen. So genau kann ich das nicht sagen.

»Ich kann Sie beruhigen, Miss Page, mit meinen Eiern ist alles in Ordnung«, erwidert er mit rauchiger Stimme und beugt den Kopf vor.

Mein Puls schnellt in die Höhe. Einen verrückten Moment lang glaube ich, dass er mich küssen will.

Bitte tu es. Tu es!

»Hinten auf der Ladefläche liegen noch ein paar Handschuhe«, flüstert er mir stattdessen ins Ohr. »Ziehen Sie sie an und helfen Sie mir, das Holz auf die Seite zu schaffen.«

Sein verführerischer Tonfall dringt mir unter die Haut, als hätte er mir eben ein unanständiges Angebot gemacht und mir ganz nebenbei seinen Hotelschlüssel zugesteckt, und ich ringe heftig nach Luft. Froh darüber, der 1,85 Meter großen Gefahr vor mir entgehen zu können, komme ich nur zu gern seiner Aufforderung nach. Während er die letzten Teile zersägt und die großen Holzstücke zur Seite rollt, sammele ich die kleineren Holzstücke und die Äste ein. Mit Sorge beobachte ich Kanes Verband, doch meine lautstarken Bedenken tut er mit einer ungeduldigen Geste ab. Als der Weg nach einer guten Stunde wieder passierbar ist, fühle ich mich, als wäre ich durch den Fleischwolf gedreht worden. Zum Glück hat sich die ganze Zeit kein einziges Krokodil blicken lassen.

Vielleicht halten sie Siesta.

Nachdem Kane Helm, Brille und Ohrenschützer abgenommen hat, wischt er sich über die Stirn. Er ist schmutzig und abgerissen, seine Wunde blutet wieder, aber auf seinem kantigen Gesicht liegt ein zufriedener Ausdruck. Ich helfe ihm, das Werkzeug und die Ausrüstung zum Pick-up zu bringen. Ein Pfiff, und Roscoe springt auf die Ladefläche, dann fahren wir zurück zum Anwesen.

»Woher kommt eigentlich der Name *White Owl Mansion*?«, frage ich, als wir an der Zufahrt das Schild mit der schnörkeligen Aufschrift passieren.

»Ein Vorfahre der Deveraux befand sich auf der Jagd, als er eine mächtige Eiche entdeckte, in der eine weiße Eule lebte«, erzählt Kane bereitwillig. »Ihre Krone reichte bis weit in den Himmel, heißt es. Weil die Eule für Weisheit steht, befand der

Mann, dass dies der richtige Platz wäre, ein Haus zu bauen, das die Jahrhunderte überdauert.«

Mir fällt auf, dass er von *einem* Vorfahren und nicht von *seinem* Vorfahren spricht.

»Und wo steht die Eiche?«, frage ich weiter.

»Als die Bauarbeiten begannen, verschwand die Eule«, antwortet Kane. »Kurz darauf wurde die Eiche von einer geheimnisvollen Krankheit befallen. Zwei Jahre später war sie tot. Kein gutes Omen für die Familie Deveraux«, fügt er mit hörbarem Spott hinzu.

»Schade«, murmele ich. »Ich hätte diesen Baum gern gesehen.«

Kane wirft mir einen kurzen Blick zu. »Ich auch.«

Inzwischen sind wir beim Haus angelangt, und Kane stellt den Pick-up hinten in der Garage ab, direkt neben einem schwarzen BMW und dem schicken Sportwagen. Dann gehen wir zum Hauptgebäude, das wir durch eine Seitentür betreten. Sofort rennt Roscoe zur Küche, um seine Näpfe aufzusuchen.

»Wir sollten die Wunde desinfizieren und den Verband wechseln«, sage ich mit Blick auf Kanes Arm.

Er nickt. »Am besten, wir gehen nach oben.«

Wir nehmen die Treppe, lenken unsere Schritte aber diesmal nach rechts. Auf der gegenüberliegenden Seite von Isabellas Zimmer öffnet Kane eine holzgetäfelte weiße Tür.

»Ich hoffe, es macht Ihnen nichts aus, mein Schlafzimmer zu betreten«, sagt er mit einem süffisanten Unterton.

»Natürlich nicht«, antworte ich spitz, darum bemüht, mir meine Neugier nicht anmerken zu lassen.

Sein Schlafzimmer ist zurückhaltend gestaltet, männlich und etwas streng, mit Möbeln in Grau- und Brauntönen. Ich gebe mir alle Mühe, nicht auf das große Bett zu starren, das aus einem Stück gearbeitet zu sein scheint. Bodenlange, cremefarbene Vorhänge bauschen sich sachte in dem Luftzug, der durch das halb offene Fenster dringt. Dieselbe Farbe findet sich im hellen Bettüberzug wieder. Ein Kleiderschrank aus Rosenholz, dazu eine passende Kommode und zwei schmale Nachttische vervollständigen die Einrichtung. Nirgendwo gibt es Bilder oder Fotos. Ein schönes, wenn auch unpersönliches Zimmer.

»Das Bad ist nebenan«, erklärt Kane, und ich folge ihm.

Verblüfft bleibe ich auf der Türschwelle stehen. Das Badezimmer ist so groß, dass mein Apartment fast komplett hineinpassen würde. Es ist mit weißem und grünem Marmor verkleidet, die Wasserhähne sind vergoldet. Neben einer stinknormalen Wanne steht da noch ein Jacuzzi, während die überdimensionale Duschkabine wie im Luxus-Spa mit allen möglichen Düsen ausgestattet ist. Natürlich gibt es auch ein Bidet. Die Toilette mit beheizbarem WC-Sitz befindet sich in einem separaten Raum.

»Verglichen mit dem Toilettenhäuschen aus meiner Kindheit ein echter Kulturschock, was?«, bemerkt Kane und spricht damit meine Gedanken laut aus.

»In der Tat«, murmele ich.

»Hier«, ergänzt er und reicht mir Desinfektionsmittel und Verbandszeug, darunter wasserdichte Kompressen, die er aus einem verspiegelten Oberschrank geholt hat. »Wenn Sie so freundlich wären.«

Er knöpft sein zerrissenes Hemd auf und wirft es zusammengeknüllt in die Ecke, bevor er sich auf den Badewannenrand setzt, damit ich seinen Oberarm besser erreichen kann. Nachdem ich mir die Hände gewaschen habe, entferne ich vorsichtig den Verband und schaue mir die Wunde an. Nicht, dass ich mich besonders gut auskennen würde, aber selbst ich kann feststellen, dass die Wunde nicht sehr tief ist. Außerdem hat sie zu bluten aufgehört. Sehr gut. Während ich sie desinfiziere und vorsichtig das angetrocknete Blut wegwische, sitzt Kane ganz still da. Er zuckt nicht einmal. Dafür kann ich seinen warmen, gleichmäßigen Atem auf meiner Wange spüren, weil er mir das Gesicht zugewandt hat. Wie eine Liebkosung, so zart und auch genauso irritierend.

»Hören Sie auf, mich anzustarren!«, fahre ich ihn leise an, ohne aufzublicken.

»Mache ich Sie nervös, Miss Page?«

»Ja. Sie wollen mich kontrollieren. Aber ich kann Sie beruhigen. Es ist nicht der erste Verband, den ich anlege.«

»Wer sagt, dass ich Sie kontrollieren will?« Seine Stimme, nicht mehr als ein Flüstern, bringt meinen Magen zum Flattern.

Ich erspare mir die Antwort und lege ihm den sterilen, wasserdichten Wundverband an.

»Fertig«, sage ich schließlich und trete einen Schritt zurück.

Ein kleines Lächeln huscht über Kanes Gesicht. »Danke«, sagt er, dann steht er auf.

Turmgleich ragt er plötzlich vor mir auf, keine zwei Handbreit entfernt. Erst jetzt werde ich mir seines harten, durchtrainierten Brustkorbs bewusst, der mein gesamtes Sichtfeld ausfüllt. Ich ringe um Luft. Breite Schultern, jede Menge Muskeln. Die dunklen Haare auf seiner Brust sind genau richtig, nicht zu viel, aber auch nicht zu wenig, und sie verjüngen sich zum … In meinem Hals bildet sich ein Kloß, und nur mit Mühe unterdrücke ich ein Wimmern. *So viele Narben.* Die größte verläuft quer über seinen Bauch. Nach einem kurzen Zögern hebe ich die Hand wie in Zeitlupe, um die Narbe zu berühren. Diesmal zuckt er leicht zusammen.

»Woher haben Sie die?«, frage ich leise.

Ich kann seinen brennenden Blick auf mir spüren, dennoch wage ich es nicht, die Augen zu heben.

»Die Messerklinge eines Wichsers, der für meinen Onkel gearbeitet hat«, kommt es dumpf zurück. »Sie hat die Leber knapp verfehlt.«

Meine zitternde Hand wandert weiter zu seiner linken Schulter und hält an einer wulstigen Stelle in der Größe eines Zehn-Cent-Stücks inne.

»Und die hier?«, flüstere ich.

»Ein Mitschüler, der meine Mutter als Cajun-Schlampe bezeichnet hat. Ich habe ihm das Nasenbein gebrochen.«

Obwohl ich gegen die Tränen ankämpfe, mache ich weiter und fahre mit dem Zeigefinger vorsichtig über eine seiner Rippen. »Was ist mit der hier?«

»Die habe ich mir selbst zugefügt. Das war die Schere eines Flusskrebses. Er war verflucht wütend!« In seiner Stimme schwingt Belustigung mit.

Endlich hebe ich den Blick. »Und die hier?«, hauche ich und berühre sanft die Narbe auf seiner Nase.

Er antwortet nicht, aber seine Augen in der Farbe von dunklem Rauch legen mir Fesseln an. Mein Herz krampft sich heftig zusammen, und ich lasse die Hand sinken. Sekundenlang ruhen unsere Blicke ineinander. Dann geht ein Ruck durch seinen Körper, und er zieht mich zu sich heran.

»Elinor …«, sagt er mit rauer Stimme. Es ist das erste Mal, dass er mich beim Vornamen nennt.

»Eli«, entgegne ich atemlos und gerate ins Plappern. »Nur meine Mutter nennt mich Elinor. Sie liebt englische Literatur, wissen Sie, und deshalb …«

Mein Herz springt beinahe aus der Brust, als er mich küsst. Seine Lippen sind warm und fest. Mit den Zähnen zupft er an meiner Unterlippe, fährt mit der Zungenspitze die Konturen nach, bevor er sich vorsichtig, fast fragend vorwagt. Mein Mund öffnet sich leicht, und ich gewähre ihm Einlass.

O mein Gott!

Mein Tagtraum wird Wirklichkeit. Mit einem leisen Stöhnen lasse ich mich in seinen Kuss fallen … Also gut, um ehrlich zu sein, übe ich mich nicht gerade in vornehmer

Zurückhaltung, sondern schließe meine Arme um seinen Hals und drücke mich wollüstig an ihn. Prompt löst er seine Lippen von meinen und sucht meinen Blick. In seinen Augen funkelt Belustigung, und zwar diese besonders aufreizende Belustigung, zu der nur Männer fähig sind. *Mist!* Heißt es nicht immer, Männer wollen erobern? Vermutlich hätte ich die Unnahbare spielen sollen, aber die Hitze des Tages, die ganze Aufregung und seine nackte Haut unter meinen Fingern haben mich das alles vergessen lassen.

»Entschuldigung«, murmele ich verlegen.

Seine Lippen verziehen sich zu einem schiefen Grinsen. »Passt schon«, sagt er nur und ergreift erneut von meinem Mund Besitz.

Hilflos kralle ich mich an ihm fest, während er mich leidenschaftlich küsst. »N…nein«, murmle ich in seinen Mund. »Das ist nicht richtig.«

»O doch«, grollt er. »Das hier ist genau richtig.«

Interessenkonflikt!, möchte ich rufen, aber das Wort ist verflucht kompliziert, und im nächsten Moment zerstreuen sich die Buchstaben wie Pusteblumen im Wind.

Dreckig und verschwitzt

Eli

Kane zieht meinen Haargummi herunter, dann krallt er seine Finger in meine offene Mähne und vertieft seinen Kuss, so fordernd, dass es mir die Luft abschnürt und meine Begierde entfacht. Zwischen meinen Beinen beginnt es heftig zu pochen, als seine Zunge meine Lippen erneut durchstößt. Als er mich hochhebt, um mich in sein Schlafzimmer zu tragen, zappele ich ein wenig halbherzig mit den Beinen.

»Sollten wir nicht vorher duschen?«, nuschele ich, kann jedoch nicht umhin, meine Nase in seine Halskuhle zu pressen, um seinen Duft einzuatmen. »Wir sind dreckig und verschwitzt.«

Seine Augen funkeln. »Gut.«

Ein nervöses Kichern steigt in mir auf, das jedoch in meinem Hals stecken bleibt, als er mich aufs Bett wirft. Schon liegt er auf mir. Seine Zungenspitze gleitet meinen Hals entlang, seine Zähne finden mein Ohrläppchen, um daran zu knabbern, während sich seine warmen Hände unter meine Bluse schieben. Die Berührung seiner Finger auf meiner nackten Haut kommt einem Stromschlag gleich. Als er die Bluse langsam aufknöpft, legt sich ein Schauer auf meine Haut, und meine Nippel ziehen sich zu harten Knötchen zusammen. Keuchend umklammere ich seine starken Schultern, spüre die angespannten Sehnen und Muskeln unter meinen Fingern und muss mir auf die Unterlippe beißen, um nicht leise aufzustöhnen. Normalerweise bin ich nicht so leicht erregbar. Meistens muss ich selbst Hand anlegen, um in Stimmung zu kommen. Das hier kann doch nicht real sein!

Mit einem raubtierhaften Glitzern in den Augen greift Kane nach hinten, um mit nur einer Hand meinen BH aufzuhaken.

Übung macht den Meister, was?

Als ich ihm einen vorwurfsvollen Blick zuwerfe, grinst er breit und zieht aufreizend langsam den zarten Stoff nach oben. Er packt meine Handgelenke und nagelt sie vom Körper weg auf dem Laken fest. Dann neigt er den Kopf und stülpt seinen Mund über meine harten Nippel, saugt und beißt fest zu, um gleich darauf den bittersüßen Schmerz mit seiner Zunge zu lindern. Der Reiz fährt glühend in meine Scham, und mir entfährt ein Wimmern. Er lacht. Ein dunkles, kehliges Geräusch, das mich noch feuchter werden lässt.

Du lieber Himmel!

Seine Hände, sehnig und stark, geben mich frei, um mir die Hose über Schenkel und Knöchel zu ziehen. Seine langen Finger gleiten unter den zarten Stoff des viel zu engen Slips. Kurz hält er inne, spannt mich auf die Folter, dann berührt er meine Schamlippen, teilt sie und dringt mit zwei Fingern ein. Das hier ist verflucht real, und diesmal kann ich ein Stöhnen nicht unterdrücken. Immer wieder taucht er sein Fleisch in mein Fleisch, und ich genieße das Spiel seiner geschickten Hände. Ich bin triefnass, und meine Nippel schmerzen, so hart sind sie. Als er meine geschwollene Perle gekonnt mit dem Daumen reibt, gerät mein Becken in Bewegung. Wärme breitet sich in meinem Bauch aus, ein Kribbeln in den Zehen kündigt den nahenden Höhepunkt an.

So schnell.

»O ja, bitte«, wimmere ich.

Doch statt mir Erlösung zu gewähren, löst er sich von mir. Ohne mich aus den Augen zu lassen, fährt er mit der Zunge langsam über seine feucht glänzenden Finger, leckt sie einzeln ab. Das knurrende Geräusch, das aus seiner Kehle dringt, bringt mich verflucht nah an den Rand der Klippe.

»Ich freue mich darauf, mehr davon zu kosten«, raunt er. »Aber nicht jetzt.«

Ohne Vorwarnung packt er mit der Faust meinen Slip und zerfetzt ihn mit einem einzigen Ruck.

Ich stoße ein zittriges Lachen aus. »Vorspiel zu Ende?«

»Vorspiel zu Ende.« Seine Stimme ist heiser. »Wenn ich dich jetzt nicht ficke, platze ich.«

»Mit deiner Selbstbeherrschung ist es aber nicht weit her«, ziehe ich ihn auf, obwohl ich selbst wie eine Asthmatikerin klinge.

»Soll das ein Witz sein?«, knurrt er und kickt seine Boots von den Füßen. »Seit ich dich gestern halb nackt im Arm gehalten habe, kann ich an nichts anderes denken.«

Als Nächstes entledigt er sich seiner Jeans und der Boxershorts. Beim Anblick seiner stattlichen Erektion wird meine Kehle staubtrocken. Sein Schwanz ist groß und schwer, die Eichel glänzt dunkelrot.

»O Mann!«, entfährt es mir. Leichte Panik macht sich in mir breit. »Mein letztes Mal liegt etwas länger zurück, Kane.«

»Keine Sorge. Er wird nicht viel größer.«

»Was?« Erschrocken reiße ich die Augen auf. »Er wird *noch* größer?«

Kane unterbricht mich mit einem tiefen Kuss, dennoch kann ich noch einen Blick auf sein Lächeln erhaschen. Es wirkt sehr selbstzufrieden.

Typisch Mann!

Kurz lässt er von mir ab, um aus der Nachttischschublade ein Kondom herauszuziehen. Als ich mich meiner aufgeknöpften Bluse und meines losen BHs entledigen will, schüttelt er den Kopf.

»Bleib so! Du siehst heiß aus. Das wirre Haar, die unordentlichen Klamotten, die Nässe zwischen deinen Beinen ... So fickbereit. Und dazu diese unschuldigen blauen Augen.« Seine Stimme ist heiser vor Lust. »Halb Engel, halb Hure.«

Müsste ich jetzt beleidigt sein? Ich weiß es nicht, und es ist mir gleich. Gierig beobachte ich, wie er das Zellophantütchen aufreißt und sich das Kondom überzieht. Als er mit einer letzten, sehr erotischen Geste noch einmal über seinen Schwanz fährt, krampft sich mein Unterleib zusammen. Mein Kitzler pocht, meine Brüste fühlen sich schwer und voll an.

»Mach schon!«, schnauze ich ihn an, als er kurz zögert.

Lachend legt er sich auf mich, presst mich mit seinem Gewicht in die Matratze und dringt vorsichtig ein. Meine Wange gegen seine Schulter gepresst, spüre ich, wie sein Schwanz mich Zentimeter für Zentimeter dehnt. Kurz hält er inne, lässt mich seine Härte spüren, dann beginnt er, sich mit langen, gemächlichen Stößen in mir zu bewegen.

»Wie eng du bist, Eli«, stöhnt er. Seine Stimme klingt rau. »Gut für mich.«

Nein. Gut für mich!

Er füllt mich vollständig aus, so sehr, dass er bei jedem Stoß meinen geschwollenen Kitzler reibt. Als ich zucke, schenkt er mir ein wissendes Lächeln, und mein Herz setzt für einen Moment aus. Wollüstig schlinge ich meine Arme und Beine um ihn, während er seinen Rhythmus steigert.

»Mehr!«, krächze ich und kralle mich mit aller Macht an seinem stählernen Körper fest.

Meine Beine zittern vor Anspannung, das Herz pocht schnell in meiner Brust, als er seinen Schwanz tiefer und härter in mich rammt. Flüssiges Feuer rinnt durch meine Adern. Als er mit dem Daumen die empfindliche Perle zwischen meinen Beinen reizt, stöhne ich mit weit aufgerissenem Mund meine Lust heraus. Schon packt er mit der freien Hand meinen Kopf, reißt ihn nach hinten und lässt mich seine Zunge spüren. Sie dringt tief in meinen Mund ein, raubt mir die Luft zum Atmen. Seine Bartstoppeln kratzen über meine Haut, und eine nie gekannte Ekstase überkommt mich. Hilflos winde ich mich unter ihm, meine Fingernägel graben sich tief in sein erhitztes Fleisch, während meine Muskeln seinen Schwanz gierig umklammern.

»Eli«, stöhnt er und gibt meinen Mund frei.

Wie durch eine Nebelwand sehe ich, wie seine Augenlider flattern und er den Kopf zurückwirft. Mit einem sehr maskulinen Laut bäumt er sich auf, um noch tiefer einzudringen. Innerlich glaube ich vor Lust zu zerbersten. Er stößt zu, wieder und wieder, bis eine gewaltige Welle über uns hereinbricht, die uns beide in den Abgrund reißt. Mein Orgasmus kommt über mich wie ein Orkan, der mir schlagartig alle Lichter ausbläst. Mir schwinden buchstäblich die Sinne, und ich fürchte, in Ohnmacht zu fallen, so intensiv ist mein Höhepunkt. Als ich langsam aus schwindelnder Höhe herunterkomme, spüre ich den Schauder, der durch seine harten Muskeln läuft, bevor er sich pochend in mir verströmt.

Hinterher lässt er sich schwer atmend neben mir nieder, ohne mich loszulassen. Ich spüre seinen schnellen Herzschlag, während sich mein eigener Puls ebenfalls nur langsam beruhigt. Eine bleierne Mattigkeit hat sich über mich gelegt, gleichzeitig presst ein eisernes Band meinen Brustkorb zusammen. Lust von solcher Intensität habe ich noch mit keinem anderen Mann erlebt, als wären nicht nur unsere Körper, sondern auch unsere Seelen miteinander vereint gewesen. Noch immer vibriert jeder Nerv in meinem Körper.

»Möchtest du etwas trinken?«, fragt er. »Oder willst du lieber vorher duschen?«, fügt er mit einem vielsagenden Zwinkern hinzu.

Die Aussicht auf eine Wiederholung seines Könnens unter der XXL-Dusche erscheint mir derart verlockend, dass sich mein Unterleib erneut lustvoll zusammenzieht, dennoch brauche ich vorher etwas Flüssigkeitsnachschub.

»Ich würde vor der Dusche gern etwas trinken«, antworte ich, um keine Zweifel aufkommen zu lassen, dass ich beides anstrebe. »Ich sterbe vor Durst.«

»Eistee oder Limonade?«

Er wartet meine Antwort erst gar nicht ab, sondern springt aus dem Bett und zieht flugs seine Boxershorts an, bevor ich einen Blick riskieren kann.

Wie süß! Kane Deveraux ist prüde. Wer hätte das gedacht?

»Mir egal«, antworte ich. »Was am wenigsten Arbeit macht.«

»Alles klar.« Kane schenkt mir ein schiefes Lächeln. »Rühr dich nicht vom Fleck! Ich bin gleich wieder da.«

Wow!

Erst der unglaubliche Sex, dann das galante Nachspiel. Diese Variante von Kane Deveraux trifft genau meinen Geschmack. Immer noch lächelnd, strecke ich mich ausgiebig, als mein Blick auf das Deckengemälde fällt. Ich bin so sehr mit Stöhnen, Schwitzen und Gipfelstürmen beschäftigt gewesen, dass es mir bisher nicht aufgefallen ist. Zu sehen ist eine opulente Jagdszene in den Sümpfen Louisianas, die im Barockstil gehalten ist. Prächtig gekleidete Edelleute auf schnaubenden Hengsten jagen halb nackten Nymphen mit langem lockigem Haar und rosigen Brüsten hinterher. Einige der Männer kommen mir vage bekannt vor, und ich brauche einen Moment, um zu begreifen, dass ich ihre Gesichter in der Ahnengalerie gesehen habe. Ich schüttle den Kopf. Die Familie Deveraux leidet definitiv an Größenwahn.

»Interessante Deckenmalerei«, sage ich, als Kane mit einem Tablett hereinkommt.

Er stößt ein leises Lachen aus. »Furchtbar, oder? Du solltest die anderen sehen. Das hier ist noch vergleichsweise harmlos.«

Während er zwei Gläser Limonade und eine Schale mit Pekannüssen auf den Nachttisch neben mir stellt, mustere ich ihn nachdenklich.

»Kane?«

»Ja?«

»Darf ich dich etwas Persönliches fragen? Bitte versprich, dass du nicht sauer wirst.«

Seine Stirn legt sich in Falten. »Das ist aber viel verlangt, findest du nicht?«

Wortlos schaue ich ihn an.

»Also gut«, sagt er mit einem Seufzer und schlüpft zurück ins Bett. »Leg los!«

Ich nehme einen großen Schluck Limonade, dann setze ich das Glas ab und hole tief Luft. »Was soll das alles hier?«

Er runzelt die Augenbrauen. »Was meinst du?«

»Ich meine die teuren Anzüge, den Sportwagen, das Haus, den protzigen Siegelring«, erwidere ich sanft. Das bist doch nicht du, will ich hinzufügen, wage es aber nicht. Schließlich kenne ich ihn kaum.

Kane lässt sich mit der Antwort viel Zeit, betrachtet mich aus seinen unergründlichen grauen Augen. Zumindest scheint er nicht verärgert zu sein.

»Du denkst, du hast mich durchschaut?«, bricht er schließlich das Schweigen. Sein Tonfall ist besonnen, dennoch glaube ich, einen Hauch von Gereiztheit herauszuhören.

Also ist er doch verärgert!

Ich stoße ein nervöses Lachen aus. »Nein, natürlich nicht. Ich dachte nur …«

»Das Haus und alles andere stehen für meinen Aufstieg«, erklärt er langsam, als hätte er sich jedes Wort wohl überlegt. »Und das soll ruhig jeder sehen.«

»Aber bist du damit auch glücklich?«, platzt es aus mir heraus, und sofort wird mir klar, dass ich zu weit gegangen bin. »Entschuldige, Kane!«, beeile ich mich zu sagen. »Es steht mir nicht zu, dich so etwas zu fragen.«

»Nein, das tut es nicht«, entgegnet er und überrascht mich mit einem zärtlichen Kuss, der mein Herz in Brand setzt. »Aber danke, dass du dir Gedanken über mein Glück machst«, fügt er mit liebevollem Spott hinzu.

Die Röte schießt mir in die Wangen. Ich will das Gesicht abwenden, aber er hält mein Kinn fest, versenkt seinen Blick in meinen.

»Du bist wirklich zu gut für diese Welt, Eli«, murmelt er und streicht mit dem Daumen sachte über meine Wange.

Ich räuspere mich. »Noch etwas, Kane.«

»Oje, was kommt jetzt?«, ruft er in gespieltem Entsetzen, ohne mein Gesicht loszulassen.

Ich hole tief Luft. »Ich werde mit meiner Prüfung fortfahren müssen. Durch den Sturm habe ich zwei Tage verloren, die ich nächste Woche nachholen werde.« Ich kaue nervös auf der Innenseite meiner Wange herum. »Ich … ich hoffe nicht, dass du mir aus dieser Sache hier einen Strick drehen wirst.«

Kane mustert mich ernst. »Das hängt von dir ab, Eli.«

Eine eiserne Faust krampft sich um meinen Magen. »Wie meinst du das?«

Wortlos starrt er mich an. Etwas in seinem Ausdruck hat sich verändert. Sein Blick hat etwas Lauerndes.

»Ich mache nur meinen Job, Kane«, appelliere ich an seine Vernunft.

»Und wie genau sieht der aus?«

»Ich werde herausfinden, was es mit diesem David Lime auf sich hat.«

Seine Miene versteinert sich, er lässt mein Kinn los. »Tu das nicht«, sagt er.

»Ich muss.«

»Bitte, Eli. Tu – das – nicht«, wiederholt er eindringlich, was die Situation noch unerträglicher macht.

Verzweifelt ringe ich nach Luft. »Was hast du zu verbergen, Kane?«

»Das kann ich dir nicht sagen. Aber ich schwöre dir, dass es nichts mit Steuerhinterziehung zu tun hat.«

»So funktioniert das nicht.« Betrübt schüttle ich den Kopf und schaue auf meine Hände.

»Du musst mir einfach glauben.«

»Wie kann ich das, Kane?«, entgegne ich dumpf. »Wir kennen uns doch kaum.«

Sein anschließendes Schweigen liegt schwer wie Blei zwischen uns, bis ich es nicht mehr aushalte und den Blick hebe. Kane starrt mich an. Seine Augen sind zu gefährlich schmalen Schlitzen verengt.

Der Alligator fühlt sich bedroht.

»Ich warne dich, Eli«, sagt er leise.

Ein eisiger Schauer erfasst meinen Körper. »Du drohst mir? Einer Mitarbeiterin des IRS?«, keuche ich.

»Ja, das tue ich«, antwortet er mit einer tödlichen Ruhe, die mich mehr ängstigt, als wenn er brüllen würde. »Verfolgst du die Sache weiter, kann ich für nichts garantieren.«

»Was willst du tun?«, rufe ich. »Mich umbringen?«

Aufgebracht will ich aus dem Bett springen, als er mein Handgelenk mit hartem Griff packt.

»Lass mich los, Kane!«, sage ich kalt, obwohl mir das Herz bis zum Hals schlägt.

Unsere Blicke prallen aufeinander, fechten einen kurzen hitzigen Kampf aus, dann löst Kane seinen Griff, und ich bin frei. Ein Teil von mir ist erleichtert, der andere hätte sich gewünscht, Kane würde mich an sich pressen und mich leidenschaftlich küssen, um mir anschließend zu beteuern, dass alles gut wird. Hastig suche ich meine Sachen zusammen und schlüpfe hinein, während er jede meiner Bewegungen mit finsterer Miene verfolgt. Als ich meinen BH am Rücken schließe, kommt mir plötzlich alles billig und falsch vor. Die Situation treibt mir die Schamesröte ins Gesicht. Wie schnell sich von einer Minute zur anderen alles verändern kann!

»Du verlangst von mir, dass ich dir vertraue«, sage ich leise. »Aber du vertraust mir genauso wenig.« Meine Sicht trübt sich. »Scher dich zum Teufel, Kane Deveraux!«, stoße ich hervor, als er nicht antwortet, und stürme aus dem Schlafzimmer.

Diesmal hält er mich nicht auf, und keine Minute später sitze ich schluchzend im Wagen und starte den Motor. Meine Haut prickelt immer noch dort, wo er mich gepackt hat. Wütend wische ich mir über die Augen und drücke aufs Gaspedal, um einen möglichst großen Abstand zwischen mich und dieses Haus zu bringen. Während der Fahrt zum Motel schwirren die Gedanken in meinem Kopf wild umher. Ich könnte mich krankschreiben lassen und darauf hoffen, dass jemand anders die Akte Deveraux übernimmt.

Seit wann bist du ein solcher Feigling, Eli?

Es ist nicht seine Drohung, die mir zu schaffen macht, vielmehr etwas, das ich kurz in seinen Augen aufblitzen sah: Panik. Entspringt sie wirklich nur der Angst aufzufliegen? Oder ist der Grund ein ganz anderer?

Was kümmert es dich? Ihr habt nur miteinander geschlafen.

Nur miteinander geschlafen?, fauche ich meine innere Stimme an. Zum einen bin ich nicht der Typ, der nach kurzer Zeit mir nichts, dir nichts mit einem Mann intim wird. Zum anderen war der Sex mit Kane so … ich weiß auch nicht. Es war wie eine Naturgewalt. Etwas, das sich für alle Zeiten in mein Gehirn eingebrannt hat.

Ja, und was, wenn genau das seine Absicht war?

Bittere Galle steigt in mir auf. Sex als Ablenkung. Vielleicht war es nicht Leroy, der die vorherige Prüfung sabotiert hat, sondern Kane. Meine Hände krallen sich so fest ums Lenkrad, dass die Knöchel weiß hervortreten. *Denk nach! Denk nach!* Hätte es Kane wirklich darauf angelegt, mich zu verführen, wäre er anders vorgegangen. Vor allem hätte er sich nicht vom ersten Moment an wie ein Arschloch benommen. Ich schüttle den Kopf. Nein, ich denke nicht, dass er mich aus Berechnung in sein Bett geholt hat. Was die Sache nicht einfacher macht! Mutlos beiße ich mir auf die Lippen. Wäre er doch nur das Arschloch geblieben, das er so gern herauskehrt!

Im Motel angekommen, gehe ich erst einmal unter die Dusche, um mir Kanes Geruch und Geschmack vom Körper zu waschen, danach ziehe ich mir etwas Frisches über und rufe meinen Boss an. Es ist fünf Uhr nachmittags, also ist er noch im Büro. Als ich meine Aufzeichnungen vor mir ausbreite, fällt mir siedend heiß ein, dass ich meine Lesebrille in Kanes Bibliothek habe liegen lassen.

Das fehlte mir gerade noch!

Obwohl ich mich schwarz ärgere, kommt es für mich nicht infrage, sie zu holen. Ich werde bis Montag ohne Brille auskommen müssen.

»Miss Page«, holt mich Paul Garretts Stimme in die Realität zurück. »Was gibt's Neues?«

»Der Sturm, Sir«, antworte ich. »Der Weg zum Anwesen war blockiert, dadurch habe ich zwei Arbeitstage verloren. Ich muss Montag und Dienstag noch dranhängen.«

Allein die Vorstellung, noch zwei weitere Tage mit Kane unter einem Dach zu verbringen, bereitet mir Übelkeit. Vielleicht wird er den Anstand besitzen, nicht anwesend zu sein.

»Haben Sie etwas Interessantes herausgefunden?«

Kurz zögere ich. »Ich glaube schon«, sage ich schließlich, und mein Unwohlsein wächst.

»Gut. Heute ist Freitag. Kommen Sie zurück nach New Orleans und versuchen Sie, das Zimmer im Motel für Montag auf Dienstag zu reservieren.«

»Mache ich, Sir. Ich denke nicht, dass es ein Problem wird.« Ich stoße ein zittriges Lachen aus. »Choctaw wird nicht gerade von Touristen überrannt.«

»Ist mit Ihnen alles in Ordnung?«, fragt Paul Garrett mich prompt. »Sie klingen beunruhigt.«

»Der Sturm, Sir. Er war ziemlich heftig.«

»Ja, auf dem Land spürt man ihn ungleich stärker.« Er legt etwas Wärme in seine Stimme. »Fahren Sie nach Hause und ruhen Sie sich aus, Miss Page. Ich wünsche Ihnen ein schönes Wochenende.«

»Danke. Ich Ihnen auch, Sir.«

Schnell habe ich ausgecheckt und die zusätzliche Nacht für nächste Woche klargemacht. Als ich meine Taschen im Wagen verstaue, winkt mir Larry fröhlich zu, also gehe ich hinein, um mich zu verabschieden. Natürlich nicht ohne einen Kaffee zu trinken und mit ihm kurz über den Sturm zu plaudern. Zum Glück hat Larry keine schlimmeren Schäden zu beklagen. Nachdem ich bezahlt habe, wende ich mich zum Gehen, als mir ein Gedanke kommt.

»Sagen Sie mal, Larry, was wissen Sie eigentlich über Kane Deveraux?«

Trug mein Gegenüber bis jetzt ein freundliches Gesicht zur Schau, so verschließt es sich nun schlagartig. »Wen?«

»Kane Deveraux, der Besitzer von *White Owl Mansion*. Das Anwesen befindet sich nur ein paar Meilen nordwestlich von hier.«

»Ich hab keine Ahnung«, entgegnet Larry und entfernt sich.

»Ach kommen Sie!«, rufe ich ihm hinterher. »Ich bin sicher, Sie wissen etwas.«

»Hören Sie, Miss.« Larry kommt zurück an meinen Tisch und senkt die Stimme. »Sie sind nett und nicht so knausrig mit dem Trinkgeld, deshalb gebe ich Ihnen einen guten Rat. Vergessen Sie die Familie Deveraux schnell wieder! Sie ist wie ein verdorbenes Stück Fleisch voller Würmer, und Kane Deveraux ist der Schlimmste von allen.«

Nach diesen Worten geht Larry zurück hinter die Theke, und mir wird klar, dass ich zu dem Thema kein einziges Wort mehr aus ihm herausbekommen werde.

Die Rückfahrt nach New Orleans erweist sich als nervenaufreibend. Auf dem Highway Richtung Osten staut sich der Verkehr, kaum dass ich den Bayou hinter mir gelassen habe. Ein klassischer Freitagnachmittag, an dem sich Berufspendler und Wochenendfahrer ein Stelldichein geben und ich mittendrin. Ich drehe das Radio auf, doch als ein sentimentaler Song von Otis Redding ertönt, der mir sämtliche Luft aus der Lunge presst, schalte ich es wieder aus. Im Schneckentempo krieche ich vorwärts und muss mich schwer zusammenreißen, um keinen Schreikrampf zu bekommen. Gut zwanzig Meilen vor New Orleans klingelt mein Handy. Es ist Paul Garrett.

»Es gibt ein Problem«, sagt er ohne Umschweife.

Gequält schließe ich die Augen, was angesichts der Tatsache, dass ich mich im Moment keinen Millimeter vom Fleck bewege, nicht weiter tragisch ist.

»Was für ein Problem?«, frage ich dumpf.

»Kane Deveraux stellt sich stur. Er hat uns durch seinen Anwalt mitgeteilt, dass er den IRS keinen weiteren Tag in seinem Haus dulden wird.«

»Darf er das?«, frage ich stoisch. Alles, was ich fühle, ist Erschöpfung.

»Natürlich darf er das!« Mein Boss klingt im Gegenzug ziemlich ungehalten. »Bei einer Steuerprüfung bedarf es der Zustimmung des zu Prüfenden.« Sein Tonfall ändert sich kaum merklich. »Bitte, sagen Sie mir, dass Sie etwas haben, womit wir ihn festnageln können.«

Trotz meiner Müdigkeit begreife ich sofort, worauf er hinauswill. Die Steuerfahndung braucht keine Zustimmung, um die Räumlichkeiten eines Verdächtigen auf den Kopf zu stellen. Ich öffne die Augen, richte meinen Blick auf das Auto vor mir. Ein dunkelblauer Volvo aus Florida mit einem »Baby on board«-Aufkleber.

»Ich habe einen Namen«, antworte ich. »David Lime. Ein Anwalt aus New Orleans.«

»Und weiter?«

»Mein Instinkt sagt mir, dass es dabei um ein Schwarzgeldkonto auf den Bahamas gehen könnte.« Ich erzähle ihm von den Ungereimtheiten, auf die ich gestoßen bin. »Außerdem verhält sich Mister Deveraux verdächtig unkooperativ, sobald ich ihn darauf anspreche.«

»Haben Sie mit diesem David Lime schon gesprochen?«

»Noch nicht. Der Sturm kam mir dazwischen.«

»In Ordnung.« Paul Garrett räuspert sich. »Nun, der Freitag ist noch nicht vorbei, Miss Page. Rufen Sie David Lime an, und fühlen Sie ihm auf den Zahn.«

»Sehen Sie es als erledigt an, Sir.«

»Sehr schön. Und halten Sie mich auf dem Laufenden. Solche Typen wie Kane Deveraux gehören hinter Gitter.«

»Ja, Sir«, antworte ich leise, aber mein Boss hat schon aufgelegt.

Ich erlaube mir nicht den Luxus zu grübeln und rufe umgehend die Kanzlei an. Das Telefonat dauert keine dreißig Sekunden.

»Tut mir leid, aber wir geben über unsere Mandanten keine Auskünfte«, kommt es mechanisch zurück, kaum dass ich den Namen Kane Deveraux genannt habe.

»Also geben Sie zu, dass Mister Deveraux Ihr Mandant ist?«, entgegne ich.

»Wir geben gar nichts zu. Guten Tag.«

Als ich Paul Garrett zurückrufe, um ihn darüber zu informieren, ist sein Triumph unüberhörbar.

»Das war zu erwarten. Ich weiß, dass Ihr Arbeitstag regulär zu Ende ist, Miss Page, trotzdem will ich, dass Sie noch heute Ihren Abschlussbericht schreiben und mir mailen. Egal um welche Uhrzeit. Dann kann ich ihn direkt an die Steuerfahndung schicken. Das Wochenende steht vor der Tür, deshalb wird erst einmal nichts passieren. Trotzdem will ich versuchen, die Kollegen von der Dringlichkeit des Falls zu überzeugen. Mit etwas Glück fühlen sie diesem David Lime schon nächste Woche auf den Zahn.«

»Ja, Sir«, antworte ich und drücke aufs Gaspedal.

Alles, was ich in diesem Moment fühle, ist Erleichterung, denn der »Baby on board«-Aufkleber hat sich soeben in Bewegung gesetzt. Der Weg nach New Orleans ist wieder frei.

Der fünfköpfige Drache

Kane

Angestrengt schaue ich in die Ferne. In der Nacht schimmert das Wasser des Lake Pontchartrain, der streng genommen kein See ist, sondern eine Lagune, wie winterliches Eis. Gut vierzig Kilometer dahinter erstrahlen die Lichter von New Orleans wie Millionen von Glühwürmchen. Es herrscht eine tiefe Stille, unterbrochen nur vom gelegentlichen Rufen einer Eule. Ich bin froh, dass es nicht regnet.

»Sie haben eben die Brücke verlassen«, ertönt es leise in meinem Ohr.

Noch dreißig Minuten.

»Ich hänge mich dran. Außer uns ist niemand unterwegs«, sagt die Stimme weiter.

»Sei vorsichtig, Jet«, flüstere ich.

»Bin ich doch immer, Richie Rich«, kommt es prompt zurück.

Ich verdrehe die Augen. Selbst nach Jahren hat sich Jet noch nicht daran gewöhnt, dass ich die Welt, in der man für ein paar Dollars als Flaschenspüler in der Tabascofabrik arbeitet, endgültig hinter mir gelassen habe. Ein leises Lachen erklingt in meinem Ohr, das nicht von Jet stammt.

»Richie Rich … Darauf muss man erst mal kommen«, höre ich Leroy sagen. »Du siehst überhaupt nicht aus wie Macaulay Culkin.«

»Nein, und ich bin auch keine zwölf mehr!«, murre ich.

»Ich dachte, er wäre elf.«

»Von mir aus, dann eben elf«, antworte ich gereizt. »Konzentriert euch lieber, statt rumzuquatschen!«

»Jetzt entspann dich, Großer!«, wirft Jet ein. »Wir haben noch etwas Zeit, bis der Spaß losgeht.«

»Da muss ich Jet ausnahmsweise mal recht geben, was ich wirklich ungern tue«, erwidert eine dritte Stimme in meinem Ohr. »Was ist heute nur los mit dir, Kane? So verkrampft bist du doch sonst nicht!«

»Ich bin nicht verkrampft, Eric, nur angepisst! Warum muss diese Frau auch so verflucht stur sein?«, knurre ich leise, aber nicht leise genug.

»Frau? Welche Frau?«, fragt Jet wissbegierig nach.

»Ich habe da so einen Verdacht …«, meldet sich Leroy zu Wort.

»Können wir endlich Funkstille halten?«, gebe ich schroff zurück.

»Jaja«, »o Mann« und »ist schon gut« antworten meine Freunde hörbar amüsiert, kommen aber letztlich meiner Aufforderung nach.

Entgegen der landläufigen Meinung habe ich sehr wohl Freunde. Viele sind es nicht, dafür kenne ich sie seit meiner Kindheit. Wir haben uns auf der Middle School in Lafayette kennengelernt, und auch wenn wir uns als Erwachsene von Zeit zu Zeit aus den Augen verlieren, ist unsere gegenseitige Loyalität ungebrochen. Unsere Clique hatte sogar einen Namen: der Fünfköpfige Drache. Ein wenig pathetisch, zugegeben, aber wir waren schließlich noch Kinder. Es begann damit, dass Eric eines schönen Tages ein Sammelkartenspiel in die Schule mitbrachte, bei dem man in verschiedenen Kämpfen die Welt vor dem Untergang bewahren musste. Eine der mächtigsten Angriffskarten war der unzerstörbare Fünfköpfige Drache. Wir waren sofort Feuer und Flamme. Wir, das waren ich, Jet, Eric, Leroy und Beau, mit dem alles begann.

Ich kann mich gut an meine erste Begegnung mit Beau erinnern. Das war auf dem Schulhof. Ich saß auf einer Bank unter einer blühenden Mimose, als dieser stämmige Junge mit den braunen Zottelhaaren auf mich zukam.

»Verpiss dich, Deveraux-Bastard!«, knurrte er mich an. »Das hier ist mein Platz.«

Ich sprang auf die Füße, und wir beäugten uns wütend. Ihm entging keineswegs, dass ich die Fäuste geballt hielt. Zwar war ich ein kleines Stück kleiner als er, jedoch zu allem entschlossen.

»Nenn mich nicht so«, antwortete ich finster.

Er lachte böse. »Wie? Bastard?«

»Nein. Deveraux.«

Die Spannung wich zwar aus seinen Schultern, dennoch glitzerte es in seinen Augen.

»Einmal Deveraux, immer Deveraux.«

»Nimm das zurück!«, fuhr ich ihn an.

Er reckte das Kinn. »Nein!«

Ohne Vorwarnung stürzte ich mich mit geballter Faust auf ihn. Ich schlug zu und bekam sofort die schmerzhafte Retourkutsche zu spüren. Schon bald wälzten wir uns schlagend und kratzend auf dem Boden, bis uns ein Lehrer trennte. Beim Nachsitzen wandte sich Beau mit einem Grinsen zu mir. Seine Unterlippe war geschwollen, und er hatte einen Kratzer auf der Wange. Ich sah nicht viel besser aus.

»Unentschieden würde ich sagen«, nuschelte er.

Ich nickte. »Einverstanden.«

»Ich bin Beau.«

»Kane.«

Wir reichten uns feierlich die Hand.

»Ich gehe heute Nachmittag mit ein paar Kumpels in *Terminator 2*«, meinte Beau weiter. »Hast du Lust mitzukommen?«

»Ist der nicht ab sechzehn?«

Ein verwegener Ausdruck huschte über sein Gesicht. »Und wenn schon. Ich habe da so meine Methoden reinzukommen. Also, bist du dabei?«

Ich nickte eifrig. »Klar bin ich dabei!«

»Cool!«, sagte er und verpasste mir einen freundschaftlichen Stoß.

Im Nachhinein war ich froh, ihn mir nicht zum Feind gemacht zu haben, denn Beau Lamare entpuppte sich als der wildeste Junge der Schule. Ein Hitzkopf, der dauernd nachsitzen musste und einmal sogar Schulverbot bekam, worum wir ihn alle beneideten. Ich ein wenig mehr als die anderen, hatte ich mich doch bis zu diesem Tag für den verwegensten Jungen in ganz Louisiana gehalten. Dass ausgerechnet Beau Detective beim New Orleans Police Department wurde, war für uns alle eine echte Überraschung. Andererseits schlug sein Herz unter der rauen Schale schon immer für die Gerechtigkeit.

»Schade, dass Beau heute nicht dabei sein kann!«, bricht Jet unerwartet das Schweigen.

»Wäre vielleicht ein bisschen viel verlangt«, erwidere ich trocken. »Immerhin ist er ein Cop.«

Eric seufzt. »Wenigstens muss er nicht stundenlang im Gestrüpp hocken und eine muffige Sturmhaube tragen.«

»Sein Abend ist auch nicht viel kuscheliger«, wirft Leroy ein. »Soweit ich weiß, leitet er gerade einen Polizeieinsatz am Industrial Canal. Er und seine Kollegen wollen einen Serienvergewaltiger festnageln.«

»Hoffentlich kriegen sie den Wichser«, murmelt Eric, und wir pflichten ihm bei.

»Aufpassen, Leute!«, wirft Jet in diesem Moment ein und klingt wieder kühl und geschäftig. »Sie sind nur noch zwei Meilen von Folsom entfernt.«

»Okay«, antworte ich. »Es geht los!«

Durch die Ohrhörer kann ich die Spannung der anderen förmlich spüren, als sich der Konvoi über den Highway 25 langsam in meine Richtung wälzt. Drei bis oben hin beladene Lkws. Wir haben alles bis ins kleinste Detail besprochen, also sollte nichts schiefgehen, trotzdem darf man den menschlichen Faktor nicht außer Acht lassen. Was, wenn einer der Fahrer den Helden spielen will? Ich schiebe den Gedanken beiseite und ziehe mir die Sturmhaube übers Gesicht, dann bringe ich mich in Position und richte meine Waffe auf die Straße vor mir. Für unseren Hinterhalt haben wir ein unbewohntes schmales Teilstück ausgesucht. Auf beiden Seiten der Straße bieten Wände aus Sträuchern und Weiden die nötige Deckung, Leitplanken würden jeglichen Fluchtversuch vereiteln.

Als der vordere Lkw nur noch zweihundert Meter von mir entfernt ist, nehme ich ihn ins Visier. Hinter der Windschutzscheibe sitzt ein Mann, vermutlich ein braver Familienvater, der sich darauf freut, den Sonntag mit seiner Familie zu verbringen. Ich verdränge meine Skrupel, ihm wird nichts geschehen, und zwinge mich zur Ruhe. Wenn ich danebenschieße, könnten die Folgen verhängnisvoll sein. Ich atme tief ein und drücke ab. Ein lauter Knall ertönt, als das Projektil das Außenrad auf der Fahrerseite trifft. Wie erwartet gerät der Lkw ins Schlingern, die Bremsen kreischen, Funken sprühen, als das schwere Fahrzeug die Leitplanke schrammt und schließlich auf meiner Höhe stehen bleibt.

Perfekt.

Zwar fuhren die Fahrzeuge in gehörigem Abstand, trotzdem kommen die beiden anderen Lkws nicht um eine Vollbremsung herum. Die Fahrer schwenken zur Seite und stoppen. Die

Straße ist blockiert. Nichts geht mehr. Schon bin ich auf den Beinen, springe über die Leitplanke und renne mit vorgehaltener Waffe auf den ersten Lkw zu. Aus dem Augenwinkel sehe ich, wie Eric hinter seinem Gebüsch hervorspringt und Jet aus dem Auto steigt, um sich die beiden anderen Fahrer vorzunehmen. »Mein« Fahrer ist noch etwas benommen und wird sich seiner Situation erst bewusst, als ich die Fahrertür aufreiße und ihm die Mündung meines Gewehrs unter die Nase halte.

»Nicht schießen!«, stammelt er. »Nicht schießen!«

Eine kluge Entscheidung. Für das mickrige Gehalt, das er bekommt, würde ich an seiner Stelle auch kein unnötiges Risiko eingehen.

»Keine Bewegung, Freundchen!«, höre ich Jet schreien. »Sonst puste ich dir die Birne weg!«

Ich muss widerwillig grinsen. Dass Jet immer so übertreiben muss!

Zum Glück sind die Männer vernünftig und leisten keinen Widerstand. Nachdem wir sie gefesselt, geknebelt und im Wäldchen deponiert haben, brechen wir die hinteren Ladetüren auf, holen mehrere Behälter heraus und übergießen den Rest mit Benzin. Dann setzen wir die Lkws in Brand. Die ganze Aktion dauert keine fünf Minuten. Jets Wagen, einen gestohlenen Ford Explorer, lassen wir stehen und gesellen uns im Laufschritt zu Leroy, der in einem gemieteten Pontiac weiter vorn in einem Waldweg auf uns wartet. Weil er der Einzige in der Gruppe ist, der Familie hat – als seine Schwester und deren Mann vor drei Jahren bei einem Autounfall ums Leben kamen, nahm er deren Kinder bei sich auf –, haben wir uns darauf geeinigt, dass er sich keiner unmittelbaren Gefahr aussetzen soll. Wäre der Plan schiefgegangen, hatte er die Order, sich sofort aus dem Staub zu machen.

Zehn Minuten später sind wir über einen Schlenker wieder unterwegs nach New Orleans und geben telefonisch der Polizei einen anonymen Tipp für den unwahrscheinlichen Fall, dass niemandem die meterhohen Stichflammen auf der Straße aufgefallen sind.

»Ehrlich, Kane«, sagt Jet und nimmt seufzend die schwarze Sturmhaube ab. »Du schuldest uns was.« Zum Vorschein kommen ein sommersprossiges Gesicht und lange rote Locken. »Der Kerl im dritten Lkw hatte eine Knarre unter seinem Sitz versteckt. Ich dachte schon, der schießt mich über den Haufen.«

Eric, der seine Sturmhaube ebenfalls abgenommen hat, fährt sich durch die kurzen dunkelblonden Haare. »Puh!«, sagt er. »Ich könnte jetzt ein Bier vertragen.«

Empört wirbelt Jet herum. »Ist das alles, was du zu sagen hast?«, ereifert sie sich. »Ich hätte draufgehen können!«

Eric zuckt mit den Schultern. »So leicht bist du nicht kaputt zu kriegen.«

»Idiot!«, zischt Jet.

»Zicke!«, kommt es von Eric zurück.

Ich stoße einen Seufzer aus. Zwischen den beiden geht es schon seit unserer Schulzeit so.

»Soll ich euch beide vor einem Hotel absetzen?«, fragt Leroy trocken.

»Was?«, entgegnet Jet schrill. »Nie und nimmer! Und wenn er der letzte Mann auf der Welt wäre.«

»Ich weiß wirklich nicht, wie du auf etwas so Absurdes kommen kannst, Leroy«, erwidert Eric mit seinem Ich-bin-der-geilste-Anwalt-der-Welt-Blick. »Lieber hacke ich mir den Schwanz ab, als mit dieser Furie ins Bett zu steigen.«

»O ja! Bitte, tu das!«, kommt es prompt von Jet zurück.

Leroy und ich schließen seit Jahren immer wieder Wetten ab, wann die beiden in der Kiste landen. Sie gestalten die Sache wirklich spannend, das muss man ihnen lassen.

»Dann eben kein Hotel«, mische ich mich ein. »Jedenfalls … danke, Leute«, sage ich, an Jet und Eric gewandt.

»Gern geschehen«, kommt es voller Wärme – und unisono – zurück.

Innerlich schüttele ich den Kopf. Uns anderen ist klar, dass Jet und Eric füreinander geschaffen sind. Nur sie selbst sind, was das betrifft, völlig blind.

Nachdenklich horche ich in mich hinein. Eigentlich sollte ich euphorisch sein, dass die Aktion erfolgreich verlaufen ist und alle Büroartikel in Rauch aufgegangen sind – bis auf die Kühlboxen, die dazwischen versteckt waren. Die darin befindlichen menschlichen Organe besitzen einen Verkaufswert von 1,2 Millionen Dollar auf dem Schwarzmarkt. In den letzten Wochen lechzte ich danach, vom süßen Nektar der Vergeltung zu kosten, doch nun schmeckt er fad und befriedigt meine Gier kein bisschen. Etwas bremst mich aus, blockiert mich. Unwillkürlich fluten Bilder einer sich unter mir windenden Frau mein Gehirn. Lustverhangene blaue Augen, die um mehr betteln, ein warmer, feuchter Mund, aus dem wirres, unzusammenhängendes Liebesgeflüster erklingt. Der Sex mit Eli war unglaublich. Unsere Körper haben perfekt ineinandergepasst wie zwei Teile eines Ganzen. Mein Herz wummert wie ein Vorschlaghammer, wenn ich nur daran denke, mein Schwanz zuckt in Erwartung von mehr. Ich unterdrücke einen derben Fluch. Heute Nacht haben meine Freunde viel für mich riskiert. Nicht weniger als ihr Leben und ihre Freiheit. Und alles, woran ich in diesem Moment denken kann, ist eine Frau, die mir ein Messer in den Rücken rammen will!

Während wir die knapp vierzig Kilometer lange Brücke über dem Lake Pontchartrain überqueren, starre ich mit geballten Fäusten auf die Lichter der Stadt, die stetig näher kommen. Ich werde meinen Verstand – und meinen Schwanz – wieder auf die rechte Spur bringen und dafür sorgen, dass mir die kleine Miss Page in Zukunft keinen Ärger mehr macht.

Ein herber Schlag

Eli

In der Linie sechzehn herrscht an diesem Morgen eine gedrückte Stimmung. Vielleicht, weil der Sturm den Menschen zugesetzt hat, vielleicht aber auch nur, weil heute Montag ist. In den Scheiben spiegeln sich fahle Gesichter mit traurigen Mienen, selbst die Ansagen des Busfahrers klingen dumpf. Möglicherweise ist heute aber ein Tag wie jeder andere, und nur mir erscheint er grau und trostlos. Das ganze Wochenende über habe ich damit verbracht, die Umzugskartons auszupacken und mein kleines Apartment wohnlich zu gestalten. Selbst die Lampen habe ich angebracht, etwas, das man normalerweise erst Wochen oder Monate nach einem Umzug erledigt. Oder niemals. Nur um Kane Deveraux und alles, was damit zusammenhängt, aus meinem Kopf zu verbannen.

Ich habe schwer geschuftet, Möbel hin und her geschoben, Löcher gebohrt, Teppiche ausgelegt und vom Boden bis zur Decke alles grundgereinigt, nur um abends tot ins Bett fallen zu können. Selbst heute Nacht habe ich geschlafen wie ein Baby. Umso aufgekratzter bin ich jetzt, da es nichts mehr gibt, was mich vor den bevorstehenden Ereignissen ablenken kann. In wenigen Stunden geht es Kane an den Kragen. Nachdem ich am Freitagabend meinen Bericht an Paul Garrett geschickt habe, bekam ich zwei Stunden später die Bestätigung, dass zwei Beamte der Steuerfahndung heute um elf Uhr der Kanzlei *Lime & Bishop* einen Besuch abstatten würden. *So schnell!*, war mir durch den Kopf gegangen. Aber mein Boss hatte seinen ganzen Einfluss geltend gemacht. Schließlich verfügten auch Anwälte über Aktenvernichter, hatte er mir lapidar erklärt.

Eigentlich dürfte es mich nicht kümmern, schließlich habe ich nur meinen Job gemacht. Dennoch quält mich mein Gewissen, stichelt gnadenlos auf meinem Herzen herum. Was, wenn die Sache mit David Lime harmlos ist? Dann hat Kane doch nichts zu befürchten, oder? Aber warum wollte er die Sache unbedingt geheim halten? Ist er in dubiose Machenschaften verstrickt? Mein Magen krampft sich schmerzhaft zusammen. Was, wenn er ins Gefängnis muss? Und alles nur meinetwegen?

Wenn er ins Gefängnis muss, dann nicht deinetwegen, hält meine Stimme der Vernunft dagegen. *Er hat das Gesetz gebrochen, nicht du.*

Warum fühle ich mich dann schuldig? Und unglücklich?

Weil allein, an Kane zu denken, ein heißes Kribbeln in mir auslöst. Dieser Mann geht mir unter die Haut. Sosehr ich mir einzureden versuche, dass es nur flüchtiger Sex war, es gelingt mir nicht. Ich habe meinen Geliebten ans Messer geliefert. Ich bin eine Verräterin!

Meine innere Stimme bricht prompt in lautes Lachen aus. *Weder bist du seine Geliebte noch eine Verräterin. Es war nur ein One-Night-Stand, mehr nicht!*

Danke. Jetzt fühle ich mich gleich viel besser.

Gut, dass in diesem Moment der Bus an meiner Station hält, bevor ich völlig austicke und morgen als Schlagzeile in der Lokalzeitung lande. Draußen sauge ich die frische Luft gierig ein, sofern man diese im Herzen von New Orleans als solche bezeichnen kann, und straffe die Schultern. Ich werde einfach weitermachen wie bisher und mich auf meine Arbeit stürzen. Eine Arbeit, die ich liebe!

Der Tag beginnt vielversprechend, denn als ich Rachel am Empfang erzähle, dass ich meine Lesebrille verlegt habe, fischt sie aus einer Schublade eine Ersatzbrille. Die sei für Besucher, die Formulare ausfüllen müssen, erklärt sie. Und ich solle mir keine Sorgen machen, fügt sie augenzwinkernd hinzu, sie würde sie nach jeder Nutzung gründlich reinigen. Auch Ben, mein Kollege von der Bürozelle nebenan, ist freundlich wie immer, und wir plaudern beim Kaffee über den Sturm und darüber, wie wir das Wochenende verbracht haben. Anschließend mache ich mich an die Arbeit. Ich soll ein paar Rechnungen gegenprüfen. Reine Routine. So vergeht der Vormittag recht ereignislos, bis Paul Garretts Stimme plötzlich wie Thors Hammer auf mich niedersaust.

»Miss Page! In mein Büro!«, brüllt er von seinem Platz aus.

Wie in einer filmreifen Saloonszene erstarrt jegliches Treiben um mich herum, alle Blicke sind auf mich gerichtet. Mir schlottern die Knie, als ich langsam aufstehe. Mechanisch streiche ich mir über Bluse und Hose. Etwas ist schiefgelaufen. Und zwar ganz gehörig. Hat Kane ausgepackt? Jedes schlüpfrige Detail unseres Zusammenseins erzählt? Ben schenkt mir einen mitleidigen Blick und wünscht mir im Flüsterton viel Glück, aber ich bin zu keiner Antwort fähig. Während ich mich den Gang entlangschleppe – meine Füße scheinen Tonnen zu wiegen –, versuche ich, meiner Angst Herr zu werden. Ganz gleich, welche Anschuldigungen Kane erhoben hat, ich werde meine Verfehlung zugeben und auf die Fakten verweisen. Sollte ich von dem Fall abgezogen werden, besteht immer noch die Möglichkeit, dass ein Kollege ihn übernimmt und erfolgreich zum Abschluss bringt.

Die Tür zum Büro meines Bosses steht offen, und bei meinem Eintreten sehe ich eine hochgewachsene Gestalt an der Wand stehen. Kurz gerät mein Herz ins Stolpern, aber der elegant gekleidete Mann, der mir gleichmütig entgegenblickt, ist nicht Kane Deveraux. Wer ist er dann? Ein Agent der Steuerfahndung jedenfalls nicht, dafür ist sein Anzug zu teuer, seine Ausstrahlung zu glatt. Ein wenig erinnert er mich an den jungen Peter O'Toole.

»Darf ich vorstellen?«, wendet sich Paul Garrett an mich. Er ist von seinem Sessel aufgestanden und blickt mich kalt an. »Eric Vincent, Kane Deveraux' Anwalt.« Sein Kiefer ist verhärtet. »*Echter* Anwalt, sollte ich vielleicht hinzufügen.«

Ich muss blinzeln. »Wie meinen Sie das, Sir?«

»Sie wurden an der Nase herumgeführt, Miss Page«, entgegnet mein Boss scharf. »Ich habe eben einen Anruf von der Steuerfahndung erhalten. Es hat sich herausgestellt, dass *Lime & Bishop* bis Freitag früh noch nie etwas von Kane Deveraux gehört haben. Er hat sie angerufen, um für diesen Mittwoch einen Termin zu vereinbaren. Er erzählte etwas von einem Immobilienverkauf.«

Meine Gedanken rasen. Kane muss die Kanzlei angerufen haben, bevor wir zu seinen Großeltern gefahren sind, vielleicht als ich unter der Dusche stand.

»Jetzt sagen Sie mir, Miss Page, und überlegen Sie genau, was Sie antworten: Woher wusste Kane Deveraux von der Kanzlei? Haben Sie sie ihm gegenüber erwähnt?«

Ich kämpfe mit Übelkeit, während sich vor meinem inneren Auge das Puzzle Stück für Stück zusammensetzt. Als Kane meine Brille aus dem Wagen geholt hat, muss er in meinem Notizbuch herumgeschnüffelt haben. Er hat die Nummer der Anwaltskanzlei mit dem verheißungsvollen Namen *Lime & Bishop* entdeckt und daraufhin beschlossen, eine falsche Spur zu legen, um mich und meine Arbeit in Verruf zu bringen.

»Miss Page!«

Ich schüttele den Kopf. »Nein, ich habe in seiner Gegenwart die Kanzlei nicht erwähnt«, murmele ich, was nicht einmal gelogen ist. »Ich … ich weiß nicht, wie er an die Nummer gekommen ist.« Okay, das war jetzt gelogen. »Er hat mich reingelegt, Sir.« Meine Stimme zittert jetzt hörbar, ohne dass ich etwas dagegen tun kann.

»Natürlich hat er das!« Paul Garrett spuckt jetzt Gift und Galle. »Sie haben sich von dem verbrecherischen Bastard vorführen lassen!«

Der Anwalt räuspert sich. »Sie sollten Ihre Zunge im Zaum halten, Sir, sonst verklagen wir Sie wegen Verleumdung.«

»Was will dieser Mann hier?«, flüstere ich an niemand Speziellen gerichtet.

»Er droht uns. Nicht wahr, Mister Vincent?«, zischt mein Boss.

»Nun, Mister Deveraux ist gern bereit, ein Auge zuzudrücken. Wieder einmal.« Der Mann streicht sich durch sein perfekt frisiertes blondes Haar. »Aber seine Geduld hat jetzt ein Ende. Sollte Ihre Behörde ihn noch einmal schikanieren, sehen wir uns vor Gericht wieder.«

Paul Garrett ballt die Fäuste, richtet seine gesamte Wut gegen mich. »Sie sind eine Riesenenttäuschung, Miss Page! Sie haben sich nicht nur zum Narren gemacht, sondern unsere Behörde vor aller Welt blamiert. Das kommt davon, wenn man jemanden aus der Provinz holt. Keine Ahnung, wie Sie dort zu Ihren Lorbeeren gekommen sind, aber Sie sind inkompetent! Leider sind mir die Hände gebunden, sonst würde ich Sie in Ihr Kaff zurückschicken. Selbst Versager wie Sie besitzen Rechte. Ab sofort tun Sie nichts anderes, als Steuerbescheide auf ihre formale Richtigkeit hin zu überprüfen! Bis ich etwas anderes sage.«

Paul Garrett brüllt so laut, dass vermutlich jeder in diesem Gebäude seine Worte hören kann. Wortlos starre ich ihn an.

Mein Kopf ist wie leergefegt, und ich bin zu keiner Antwort fähig.

»Und jetzt raus hier!«

Ich wende mich ab, halte mit Gewalt die Tränen zurück.

Jetzt nur nicht vor aller Augen zusammenbrechen.

»Sie auch, Mister Vincent«, höre ich meinen Boss sagen.

»Mister Garrett«, antwortet der Anwalt kühl und verlässt hinter mir das Büro.

Ohne ihn weiter zu beachten, gehe ich langsam den Gang hinunter. Meine Eingeweide haben sich zu einem schweren Klumpen geballt, während die Blicke meiner Kollegen Brandwunden auf meiner Haut hinterlassen. Am liebsten würde ich mich in ein Loch verkriechen.

»Miss Page, auf ein Wort«, ertönt plötzlich die Stimme des Anwalts hinter mir.

Ich atme tief durch und drehe mich um. »Was wollen Sie? Ich liege doch schon am Boden.«

»Darum geht es nicht.« Er holt ein Brillenetui aus seiner Tasche. »Hier. Sie haben sie wohl in Mister Deveraux' Haus liegen lassen.«

Meine Finger fühlen sich taub an, als ich das Etui entgegennehme, dann hebe ich den Blick. »Ihr Mandant ist ein elender Mistkerl, Mister Vincent. Sagen Sie ihm das! Er wird damit nicht durchkommen.«

»Wie Sie meinen, Miss Page«, antwortet der Anwalt aalglatt und geht.

Nach der Rückkehr an meinen Schreibtisch erklärt mir Ben leise, dass Paul Garrett Choleriker sei und jeder im Team einen solchen Wutausbruch schon mal über sich ergehen lassen musste. Er würde sich bald wieder beruhigen, schließlich seien Fehler menschlich … Leider fruchtet Bens freundlicher Trostversuch überhaupt nicht. Mit brennenden Augen sitze ich vor dem Stapel Steuererklärungen, den mir ein Kollege gebracht hat. Als ich die Hand ausstrecke und das obere Formular herunternehme, kann ich sehen, dass sie zittert. Ich mache mich an die stupide Arbeit. Trotzdem kann ich nicht verhindern, dass zwischen meinem Bauch, meinem Verstand und meinem Herzen ein heftiger Kampf tobt. Oder anders gesagt: Verletzter Stolz, Wut, Vernunft und die bittersüße Erinnerung an Kanes Zärtlichkeiten ringen um die Vorherrschaft.

Ich habe mir das ganze Unglück selbst zuzuschreiben. Ich habe bei diesem Mann alles falsch gemacht, was man nur falsch machen kann. Statt die nötige Distanz zu wahren, habe ich mit ihm geschlafen. Dümmer geht's ja wohl nicht mehr! Blind starre ich auf das Formular vor mir, sehe nur eine trübe Suppe aus Buchstaben und Zahlen. Sollte mein Fehltritt jemals publik werden, kann ich froh sein, wenn sich die Folgen auf einen Vermerk in meiner Personalakte beschränken, was meine Karriere um Jahre zurückwerfen würde.

Warum hat der Anwalt das Thema nicht zur Sprache gebracht? Wollte Kane mich schonen? Besitzt dieser Mistkerl so etwas wie Anstand? Es ist wohl das Beste, wenn ich meine Demütigung hinunterschlucke und Kane Deveraux aus meinem Gedächtnis lösche. Aber wie kann ich das? Ich mag seine Berührungen von meinem Körper gewaschen haben, vergessen werde ich sie niemals.

Gut, dann hak das Ganze als tolle sexuelle Erfahrung ab!, schaltet sich meine Stimme der Vernunft ein.

Okay. Aber was hat es mit diesem David Lime auf sich?

Das geht dich nichts mehr an.

Trotzdem will ich es wissen.

Das ist doch nur der armselige Versuch, die Verbindung zu Kane Deveraux aufrechtzuerhalten.

Ich blinzele einige Male hintereinander und versuche, mich auf die Zahlenkolonnen vor mir zu konzentrieren.

Nicht mehr nachdenken, bloß nicht mehr nachdenken.

Obwohl meine Kollegen mich nicht behandeln, als hätte ich eine ansteckende Krankheit, und selbst die schöne Personalchefin Miss Johnson ein paar tröstende Worte für mich übrig hat, will dieser Tag kein Ende nehmen. Die Arbeit ist nicht nur stupide, sondern ärgerlich. Jedes Kind könnte sie machen. Als ich kurz nach fünf Uhr durch die doppelflüglige Glastür des Poydras Building trete, atme ich befreit auf. Bens Angebot, in einer After-Work-Bar um die Ecke noch einen Cocktail zu schlürfen, lehne ich freundlich, aber bestimmt ab. Kaum zu glauben, mit welcher Euphorie ich vor zwei Wochen das hohe Bürogebäude betreten habe. Wie ein Leuchtfeuer der Gerechtigkeit mutete es an, jetzt ist es ein dunkler Schatten, der mich zu ersticken droht.

Die Aktentasche fest an mich gedrückt wie ein Schild, gehe ich über den Vorplatz. Mein Ziel ist die Bushaltestelle auf der anderen Straßenseite. Gerade als ich den Zebrastreifen überqueren will, hält auf meiner Höhe eine lange schwarze Limousine mit getönten Scheiben. Ein dunkel gekleideter Chauffeur steigt aus und kommt auf mich zu. Dass er die rechte Fahrbahn blockiert, scheint ihn nicht im Mindesten zu kümmern.

»Miss Page!«, ruft er mir zu.

Ich stocke mitten im Schritt. »Ja?«

»Mrs Deveraux möchte Sie sprechen«, sagt er und zeigt auf den hinteren Teil der Limousine.

Mrs Deveraux?

Mir bleibt das Herz fast stehen. Ist Kane etwa verheiratet? O mein Gott! Ich hätte nicht gedacht, dass dieser Tag noch schlimmer werden könnte.

»Tut mir leid, aber ich habe keine Zeit«, entgegne ich frostig. »Ich muss meinen Bus erreichen.«

Eine der getönten Scheiben gleitet leise surrend herunter. Zu meiner Überraschung und unendlichen Erleichterung, wie ich zu meiner Schande gestehen muss, ist die Frau, die mich mustert, schon im fortgeschrittenen Alter.

»Bitte, Miss Page«, sagt sie mit einem dünnen Lächeln. »Auf ein Wort.«

Kurz zögere ich, als der Chauffeur schon heraneilt, um mir die Tür zu öffnen. Das gibt den Ausschlag. Ich steige in die Limousine und nehme gegenüber der Frau Platz, die wie das Interieur Exklusivität ausstrahlt. Sie trägt das weiße Haar kurz und in eleganten Wellen. Ihre Augenbrauen sind sorgfältig gezupft, die Augen blau und dezent geschminkt. Besonders schön ist die lange, leicht gebogene Nase. Die schmalen Lippen in dem aparten Gesicht schimmern in einem dunklen Rosé. Ihr helles Kostüm mit den goldenen Knöpfen erinnert entfernt an Chanel, und ihre Füße stecken in hochhackigen Schuhen. Die Frau vor mir legt viel Wert auf ihre Erscheinung. Was mich mehr beunruhigt als die Tatsache, mit einer Wildfremden in einer Limousine zu sitzen, ist das Gefühl, ihr Gesicht schon einmal gesehen zu haben.

Mit einem ihrer manikürten Finger drückt sie auf einen Knopf in der rechten Armlehne. »Brad, bitte fahren Sie ein paarmal um den Block«, spricht sie ins unsichtbare Mikrofon. Und dann an mich gewandt: »Ich hoffe, es macht Ihnen nichts aus, gegen die Fahrtrichtung zu sitzen.«

Schon setzt sich der Wagen in Bewegung, und da mir offensichtlich keine Wahl gelassen wird, erspare ich mir die Antwort.

»Wer sind Sie, und was wollen Sie?«, frage ich hingegen unverblümt, was eigentlich nicht meine Art ist. Aber ich hatte einen schlimmen Tag, und mir steht einfach nicht der Sinn nach Höflichkeiten.

»Mein Name ist Marguerite Deveraux«, sagt die Frau in blasiertem Tonfall, dann legt sie eine kleine Pause ein. Ganz so, als müsste mich die Erkenntnis wie ein Blitz treffen.

Was sie nicht tut.

»Wer?«, frage ich.

»Ach ja, richtig. Sie sind nicht von hier«, antwortet sie mit gedehnter Stimme. »Mein Fehler. Nun, Miss Page, Sie waren in meinem Haus.«

»War ich das?«

Als sie mir ein hochmütiges Lächeln schenkt, fällt der Groschen. »Sie sind die Frau im roten Kleid auf dem Gemälde«, sage ich.

»Dass der Bastard es nicht verbrannt hat, wundert mich«, erwidert sie.

Ihre gleichmütig vorgebrachte Bemerkung verblüfft mich dermaßen, dass ich die Frau im ersten Moment nur wortlos anstarren kann.

»Meinen Sie mit Bastard etwa Kane Deveraux?«, frage ich, nachdem ich meine Sprache wiedergefunden habe.

»Ich meine den Sprössling meines ältesten Sohnes Frank, ja.«

»Dann sind Sie seine Großmutter?«, rufe ich verblüfft.

Die gebrechliche Großmutter, die er hinausgeworfen hat, mit nichts als dem, was sie am Leib trug, füge ich still hinzu und muss fast lachen. Wenn Marguerite Deveraux etwas nicht ausstrahlt, dann ist es Armut und Gebrechlichkeit.

»Großmutter. Was für ein altbackenes Wort! Und so emotional«, sagt sie mit einer unwirschen Geste. »Fürchterlich.«

Das Bild eines kleinen Waisenjungen mit schwarzem Haar und grauen Augen blitzt in meinem Kopf auf, und mein Herz zieht sich schmerzhaft zusammen. Die Frau ist kalt wie ein Fisch.

»Sicher vermissen Sie Roscoe ganz schrecklich.« Ich kann mir die Bemerkung einfach nicht verkneifen.

Ein verächtlicher Ausdruck glimmt in ihren Augen auf. »Ach du meine Güte! Hat Ihnen Kane diese rührselige Geschichte erzählt?« Sie zupft einen imaginären Fussel von ihrem Rock. »Ich verstehe die ganze Aufregung nicht. Seit Jahrhunderten werden Hunde für die Jagd und für den Kampf gezüchtet. Das ist ihre Bestimmung.«

»Hundekämpfe sind illegal!«, zische ich.

»Ein dummes Gesetz«, entgegnet die Frau. »Ich habe jedenfalls nicht dafür gestimmt.«

Ich verschränke die Hände ineinander, zwinge mich zur Ruhe. »Das Gesetz zu beugen, scheint wohl in der Familie zu liegen.«

Kurz taxiert die alte Frau mich, dann lächelt sie schmallippig. »Sie hatten heute keinen guten Tag, habe ich gehört«, wechselt sie das Thema.

»Ich weiß nicht, was Sie meinen.«

»Keine Spielchen! Dafür ist meine Zeit zu kostbar«, entgegnet sie ungeduldig. »Kane hat Ihnen eine Falle gestellt, und Sie sind hineingetappt.«

»Woher wissen Sie das?«, frage ich säuerlich.

»Paul hat mich angerufen«, antwortet sie, und ich brauche einen Moment, um zu begreifen, dass sie meinen Boss meint.

»Langsam wird es mir zu dumm, Mrs Deveraux«, verkünde ich. »Sagen Sie Ihrem Chauffeur, er soll anhalten. Ich will aussteigen.«

»Warten Sie!«, entgegnet die Frau vor mir. »Ich habe einen Vorschlag für Sie.«

Unwirsch schaue ich sie an. »Was für einen Vorschlag?«

Ein Lächeln huscht über ihr Gesicht. »Ich biete Ihnen die Chance, Ihren Job als Steuerprüferin zurückzubekommen.«

Kane

Ich mag das historische *Market Café* an der Ecke Decatur und St. Peter, weil die Livemusik touristenkompatibel ist, man sich also ungestört unterhalten kann und in der Masse von Besuchern nicht auffällt. Immer wenn ich in New Orleans bin, was drei- bis viermal die Woche der Fall ist, gönne ich mir hier einen Café au Lait und einen Teller mit Beignets. Meistens sitze ich unter der blau-weißen Markise an einem der hinteren Tische. Und auch hier eilt mir mein Ruf voraus, wie ich dem verschreckten Blick der Kellnerin entnehme. Sie ist neu, ich habe sie noch nie gesehen, aber ich schätze, dass der Inhaber sie vor mir gewarnt hat. Fast bin ich geneigt, dem armen Ding zu sagen, dass ich sie nicht fressen werde, aber dann zucke ich innerlich mit den Achseln. Zum einen würde es nichts bringen, zum anderen habe ich gelernt, dass es besser ist, wenn die Menschen einem mit Furcht statt mit Gleichgültigkeit oder gar Verachtung begegnen. Eine Lektion, die ich auf die harte Tour lernen musste.

Gerade bin ich bei meiner zweiten Tasse Kaffee angelangt, als Eric zwischen den weißen Säulen auftaucht. Er zieht einen Stuhl heran und setzt sich zu mir. Noch ehe ich etwas sagen kann, hat er sich den letzten Beignet geangelt und winkt die Kellnerin heran, um auch einen Café au Lait zu bestellen.

»Tu dir bloß keinen Zwang an«, stoße ich säuerlich hervor. Ich mag meine Beignets. »Und? Wie ist es gelaufen?«

Eric beißt herzhaft in den süßen Krapfen und schafft es tatsächlich, keinen Puderzucker auf seiner Hose oder seinem Sakkoaufschlag zu verteilen.

»Gut«, antwortet er, nachdem er den Bissen hinuntergeschluckt hat. »Paul Garrett hat die Kleine, die dir das Leben schwergemacht hat, runtergeputzt und sich dabei nicht gerade in Zurückhaltung geübt. Ein echtes Arschloch. Gemessen an seinem Stimmpegel muss er einen winzigen Schwanz haben«, witzelt Eric, aber ich kann nicht darüber lachen. »Sie hat seine Schimpftirade zwar mit versteinerter Miene über sich ergehen lassen, aber ihre Unterlippe hat heftig gezittert. Sie hat mir fast leidgetan.« Er beißt erneut in sein Beignet, und ich stehe kurz davor, es ihm aus der Hand zu schlagen. »Dafür hast du jetzt deine Ruhe. Die Behörde wird nicht riskieren, sich ein drittes Mal zu blamieren.«

Gedankenverloren starre ich in meinen Kaffee.

»Was ist los?«, fragt Eric. »Ich hatte mit mehr Begeisterung gerechnet.«

»Ich habe mit ihr geschlafen«, antworte ich, als ob das alles erklären würde.

»Mit wem? Miss Page?«

Ich nicke.

Empört starrt mich Eric an. »Warum hast du mir das nicht früher gesagt? Wenn das kein Totschlagargument ist! Paul Garretts Gesicht wäre vermutlich explodiert. Ich kann ja immer noch …«

»Nein!«, unterbreche ich ihn scharf.

Leiser Spott blitzt in Erics Augen auf. »Ah, ich verstehe. Du hast das Gentleman-Gen für dich entdeckt.« Er seufzt. »Das könnte die Sache verkomplizieren.«

»Wieso?«

»Die Kleine hat dich zum Abschied als Mistkerl bezeichnet und gemeint, du würdest damit nicht durchkommen.« Eric lächelt freudlos. »Ich habe den Spruch nicht ernst genommen, schließlich wurde sie vor aller Augen gedemütigt. Aber dass ihr etwas miteinander hattet, ändert die Sache. Es gibt nichts Gefährlicheres als eine rachsüchtige Ex.«

Eric muss es ja wissen, so oft, wie er die Freundinnen wechselt.

»Sie ist nicht meine Ex«, widerspreche ich energisch. »Es war nur eine einmalige Sache«, füge ich hinzu und komme mir kurioserweise dabei wie ein Schwein vor.

»Trotzdem wäre ich an deiner Stelle auf der Hut. Als sie dich einen Mistkerl genannt hat, glomm dieser spezielle Ausdruck in ihren Augen auf«, sagt Eric und verzieht das Gesicht. »So hat mich Jet früher angesehen, kurz bevor sie mir einen Schlag in den Magen verpasst hat. Nur weil ich sie Rübenkopf genannt habe.«

»Unsinn!«, entgegne ich. »Eli wird keinen Gegenschlag wagen.«

»Eli?«, fragt Eric mit hochgezogener Augenbraue.

»Elinor Page«, verbessere ich mich grimmig.

»Wenn du das sagst.« Die Skepsis ist meinem Freund deutlich anzusehen.

»Okay, lass uns das Thema wechseln.«

»Von mir aus«, antwortet Eric gleichmütig. »Danke, Schätzchen«, sagt er mit einem charmanten Lächeln zu der Kellnerin, die ihm in diesem Moment seinen Café au Lait bringt.

Die junge Frau errötet prompt, ergreift aber sofort die Flucht, als sie meinen gereizten Blick auffängt. Eric lacht amüsiert auf, gönnt sich einen großen Schluck aus der Tasse, dann wird er wieder ernst.

»Also, worüber willst du mit mir sprechen?«

»David Limes Spesen. Hast du das erledigt?«

»Natürlich.«

»Diskret, hoffe ich?«

Ein vorwurfsvoller Blick trifft mich.

»Gut«, fahre ich fort. »In Zukunft bleibt die Stiftung in dieser Sache außen vor. Es war fahrlässig von mir, sie als Tarnung zu benutzen. Ein Glück, dass Eli … Miss Page nicht noch mehr herausgefunden hat.«

»Hätte ich es gewusst, hätte ich dir davon abgeraten, Kane. Aber du hast es ja nicht für nötig erachtet, mich einzuweihen.«

»Es tut mir leid, Eric, ehrlich«, antworte ich zerknirscht.

Er schüttelt den Kopf. »Ich verstehe nicht, warum du mir nicht vertraut hast. David Lime. Die Bahamas …«

»Das hat nichts mit Vertrauen zu tun, Eric«, sage ich ernst, »ich wollte dich nicht unnötig in Gefahr bringen.«

Was auch der Grund ist, warum ich Eli nicht die Wahrheit sagen konnte.

Eric bricht in Lachen aus. »Du hast eine seltsame Definition von Gefahr. Unsere Aktion vorletzte Nacht war auch nicht gerade ein Spaziergang.«

»Jaja«, erwidere ich genervt. »Ich habe dich doch inzwischen informiert, oder nicht?«

Eric beugt sich vor. »Ehrlich, Kumpel, es wird Zeit, dass du dich von deinen Dämonen befreist.«

Wütend starre ich auf den leeren Teller vor mir. »Das kann ich nicht, und das werde ich auch nicht!«

Sekundenlang schweigen wir.

»Da du so unverbesserlich bist, bleibt mir nur noch eins zu tun«, sagt Eric schließlich mit einem theatralischen Seufzen.

Alarmiert schaue ich auf. »Was?«

»Ich bestelle uns noch ein paar Beignets.«

Widerwillig muss ich grinsen. »Für die fünfhundert Dollar, die du mir pro Stunde abknöpfst, ist es wohl das Mindeste.«

Familienbande

Eli

»Ich biete Ihnen die Chance, Ihren Job als Steuerprüferin zurückzubekommen.«

Stirnrunzelnd schaue ich die alte Dame an. »Wie?«

»Ich möchte, dass Sie die Spur von diesem David Lime weiterverfolgen.«

»Mister Garrett wäre nicht begeistert«, gebe ich zu bedenken.

»Nun, er muss es ja nicht erfahren.«

»Ich verstehe nicht.«

»Machen Sie das außerhalb der Arbeitszeit, und berichten Sie mir direkt. Bin ich mit dem Ergebnis zufrieden, überzeuge ich Paul, Sie von der Strafbank zu nehmen.«

Ich schweige lang. »Warum das alles?«

»Mein Enkel beschmutzt den guten Ruf unserer Familie«, erwidert Marguerite Deveraux scharf. »Ich will, dass er aus dem Verkehr gezogen wird.« Ihr Lächeln jagt mir einen eisigen Schauer über den Rücken. »Bin ich jetzt eine schlechte Grandma?«, fragt sie süffisant.

Prompt kommt mir das zerfurchte Gesicht von Louisette mit den warmen Augen und dem verschmitzten Lächeln in den

Sinn. Eine gute sind Sie jedenfalls nicht, sollte ich antworten, aber ich kneife.

»Also, wie lautet Ihre Antwort, Miss Page?«

»Ich muss darüber nachdenken.«

Irritiert schaut mich die alte Frau an. »Was gibt es da zu überlegen? Sie sollen doch nichts weiter tun, als dort weiterzumachen, wo Sie aufgehört haben.«

Ich nicke langsam. »Mag sein. Aber ich werde nicht gern als Werkzeug der Rache benutzt. In meinem Job bemühe ich mich um Objektivität. Die Zahlen sind es, die mich leiten, nicht die Menschen.«

Zumindest im Idealfall, füge ich gedanklich hinzu.

Marguerite Deveraux beugt sich verärgert vor. »Da habe ich mich wohl in Ihnen getäuscht, Miss Page. Ich dachte, Sie hätten Feuer, aber Sie sind nur eine weitere seelenlose Bürokratin.«

»Fragt sich nur, wer hier seelenlos ist, Mrs Deveraux«, entgegne ich kühl, obwohl mein Herz rast. Was für eine schreckliche Frau! »Ich weiß nicht, was zwischen Ihnen und Ihrem Enkel vorgefallen ist, und es interessiert mich auch nicht.« Ich straffe die Schultern. »Dieses Gespräch ist zu Ende. Ich will jetzt aussteigen.«

Diesmal kommt Marguerite Deveraux meiner Bitte nach, allerdings ist ihre Miene kalt wie Marmor.

»Sie machen einen Fehler, Miss Page!«, ruft sie mir hinterher, als der Wagen stoppt und ich aussteige.

»Guten Tag, Mrs Deveraux«, antworte ich nur und knalle die Tür zu.

Während die Limousine schnurrend davonfährt, stoße ich einen tiefen Seufzer aus und schaue mich um. Ich befinde mich auf der Rückseite des Poydras Building, was zur Folge hat, dass ich ein gutes Stück zu Fuß gehen muss, um zu meiner Haltestelle zu gelangen. Mir ist es ganz recht. Bewegung ist nach diesem Gespräch genau das, was ich brauche.

Ich komme keine zwei Meter weit.

»Was wollte Marguerite von dir?«, knurrt eine tiefe Männerstimme hinter mir, während sich eine eiserne Hand um meinen Oberarm legt.

Entgeistert wirble ich herum. Vor mir steht die unfreundliche Variante von Kane Deveraux mit seinem teuren Anzug, dem glatt rasierten Kinn und dem leicht angewiderten Gesichtsausdruck.

»Spionieren Sie mir etwa nach, Mister Deveraux?«, frage ich wütend.

Er bohrt seinen Blick in meinen. »Ich bin hier, um mich zu entschuldigen.«

»Wieso? Weil Sie mir meine Karriere versaut haben? Ich passe!«

»Ich hatte dich gewarnt, Eli«, entgegnet er fast sanft, was meine Wut noch mehr anheizt.

»Für Sie, Miss Page!«, zische ich außer mir, während ich vergeblich versuche, mich loszureißen.

Gott, wie ich diesen Mann verabscheue!

Unvermittelt dringt mir sein Duft in die Nase, und mein Herz schwillt an vor Sehnsucht. Das Gefühl ist derart intensiv, dass mir schwindelig wird und ich kurz die Augen schließen muss.

Abscheu war das eben nicht.

»Alles in Ordnung, Eli?«

Ich reiße die Augen auf. »Miss Page!«, korrigiere ich ihn erneut. »Lassen Sie mich los, sonst schreie ich.«

Als er mich unerwartet freigibt, wende ich mich sofort zum Gehen ab. Nur schnell weg von ihm!

»Hast du ihr verraten, dass Grandpère und Grandmère Broussard noch leben?«

»Was?« Ich bin über seine Frage so verblüfft, dass ich mitten im Schritt stocke.

»Hast du sie Marguerite gegenüber erwähnt?«, fragt er noch einmal eindringlich.

Ich drehe mich zu ihm um. Seine Miene ist wie versteinert, die Narbe sticht rötlich hervor. »Nein«, antworte ich. »Ich habe nicht einmal gewusst, dass es ein Geheimnis ist.«

Vor Erleichterung werden seine Züge fast weich. »Gott sei Dank!« Er fährt sich durchs Haar. »Marguerite glaubt, sie seien vor zwei Jahren bei einem Unfall gestorben. Ein Freund bei der Polizei hat mir geholfen, die Sache zu türken.«

Noch eine Lüge.

»Wozu das Versteckspiel?«, frage ich.

»Marguerite würde die beiden als Druckmittel gegen mich benutzen.«

»Warum sollte sie das tun?« Eigentlich dürfte mich die ganze Sache nicht interessieren, aber etwas treibt mich an zu fragen.

»Ich besitze die Aktienmehrheit des Familienunternehmens«, antwortet Kane überraschend freimütig. »Marguerite will, dass ich an sie verkaufe, damit sie die Kontrolle zurückgewinnt.« Auf seinem Gesicht erscheint ein kaltes Lächeln. »Aber das wird niemals passieren.«

Das muss ich erst einmal verdauen. »Und sie hat die Geschichte mit dem Unfall einfach so geschluckt? Sie hätte doch nur nachzusehen brauchen.«

»Warum sollte sie das tun? Sie hat keinen Grund, einen offiziellen Polizeibericht anzuzweifeln. Außerdem hasst sie den Bayou.«

»Aber lebte sie denn nicht in *White Owl Mansion*?«

»Nein. Die Villa im Garden District war ihr Zuhause, bis ich das Miststück hinausgeworfen habe«, fügt Kane mit einem boshaften Unterton hinzu.

Der Hass in seinen Augen lässt mich frösteln.

»Es war ganz schön leichtsinnig, mich zu deinen Großeltern mitzunehmen, wenn das so ein Geheimnis ist«, erwidere ich.

Scheiß auf das Siezen!

»Ich hatte keine Wahl«, antwortet Kane. »Ich durfte nicht riskieren, dass du im Haus herumschnüffelst und dir wegen David Lime etwas zusammenreimst, das du Paul Garrett weitergibst, der es anschließend Marguerite brühwarm erzählt.«

»Heißt das etwa, David Lime zu schützen, ist dir wichtiger als die Sicherheit von Joseph und Louisette?«, frage ich im höchsten Maße empört.

Die plötzliche Wärme in Kanes Augen lässt mein Herz taumeln. Für einen kurzen Moment bilde ich mir ein, sie würde mir gelten. »Es ist nicht David Lime, den ich schütze«, sagt er.

»Sondern?«

Er schweigt.

»Okay«, entgegne ich genervt. »Du musst es mir nicht sagen. Mich geht das alles nichts mehr an. Ich bin raus, schon vergessen?«

»Das ist auch gut so«, verkündet Kane im Brustton der Überzeugung, was mich maßlos ärgert.

Ich stemme die Hände in die Hüften. »Weißt du was? Du und Marguerite Deveraux, ihr habt euch verdient! Ihr beide seid vom gleichen Schlag.«

Die kalte Wut in Kanes Augen lässt mich unwillkürlich einen Schritt zurückweichen. »Wag es nicht, mich mit dieser Frau zu vergleichen! Ich habe nichts mit ihr gemein. Gar nichts!«

»Red dir das ruhig ein, aber ich sehe in euch die gleiche Skrupello…«

Weiter komme ich nicht. Kane packt mich am Nacken und zieht mich grob zu sich heran. Um seinen Mund liegt ein wilder Zug, der mich innerlich erbeben lässt.

»Kein Wort mehr!«, knurrt er.

Seine rauen Lippen umschließen meinen Mund mit einem harten maßregelnden Kuss. Die Berührung gleicht einem elektrischen Schlag, als flammte ein gleißendes Licht auf. Verzweifelt stemme ich meine Hände gegen seine Brust, um ihn von mir wegzuschieben, aber alle Gegenwehr ist vergeblich. In einer eisernen Umarmung hält er mich an seinen Körper gepresst, während sein Kuss immer hungriger wird. Als sich meine Lippen dem unbarmherzigen Angriff öffnen, drückt er leise stöhnend seinen Unterleib gegen meinen. Ich kann seine wachsende Erektion spüren. *Er will mich.* Eine Welle der Lust schießt durch mich hindurch. Ich bekomme kaum Luft, und alles, woran ich denken kann, ist, dass ich noch niemals einen Mann so sehr begehrt habe wie in diesem Moment.

Nein, nein, nein!

Die Lügen, seine Maskerade, das Gespräch mit Marguerite Deveraux, meine verwirrten Gefühle ... Panik überschwemmt meinen Verstand, und ich reiße mich los. Mit brennenden Wangen und kaltem Leib, dort, wo Kane mich nicht mehr berührt, schaue ich zu ihm hoch. Und dann, zack!, ehe ich michs versehe, schlage ich ihm ins Gesicht. Mitten auf der Straße! Schockiert starre ich ihn an. Sein Kopf ist nicht einmal zur Seite geruckt, genau genommen hat er sich überhaupt nicht bewegt, doch der Knall hallt immer noch in meinen Ohren wider. Seine Miene ist wie versteinert, seine Augen blitzen. Bevor er etwas sagen kann, wirble ich herum und ergreife die Flucht. Ich bringe nicht einmal den Mut auf, mich zu entschuldigen.

Sobald ich sicher sein kann, dass Kane mir nicht folgt, ziehe ich mein Handy aus der Tasche und wähle eine Nummer.

»Ben?«, sage ich atemlos, als nach dem dritten Klingeln abgehoben wird. »Ich bin's, Eli. Gilt dein Angebot noch?«

Eine Viertelstunde später betrete ich die *Black Box* in der Lasalle Street, zwei Querstraßen weiter. Obwohl es erst halb sechs ist, ist die Happy Hour bereits in vollem Gang. Ein buntes Völkchen hat sich hier zusammengefunden. Büroangestellte im konservativen Businesslook, Kunststudenten mit gefärbten Haaren und farbenfrohen Klamotten, nicht zu vergessen die Hausfrauen und -männer mit ihrer Shoppingausbeute. Gelächter und fröhliches Stimmengewirr erfüllen den Raum, nur unterbrochen von einem gelegentlichen an den Barkeeper gerichteten »Hey, Ty! Mach mir noch einen!«. Auf der Suche nach Ben lasse ich meinen Blick über die schwarze Theke mit den pinkfarbenen Hockern schweifen. Nichts. Dann schlendere ich an den ebenfalls pinkfarbenen Lounges vorbei, die durch geschwungene halbhohe schwarze Wände voneinander getrennt sind. In der vorletzten Nische werde ich fündig. Ben sitzt mit ein paar Kollegen, die ich vom Sehen her kenne, um einen niedrigen Tisch und nippt an seinem Getränk, das ihm offenbar gerade eben gebracht wurde.

Ich werde herzlich begrüßt, und alle rücken zusammen, um mir Platz zu machen. Nachdem Ben uns einander vorgestellt hat, drücken mir die Kollegen ihr Bedauern aus. Was folgt, ist eine Bekundung der Solidarität.

»Garrett ist eine echte Arschgeige, Eli! Das ist kein Geheimnis.«

»Selbst für seine Verhältnisse war das eine völlig überzogene Reaktion.«

»Der kriegt sich schon wieder ein!«

»Steuerbetrüger sind kreativ. Jeder von uns wurde schon mal reingelegt. Das passiert den Besten.«

War ich bei meiner Ankunft noch geknickt, so bessert sich meine Laune von Minute zu Minute. Ich bestelle einen *Frozen Daiquiri*, New Orleans' Lieblingscocktail, und verkünde lautstark und mit Tränen der Rührung in den Augen: »Die nächste Runde geht auf mich!«

Und dann an Ben gewandt: »Aber danach fahre ich nach Hause. Zwei Daiquiris auf nüchternen Magen sind mehr als genug.«

Ein ehrlich gemeinter, wenn auch frommer Wunsch.

Am Ende bleibt es nicht bei einem, sondern bei … keine Ahnung … drei oder vier *Frozen Daiquiri.* Mit dem Alkoholpegel steigt auch meine Stimmung. Ich lache viel zu laut, und meine Koordinationsfähigkeit beginnt zu bröckeln, was mir völlig egal ist. Alles in allem gibt es Schlimmeres, als Steuerbescheide zu prüfen, und abgesehen davon kann mir Kane Deveraux den Buckel runterrutschen. Jawoll! Als Ben mir einen Arm um die Schulter legt, lasse ich ihn gewähren, zumal er gut riecht und eine zarte Babyhaut hat, wie ich aus der Nähe sehen kann. Dann neigt er aus heiterem Himmel den Kopf, um mich zu küssen, sachte und vorsichtig zwar, dennoch geht es mir zu weit. Alkohol hin oder her. Feixend wende ich das Gesicht ab, sodass seine Lippen meine Wange streifen, und schaue unbewusst in Richtung Bar. Über die Köpfe der Leute hinweg bohren sich wütende graue Augen in meine.

Mir entfährt ein Keuchen.

»Alles klar?«, fragt Ben sofort, was mich veranlasst, meinen Blick kurz abzuwenden. »Du siehst aus, als hättest du einen Geist gesehen.«

»Ich … ich weiß nicht.« Ich schaue wieder zur Bar, doch außer gut gelaunten Menschen, die mir völlig fremd sind, gibt es nichts Beunruhigendes zu sehen. Kein großer Mann mit einem düsteren Gemüt und einer leicht aufgeworfenen Unterlippe, an der ich stundenlang knabbern könnte. »Ich dachte, ich hätte jemanden gesehen, den ich kenne, aber ich muss mich vertan haben.«

Besorgnis liegt auf Bens Gesicht. »Du solltest etwas essen, Eli«, sagt er. »Du hast einen ziemlichen Schwips.«

Er ist ein wirklich netter Kerl.

»Viola steht auf dich!«, flüstere ich eindringlich und völlig aus dem Zusammenhang gerissen.

Ben läuft rot an wie eine Tomate. »Meinst du etwa die schöne Viola? Niemals. Die weiß gar nicht, dass es mich gibt«, fügt er betrübt hinzu.

Aha, daher weht der Wind.

Sofort fühle ich mich berufen, Cupido zu spielen. Muss am Daiquiri liegen. »Unsinn! Ich habe es an ihren Blicken bemerkt.«

»Ich weiß nicht, wie du darauf kommst, Eli«, antwortet Ben und schaut verstohlen zu den Kollegen am Tisch, die zum Glück in ihre eigenen Gespräche vertieft sind. »Du bist erst seit zwei Wochen bei uns, davon eine Woche außer Haus.«

»Ich weiß, was ich gesehen habe«, erwidere ich würdevoll, wobei ich erfolgreich einen kleinen Rülpser unterdrücke.

Ben stößt ein bitteres Lachen aus. »Sie hat privat noch nie ein Wort mit mir gesprochen.«

»Vielleicht ist sie schüchtern.«

»Viola Johnson schüchtern?« Ben schüttelt den Kopf. »Göttinnen sind nicht schüchtern. Sie beachten uns Normalsterbliche nur nicht.«

Mein Herz strömt über vor Mitgefühl und Entschlossenheit, und ich umarme ihn. »So ein Quatsch! Ja, sie ist hübsch, na und? Das bist du auch.« Ich tippe auf seine Wange. »Du hast total süße Grübchen.«

Ben bricht in Lachen aus. »Ich denke, du hast wirklich genug, Eli!«

Ich schüttele heftig den Kopf. »Neee. Ich finde nur, dass du es verdient hast, glücklich zu sein.«

Wenigstens einer von uns.

Eine Welle der Trauer erfasst mich, und von einer Sekunde auf die andere schwimmen meine Augen in Tränen. *O nein! Meine Depriphase.* Die vierte und vorletzte Stufe bis zum

Super-GAU. Wenn ich Alkohol trinke, bin ich anfangs albern, danach euphorisch und anschließend Wonder Woman. Leider öffnen sich hinterher die Schleusen, und Wonder Woman ersäuft in Tränen. Das Leben ist schrecklich, niemand liebt mich, ich werde allein sterben … Na ja, die Nummer eben. Dagegen hilft nur eins: Ich muss Phase fünf erreichen, in der ich auf eine transzendentale Ebene gehoben werde. Allerdings bedeutet es auch, dass ich die halbe Nacht über der Kloschüssel hängen werde. Aber nach einem solchen Tag darf bei Phase vier nicht Schluss sein. Unter keinen Umständen!

»Noch einen!«, rufe ich und wedele mit der Hand.

»Bist du sicher, Eli?«, fragt Ben.

Ich nicke. »Ganz sicher.«

Schon drei Schlucke von meinem neuen Drink reichen aus, um Phase fünf zu erreichen, also lasse ich den Rest stehen und frage nach der Rechnung und einem Taxi.

»Begleitest du mich hinaus?«, frage ich Ben, der gerade eine Zellteilung durchmacht und sich in den doppelten Ben verwandelt.

Beide lächeln mich an. »Gern.«

»Danke«, sage ich und küsse sie leicht auf die Lippen. »Der Kuss hat nix zu bedeuten«, ermahne ich die beiden Bens mit erhobenem Zeigefinger.

Ihr Lächeln vertieft sich. »Keine Sorge, Eli. Die Botschaft ist angekommen.«

Ich nicke viel zu heftig und spüre, wie mein Magen rebelliert. »Danke.«

Zehn Minuten später setzt mich Ben ins Taxi. Wie durch ein Wunder ist sein zweites Ich in der Bar geblieben. Wie praktisch! Ben ist wirklich ein Schatz, und ich wünsche ihm von ganzem Herzen, dass er und Viola, die Göttin der Personalabteilung, zueinanderfinden. Mir entfährt ein tiefes Seufzen.

»Sie werden doch nicht kotzen!«, wendet sich der Taxifahrer sehr verständnisvoll an mich.

»Nö«, antworte ich und versuche, putzmunter auszusehen.

Widerwillig startet der Mann den Motor. *Einatmen. Ausatmen. Einatmen. Ausatmen.* Die Fahrt scheint kein Ende nehmen zu wollen, aber ich halte mich wacker. Ich denke an Stephen, an Mom, an Dad, an den Himmel, an das Meer … Nein, nicht an das Meer! Kurz schließe ich die Augen, dann reiße ich sie schnell wieder auf. Noch so eine schlechte Idee! Als das Taxi nach einer gefühlten Ewigkeit vor meiner Haustür hält, verleihe ich mir insgeheim einen Orden. Ich krame ziemlich lange in meiner Tasche, bis ich gefunden habe, wonach ich auch immer gesucht habe, was den Taxifahrer dazu verleitet, erneut zu fluchen. Schließlich zahle ich und steige mit wackeligen Knien aus. Geschafft! Oder fast. Die Stufen zum Haus scheinen seit heute Morgen höher geworden zu sein, und auch mein Schlüsselbund hat sich gegen mich verschworen, denn kaum halte ich ihn zwischen den Fingern, fällt er auch schon zu Boden.

Mist!

Schnaufend will ich mich nach ihm bücken, als er wie von Geisterhand durch die Luft fliegt und genau vor meiner Nase stoppt. Wow! Muss irgendein Voodoo-Zauber sein oder so was. Meine Verwunderung hält nicht lange an, schließlich sind wir in New Orleans. Achselzuckend schnappe ich mir den Hausschlüssel und visiere das Schlüsselloch an. Der erste Versuch missglückt, ebenso der zweite, bis eine dunkle Stimme ertönt.

»Verdammt, Eli, lass mich das machen!«

Während mein Puls durch die Decke geht, weckt mein gellender Schrei vermutlich die gesamte Nachbarschaft auf. Nachdem ich mich einigermaßen gefasst habe, stelle ich den Blick scharf. Die grauen Augen aus der Bar befinden sich direkt vor mir. Drumherum hat sich ein hochgewachsener, breitschultriger Mann mit düsterem Blick materialisiert.

»Sach mal«, maule ich Kane an, »haste nix Besseres zu tun, als mich zu verfolgen?«

»Rein mit dir!«, sagt er statt einer Antwort und schubst mich ins Haus. »Wo müssen wir hin?«

»Hey«, protestiere ich. Und dann: »Erster Stock.«

Weil ich Mühe habe, die Stufen zu erklimmen, ist er mir dabei behilflich. Natürlich will ich das nicht, und wir rangeln ein paar Sekunden im Treppenhaus, bis ich als die Klügere nachgebe.

»Du willst doch nicht etwa mit rein?«, frage ich, als wir vor meiner Tür stehen.

Obwohl es mehr nach *dwillsdonichtwamitrein?* geklungen hat, hat seine Antwort Sinn.

»Doch«, entgegnet er, nimmt mir den Schlüssel ab und öffnet die Tür.

Während ich hineinwanke, blickt sich Kane neugierig um, dann fasst er mich an den Schultern, vermutlich, um mich zu stützen.

»Was willst du mit dem Pfannkuchengesicht, Eli?«, fragt er mit strenger Miene.

»Was?« Entgeistert schaue ich ihn an, dann beginne ich zu kichern. »Fannkuchngsicht?«

»Der Typ, den du geküsst hast.«

»Ah, du meinst Ben. Is nur'n Kollege, 'n echt Süßer.« Ich packe Kanes Kinn mit zwei Fingern. »Oooh, du wirs doch nich eifersüchtig sein?«

Seine Augen blitzen. »Natürlich nicht.«

»Gut.« Ich lasse ihn los, werfe meine Tasche achtlos in die eine Ecke und meine Schuhe in die andere.

Etwas, das ich normalerweise nie tue, weil ich Ordnung liebe. Aber Phase fünf ist ein Ausnahmezustand. Der Ausnahmezustand vor dem Super-GAU.

»Un?«, frage ich mit einer ausladenden Geste. »Wie findeste mein Apartment?«

»Hübsch«, antwortet Kane mit unergründlichem Gesichtsausdruck.

»Komm, ich zeig dir den Pool!«, sage ich und lache voller Vorfreude.

Verblüffung malt sich auf Kanes Gesicht. »Den Pool?«

»Ja, aber sag's den andern Mietern nich. Die werden sonst neidisch.«

Ich ziehe ihn ins winzige Bad und zeige aufs Waschbecken. »Reingelegt!«, rufe ich, als ich seine irritierte Miene sehe. »Is hier trotzdem fasso schön wie in … Whit… O… O… Das, was du dein Zuhause nennst!« Ich schaue verschwörerisch. »Aber ich hab keinen Geist unter der Treppe.«

Kane nimmt mein Gesicht zwischen seine warmen Hände. »Was redest du da bloß, Eli?«, fragt er sanft.

»Ich mach nur Konserva… du weißschon.« Ich blicke mich um. »Willste was trinken? Cola oder Wasser? Ich hab keinen Alkohol im Haus.«

Bei den letzten Worten kichere ich erneut los, und obwohl mir bewusst ist, dass ich mich wie eine Irre aufführe, kann ich nichts dagegen tun. Das ist das Tückische am Alkohol. Er übernimmt die Kontrolle über dein Mundwerk, deine Körperfunktionen und leider Gottes auch über deinen Verstand.

»Ich hab mich in dich verliebt!«, rufe ich und liefere damit prompt den Beweis.

Der gute Mann wird auf der Stelle zu Stein. »Was?«

Erst da wird mir bewusst, was ich eben von mir gegeben habe. Verzweifelt versuche ich, die letzte noch funktionierende graue Zelle in meinem Kopf zu aktivieren. »Ich … ich mein, ich hab mich in alles hier verliebt! In New Orleans, mein Apartment, in dich, in Ben, in meine Arbeit.« Ich unterstreiche meine Aussagen, indem ich jedes Mal meinen Zeigefinger in seine Brust bohre. »Nur in Paul Garrett nich. Den mag ich nich.« Ich senke die Stimme. »Er is'n Arsch.«

»Du solltest dich ins Bett legen, Eli. Du bist völlig durch.«

»Sag du mir nich, was ich ...«

Ich sollte meinen Satz niemals beenden, denn in diesem Moment beschließt mein Magen, eine Pirouette, einen Flip und einen Rittberger zu vollführen, und zwar gleichzeitig! Mit der Hand vor dem Mund stürze ich zur Kloschüssel und schaffe es gerade noch rechtzeitig, den Deckel hochzuklappen. Spasmen beuteln mich, während ich mich übergebe. Immer wieder krampft mein Magen. Gott, wie ich das hasse! Aber Jammern hilft jetzt auch nicht, schließlich wusste ich genau, was mich erwartet. Ich vertrage nun mal keinen Alkohol.

Als warme Finger meine Haare ergreifen, um sie aus der Gefahrenzone zu nehmen, schrecke ich zusammen.

»Geh ... weg!«, stoße ich abgehackt hervor.

Aber Kane denkt nicht daran, sondern hält mir die Haare aus dem Gesicht, bis sich mein Magen komplett entleert hat.

»Besser?«, fragt er, als ich mühsam auf die Beine komme.

Peinlich berührt nicke ich und betätige die Spülung. Dann gehe ich zum Waschbecken, um mir das Gesicht zu waschen und die Zähne zu putzen, während Kane das Bad verlässt und die Tür sachte hinter sich schließt. Ich brauche etwas Zeit, um mich zu fassen, und als ich ins Wohnzimmer zurückkehre, steht Kane vor dem Bücherregal und mustert die Auswahl.

»Du bisja immer noch hier?«, flüstere ich verwirrt.

»Natürlich.« Er hebt den Blick. Seine grauen Augen schauen ernst. »Ich lasse dich doch in einem solchen Zustand nicht allein.«

»Hör auf, so verfluchnett zu sein!«, maule ich ihn wieder an, aber der Protest klingt selbst in meinen Ohren ziemlich lahm.

Er zeigt auf ein großes Glas Wasser auf dem Wohnzimmertisch. »Trink das Glas leer, und dann bringe ich dich ins Bett.«

»Okay«, sage ich so würdevoll wie möglich, während ich auf unsicheren Füßen zum Tisch wanke. »Aber nicht grabschen!«

Er lacht auf. »Ganz bestimmt nicht.«

Ich werfe ihm einen bösen Blick zu. »Was soll das denn heißen?«

»Na komm«, flüstert Kane sanft, nachdem ich ausgetrunken habe, und greift um meine Schulter.

Im Schlafzimmer angekommen, fummele ich umständlich an den Knöpfen meiner Bluse herum. Wie winzig sie sind! Mit meinen dicken Wurstfingern gelingt es mir einfach nicht, sie zu öffnen. Unerwartet schieben sich lange gebräunte Männerhände in mein Blickfeld und eilen mir zu Hilfe. Während Kane mir die Bluse aufknöpft, fühle ich mich wieder wie ein Kind. Regungslos beobachte ich jede seiner Bewegungen, während der Kloß der Rührung in meinem Hals immer größer wird. Vorsichtig zieht er mir die Bluse aus, bevor er sich meine Hose vornimmt.

»Füße hoch«, sagt er leise, weil er mir die Hose abstreifen will, und ich gehorche. »Und jetzt ab ins Bett!«

In meiner Unterwäsche gleite ich unter das Laken. »Erzählste mir noch 'ne Gutenachtgeschichte?«, witzele ich.

Ein zärtliches Lächeln ist die Antwort, und die Erkenntnis trifft mich wie ein Schlag. Ich habe mein Herz an Kane Deveraux verloren. Meine Bemerkung vorhin war mehr als nur das alberne Gewäsch einer Betrunkenen.

»Was tusdu überhaupt hier?« Meine Stimme ist nicht mehr als ein Krächzen.

Er zuckt mit den Achseln. »Ehrlich gesagt, weiß ich es selbst nicht.«

Unsere Blicke verschmelzen kurz miteinander.

So wunderschön, der Mann.

»Danke jedenfalls«, murmele ich seltsam befangen und lasse den Kopf ins herrlich weiche Kissen sinken.

Er streicht mir das Haar aus dem Gesicht. »Gern geschehen, kleine Wildblume.«

Kleine Wildblume. Wahnsinn …

Mit diesem letzten Gedanken schlafe ich ein. Als Kane das Apartment verlässt, liege ich bereits fest in Morpheus' Armen.

Einmal Monroe und zurück

Eli

Am nächsten Morgen tut sich die Hölle auf, kaum dass ich die Augen geöffnet habe. Hämmernde Kopfschmerzen, pelzige Zunge, Gleichgewichtsprobleme, trübe Sicht, schwere Glieder … Ich lasse nichts aus! Was gäbe ich für ein Alka-Seltzer, aber natürlich habe ich so etwas nicht im Haus. Dafür aber Aspirin. Besser als nichts. Ich schlucke die Tablette mit etwas Wasser hinunter und kippe sofort einen Kaffee hinterher. Während ich meine Finger an der Tasse wärme – trotz der zwanzig Grad, die draußen herrschen, ist mir eiskalt, weil mein Kreislauf im Keller ist –, stürzen die Erinnerungen des gestrigen Abends unbarmherzig auf mich ein.

Tiefe Scham überkommt mich. Hoffentlich habe ich in der Bar gegenüber meinen Kollegen keinen Unsinn erzählt! So etwas kann einem ewig nachhängen. Und dann mein romantisches Tête-à-Tête mit Kane. Ich kotzend über der Kloschüssel, während er mir die Haare aus dem Gesicht hält. Wow!

Kleine Wildblume.

Mein Herz flattert plötzlich wie das eines gefangenen Vögelchens.

Keine Panik!, flüstert mir meine innere Stimme eindringlich zu. *Vermutlich ist das bei den Cajuns die übliche Bezeichnung für ein Kind oder die jüngere Schwester.*

So wird es wohl sein. Und die Sache mit dem Verliebtsein ist auch völliger Quatsch! Kane Deveraux ist ein hinterhältiger Mistkerl, der womöglich der hiesigen Mafia angehört. Gestern Abend war er zauberhaft zu mir, zugegeben, der vollendete Gentleman. Aber hey, Serienkiller haben auch ihre netten Momente! Alkohol macht einen schrecklich rührselig, und deshalb werde ich nie wieder einen Tropfen anrühren. Nie wieder! Nicht einmal an Silvester! Kurz gebe ich mich dem verführerischen Gedanken hin, wieder ins Bett zurückzukriechen, aber diese Genugtuung will ich meinem Boss nicht verschaffen, also schlurfe ich unter die Dusche und vollziehe das übliche Morgenritual, wenn auch ganz ohne Hetze. Am Ende sitze ich etwas blass und mitgenommen im Bus, aber pünktlich. Ein echtes Wunder! Und mit einem Mal bin ich gar nicht mehr so traurig darüber, eine stupide Arbeit verrichten zu müssen.

Wie sich herausstellt, sind meine Kollegen sehr nett und verständnisvoll. Sie erkundigen sich nach meinem Befinden, und auf meine Nachfrage, in welche Fettnäpfchen ich getreten bin, winken sie lachend ab. Alles im grünen Bereich, so ihre Aussage. Wenigstens etwas.

Der Tag vergeht wie im Flug, was man von der Restwoche leider nicht behaupten kann. Kane ist wie vom Erdboden verschluckt, was mir recht sein müsste, es aber nicht ist, meine Arbeit zieht sich wie Kaugummi, und abends läuft im Fernsehen nur Mist. Deshalb beschließe ich, am Wochenende zu meinen Eltern zu fahren, um mich auszuheulen und bemuttern zu lassen. Ein feiner Plan. Am Freitagnachmittag verstaue ich eine voll gepackte Reisetasche im Kofferraum meines Honda und fahre Richtung Norden. Und wie in der Woche zuvor gerate ich in einen Stau. Diesmal allerdings stecke ich sage und schreibe zwei Stunden fest, weil ein Lkw und ein Minivan beschlossen haben, auf Tuchfühlung zu gehen. Als ich in Monroe eintreffe, ist es nach elf Uhr abends, und die Bürgersteige sind bereits hochgeklappt. Ein verschlafenes Provinznest eben.

Das Haus meiner Eltern, das von hohen Pappeln umgeben ist, liegt an einer wenig befahrenen, weil etwas holprigen Landstraße etwas außerhalb. Wie viele der Häuser in dieser Gegend ist es einstöckig mit einem Zeltdach. Die Mauern sind weiß, die Fensterläden rot, und auf der Vorderseite gibt es eine große Holzveranda mit einem Schaukelstuhl, auf dem geblümte Kissen liegen. Bei meiner Ankunft ist mir die Müdigkeit offenbar anzusehen, denn obwohl Mom und Dad die Neugier auf die Stirn geschrieben steht, verzichten sie darauf, mir auf den Zahn zu fühlen. Stattdessen gibt es eine liebevolle Begrüßung und ein Häppchen auf der Veranda, bevor sich alle ins Bett begeben.

Als ich noch in Monroe gearbeitet habe, bewohnte ich ein kleines Apartment in der Stadt. Meine Eltern besuchte ich nur am Wochenende. In meinem alten Zimmer hat Mom alles so belassen, wie es früher war. Eine Zeitkapsel aus meiner Jugend, die, rückblickend betrachtet, ein wenig nüchtern ist. An der Decke über meinem Bett hängt kein Poster von Justin Timberlake, sondern von Albert Einstein, und im Bücherregal steht nicht *Harry Potter* oder die *Twilight Saga*, sondern die Biografie von John Forbes Nash, dessen Leben in *A Beautiful Mind* mit Russell Crowe verfilmt wurde. Jack ist natürlich auch da. Der zottelige Teddybär mit der blauen Schleife, den ich im Alter von vier Jahren von meiner inzwischen verstorbenen Großmutter bekam, hat mich durch meine ganze Kindheit begleitet. Zum Glück durfte ich ihm einen Namen aussuchen, sonst hätte er womöglich Colonel Brandon geheißen aus *Sinn und Sinnlichkeit* von Jane Austen. Dank der liebevollen Pflege meiner Mutter und literweise Shampoo hat Jack die Zeit gut überstanden, er riecht gut, und seine blauen Glasaugen leuchten wie eh und je.

Nachdem ich mich fertiggemacht habe, schlüpfe ich unter die Decke und drücke das Gesicht ins Kissen, das so herrlich vertraut duftet, weil Mom seit zwanzig Jahren dasselbe Waschmittel verwendet. Nach so langer Zeit wieder in meinem alten Bett zu liegen, fühlt sich seltsam und zugleich tröstlich an.

Mit einem Lächeln schlafe ich ein …

… und wache am nächsten Morgen mit einem Lächeln auf, als Kaffeeduft meine Nase kitzelt. Ich strecke mich ausgiebig und zucke zurück, weil ein Sonnenstrahl, der durchs Fenster fällt, meinem linken Fuß einen feurigen Kuss verpasst. Aus Erfahrung weiß ich, dass es ungefähr halb zehn sein muss. Zeit aufzustehen! Bei der Familie Page ist das Frühstück am Wochenende immer eine große Sache, und allein bei dem Gedanken läuft mir das Wasser im Mund zusammen. In der Küche höre ich meine Mutter werkeln. Tellergeklapper, Schränke, die geöffnet und geschlossen werden, das Geräusch eines Messers, das rhythmisch auf ein Schneidebrett niedersaust, das Zischen von Öl in einer Pfanne …

Mit einem Satz bin ich aus dem Bett, schlüpfe in meine Hausschuhe und schlurfe aus dem Zimmer, den Gang entlang zur Küche.

»Guten Morgen, Mom!«, rufe ich meiner Mutter zu, die am Herd steht.

»Guten Morgen, Liebes«, antwortet sie und streckt mir ihre Wange zum Kuss hin, weil sie buchstäblich alle Hände voll zu tun hat. »Schau mal, wer da ist!«, fügt sie hinzu und deutet mit dem Kopf hinter uns.

Ich drehe mich um. Neben dem roten Kühlschrank steht ein Mann in Jeans und T-Shirt und grinst mich breit an. Seine halblangen blonden Locken hätten einen Haarschnitt bitter nötig, aber er sieht es natürlich anders. Er bezeichnet dieses zottelige Durcheinander gern als *Bohemian Look.*

»Stephen!«, rufe ich und falle meinem vier Jahre älteren Bruder um den Hals. »Das ist ja eine Überraschung! Ich dachte, du wärst in Namibia auf einer Fotoreportage.«

»Bin gestern zurückgekommen«, stößt er keuchend hervor, weil ich ihn zusammenquetsche wie eine Tomate.

Zu meiner Verteidigung muss ich anmerken, dass ich ihn seit einem halben Jahr nicht mehr gesehen habe.

»Ach, Kinder«, murmelt meine Mutter sichtlich gerührt. Ihre Augen schimmern, ob wegen der Zwiebeln oder der glücklichen Familienzusammenführung, kann ich nicht sagen. Vermutlich wegen beidem.

Der Krach hat Dad aus seinem Büro gelockt. Er äugt wie ein scheues Reh um die Ecke und gesellt sich anschließend zu uns. Ohne dass es einer besonderen Aufforderung bedarf, setzen wir uns an den großen Eichentisch am Fenster, der sich bereits vor lauter Köstlichkeiten biegt. Würstchen stehen da, außerdem noch warmer Toast, Butter, Marmelade, Kaffee und eine Pfanne mit Ei, Speck und gebratenen Kartoffelscheiben. Cornflakes, Müsli und Orangensaft dürfen natürlich auch nicht fehlen. Für das gute Gewissen.

»Greift zu!«, fordert Mom uns auf. »Die Pancakes sind gleich fertig.«

Schon oft hat es Diskussionen darüber gegeben, dass wir erst zu essen beginnen, wenn meine Mutter mit am Tisch sitzt. Aber sie ist stur wie ein Esel.

»Unsinn!«, argumentiert sie dann lautstark. »Das Essen wird kalt, dann war die ganze Mühe umsonst.«

Diesmal streiten wir nicht unnötig herum, sondern fangen gleich an. Im Gegenzug werden Stephen und ich später den Tisch abräumen und die Küche auf Vordermann bringen, während sich Dad in sein Arbeitszimmer zurückziehen wird. Er ist von der ganz alten Schule, und alle Umerziehungsversuche endeten bisher in einer Katastrophe. Dad stellt sich bei der Hausarbeit so dämlich an, dass Mom jedes Mal die Geduld verliert und ihn zum Teufel jagt. Ob es tatsächlich Tollpatschigkeit ist oder kühle Berechnung, weiß ich nicht. Das ist bei Dad schwer zu sagen. Zum Glück hat Mom, was das betrifft, Stephen perfekt erzogen. Sollte er sich jemals binden wollen, wird es ihm sein fester Freund eines Tages danken.

Kurz darauf stellt meine Mutter einen Turm aus Pancakes auf den Tisch, der dem »Burj al Arab« in Dubai ernsthafte Konkurrenz machen könnte, und setzt sich zu uns.

»Und wie läuft dein neuer Job?«, fragt sie mich lächelnd, nachdem wir unseren ersten Hunger gestillt haben und die Naschphase beginnt.

»Ehrlich gesagt, nicht sehr gut«, antworte ich und umreiße in wenigen Worten die Ereignisse der letzten Tage, ohne Kane explizit zu nennen. Ich spreche von Steuerschuldner und dem Fall.

»Ach, Spätzchen«, antwortet Dad und tätschelt mir den Kopf, als wäre ich acht Jahre alt. »Das wird schon wieder.«

Nach diesen Worten steht er auf, bedankt sich bei Mom für das Frühstück und geht zurück an seine Arbeit. Wortreiche Erklärungen und Sentimentalitäten sind nicht unbedingt seine Stärke. Ich habe mich oft gefragt, was eine Romantikerin wie meine Mutter an meinem Vater findet, aber es scheint zu funktionieren. Denn trotz der Gegensätze führen sie seit dreißig Jahren eine harmonische Ehe.

»Dieser Paul Garrett scheint ein richtiges Arschloch zu sein!«, bringt es Stephen auf den Punkt.

»Na ja, offen gesagt, habe ich mich schon sehr dumm verhalten«, entgegne ich leise. »Da war dieser Sturm und dann meine Brille im Handschuhfach …«

»Ach komm, du warst doch gerade erst die zweite Woche dort. Ein Klopfen auf die Finger hätte völlig ausgereicht«, widerspricht Stephen.

»Dieser Steuerschuldner war ausgekochter als du, Elinor«, sagt meine Mutter und seufzt. »Das ist das Problem. Du bist viel zu gut für diese Welt.«

Das Gleiche hat Kane auch gesagt.

In der nächsten halben Stunde geben sich Mom und Stephen alle Mühe, mich wieder aufzurichten, wofür ich ihnen unendlich dankbar bin. Anschließend beseitigen Stephen und ich die Reste unseres kulinarischen Gemetzels, dann holt mein Bruder seine Digitalkamera und setzt sich an die Anrichte, um aus über fünftausend Fotos eine erste Auswahl zu treffen. Nachdem ich Mom und mir etwas Kaffee nachgeschüttet habe, setzen wir uns zurück an den Tisch.

Mit einem durchdringenden Blick mustert sie mich. »Das war nicht alles, habe ich recht?«, fragt sie.

Ich schüttele langsam den Kopf. »Der Mann, der mich hereingelegt hat … Ich glaube, ich empfinde etwas für ihn.«

»Und ›mit etwas empfinden‹ meinst du vermutlich nicht Hass oder Mordlust.« Es ist keine Frage, sondern eine Feststellung.

»Nein«, entgegne ich leise.

Meine Mutter verzieht das Gesicht. »Oje.«

»Ich weiß auch nicht, Mom«, beeile ich mich zu sagen. »Es ist einfach passiert. Obwohl er mich belogen hat und anfangs ein echter Kotzbrocken war.«

Ein tiefes Seufzen ist die Antwort. »Ach, das ist wie in *Stolz und Vorurteil.* Aber ich verstehe nicht, Elinor. Es ist so gar nicht deine Art, dich Hals über Kopf zu verlieben. Und die bösen Jungs haben dich noch nie interessiert.« Ihr strafender Blick fliegt zu Stephen. »Im Gegensatz zu deinem Bruder!«

Stephen wendet den Blick zwar nicht von seiner Kamera, dennoch kann ich sehen, dass er grinst.

»Ja, ich weiß«, antworte ich ratlos. »Vielleicht habe ich mich nur von seinen Liebhaberqualitäten blenden lassen.«

»Ihr hattet Sex?«, ruft Stephen mit leuchtenden Augen und schiebt seinen Stuhl zu uns heran. Mit einem Mal sind die Fotos auf seiner Kamera zweitrangig. »Doch nicht wie in *Stolz und Vorurteil*, hm?«, fügt er augenzwinkernd hinzu, als Mom verzweifelt die Hände ringt.

»Mein Gott, Elinor, wie konntest du nur?«, sagt sie auch prompt. »Du solltest ihn doch überführen und nicht … äh …«

»Flachlegen?«, springt Stephen hilfsbereit ein.

»Na ja«, erkläre ich und beiße mir auf die Unterlippe. »Er hat sich verletzt, und ich musste ihn verarzten. Als er dann halb nackt vor mir stand … kam das eine zum anderen.«

»Und wie war's?«, fragt Stephen begierig.

»Es war unglaublich!«, antworte ich mit gedämpfter Stimme. »So etwas habe ich bisher noch nie erlebt …« Beinahe hätte ich mir ans Herz gegriffen, kann mich aber gerade noch rechtzeitig zurückhalten.

Dennoch spürt mein Bruder sehr genau, was in mir vorgeht, denn sein Tonfall wechselt von witzelnd zu ernst. »Eli!«, redet er mir ins Gewissen. »Verwechsle guten Sex nicht mit Liebe!«

»Von Liebe war nicht die Rede!«, protestiere ich energisch. »Ich … mag ihn irgendwie. Und es liegt nicht nur am Sex. Kane hat etwas Verletzliches an sich, als hätte er schlimme Dinge erlebt. Ich weiß, dass er nicht koscher ist, aber ich denke, dass es nicht seine Schuld ist. Er hatte eine schwere Kindheit …«

»O nein!«, rufen Mom und Stephen einhellig. »Das Samaritersyndrom.«

»Eli, du willst den Typen retten, das Gute in ihm hervorholen, aber solche Vorhaben gehen immer schief! Tu's nicht!«, sagt mein Bruder mit Nachdruck. »Du kannst dabei nur verlieren.«

»Ich muss Stephen ausnahmsweise recht geben, Elinor«, wirft meine Mutter ein. »Denk an *Tess von den d'Urbervilles*! Die Arme endet am Galgen.«

»Das ist nicht sehr hilfreich, Mom«, murmelt Stephen, als er meinen Gesichtsausdruck sieht.

Geknickt senke ich den Kopf. Dass Mom und Stephen einer Meinung sind, stimmt mich nicht sehr zuversichtlich. Ich sollte mir Kane Deveraux ein für alle Mal aus dem Kopf schlagen.

»Ich lade heute Abend Arthur zum Essen ein. Was sagst du dazu, Elinor?«, verkündet meine Mutter übertrieben fröhlich. »Das wird dich auf andere Gedanken bringen.«

Innerlich stöhne ich auf. Arthur Schuman ist Bibliothekar, ein liebenswerter, aber farbloser Lulatsch, der noch bei seiner Mutter wohnt. Sie und Mom sind seit Kindheitstagen miteinander befreundet. Dass ihre Sprösslinge ein Liebespaar werden, ist ein Traum, an dem beide seit Jahren eisern arbeiten.

»Ach, Mom, ich weiß nicht«, entgegne ich vorsichtig, um sie nicht zu brüskieren. »Arthur und ich sind doch sehr verschieden.«

Mein Bruder ist da weniger taktvoll. »Ehrlich, Mom! Der Typ ist stinklangweilig und so sexy wie ein Paar alte Schluffen. Würdest du ihn mir nackt auf den Bauch binden, würde sich mein Schwanz zusammenkringeln wie ein Regenwurm.«

»Stephen!«, ruft meine Mutter empört aus, während ich in schallendes Gelächter ausbreche.

Daraufhin ist Arthurs Einladung zum Essen vom Tisch, und als Stephen mir verschwörerisch zuzwinkert, wird mir leicht ums Herz. Wer braucht schon einen Kane Deveraux in seinem Leben, wenn er eine solche Familie hat?

Es herrscht traumhaftes Wetter, die Sonne lacht von einem wolkenlosen Himmel herunter, und so verbringen wir, mit kurzen Unterbrechungen, den restlichen Samstag im Garten. Ich erfahre, dass Mom sich seit Kurzem aktiv für den Tierschutz engagiert, Dad ein Buch zum Thema Trigonometrie schreiben will und Stephen in einer Woche für *National Geographic* nach Kambodscha reisen wird. Dort soll er über das Elephant Valley Project berichten, das für den Schutz der Dickhäuter kämpft. Die Überführung eines bedeutenden Steuersünders hätte sich gut in die Liste eingereiht, finde ich, aber es soll wohl erst einmal nicht sein.

Wir verbringen zwei wundervolle Tage, die mich für kurze Zeit meine Sorgen vergessen lassen.

»Du bist eine tolle Frau, Schwesterchen«, sagt mir Stephen zum Abschied. »Du bist hübsch, clever und tougher, als es äußerlich vielleicht den Anschein hat. Du kommst wieder auf die Füße!«

»Ich vermisse dich jetzt schon«, antworte ich halb lachend, halb weinend.

Von Dad bekomme ich einen Kuss und den guten Rat mit auf den Weg, mich bloß nicht verrückt machen zu lassen. Von Mom gibt's eine innige Umarmung und einen frisch gebackenen Nusskuchen, damit ich während der vierstündigen Fahrt nicht verhungere. Als ich losdüse, ist bereits die Dämmerung angebrochen. Ich lege eine CD von Ed Sheeran ein und summe leise mit. Ein Lächeln huscht über mein Gesicht. Ein Wochenende zu Hause ist wie eine Frischkur. Als Ed allerdings etwas von »Heute Nacht will ich deine Liebe spüren« und »Du bist mein Weg nach Hause« trällert, kommt es, wie es kommen muss: Ich denke an Kane, und mein Herz krampft sich heftig zusammen. Mit einem leisen Fluch drehe ich die Musik ab, schalte das Radio an und bleibe an einem bluttriefenden Krimihörspiel von Jeffery Deaver hängen, das mich hoffentlich bis New Orleans begleiten wird.

Zwei Meilen vor der Abzweigung, die zum Highway führt, erfassen die Kegel meines Fernlichts eine junge Frau am Straßenrand, die neben ihrem Wagen steht und hektisch winkt.

Ein Straßenschild ist umgeknickt. Offenbar ist sie dagegengefahren. Nachdem ich den Honda hinter ihrem Wagen geparkt habe, steige ich aus.

»Alles klar?«, rufe ich und erschrecke, als ich die Platzwunde auf ihrer Stirn bemerke. »O mein Gott, was ist passiert?«

»Ich … ich …« Ihre Hand zittert, als sie ihre Stirn berührt. »Ich dachte, ich hätte etwas über die Straße huschen sehen. Ein Tier oder so. Ich bin voll in die Eisen gegangen, habe die Kontrolle verloren und bin gegen das Schild geknallt. Ich habe mir den Kopf angestoßen.«

»Sie Arme«, sage ich, während ich näher trete. Die junge Frau ist auffallend hübsch mit ihren rotbraunen Haaren und den grünen Augen. Ich schätze sie auf höchstens zwanzig. »Soll ich Sie ins Krankenhaus nach Monroe fahren?«

»Ich weiß nicht …«

»Sie sollten die Wunde checken lassen«, entgegne ich energisch.

»Sie haben vermutlich recht. Das wäre sehr nett, danke«, antwortet sie leise. Ihr Gesicht ist leichenblass.

»Wir sollten die Wunde trotzdem verbinden«, sage ich. *Damit kenne ich mich aus.* »Sie blutet ziemlich stark.«

»Würden Sie das tun?«

»Aber natürlich«, antworte ich mit einem Lächeln. »Ich hole nur schnell den Verbandskasten aus meinem Auto.«

»Ich habe auch einen.« Sie verzieht das Gesicht zu einem gequälten Lächeln. »Ganz neu. Er ist hinten im Kofferraum.«

»Alles klar.«

»Danke«, flüstert sie kaum hörbar.

Ich begebe mich zum hinteren Teil ihres Wagens und öffne den Kofferraum, der bis auf den Verbandskasten und ein Seil leer ist.

»Ah, da ist er!«, rufe ich. »Sehr …«

Ein Rascheln lässt mich verstummen, dann gefriert mir das Blut in den Adern. *Hinter mir ist jemand.* Ich will mich umdrehen, als etwas Hartes meinen Hinterkopf trifft. In meinem Schädel explodiert der Schmerz, und ich sinke mit einem Ächzen zusammen. Am Rande bekomme ich noch mit, wie meine Füße gepackt werden und ich nach vorn geschubst werde. In den Kofferraum! Bevor mich die Panik übermannt, versinkt die Welt in Dunkelheit.

Verhandlungssache

Kane

Die Bäume am Ufer sind vom Wind gebeugt. Auf dem glitzernden Mississippi fährt ein Dampfschiff vorüber, dessen Schaufelräder das Wasser aufschäumen und wie Zuckerguss aussehen lassen. Davor ragen mächtige Kräne wie mystische Gestalten in den Himmel. Das Baudock, in dem bereits seit den frühen Morgenstunden gearbeitet wird, liegt noch im Schatten. Die Deveraux-Werft wurde vor über zweihundert Jahren gegründet und liegt auf einer Landzunge unweit des Hafens von New Orleans. Ich mag das rege Treiben und die Vorstellung, dass hier Schiffe gebaut werden, die eines Tages die Weltmeere befahren. Wenn es machbar wäre, käme ich trotz der langen Anfahrtszeit täglich hierher, aber meine anderen geschäftlichen Verpflichtungen nehmen zu viel Zeit in Anspruch.

Als es an meiner Tür klopft, reiße ich mich von dem Anblick des Werftgeländes unter meinem Fenster los.

»Herein!«, rufe ich und gebe dem Vorarbeiter, der kurz darauf mein Büro betritt, zu verstehen, dass er sich setzen soll. Anschließend greife ich zum Telefon und wähle eine Nummer in Brasilien. Es gilt ein Problem zu lösen.

»Mister Jimenez?«, sage ich, als sich mein Gesprächspartner am anderen Ende der Leitung meldet. »Kane Deveraux hier.«

Ich schalte den Lautsprecher ein, damit der Vorarbeiter mithören kann.

»Senhor Deveraux! *Bom dia,* wie geht es Ihnen?«, ertönt kurz darauf die Stimme eines Mannes mit starkem Akzent.

»Nicht sehr gut, ehrlich gesagt«, antworte ich. »Wir warten immer noch auf die Holzlieferung, die Sie uns für Samstag versprochen haben.«

»Oh, das tut mir sehr leid, Senhor Deveraux, aber der Frachter ist in einen Sturm geraten und vom Kurs abgekommen. Vor morgen Mittag wird die Lieferung nicht eintreffen, fürchte ich.«

»Das bedeutet für uns zwei Tage Produktionsstillstand«, erwidere ich und warte.

»Ja, das tut mir sehr leid … äh …«

»Zeit ist Geld, Mister Jimenez.«

»Aber Senhor Deveraux, was soll ich denn machen? Das ist höhere Gewalt.«

»Ich habe für Ihre Lage vollstes Verständnis, bitte glauben Sie mir, aber Sie müssen auch mich verstehen. Kommen wir mit der Produktion in Verzug, droht eine Geldstrafe.«

»Si, das verstehe ich gut, aber …«

»Lassen Sie uns nicht um den heißen Brei reden«, beende ich das Geplänkel. »Ich weiß, dass Sie versichert sind, und erwarte eine Kompensation.«

Keine Antwort.

»Ich werte Ihr Schweigen als positives Zeichen«, sage ich weiter. »Die Kompensation könnte in Form eines Rabatts auf die aktuelle Bestellung erfolgen oder als Preisnachlass bei der nächsten Bestellung. Ihre Entscheidung, Mister Jimenez.«

»Einverstanden«, kommt es zurück. Diego Jimenez, einer der größten Holzproduzenten seines Landes, klingt nicht unzufrieden, schließlich habe ich in Aussicht gestellt, weiter mit ihm Geschäfte tätigen zu wollen. »Ich setze eine Vereinbarung auf und schicke sie Ihnen noch heute zu.«

»Sehr schön. Ich verlasse mich auf Ihre Korrektheit.« *Und wenn nicht, wird es unser letzter gemeinsamer Deal sein.* »Ihrem Frachter wünsche ich eine sichere Weiterfahrt«, sage ich abschließend.

»*Capitano* Mendez ist ein Profi. Ich bin zuversichtlich«, entgegnet Jimenez.

Nachdem wir das Telefonat beendet haben, wende ich mich an den Vorarbeiter, der das Gespräch mit Interesse verfolgt hat.

»Bis die Lieferung eintrifft, bessert Team 1 den Rumpf der *Mary Lou* aus«, weise ich ihn an. »Team 2 soll das Cockpit furnieren.«

Der andere nickt. »Alles klar, Boss.«

Kurz besprechen wir die Details, dann verlässt der Vorarbeiter das Büro. Die Verzögerung ist ärgerlich, aber nicht zu ändern. In diesem Geschäft kommt so etwas häufiger vor. Gerade will ich einen Blick in das digitale Orderbuch auf dem Computerbildschirm vor mir werfen, als das Telefon klingelt. Es ist Marguerite.

»Was willst du?«, frage ich kalt.

»Auch dir einen schönen guten Morgen«, antwortet die mir so verhasste Stimme. »Dir geht es gut, hoffe ich?«

»Komm zum Punkt. Ich habe zu tun.«

»Nun gut. Dann komme ich eben zum Punkt: Bobby Joe hat deine Freundin in seiner Gewalt.«

Bobby Joe Barnes gehört zu Marguerites freiem Mitarbeiterstab. Ein besonders bösartiges Exemplar der Gattung Mensch, der gern an anderen herumschnippelt. Das Pech kann auch schon mal einen Supermarktkassierer treffen, der ihn nur schief anschaut. Bobby Joe ist ein echter Psychopath. Dass er noch nicht eingebuchtet wurde, liegt daran, dass Marguerite ihre schützende Hand über ihn hält.

»Welche Freundin?«, erwidere ich unbeeindruckt. »Ich habe keine Freundin.«

»Ich spreche von der Blondine mit den hübschen blauen Augen, die deine Steuerprüfung macht, oder soll ich lieber sagen, gemacht hat?«

Eine eiserne Faust krallt sich um mein Herz und quetscht es brutal zusammen. Kurz wird mir übel.

Was zum Teufel …?

»Ah«, säuselt Marguerite, als ich schweige. »Wie es aussieht, habe ich nun deine volle Aufmerksamkeit.«

»Eher nicht«, antworte ich kühl, obwohl es in meinem Schädel heftig pocht. »Keine Ahnung, wie du darauf kommst, das Wohlbefinden von … wie hieß sie doch gleich? … Eileen Page könnte mich in irgendeiner Weise kümmern.«

Marguerites Lachen kriecht mir das Rückgrat hinauf, als würden Fingernägel über eine Tafel kratzen. »Ihr Name ist Elinor, und das weißt du verflucht genau. Ich habe euch beobachtet. Was für ein Glück, dass mein Chauffeur an einer roten Ampel halten musste, sonst wäre mir dein heißblütiger Kuss entgangen. Dein anschließender Gesichtsausdruck, als sie dir eine gescheuert hat … köstlich!« Wieder lacht sie, und in mir steigt die Mordlust auf. »Erinnerte mich an Roscoe, wenn er nach einem verlorenen Kampf seine Wunden geleckt hat.«

»Du hast die Szene missverstanden«, sage ich. »Ich wollte sie nur flachlegen. Mehr nicht.« Ich stoße ein spöttisches Lachen aus. »Sie war nicht interessiert. Vermutlich leckt sie lieber Muschis«, füge ich bewusst grob hinzu, während ich die Faust so fest balle, dass sich meine Nägel schmerzhaft in die Haut bohren.

»Hältst du mich für dämlich?«, entgegnet Marguerite verächtlich. »Was ich in deinen Augen gelesen habe, war nicht bloß verletzter männlicher Stolz.«

»Denk doch, was du willst.«

»Also gut, dann kommen wir eben nicht ins Geschäft.« Kurz schließe ich die Augen, aber meine Erleichterung währt nur kurz. »Da Bobby Joe sie schon mal hat, kann er sich ja ein bisschen mit ihr amüsieren.« Ich höre, dass sie lächelt. »Als eine Art Mitarbeiterbonus.«

Säure steigt meine Kehle hinauf. »Du krankes Miststück!«, stoße ich hervor. Kein Grund mehr, sich zu verstellen. »Woher soll ich wissen, dass du nicht bluffst?«

»Ah, natürlich. Einen Moment.« In der Leitung klickt und raschelt es, dann ertönt Elis Stimme.

»Oh mein Gott, was ist passiert?«

»Ich … ich …« Die Stimme einer jungen Frau. *»Ich dachte, ich hätte etwas über die Straße huschen sehen. Ein Tier oder so. Ich bin voll in die Eisen gegangen, habe die Kontrolle verloren und bin gegen das Schild geknallt. Ich habe mir den Kopf angestoßen.«*

»Sie Arme«, antwortet Eli. *»Wie fühlen Sie sich? Soll ich Sie ins Krankenhaus nach Monroe fahren?«*

»Ich weiß nicht …«, meint die junge Frau, und ich balle die Faust. Ich habe die Stimme erkannt. Sie gehört Isabella, meiner Cousine.

»Sie sollten die Wunde checken lassen«, entgegnet Eli energisch.

»Sie haben vermutlich recht. Das wäre sehr nett, danke«, antwortet das hinterhältige Luder.

»Wir sollten die Wunde trotzdem verbinden«, sagt Eli. *»Sie blutet ziemlich stark.«*

»Würden Sie das tun?« Wie unschuldig Isabella klingt!

Mein Kiefer schmerzt, so fest presse ich die Zähne aufeinander.

»Aber natürlich. Ich hole nur schnell den Verbandskasten aus meinem Auto.«

»Ich habe auch einen. Ganz neu. Er ist hinten im Kofferraum.«

»Alles klar.«

»Danke.«

Ich höre Schritte, die sich entfernen. Eli, nein!, will ich rufen. Steig in dein Auto und fahr weg, so schnell du kannst! Aber natürlich ist es viel zu spät.

»Ah, da ist er!«, höre ich Eli rufen. *»Sehr …«*

Die Stimme bricht unmittelbar ab. Ein leises Ächzen ertönt, dann ein Rumpeln und schließlich das Geräusch eines Kofferraums, der geschlossen wird.

»Wir haben sie«, ertönt Bobby Joes Stimme.

Dann nur noch Stille.

»Isabella?«, knurre ich ins Telefon. »Warum sie?«

»Sie hasst dich. Nach dem Tod ihres Vaters hättest du besser daran getan, sie finanziell nicht so an der kurzen Leine zu halten. Sie vermisst ihren luxuriösen Lebensstil«, antwortet Marguerite spöttisch. »Sie mag nicht die Hellste sein, aber als Schauspielerin taugt sie was.«

»Wann wurde das aufgenommen?«

»Gestern Abend gegen neun Uhr.«

Das Herz rutscht mir in die Hose. Eli ist seit über zwölf Stunden in der Gewalt eines Wahnsinnigen.

Ich hole tief Luft, ringe um Fassung. »Was willst du?«

Ich werde Marguerite töten. Aber nachdem ich Bobby Joe an die Schweine verfüttert habe.

»Ich will, dass du die Werft aufgibst und mir dein Aktienpaket verkaufst, für den symbolischen Wert von einem Dollar.«

Ich stoße ein freudloses Lachen aus. »Ist das alles?«

»Nein. Du ziehst dich aus der Stiftung zurück und überschreibst mir die Immobilien und das Hotel.«

»Mit anderen Worten: Du willst mich bis auf die Unterhose ausziehen.«

»So ist es«, antwortet sie. »Schließlich gehört das alles mir.«

»Nein. Es gehört der Familie.«

»Du magst den Namen Deveraux tragen«, kommt es giftig zurück. »Aber du wirst niemals zur Familie gehören. Du bist Abschaum. Der Auswurf einer Cajun-Hure und ...«

»... deines ältesten Sohnes«, beende ich den Satz mit eiskalter Stimme. Nur die Angst um Eli hält mich davon ab, am Telefon die Beherrschung zu verlieren.

»Als er Rosalie Broussard geheiratet hat, hat er aufgehört, mein Sohn zu sein.«

»Ein Glück für ihn«, entgegne ich. »Du musst wirklich sehr verzweifelt sein, wenn du denkst, dass du nur eine Frau zu entführen brauchst, damit ich alles aufgebe, was ich mir in den letzten Jahren hart erkämpft habe!«

»Ich bin nicht verzweifelt«, kommt es gleichmütig zurück. »Ich erkenne nur eine Chance, wenn ich sie sehe.« Marguerite schnalzt mit der Zunge. »Der Welt magst du vorgaukeln, ein harter Hund zu sein, aber in Wirklichkeit bist du schwach, nichts weiter als eine Made! Ich werde Bobby Joe anweisen, nicht länger zu warten. Der Arme ist schon ganz hibbelig. Er soll mit ihrem Gesicht beginnen, erst die Nase, dann die Ohren. Bestimmt ändert das deine Meinu...«

»Tu doch, was du willst!«, unterbreche ich sie schroff.

Schweigen.

»Du hast zwei Stunden Zeit, um deinen Notar zu kontaktieren und alles in die Wege zu leiten«, sagt Marguerite. »Sollte bis dahin nichts passiert sein, bekommst du Elinor Page stückweise zurück.« Vielsagende Pause. »Zwei Stunden!«, betont sie noch einmal, dann legt sie auf.

Laut keuchend, als wäre ich Marathon gelaufen, lege ich das Telefon zurück. Das Herz pocht hart in meiner Brust. Ein Blick auf die Uhr verrät mir, dass es 9.33 Uhr ist.

O Gott.

Unwillkürlich taucht Elis zartes Gesicht vor meinem inneren Auge auf. Ich will mir nicht vorstellen, welche Todesängste sie seit gestern Abend ausstehen muss! In den vergangenen Tagen habe ich versucht, sie aus meinem Kopf zu verbannen, aber es war vergeblich. Seitdem ich sie gevögelt habe, verzehre ich mich nach ihr. Ich will mehr von ihrem Duft, ihrem Geschmack, ihrer Wärme. Viel mehr! Mein Schwanz hat sich in ihr so gut und richtig angefühlt. Und dann kam der Abend in der Bar. Als sie diesen Zottelkopf küsste, stand ich kurz davor, mir eine Schneise durch die Menge zu bahnen, um ihm die Pfannkuchenfresse zu polieren. *Sie gehört mir!*, brüllte die Stimme in meinem Kopf. *Mir!* Wut, Begierde, Sorge, Eifersucht … In mir brodelte und brodelt immer noch ein verwirrender Gefühlscocktail, der jetzt, da Eli in tödlicher Gefahr schwebt, überzuschäumen droht. Die Vorstellung, ihr könnte Schmerz zugefügt werden, zerreißt mich innerlich. Ist es nur ein Rest von Mitgefühl, der mir geblieben ist, oder handelt es sich vielleicht um etwas ganz anderes?

In meinem Kopf herrscht ein Riesendurcheinander, und ich zwinge mich, meine Gedanken in geordnete Bahnen zu lenken. Die Zeit läuft mir davon. Während ich ohne jede Erklärung hinausstürme und zu meinem Wagen sprinte, zücke ich das Handy und wähle eine Nummer.

Bitte geh ran! Geh ran!

»Beau Lamare«, meldet sich kurz darauf eine tiefe Stimme.

»Ich brauche deine Hilfe«, sage ich ohne Umschweife. »Du musst die Verbindungsdaten von Marguerites Handy überprüfen und einen ihrer Kontakte orten.«

»Was ist passiert?«

Ich erkläre es ihm mit wenigen Worten.

»Scheiße«, lautet seine lakonische Antwort, dann seufzt er. »Ich …«

»Verflucht, Beau!«, rufe ich nervös, als ich sein Zögern spüre. »Was ist los?«

»Ohne richterlichen Beschluss kann ich nichts machen.«

»Was?«, rufe ich ungläubig.

»Ich fürchte, mir sind die Hände gebunden, Kane. Die interne Ermittlung hat mich auf dem Kieker.«

»Na und? Das ist doch nichts Neues«, sage ich in dem Wissen, dass Beau gern die Regeln beugt, um die bösen Buben einzubuchten.

»Diesmal ist es anders. Sie haben einen Typen abgestellt, der mir ständig auf die Finger schaut. Selbst jetzt starrt mich das Arschloch von seinem Platz aus an.«

O Mann.

Ich will meinen Freund nicht in Schwierigkeiten bringen, aber …

»Erinnere dich an Lisa Zito«, sage ich eindringlich.

Die Mutter von vier Kindern war tot in einem Müllcontainer in der Innenstadt aufgefunden worden. Ihr waren neben Nase, Ohren und Lippen die Weichteile abgetrennt worden. Sie starb an Herzversagen. *Hinterher.*

»Wir konnten Barnes nichts nachweisen«, sagt Beau mit dumpfer Stimme.

»Aber er war es, und du weißt es.«

Beau stößt einen tiefen Seufzer aus, und ich stelle mir vor, wie er sich durch die kräftigen braunen Haare fährt, die immer so aussehen, als wäre er gerade aufgestanden. »In Ordnung, Kane«, sagt er leise. »Ich kümmere mich darum. Was willst du tun, wenn du Bobby Joe findest?«

Ihm das Hirn aus dem Schädel prügeln.

»Besser, du weißt es nicht, Kumpel.«

Ich kann sein Nicken beinahe hören. »Ich sehe, was ich tun kann.«

Während ich auf Beaus Rückruf warte, sitze ich in meinem Wagen und trommle nervös auf dem Lenkrad herum. Da ich noch nicht weiß, wo sich Bobby Joe aufhält, hat es keinen Sinn loszufahren. Ich gehe davon aus, dass er sein Handy bei sich trägt, um von Marguerite telefonische Anweisungen zu bekommen. Wo das Handy ist, ist auch Eli. Davon bin ich überzeugt. Es dauert geschlagene zwanzig Minuten, bis Beau sich wieder meldet. Die längsten zwanzig Minuten meines Lebens.

»Hast du was?«, frage ich.

»Ja«, antwortet Beau leise.

Er nennt mir den Standort, und ich starte sofort den Motor.

»Hol dir dein Mädchen!«, sagt er zum Abschied.

Sie ist nicht mein Mädchen, will ich erwidern, aber da hat er schon aufgelegt. Ich sehe auf die Uhr. Bis zum Ende von Marguerites Ultimatum sind es noch fünfundneunzig Minuten. Laut Navi brauche ich bis zu meinem Ziel fünfundachtzig Minuten, allerdings habe ich noch einen zwanzigminütigen Fußmarsch durch die Sümpfe vor mir. Mir bricht der Schweiß aus allen Poren. Ich muss zehn Minuten schneller sein, sonst schaffe ich es nicht rechtzeitig!

Eli

Ich werde sterben. Das ist das Einzige, woran ich denken kann. Mit weit aufgerissenen Augen starre ich auf den Mann vor mir. Er ist groß und hager. An den Unterarmen treten scharf die Sehnen hervor, seine Augen liegen tief in den Höhlen. Sein Haar ist bis auf die Kopfhaut rasiert, und auf dem rechten Arm trägt er eine Tätowierung: einen grinsenden Totenschädel mit einem verschlungenen A für »arisch« und einem Hakenkreuz.

Ich kann nicht schreien, weil er meinen Mund mit ekelerregendem, stinkendem Klebeband verschlossen hat, aber ich spüre, wie mir der kalte Schweiß übers Gesicht läuft.

Bilder von letzter Nacht schießen mir durch den Kopf. Wie ich mit gefesselten Händen im Kofferraum das Bewusstsein wiedererlangte. Ich wusste nicht, wie viel Zeit vergangen war, aber jedes Schlagloch und jeder Riss im Asphalt hallten als Schmerz in meinem Kopf wider. Kurven, eine holprige Straße, dann ein surrendes Geräusch der Reifen, als wir über eine Brücke fuhren. Ein Highway, weitere Kurven, viele Kurven und einige Stopps, dann fuhren wir einen Waldweg entlang, der kein Ende zu nehmen schien. Der Wagen rumpelte, schwankte wild hin und her wie eine Nussschale mitten auf dem Ozean, Äste kratzten an der Karosserie. Ich kämpfte mit den Tränen. Wo brachte man mich hin? Schließlich blieb der Wagen stehen, und der Fahrer stieg aus. Er öffnete den Kofferraum und zerrte mich heraus. Dabei machte er sich nicht einmal die Mühe, sein Gesicht zu verbergen, was mir eine Heidenangst einjagte. Er grinste mich sogar an, als wollte er mir signalisieren, dass es keine Bedeutung hätte, wie viel ich von meiner Umgebung wahrnehmen würde – da ich niemandem mehr davon erzählen könnte.

In Panik rannte ich los, aber schon nach wenigen Metern riss er mich an den Haaren zurück. Ich jaulte auf, als er mir seine Faust in den Bauch rammte. Wie Messerstiche flammte der Schmerz auf, mir wurde übel, und ich krümmte mich zusammen. Der Mann schlug erneut zu, diesmal traf er meine rechte Schläfe, und die Bilder vor meinen Augen verschwanden unter einem milchigen Schleier. Schmerzen pochten direkt unter meiner Haut, als er mich über seine Schulter warf und sich in Bewegung setzte. Ich muss eine Weile bewusstlos gewesen sein, denn als ich wieder erwachte, fand ich mich in einem Holzverschlag wieder, der eine erschreckende Ähnlichkeit mit einem Hundezwinger hatte. Dieser wiederum stand ganz hinten in einer Art Container oder Lagerhaus, das ansonsten komplett leer war. Meine Hände waren mit Kabelbinder an einem stabil aussehenden Rohr festgebunden, das an der Wand entlangführte.

Der Mann starrte auf mich hinunter. Seinem Blick sah ich an, dass ich sein Wohlgefallen fand.

»Bitte lassen Sie mich gehen«, wimmerte ich unter dem Klebeband, was natürlich völlig wirkungslos blieb.

Er lächelte nur, dann wandte er sich ab. Nachdem er die schwere Tür des Containers geschlossen hatte, ließ er mich in der Dunkelheit zurück, wo es nach Moder und altem Fisch stank. Was folgte, war die schlimmste Nacht meines Lebens. Während die Schmerzen in langen Wellen durch meinen Körper jagten, spitzte ich die Ohren, versuchte, etwas zu hören. Beim Gedanken an Mom und Dad, die auf meinen Anruf warteten, der sie darüber informieren sollte, dass ich gut angekommen bin, schluchzte ich still vor mich hin. Sie würden sich Sorgen machen. Dann erklang ein Rascheln. Mir blieb das Herz stehen. Und dann wieder Stille. Vor Erschöpfung döste ich ein, wachte aber auf, weil ich auf die Toilette musste.

Wieder vergingen Stunden in der Dunkelheit. Oder waren es nur Minuten?

Irgendwann kam der Mann zurück. Durch die offene Tür konnte ich sehen, dass der Tag angebrochen war, mehr aber auch nicht. Fröhliches Vogelgezwitscher war zu hören, das binnen Sekunden wieder ausgesperrt wurde. Wo befand ich mich? Auf einem verlassenen Fabrikgelände? Oder auf einer Farm? Hoffnung keimte auf. Man würde mich vermissen und die Cops benachrichtigen. Bestimmt hatten der Mann und die junge Frau Spuren hinterlassen, die hierher führen würden. Wo war die junge Frau? Wer war sie? Sie hatte so unschuldig ausgesehen, als könnte sie keiner Fliege etwas antun.

Im Gegensatz zu ihrem Komplizen, der in diesem Moment vor mir hockt und mich anstarrt. Er hat das Licht eingeschaltet, eine einzelne nackte Glühbirne an der Decke, und ich kann sehen, dass seine Augen wässrig blau und völlig gefühlskalt sind. Als seine Hände über meine Schultern gleiten und meine Brüste umfassen, verdorrt mein zartes Pflänzchen der Hoffnung wieder. Niemand wird mich finden, auch nicht die Cops.

Ich weine, flehe den Mann stumm an.

Bitte nicht. Nicht das.

»Toilette«, nuschele ich.

Er grinst, entblößt schiefe Zähne und nickt zu meiner Überraschung. Kurz lässt er von mir ab, um hinauszugehen, während mein Herz wie wild schlägt, dann kehrt er mit einem Eimer zurück, den er vor mir hinstellt. Fragend sehe ich ihn an, dann die Kabelbinder.

»Das kannste dir abschminken, Schlampe«, sagt er mit einer für seine Statur viel zu zarten Stimme. Das ist das erste Mal, dass ich ihn reden höre, und sein Tonfall lässt mich bis ins Mark erschaudern.

Als er an meinem Hosenbund fummelt, versuche ich zappelnd, seinen Berührungen zu entkommen.

»Entweder das, oder du pisst dir in die Hose«, antwortet er rau.

Also halte ich still, während er mir Hose und Slip herunterzieht. Er zieht mich hoch und schiebt den Eimer mit dem Fuß unter meinen Hintern. Tränen quellen aus meinen Augen, als ich mich erleichtere. Das Geräusch, sein starrer Blick auf mein Geschlecht und die damit verbundene Scham brennen sich für alle Zeiten in mein Gehirn ein. Hinterher zieht er mich wieder an und schiebt den Eimer zur Seite. Als er den Kopf darüber beugt und die Nasenlöcher genüsslich bläht, steigt Übelkeit in mir hoch. Mit einem seltsamen Ausdruck streckt er die Hand aus und berührt mein Haar. Ich zucke zurück.

»Ich werde mir viel Zeit mit dir nehmen«, säuselt er und schnalzt anerkennend mit der Zunge. »Echte Blondinen sind selten geworden in diesem Land.«

Dann zieht er mit ruhiger Hand etwas aus seiner Hosentasche. Ein Futteral aus Leder. Eine Klinge blitzt hell auf, als er Zentimeter für Zentimeter ein langes, dünnes Messer daraus befreit. *Gott, hilf mir!* Die Angst ergießt sich wie Eis in meinen Adern, und ich zerre heftig an meinen Fesseln. Der Mann beugt sein Gesicht ganz nah zu mir, ich kann den Gestank aus seinem Mund riechen, dann streift er mit dem Messer über den Bund meiner Baumwollhose. Dabei lässt er mein Gesicht nicht eine Sekunde aus den Augen. Die eiskalte Klinge ritzt über meine Haut, entlockt mir ein Keuchen. Das Herz wummert so laut in meiner Brust, dass ich ohnmächtig zu werden glaube. Aufreizend langsam gleitet das Messer unter mein T-Shirt. *Nein, nein!* Und weiter nach oben zu meinen Brüsten. Als sich das Messer zwischen Brust und BH schiebt, leckt er sich über die Lippen. Eine kurze Bewegung, und der Stoff ist durchgeschnitten. Ein gequälter Laut ist zu hören, und ich brauche einen Moment, um zu erkennen, dass er aus meinem Mund quillt. Unerwartet zieht der Mann die Hand wieder zurück, und ich atme hörbar aus.

Doch die Gnadenfrist hält nicht lange an, denn nun nähert sich die scharfe Klinge meinem linken Auge. Die Finger des Mannes sind überraschend feingliedrig und elegant, das Messer wirkt, als wäre es mit ihnen verwachsen. Ich will die Augenlider schließen, vermag es aber nicht, als stünde ich unter dem Einfluss einer fremden Macht. Der Mann lächelt, dann schießt das Messer auch schon blitzschnell nach vorn, wie eine Kobra. Ein tierischer Laut dringt aus meiner Kehle, und ich krümme mich innerlich zusammen.

Der Schmerz. Ich spüre ihn nicht.

Bin ich tot?

Zufrieden zieht der Mann seine Hand zurück. Zwischen den Fingern hält er eine lange blonde Strähne. Mit den Lippen fährt er zärtlich darüber, dann steht er auf und verlässt den Raum, ohne mich eines weiteren Blicks zu würdigen. Das ist der Moment, in dem ich vollends die Beherrschung verliere. Hemmungslos weinend lasse ich mich gegen die Wand sinken, während die Tränen wie Bäche meine Wangen hinunterlaufen. Immer schneller geht mein Atem, immer hektischer hechle ich durch das Klebeband. Ich bekomme durch die Nase keine Luft mehr, weil sie verstopft ist.

Beruhig dich wieder!, herrsche ich mich an, *sonst wirst du ersticken.*

Ich muss an meine Familie denken, an das vielleicht letzte gemeinsame Wochenende mit Mom, Dad und Stephen. Und ich muss an Kane denken, an seine hellgrauen Augen, sein Lächeln und seine raue Stimme, die mir zuflüstert: »Es wird alles gut, kleine Wildblume.«

Ich weiß nicht, ob du recht hast, Kane, antworte ich stumm weinend. Ich weiß nur, dass ich mich in dich verliebt habe und niemals die Chance haben werde, es dir zu sagen.

Gegen die Uhr

Kane

Zwanzig quälend lange Minuten kämpfe ich mich durch die Stadt, bevor ich endlich die Auffahrt zum Highway nehmen kann. Die Tatsache, dass ich einen Maserati GranTurismo fahre – 460 PS, 299 km/h Höchstgeschwindigkeit, Beschleunigung von 0 auf 100 km/h in 4,8 Sekunden und der ganze Stolz meines toten Onkels –, nützt mir in dieser Situation einen Scheiß! Was mich schier in den Wahnsinn treibt, zumal der tief liegende Sportwagen auf den letzten Metern durch sumpfiges Gebiet zum Problem werden könnte. Für mein Vorhaben wäre ein Pick-up oder ein SUV sinnvoller, aber ich habe keine Zeit, den Wagen zu wechseln.

Auf dem Highway nach Südosten beschleunige ich, drängle mich schwungvoll durch den Verkehr und ermahne mich gleichzeitig, keinen Unfall zu verursachen. Sobald ich freie Fahrt habe, drücke ich bis zum Anschlag aufs Gaspedal, wobei ich die Umgebung genau sondiere. Angesichts der knappen Zeit kann ich nicht riskieren, dass die Highway Patrol mich herauswinkt. Kleine Seen und Wälder fliegen an mir vorbei, links erstreckt sich der Lake Pontchartrain unter einem wolkenlosen Himmel, aber ich habe dafür keinen Blick übrig. Stattdessen schaue ich auf die Uhr, dann auf die Straße und wieder auf die Uhr. Noch fünfundvierzig Minuten bis zum Ende des Ultimatums. Ich streiche mir mit der linken Hand über den Nacken, der sich wesentlich härter anfühlt als sonst, und versuche, nicht an Eli zu denken. Alles, was in diesem Moment zählt, sind der Wagen, die Straße und ich. Inzwischen bin ich auf dem Highway 46, wo völlig unerwartet der Verkehr stockt, weil ein mit Holz beladener Lkw auf meiner Spur liegen geblieben ist.

Ich verliere fünf kostbare Minuten, und als ich endlich an dem Hindernis vorbeigefahren bin, sagt mir die Uhr auf dem Display, dass mir nur noch dreiundzwanzig Minuten bleiben. Erneut erhöhe ich den Druck aufs Gaspedal. Während ich den Wagen durch eine enge Kurve manövriere, umklammere ich fest das Lenkrad. Beißender Gestank von verbranntem Gummi dringt durch die Belüftung in den Innenraum. Ein Straßenschild informiert mich darüber, dass ich ein Kaff namens Hopedale erreicht habe. Nicht mehr als ein paar Häuser entlang der Straße …

… und geparkte Autos, zwischen denen plötzlich ein kleines Mädchen mit einem Schulranzen auf dem Rücken auftaucht! Ohne nach links und rechts zu schauen, rennt sie über die Straße, dabei hüpfen ihre Zöpfe fröhlich auf und ab. Mit einem wüsten Fluch trete ich voll auf die Bremse, aber der Bremsweg ist zu lang. Ich werde das Kind frontal erwischen! Entschlossen reiße ich das Lenkrad herum, und der Wagen rutscht auf die Gegenfahrbahn. Ein Glück, dass an diesem Morgen kaum Verkehr herrscht. Gleichzeitig lenke ich dagegen, um wieder die Kontrolle zu gewinnen. Schließlich bleibe ich quer auf der Straße stehen, nur einen Steinwurf von dem Mädchen entfernt, das mich mit schreckgeweiteten Augen anstarrt.

Fuck! Können Eltern ihren Kindern nicht beibringen, besser aufzupassen? Meine Hände am Lenkrad sind glitschig vor Schweiß, und mein Herz pumpt so viel Adrenalin durch meine

Adern, dass mir das Atmen schwerfällt. Erst als das Mädchen wohlbehalten auf der anderen Straßenseite angekommen ist, setze ich mich wieder in Bewegung. Ich zwinge mich, langsam durch den Ort zu fahren, und beschleunige erst wieder, als ich Hopedale hinter mir gelassen habe.

Noch achtzehn Minuten.

Ab jetzt ist es nicht mehr weit. Hinter Hopedale biege ich links auf einen Feldweg und trete noch einmal aufs Gas. Der Sportwagen schießt den Weg entlang, wobei er jede Menge Staub aufwirbelt. Links und rechts erstrecken sich totes grünes Wasser und dichtes Gestrüpp. Am Ende der Straße bringe ich den Wagen abrupt zum Stehen. Endstation. Ab hier muss ich zu Fuß weiter. Bevor ich die Tür aufreiße, hole ich meine kurzläufige 38er Smith & Wesson aus dem Handschuhfach, überprüfe die Kammern der Trommel und schiebe die Waffe in die Tasche.

Noch neun Minuten.

Zwanzig Minuten würde ich brauchen, wenn ich normal gehe, also sprinte ich los. Äste knacken unter meinen Füßen, ich halte die Hände nach vorn, um zu verhindern, dass mir Zweige ins Gesicht klatschen. Die Bäume stehen dicht beieinander, deshalb laufe ich im Zickzack, um sie zu umgehen. Vor mir gabelt sich ein Pfad, falls man diesen überhaupt so bezeichnen kann. Meine Gedanken überschlagen sich. Welchen Weg soll ich nehmen? Links oder rechts? Ich entscheide mich für Letzteres und beschleunige noch einmal meine Schritte auf dem weichen, unebenen Boden. Ich muss schneller laufen, viel schneller, also ziehe ich meine italienischen Slipper samt Socken aus und renne barfuß weiter. Das Blut jagt heiß durch meine Adern. Ich bin wieder zwölf Jahre alt und liefere mir mit meinen Freunden ein »Todesrennen« durch den Sumpf, so haben wir es damals genannt. Obwohl es uns verboten war, barfuß zu laufen, taten wir es dennoch. Es erhöhte den Reiz. Nur Eric weigerte sich, die Memme! Einmal trat Beau auf Feuerameisen und war danach tagelang außer Gefecht gesetzt, aber er war für uns alle ein Held. Das Rennen gewann an dem Tag Jet. Sie war schon immer die Flinkste von uns.

Noch fünf Minuten.

Während ich über Äste und Steine fliege, rast die Umgebung nur so an mir vorbei. Mit einem Sprung überwinde ich einen Wasserlauf und lande auf Moos. Als mein rechter großer Zeh gegen eine verborgene Wurzel prallt, explodiert Schmerz in meinem Fuß, und ich stoße einen Fluch aus. Aber ich darf mich davon nicht aufhalten lassen, also laufe ich weiter. Zum Glück bin ich nicht zum ersten Mal hier und kenne mein Ziel genau. Ein verlassener Umschlagplatz mitten im Nirgendwo, der in diesem Moment zwischen den Bäumen aufblitzt. Erleichterung macht sich in mir breit. Gleich werde ich Eli aus den Klauen dieses Perversen befreien. Aber zunächst muss ich einen Zaun überwinden, der doppelt so hoch ist wie ich.

Ich beschleunige, hebe mit einem gewaltigen Satz vom Boden ab, greife nach dem oberen Rand des Zauns und packe ihn mit beiden Händen. Dann schwinge ich mich auf die andere Seite. Der Stoff meiner Anzughose reißt, aber das kümmert mich nicht. Meine Knie geben nach, als ich lande. Ich stolpere ein paar Meter weiter, bis ich das Gleichgewicht wiederfinde, dann wische ich mir den Schweiß vom Gesicht und blicke mich um. Der Rohbau einer Lagerhalle ragt vor mir auf, daneben stehen drei kleinere Getreidesilos und ein heruntergekommener Wohnwagen. Der Platz ist von Unkraut überwuchert. Wo mag Bobby Joe Eli festhalten? Geduckt schleiche ich vorwärts, halte den Atem an und lausche. Stille. Ich bringe meine Waffe in Anschlag. Den Rohbau brauche ich nicht zu checken. Der bietet zu wenig Deckung, also nehme ich mir zunächst den Wohnwagen vor.

Noch immer geduckt, renne ich zu einem der Fenster, ein leeres Auge, an dem eine vergilbte Gardine hängt. Ich entsichere die Waffe, lehne den Rücken gegen die Wand und drücke mich nach oben, um einen Blick zu riskieren. Bis auf wenige Möbel ist das Innere leer, aber ich muss mir selbst ein Bild machen, also öffne ich leise die Tür und taste mich vorwärts. Die Waffe nach vorn gerichtet, bereit zu schießen, kneife ich die Augen zusammen, um besser sehen zu können. Leer. Hier ist kein Mensch. Ich verlasse den Wohnwagen wieder, aber nicht durch die Tür für den Fall, dass Bobby Joe mich aus seinem Versteck heraus im Visier hat. Obwohl die Zeit drängt, steige ich durch das rückwärtige Fenster und lasse mich ins hohe Gras fallen. Dann schleiche ich um den Wohnwagen herum und laufe geduckt zum Silo, der am nächsten steht.

Ein kurzer Blick auf die Uhr verrät mir, dass eben das Ultimatum abgelaufen ist. Mein Herz stockt.

Fuck!

Kurz schließe ich die Augen und lausche. Kein Schrei. Nur der Wind und das Zwitschern der Vögel in den Bäumen. Ist das ein gutes Zeichen? Ich weiß es nicht und will jetzt auch nicht darüber nachdenken. Ich muss Eli finden, und zwar schnell! Das erste Silo hat keine Tür. Ich werfe einen schnellen Blick hinein. Leer. Bleiben noch zwei mögliche Ziele. Mit eingezogenem Kopf renne ich zum nächsten Lagerhaus. Wieder keine Tür. Wieder leer. Ich runzele die Stirn, atme tief durch. Bobby Joe und Eli müssen sich im dritten Silo befinden, zumal dieser eine Tür hat. In der einen Hand halte ich die Waffe, mit der anderen greife ich nach dem Türknauf und drehe ihn ganz langsam. Ich hole tief Luft.

Drei.

Zwei.

Eins.

Mit aller Kraft werfe ich mich gegen die Tür, die nach innen aufspringt. In gebückter Haltung stürze ich in den Silo, um Bobby Joe so wenig Angriffsziel wie möglich zu bieten, und schwenke meine ausgestreckte Hand mit der Waffe nach links und rechts auf der Suche nach einer Bewegung. Doch alles, was ich sehe, ist eine Ratte, die ihre Chance nutzt und an meinen Füßen vorbei nach draußen flitzt.

Keine Spur von Eli.

Oder von Bobby Joe.

Blinzelnd starre ich in die leere Halle. Mein Herz pocht schmerzhaft in der Brust. Er wird sie doch nicht in den Wald verschleppt haben, um dort sein Werk zu vollbringen? Als das Handy in meiner Tasche klingelt, zucke ich so heftig zusammen, dass ich beinahe die Waffe fallen gelassen hätte.

»Ja?«, keuche ich. Die Anrufnummer ist unterdrückt.

Eine rasselnde Stimme antwortet. »*Bonjour.*«

Es ist Lavinia, die Hexe aus dem Bayou.

Mehr als ihr unerwarteter Anruf schockiert mich, was sie im Anschluss sagt: »Dein Freund Beau hat dich verkohlt, *p'tit bonhomme.*«

Eli

Ich muss kurz weggedöst sein, denn als mir der Gestank von Urin in die Nase sticht, schrecke ich auf. Kurz orientiere ich mich, dann prügelt die Wirklichkeit mit solch brutaler Klarheit auf meinen Verstand ein, dass mir die Tränen erneut in die Augen schießen. Unter dem Türspalt glänzt das matte Licht des Tages, sonst herrscht nach wie vor Dunkelheit. Ich habe Hunger, ich habe Durst. Wiederholt habe ich an meinen Fesseln gezogen, aber das Rohr, an dem ich festgebunden bin, sitzt bombenfest. Meine Schultern brennen von der stundenlangen unnatürlichen Haltung, und in meinem rechten Arm ist der Muskel unterhalb des Ellenbogens so hart, dass sich ein scharfer Schmerz durch den ganzen Arm bis in den Schädel zieht.

Ich fühle mich schmutzig, und mir ist heiß, weil der Container offensichtlich in der Sonne steht.

Was hat dieser Verrückte mit mir vor? Werde ich hier sterben? Und werde ich sehr leiden müssen? Ein Schluchzen entweicht meiner ausgedörrten Kehle. Darin liegt meine größte Angst. Dass ich unmenschlichen Qualen ausgesetzt sein werde, bevor der Unbekannte Gnade walten lässt und mich erlöst. Diese schrecklichen Geschichten, die man aus der Zeitung kennt. Menschen, die tagelang oder sogar jahrelang in Kellern festgehalten werden und die Hölle auf Erden durchleben. Wie viel Schmerz erträgt ein Mensch? Ein Zittern überkommt mich. Ich neige den Kopf zu meinem Oberarm, um mir den Schweiß aus dem Gesicht zu wischen, als sich ein Schatten vor den Türspalt schiebt. Draußen ist jemand!

Hilfe!, schreie ich in das Klebeband. *Hilfe!*

Aber meine Stimme klingt so schrecklich dumpf, also schlage ich mit den Fingerknöcheln gegen das Rohr. Nach der stundenlangen Stille schmerzt das Geräusch in meinen Ohren. Als jemand an der Tür rüttelt, erstarre ich. Rütteln ist gut, flüstert mir mein verängstigter Verstand zu. Wer rüttelt, hat keinen Schlüssel. Ich lege mich noch einmal ins Zeug, hämmere gegen das Rohr, schreie, so laut ich kann, und stampfe mit den Füßen. Der Dümmste müsste begreifen, was hier vor sich geht, und selbst wenn er nicht in der Lage ist, die Tür zu öffnen, kann er zumindest Hilfe holen. Hoffnung macht sich in mir breit wie der erste warme Sonnenstrahl nach einem langen Winter, und plötzlich ist alles möglich. Beinahe muss ich lachen.

Die Tür springt auf. *Viel zu einfach.* Was, wenn ich mich geirrt habe? Was, wenn es die Komplizin von diesem Verrückten ist? Verängstigt drücke ich mich gegen die Wand, gleichzeitig wende ich den Kopf ab, weil sich das Tageslicht unbarmherzig in meine Augen bohrt. Aber ich *muss* hinsehen. Es ist wichtig, dass ich hinsehe. Ich zwinge mich, den Blick zur Tür zu richten.

Auf der Schwelle ragt ein Schatten. Er ist unförmig und nicht sehr groß. Im ersten Moment fällt mir ein Stein vom Herzen. Weder handelt es sich um meinen Entführer noch um seine Komplizin. Aber um wen dann?

Ein eisiger Schauer fährt mir über den Nacken, als die Gestalt näher kommt, ohne ein Wort zu sagen. Langsam gewöhnen sich meine Augen an die Helligkeit, und ich kann Details erkennen. Die Gestalt vor mir ist weiblich. Die Erleichterung darüber verfliegt allerdings sofort wieder, als ich immer mehr Einzelheiten wahrnehme. Die Frau ist alt und spindeldürr. Im Dämmerlicht wirken ihre Gesichtszüge skeletthaft, die Augen sind wie Abgründe ohne Boden. Bei jedem Schritt klirrt es leise, als würden Knochen an ihrem wadenlangen Kleid hängen, die gegeneinanderschlagen. Auf dem Kopf trägt sie einen zerfledderten Strohhut, und sie ist barfuß.

»*N'as pas peur, mignonne*«, flüstert sie, als ich beim panischen Versuch, ihr zu entkommen, mich erneut an die Wand drücke. Hab keine Angst, Süße.

Das sagt sich so leicht.

Lächelnd fährt sie einen ihrer knochigen Arme aus, was nicht unbedingt zu meiner Beruhigung beiträgt, denn ihre langen, spitz zulaufenden Nägel würden einem Nagetier besser zu Gesicht stehen als einem Menschen. Mein Puls rast, und ich brauche einen Moment, um zu erkennen, dass sie einen Cutter in der Hand hält. Mir wird schwindelig. Das ist das Ende. Die Erkenntnis lähmt mich vollends. Erst als ich frei bin, realisiere ich, dass sie die Kabelbinder durchgeschnitten hat. Benommen massiere ich mir die schmerzenden Handgelenke, dann entferne ich mit zitternden Fingern das Klebeband von meinem Mund.

»Wo … wo ist der Mann?«, krächze ich.

»Er schläft«, antwortet die alte Frau mit einem grimmigen Ausdruck.

»*Merci*«, stammele ich.

Vor Dankbarkeit laufen mir die Tränen übers Gesicht, was mir erst bewusst wird, als die alte Frau ihren rechten Daumen ausstreckt, mir über die Wange fährt und ihre feuchte Fingerspitze ableckt. Der Ausdruck in ihren Augen lässt das Blut in meinen Adern gefrieren. Was, wenn ich vom Regen in die Traufe gekommen bin? Ich straffe die Schultern. Mit einer alten Frau werde ich ja wohl noch fertig, mag sie auch noch so gruselig sein!

»Schon lieber deine Kräfte, statt dich mit unsinnigen Gedanken zu quälen«, wirft diese ein. »Wir haben einen längeren Weg vor uns.«

»Wo gehen wir hin?«, frage ich, erhalte aber keine Antwort.

Als ich versuche aufzustehen, dreht sich alles um mich, und nur dem überraschend festen Griff der Frau ist es zu verdanken, dass ich nicht kraftlos zu Boden sinke.

»Komm!«, sagt sie und wendet sich ab. »Es wird Zeit.«

Ich folge ihr. Mir tun alle Knochen weh. Draußen vor der Tür blinzele ich kurz und sehe mich um. Der Container, den ich gerade verlassen habe, steht auf einer kleinen Lichtung, die offenbar von Wasser umgeben und lediglich durch eine kleine Brücke mit dem Festland verbunden ist, sofern man diese Sumpfgegend als solche bezeichnen kann. Eine Kolonie von Reihern stakst friedlich durch das seichte Gewässer. Erst da entdecke ich den verrosteten Mustang und meinen Entführer, der leblos daneben liegt.

»Beeil dich!«, zischt die alte Frau, die selbst im Sonnenlicht immer noch unheimlich aussieht. »Er wird gleich aufwachen.«

Zu meiner Überraschung lenkt sie ihre Schritte nicht zu der kleinen Brücke, sondern zum Wasser. Erst als wir am Ufer stehen, kann ich sehen, dass dort ein kleines Holzboot vertäut ist. Nicht größer als ein Kanu.

»Du kannst schwimmen?«, fragt sie mich und steigt in das Boot.

»Ja.«

»Gut«, antwortet sie. »Ich nicht. Sollten wir kentern, wirst du mich retten.«

»Äh …«

»Hier!« Sie reicht mir die Ruder und zeigt auf eine riesige Eiche weiter vorn am Ufer. »Wir fahren in die Richtung.«

Ich widerspreche nicht. Nicht, dass ich in meinem Leben viel und oft gerudert wäre, aber so schwierig ist das nicht. Meine Muskeln, die so viele Stunden untätig gewesen sind, protestieren allerdings lautstark, und ich versuche, sie so gut wie möglich zu ignorieren. Ich würde alles tun, um den Abstand zum Verrückten hinter mir zu vergrößern.

»Wie heißen Sie?«, hechle ich.

»Nicht reden. Du brauchst deine Kraft zum Rudern.«

Ein bisschen herrisch ist die alte Frau ja schon, aber sie hat recht. Obwohl sich mir nach dem ersten Schock immer mehr Fragen aufdrängen, übe ich mich in Zurückhaltung. Abgesehen davon habe ich bereits nach mehreren Metern keine Puste mehr. Meine Lunge brennt, und als wir eine halbe Ewigkeit und unzählige Richtungswechsel später mitten in der Wildnis anlegen, keuche ich wie eine alte Lokomotive. Aber nicht nur die Lunge brennt, sondern auch mein Gesicht und meine Arme. Als ich vorsichtig meine Wange berühre, sauge ich die Luft zwischen den Zähnen scharf ein. Meine Haut glüht und schmerzt wie die Hölle. Ich habe einen heftigen Sonnenbrand! In wenigen Tagen werde ich mich häuten wie eine Schlange.

Aber ich lebe.

Neugierig schaue ich mich um. Die Anlegestelle ist in Schatten gehüllt. Tote Zypressen stehen nass und schwarz im Zwielicht, grüne Flechten wuchern überall da, wo die breiten Stämme die Wasserlinie berühren. Obwohl es mitten am Tag ist, erspähe ich eine Eule auf dem oberen Ast einer Eiche. Keine

Ahnung, wo ich mich befinde, aber tiefer ins dunkle Herz des Bayou kann man vermutlich nicht vordringen.

Die alte Frau geht voran, und ich muss mich sputen, um mit ihr Schritt zu halten. Nach einem langen, anstrengenden Fußmarsch durch den dichten Wald taucht plötzlich eine verwitterte, ungestrichene Hütte auf, deren Fenster mit Fliegendraht bespannt sind. Sie steht eingezwängt zwischen den Bäumen, so gut verborgen, dass ich sie beinahe übersehen hätte. Als die Frau hinter einer grünen Holztür verschwindet, folge ich ihr, wenn auch zögernd. Drinnen sind die Wände mit Wasserflecken übersät und die Löcher darin mit Versandhauskatalogpapier ausgestopft. Die Hütte besteht aus einem einzigen Raum, in dem geschlafen, gekocht, gegessen und offenbar auch Voodoozauber ausgeübt wird. Denn als die alte Frau die vielen Kerzen anzündet – Elektrizität scheint es nicht zu geben –, fördert ihr Schein ein grinsendes Skelett mit Zylinder zutage, außerdem bemalte kleine Gipsfiguren, Steinherzen, verzierte Kreuze, abgehackte Hühnerfüße und andere Kuriositäten. Mein besonderes Interesse gilt den prächtigen Federn an einigen Pfeilspitzen, die auf einem Regal aufgereiht liegen.

»Tu das lieber nicht!«, mahnt die alte Frau, als ich Anstalten mache, sie anzufassen. »Sie sind vergiftet.«

Mit einem leisen Kichern legt sie ein Blasrohr daneben, das sie in der Tasche ihres Kleides mit sich trug. Anschließend mustert sie mich.

»Du hast einen Sonnenbrand«, sagt sie, dreht sich um und holt ein Tongefäß aus einem kleinen Holzschrank.

Ich runzle die Stirn, als sie den Deckel hebt. Die Salbe, die sie mir anschließend auf Gesicht und Arme schmiert, hat eine ungesund aussehende grüngelbe Färbung, und ich ziehe es vor, nicht zu fragen, woraus genau sie besteht. Auch meine wunden Handgelenke cremt sie damit ein. Als ich zögernd daran schnüffele, stelle ich überrascht fest, dass die schnell einziehende Salbe überhaupt nicht riecht.

»Das wird helfen«, sagt die hutzelige alte Frau, als sie fertig ist, und reicht mir eine Flasche mit Wasser. »Hier, trink!«

»Danke.« Gierig nehme ich einen Schluck. Zwar schmeckt das Wasser lauwarm und abgestanden, dennoch meine ich, noch nie etwas Köstlicheres getrunken zu haben. »Wer sind Sie?«, frage ich, nachdem ich meinen Durst gestillt habe.

»Ich bin Lavinia, die Hexe.«

»Oh … okay«, stammele ich. Schließlich trifft man nicht jeden Tag einen Menschen mit Zauberkräften. »Danke nochmals für Ihre Hilfe. Mein Name ist …«

»Ich weiß, wer du bist«, unterbricht sie mich. »Möchtest du etwas essen?«

Skeptisch starre ich auf den Topf, der auf dem Holzofen steht. »Was gibt es denn?« Geschmorte Sumpfbewohner sind nicht so mein Fall.

»Hühnereintopf. Dazu gibt es Brot.« Sie lächelt. »Habe ich selbst gebacken.«

»Gern, aber …«

»Was?«

»Sie hätten nicht zufällig ein Handy?«, frage ich und komme mir dabei ziemlich dumm vor.

»Doch«, antwortet sie wider Erwarten und klingt fast ein wenig beleidigt. »Ich bin schließlich nicht von gestern.«

»Darf ich vor dem Essen meine Eltern anrufen?«, sage ich eifrig. »Sie werden krank vor Sorge sein.«

Zum ersten Mal blitzt so etwas wie Wärme in den schwarzen Augen der alten Frau auf. »Mach das. Aber nicht zu lange reden. Um den Akku nachzuladen, muss ich zum nächsten Nachbarn, und der ist zwei Stunden Fußmarsch entfernt.«

»Natürlich.«

Lavinia kramt ein Handy aus der Tasche ihres Kleides hervor. *Die Frau ist wie Mary Poppins. Gleich zieht sie noch einen Regenschirm heraus.* Ich habe schon einige seltsame Dinge gesehen, aber eine alte Voodoohexe mit einem iPhone 6 in der Hand ist mit Abstand das Schrägste, was mir je untergekommen ist.

»Danke«, murmele ich, nachdem sie es mir gereicht hat, und wähle die Nummer meiner Eltern.

Schon nach dem ersten Klingeln nimmt jemand ab.

»Ja?«, höre ich meine Mutter atemlos sagen.

»Mom, ich bin's …«

»Elinor!«, schluchzt sie ins Telefon. »Wo bist du? Wir haben uns solche Sorgen gemacht! Der Sheriff hat heute Morgen deinen verlassenen Wagen auf der Straße entdeckt. Wir sind gestorben vor Angst …«

»Mom! Mom!«, unterbreche ich meine Mutter. »Das Handy ist fast leer, deshalb muss ich mich kurz fassen. Es geht mir gut, okay? Mach dir keine Sorgen. Es geht mir gut.«

»Was ist passiert?« Wieder fängt meine Mutter zu schluchzen an, und es bricht mir das Herz.

»Ich wurde entführt. Aber zum Glück bin ich wieder frei«, beeile ich mich hinzuzufügen, bevor sie einen hysterischen Anfall bekommt. »Hör zu, Mom. Mir geht es wirklich gut, ich versichere es dir. Macht euch keine Sorgen mehr. Sobald ich wieder zu Hause bin, rufe ich an und erkläre euch alles ausführlich.«

»Wann?«

»Ich weiß es nicht. Heute Nachmittag oder heute Abend. Versprochen!«

»Gut. Der Sheriff und seine Leute haben deinen Wagen abgeschleppt, um ihn auf Spuren zu untersuchen …«

»Mom!«, werfe ich sanft ein.

»Sobald die damit fertig sind, holt dein Vater das Auto und stellt es bei uns ab.«

»Mom, ich muss aufhören, wirklich! Lass uns später darüber reden, okay?«

»Okay«, kommt es sehr leise zurück.

»Gib Dad und Stephen einen Kuss von mir.«

»Die beiden sind mit den Cops unterwegs und durchstreifen die Gegend nach dir.«

Ich beiße mir fest auf die Unterlippe, um nicht loszuheulen.

»Ich muss sie gleich anrufen und ihnen die gute Nachricht mitteilen«, murmelt meine Mutter mehr zu sich selbst.

»Ich muss jetzt wirklich aufhören, Mom. Ich hab dich lieb«, sage ich mit einem dicken Kloß im Hals.

»Ich hab dich auch lieb, Elinor. Bis später.«

»Bis später, Mom.«

Dann beende ich das Gespräch und reiche das Handy Lavinia, die mir im Gegenzug einen Teller mit lauwarmem Eintopf und ein Stück Brot hinüberschiebt. Ich bedanke mich, nehme am Holztisch in der Mitte des Raums Platz und fange an zu essen. Der Eintopf schmeckt gut. Die Schärfe weckt meine Lebensgeister. Mit jedem Bissen spüre ich, wie meine Kräfte zurückkehren und die Benommenheit aus meinem Kopf weicht. Ich will Lavinia fragen, wie sie mich gefunden hat, doch ich komme nicht mehr dazu. Gerade wische ich den Teller mit einem Stück Brot ab, als die alte Frau, die bisher regungslos mit am Tisch saß, den Kopf hebt.

»Dein Freund ist da«, sagt sie mit einer Stimme, die man nur als unheilvoll und düster bezeichnen kann.

Die Trauerweide

Eli

»Welcher Freund?«, will ich wissen.

Statt einer Antwort wirft mir Lavinia einen mysteriösen Blick zu.

Mit einem unguten Gefühl lege ich den Löffel beiseite und starre zur Tür. Keine halbe Minute später schwingt diese auf, und der Mann, der in die Hütte stürmt, sieht aus, als wäre er eben aus einem Erdloch gestiegen. Sein Hemd ist voller Flecken, die Hose zerrissen, und auf seiner Wange prangt ein langer blutiger Kratzer.

»Kane«, flüstere ich.

Seine Züge sind wie eingemeißelt, sein Blick flackert. Einen Herzschlag lang sieht es aus, als wollte er auf mich zukommen, doch er besinnt sich anders.

»Wie geht es dir?«, fragt er mit rauer Stimme. »Bist du verletzt?«

»Ich bin wohlauf«, antworte ich.

»Sicher?«

»Ja.«

Kurz schauen wir uns an, dann wendet sich Kane Lavinia zu. »Wo ist er? Wo ist Bobby Joe?«

Keine Begrüßung, kein Wort des Dankes. Die Spannung zwischen den beiden ist mit Händen zu greifen.

Bobby Joe. So lautet also der Name meines Entführers.

»Das ist jetzt unwichtig«, antwortet Lavinia gleichmütig. »Deine Zeit der Vergeltung ist noch nicht gekommen.«

Ich kann hören, wie Kane mit den Zähnen knirscht. »Ich entscheide, wann die Zeit der Vergeltung gekommen ist, Lavinia.«

»Das denkst du nur.«

Die beiden messen sich mit feindseligen Blicken, bis Kane schließlich leise flucht. »Woher wusstest du, wo Eli ist?«, fragt er.

»Beau Lamare hat es mir gesagt.«

Fassungslosigkeit macht sich auf Kanes Gesicht breit. »Was? Aber wieso?«

»Es gibt vieles, was du nicht verstehst.«

»Könntest du vielleicht mal aufhören, dauernd in Rätseln zu sprechen?«, schnaubt Kane gereizt.

»Das gehört zum Image, *p'tit bonhomme.*«

Widerwillig muss ich grinsen, während Kane Lavinias Bemerkung ganz und gar nicht komisch findet.

»Wir sollten gehen, Eli!«, sagt er zu mir, was mehr nach einem Knurren klingt.

»Ihr solltet warten. Es wird regnen«, entgegnet Lavinia.

»Unsinn!«, stößt Kane hervor. »Der Himmel ist blau. Nicht eine Wolke ist zu sehen.«

»Wie du meinst«, kommt es ungerührt zurück.

Ich stehe auf und gehe zu der alten Frau. »Danke, Lavinia.«

Sie reicht mir ein Fläschchen. »Hier. Gegen deinen Sonnenbrand. Trag die Salbe zweimal pro Tag auf. Morgens und abends. Du wirst sehen, bald ist davon nichts mehr zu sehen.«

»Ihr Wort in Gottes Ohr«, antworte ich.

Sie macht eine abwehrende Geste. »Bloß nicht. Nur ein Loa kann zum *Bondieu* sprechen.« Dann nimmt sie meine Hände in ihre und weist mit dem Kopf auf Kane, der eben nach draußen gegangen ist. »Nimm dich in Acht vor ihm. Er ist ein gefährlicher Mann. Rache ist seine Geliebte«, flüstert sie. »Sie hält sein Herz gefangen wie klebrige Spinnweben.«

Obwohl mich ihre Worte treffen, setze ich ein Lächeln auf und verlasse ebenfalls die Hütte. Kaum trete ich durch die Tür, stürzt Kane, der auf mich gewartet hat, davon, als wäre der Teufel hinter ihm her. So schnell, dass ich Mühe habe, ihm durch den dichten Wald zu folgen.

»Wer ist Beau Lamare?«, frage ich keuchend.

Keine Reaktion.

»Wer ist Beau Lamare?«, wiederhole ich diesmal lauter.

Statt einer Antwort beschleunigt Kane das Tempo. Aufgebracht verkürze ich im Laufschritt den Abstand zwischen uns und versetze ihm einen harten Stoß. Er wirbelt herum, seine Stirn ist umwölkt, seine Lippen sind fest zusammengepresst.

»Antworte mir!«, fordere ich ihn auf.

»Beau ist ein Freund«, erwidert er ausdruckslos. »Zumindest dachte ich das.«

»Bitte erklär es mir! Ich habe ein Recht darauf«, füge ich hinzu, als sich seine Miene noch mehr verschließt.

»Später«, sagt er nach kurzem Zögern. »Sehen wir erst mal zu, dass wir hier wegkommen.« Unwillkürlich richtet sich sein fahriger Blick auf Lavinias Hütte hinter uns.

»Du wirst doch keine Angst vor ihr haben?«, rufe ich ungläubig. »Sie ist ein bisschen unheimlich, zugegeben, aber ansonsten ist sie eine freundliche alte Frau.«

Kane schnaubt. »Ich trau ihr nicht.«

»Sie hat mich befreit.«

»Das hat nichts zu sagen«, entgegnet er und setzt sich erneut in Bewegung. Als ein Donnergrollen über unseren Köpfen ertönt, hebt er den Blick und stöhnt laut auf. »Verfluchte alte Hexe!«

Nun muss ich lachen. »Du denkst doch nicht wirklich, dass sie etwas mit dem Wetter zu tun hat?«, frage ich, doch Kane antwortet nicht.

Ich wusste, dass Cajuns abergläubisch sind, aber nicht in dem Maße. Grinsend setze ich meinen Weg fort. Irgendwie rührt mich die Ehrfurcht eines gestandenen Mannsbildes wie Kane gegenüber einer alten Frau wie Lavinia.

»Beeil dich, Eli!«, sagt Kane unverhofft. »Wir müssen zusehen, dass wir beim Auto sind, bevor der Regen runterkommt.«

Ein frommer Wunsch, denn keine fünf Minuten später schüttet es wie aus Kübeln. Zunächst waren es nur ein paar Tropfen, doch der Regen wird immer stärker und verwandelt unseren Weg in einen rutschigen Hindernisparcours. Um uns herum ertönt das Quaken von Laubfröschen, während im dichten Regen die Umgebung zu einer einzigen Masse verschwindet.

»Du weißt schon, wo's langgeht, oder?«, rufe ich Kane zu.

»Ja!« Er zeigt nach vorn. »Dort hinten steht eine Trauerweide. Wir können uns unterstellen, bis das Schlimmste vorüber ist. Ich denke, das ist nur ein kurzer Wolkenbruch.«

Das letzte Stück bis zur Trauerweide legen wir rennend zurück. Der Baum ist mächtig, die Zweige reichen bis zum Boden, und durch das dichte Blätterwerk dringen nur vereinzelte Tropfen. Als würde man in einer Kathedrale stehen. Doch kaum haben wir Schutz gefunden, als ich etwas völlig Widersinniges tue. Im Überschwang renne ich zurück in den Regen, breite die Arme aus und drehe mich um die eigene Achse, halte das Gesicht nach oben. Meine Locken wirbeln um meinen Kopf. Ein nie gekanntes Glücksgefühl rauscht durch meine Adern.

Ich bin in Sicherheit!

Im Nu kleben T-Shirt und Hose an meinem Körper wie eine zweite Haut, aber es stört mich nicht. Im Gegenteil. Der Regen fällt in dicken Fäden vom Himmel, spült den Schmutz von meinem Körper, Bobby Joes Berührungen, seinen Gestank, die Erinnerungen daran. Für einen kurzen Moment fühle ich mich sauber und frei. Als mir schwindelig wird, halte ich inne, wobei mein Blick auf Kane fällt, der mich mit hungrigen Augen anstarrt. Mit zwei Schritten ist er bei mir, packt meinen Kopf und fällt über meinen Mund her. Seine Zunge dringt ein, gierig und heiß.

»Scheiße, Eli«, knurrt er.

Ich spüre seine Hände unter meinem Hintern, und einen harten Ruck später hebt er mich hoch und trägt mich zurück zur Trauerweide. Dort lässt er mich wieder herunter, doch kaum berühren meine Füße den Boden, als er mich mit seinem massiven Körper gegen den Stamm drückt. Ich kann seine gewaltige Erektion an meinem Bauch spüren. Meine Handgelenke werden gepackt, ein Arm wird nach oben gerissen, dann folgt der zweite. Mit einer Hand hält Kane sie gefangen. Wir starren uns eine Weile schweigend an. Dann lächelt er. Ein sanftes Lächeln, das seinen Blick jedoch nicht mit einbezieht. In seinen grauen Augen liegt eine Wildheit, die mich feucht werden lässt. Und noch etwas anderes lese ich darin, das ich nicht genau bestimmen kann. Seine freie Hand gleitet langsam meinen Bauch hinunter, schiebt den Stoff meines Shirts nach oben. Kühle Luft streicht über meine nassen Nippel, die sofort hart werden. Die Wildheit in Kanes Augen weicht kalter Wut, als er den durchgeschnittenen BH bemerkt.

»War er das?«, sagt er mit einer Stimme, die wie das Grollen eines Tieres klingt.

Ich nicke atemlos.

In Kanes Wange zuckt ein Muskel. »Hat er …?«

»Nein«, beeile ich mich zu sagen. »Er hat mir nur mit dem Messer Angst gemacht. Das ist alles.«

Kane gräbt seine Augen in meine, sucht nach der Lüge hinter meinen Worten, doch als er nicht fündig wird, murmelt er etwas Unverständliches und zieht mir das T-Shirt über den Kopf. Dazu muss er meine Hände freigeben, trotzdem lasse ich sie an Ort und Stelle, hoch über meinem Kopf, gegen den Stamm gedrückt. Der zerfetzte BH baumelt links und rechts von meinen Schultern herunter.

»Ich werde dich diesen Dreckskerl vergessen lassen«, murmelt Kane und senkt den Kopf. »Ich werde dich *alles* vergessen lassen.«

Seine Lippen legen sich abwechselnd um meine Nippel und saugen hart, so hart, dass er mir ein Stöhnen entlockt. Ich schließe die Augen, spüre, wie seine Zunge kreist und leckt und langsam zu meinem Bauchnabel hinabwandert. Unwillkürlich spanne ich die Muskeln an, als er sich hinkniet, meine Hose samt Slip bis zu den Knöcheln herabstreift und sich einen Weg zu meinem Venushügel küsst. Ein sanfter Schmerz lässt mich aufkeuchen. Er hat mir in den linken Innenschenkel gebissen. Ich reiße die Augen auf, gerade noch rechtzeitig, um zu sehen, wie er mit einem trägen Lächeln seinen Kopf zwischen meine Schenkel versenkt. *O Gott!* Meine Lust ist mehr als offensichtlich, denn als er mit einem langsamen Zungenschlag über mein feuchtes Geschlecht fährt, gibt er einen genüsslichen Laut von sich.

»Köstlich«, murmelt er rau.

Ich spüre seine Zungenspitze auf meinem Kitzler, und mein Puls schießt nach oben. Er wird schneller, übt mal mehr, mal weniger Druck aus, während heiße Blitze durch meinen Unterleib fegen. Lange halte ich das nicht mehr aus, zumal sich seine Lippen um meinen Kitzler schließen, um daran zu saugen. Mein Mund öffnet sich zu einem stummen Schrei. Grob kralle ich meine Hände in seine Haare und drücke seinen Kopf in meinen Schoß. Ich will, dass er mich mit seiner Zunge fickt! Stattdessen zieht er sich zurück und bedenkt mich mit einem strafenden Blick.

»Arme wieder über den Kopf, Süße. Sonst höre ich auf.«

Ungläubig starre ich ihn an. »Das … das kannst du nicht«, keuche ich.

Ich will nicht, dass er aufhört. Nicht jetzt! Also tue ich, was er verlangt, und seine Zunge kehrt zurück, um ihre süße Folter fortzusetzen. Jeder meiner Atemzüge ist ein Stöhnen. Ein Stöhnen, das sich mit dem prasselnden, hypnotisierenden Geräusch des Regens vermischt. Schweißperlen treten mir auf die Stirn, das Zucken setzt ein, als er mit einem Daumen meinen Kitzler reibt, ohne seinen Mund von meinem nassen, pochenden Geschlecht zu nehmen. Immer schneller reibt er, erhöht den Druck sanft, aber bestimmt. Er weiß verdammt gut, was er tut! Als seine Zunge sich endlich zwischen meine Schamlippen schiebt, rast eine Welle der Ekstase auf mich zu.

In dem Moment lässt er erneut von mir ab.

»Ab…aber ich habe die Arme doch oben«, stammele ich.

»Ich weiß«, antwortet er gedehnt. Sein Blick ist dunkel vor Begierde. »Aber ich will noch ein wenig länger von dir kosten.«

»Du … du …«

Mein Protest geht in einem Stöhnen unter, als er über meinen Kitzler züngelt. Schneller und schneller. Meine Beine zittern unkontrolliert. Keuchend drücke ich meinen Rücken durch, presse mein Becken gegen sein Gesicht. Ich spüre seine stoßende Zunge in mir, und als die aufgestaute Lust schließlich explosionsartig aus mir herausbricht, schreie ich laut auf. Während mein Körper vom Orgasmus durchgeschüttelt wird, halten seine starken Hände meine Beine fest gepackt. Das kribbelnde Gefühl, als er gierig seinen Durst stillt, beschert mir einen zweiten Orgasmus.

Als es vorbei ist, bin ich froh, dass der Baumstamm in meinem Rücken mich stützt. Wie in Trance lasse ich zu, dass Kane mir die Schuhe auszieht und mich von meiner Hose und vom Slip befreit. Nun bin ich völlig nackt und willenlos und unglaublich erregt. Der Regen, die schwüle Luft, dieser düstere Mann. All das betört meine Sinne. Ein lustvolles Wimmern entweicht meiner Kehle, als er sich das nasse Hemd vom Körper reißt, ungeachtet der Tatsache, dass die abgerissenen Knöpfe durch die Luft fliegen.

Grundgütiger! So etwas kannte ich bisher nur aus Filmen.

Als er seine Hose öffnet und kurz darauf seinen knüppelharten Schwanz mit der Faust umfasst, ist meine Kehle wie ausgedörrt.

Er beugt sich ganz nah zu mir heran, legt den Mund an mein Ohr. »Du darfst die Arme jetzt herunternehmen, Eli«, flüstert er mit heiserer Stimme. »Aber während ich dich ficke, will ich keinen Laut von dir hören, sonst war's das.«

Meinen japsend hervorgebrachten Einwand erstickt er mit einem tiefen Kuss.

»Keinen Laut«, wiederholt er dunkel.

Unsere Blicke krallen sich ineinander fest. Schon hebt er mich auf seine Hüften und versenkt sich in einer einzigen Bewegung bis zur Wurzel in mich. Ich beiße mir auf die Lippen, um nicht aufzustöhnen. Der Baum in meinem Rücken und sein Schwanz zwischen meinen Beinen verhindern jegliche Flucht. Ich bin Kane ganz und gar ausgeliefert. Bei dem Gedanken flammt wilde Erregung in mir auf. Die Rinde des Baums dringt schmerzhaft in meinen Rücken, aber es stört mich nicht. Im Gegenteil. Es heizt meine Lust weiter an. Gemächlich beginnt Kane, sich in mir zu bewegen. Ich empfange jeden seiner Stöße mit einem stummen Stöhnen, kralle meine Finger in seinen muskulösen Rücken. Als sich seine rechte Hand zwischen unsere erhitzten Körper schiebt, um meinen Kitzler zu reiben, starre ich ihn wütend an. Es ist eine dunkle, samtige Wut. Er lächelt, während seine Augen mich hinablocken in einen Strudel aus Lust und Leidenschaft. Mit einer Hand massiert er weiter meinen Schoß, mit der anderen hält er mich fest gegen den Baum gedrückt. Seine Stöße sind langsam und tief. Dabei bewegt er seine Hüften kreisförmig und hält seinen Blick unverwandt auf mein Gesicht gerichtet.

Als sich seine Augen leicht verengen, wie ein Raubtier, das sein Opfer ins Visier nimmt, beschleunigt sich mein Atem. Trotzdem überrumpelt er mich, indem er sich unerwartet zurückzieht und sich mit einem harten Stoß erneut in mich rammt. Mir entfährt ein lautes Keuchen.

»Du bist unartig«, sagt er mit rauer Stimme und gräbt seine Zähne in meine Schulter, worauf mich ein Zittern überfällt. »Noch so eine Nummer und …«

Den Rest lässt er ungesagt, dennoch weiß ich genau, was er meint.

Sein Rhythmus beschleunigt sich, wird härter, brutaler. *Animalischer.* Ich spüre seinen hämmernden Schwanz in meinem Bauch, spüre den prallen Hodensack, der gegen meine Scham stößt, und mein Unterleib zuckt. Er fickt mich mit wildem Blick, als wollte er mir seinen Stempel aufdrücken. Einzelne Regentropfen, die auf unsere erhitzten Körper fallen, steigern meine Lust. Und nicht nur meine. An Kanes Schläfe pocht eine Ader, während ein feiner Schweißfilm seine Haut überzieht. Er steht kurz davor, die Beherrschung zu verlieren.

Jetzt bin ich an der Reihe.

In einer aufreizenden Bewegung wiege ich mein Becken hin und her. Sein Griff wird fester, ich höre seinen schnellen, erregten Atem, also verdoppele ich meine Bemühungen. Zwar bin ich in seinen Armen gefangen, den Mund hat er mir auch verboten, aber ich habe immer noch meine Zunge, die ich genüsslich über seinen Hals gleiten lasse. Seine Haut schmeckt salzig.

Nah an seinem Ohr atme ich stoßweise, gleichzeitig reibe ich meine Brüste an ihm und werde prompt belohnt. Ein Zittern geht durch seinen harten Körper, das er vergeblich zu unterdrücken sucht. Ich spüre, wie sein Schwanz in mir pulsiert. An diesem Punkt wird er keinen Rückzieher mehr machen. Nie im Leben. Also wimmere ich seinen Namen, bettle ihn an, mich hart zu ficken.

Mehr braucht es nicht. Seine Züge lösen sich auf, und er entlädt sich mit einem lauten Stöhnen. Wieder und wieder pumpt er seine Lust in mich, ohne seinen Griff zu lockern, während sich meine Muskeln um ihn schließen. Hungrig und besitzergreifend. Der Anblick seines zurückgeworfenen Kopfes mit dem leicht geöffneten Mund katapultiert mich über die Schwelle. Der Orgasmus kehrt mein Inneres nach außen, löscht meinen Verstand aus und jeden Funken Anstand. Hemmungslos schreie ich meine Lust heraus, während ich mich an seinen heißen Körper presse, meine Arme und Beine um ihn lege. Wenn ich könnte, würde ich ihn verschlingen.

Hinterher lasse ich erschöpft meinen Kopf gegen seine Schulter fallen, genieße seinen Geruch, den frischen Schweiß und das Zirpen der Grillen. Erst jetzt wird mir bewusst, dass der Regen aufgehört hat. Die Sonne ist durch die Wolken gebrochen, und um uns herum hängt der Dunst des verdampfenden Regens.

Ein magischer Moment.

Wir verharren einen Augenblick in der Position, hängen den Nachwehen unseres Höhepunkts nach, bis Kane mir einen sanften Kuss auf den Nacken drückt. Ich suche seinen Blick. Und weiß nicht, was ich sagen soll. Mein Kopf ist wie leergefegt. Vielleicht geht es Kane genauso, denn er bückt sich nach meinen Sachen und hilft mir, sie wieder anzuziehen. Meine Haut ist so erhitzt, dass der nasse Stoff wie ein Schock ist. Ich fröstele.

»Komm«, sagt Kane leise, während er seine Hose schließt und sein Hemd aufhebt. »Es ist nicht mehr weit bis zum Wagen. Ich will nicht, dass du dich erkältest.«

Ich nicke.

Mit einem Finger hebt er mein Kinn. »Alles in Ordnung?«

»Ja«, hauche ich. »Ich bin nur ein wenig matt.«

»Gut«, antwortet er.

Das Lächeln auf seinem Gesicht ist sehr männlich und auch ein wenig selbstzufrieden. Absolut unwiderstehlich.

Keine zehn Minuten später erreichen wir einen breiten Weg aus festgetretener Erde, an dem Kanes silberfarbener Sportwagen steht.

»Oje«, sage ich und sehe an mir herunter. »Wir sind total dreckig. Das schöne Auto!«

»Scheiß auf das Auto!« Kane öffnet den Kofferraum und holt eine Wolldecke heraus. »Hier! Pack dich darin ein.«

»Danke«, flüstere ich. »Und was ist mit dir? Frierst du nicht?«

»Nein.«

Nachdem wir eingestiegen sind, startet Kane den Motor und fährt im Schritttempo den Weg entlang. Hier sind die Bäume nicht mehr so hoch, die Landschaft wird von Büschen, Wiesen und kleinen Seen beherrscht. Unter dem dunkelgrauen Himmel leuchtet das Gras gelblich.

»Wo sind wir?«, frage ich.

»Bayou Lafourche«, antwortet Kane. »Nördlich von New Orleans. Beau hat mich genau in die entgegengesetzte Richtung geschickt«, fügt er zornig hinzu.

Ich werfe ihm einen fragenden Blick zu, doch seine Miene ist grimmig und verschlossen, also ziehe ich es vor zu schweigen.

Eine unangenehme Stille breitet sich zwischen uns aus, bis ich mich räuspere. »Ich muss den IRS anrufen«, sage ich. »Die werden sich fragen, wo ich bleibe.« Mein Verstand setzt langsam wieder ein. »Garrett wird wahrscheinlich denken, dass ich den Schwanz einziehe und krankfeiere.«

»Gut möglich.«

»Gibst du mir dein Handy?«

»Klar.« Er greift in seine hintere Hosentasche und reicht mir sein Telefon.

Ich bedanke mich und wähle die Nummer meiner Arbeitsstelle.

»Internal Revenue Service«, meldet sich eine Frau. »Sie sprechen mit Rachel Miller. Was kann ich für Sie tun?«

»Rachel, ich bin's, Elinor Page ...«

»Elinor!«, ruft die Empfangsdame, bevor ich ein weiteres Wort sagen kann. »Jemand vom Büro des Sheriffs von Ouachita Parish hat heute Morgen angerufen und gefragt, ob Sie zur Arbeit gekommen sind. Er meinte, Sie seien spurlos verschwunden.«

»Ich wurde überfallen, bin jetzt aber in Sicherheit«, erkläre ich in aller Kürze.

Rachel keucht. »Ach du lieber Himmel! Geht es Ihnen gut?«

»Nun ja, den Umständen entsprechend«, antworte ich mit einem Seitenblick auf Kane. Noch immer spüre ich ihn in mir, was alles andere als »den Umständen entsprechend« bedeutet. »Können Sie bitte Mister Garrett Bescheid sagen, dass ich heute und morgen nicht zur Arbeit komme?«

»Aber natürlich! Sie Arme ... du meine Güte.«

Nachdem mir Rachel ihr Bedauern ausgedrückt und mir alles Gute gewünscht hat, eben das, was man in einer solchen Situation sagt, beende ich das Gespräch und gebe Kane das Handy zurück.

»Soll ich dich nach Hause fahren?«, fragt er mich.

»Ja, bitte.«

Zwar habe ich keinen Schlüssel, weil dieser mit allem anderen in meiner Tasche im Auto liegt, doch der Vermieter wohnt im Haus. Mister Brown, ein freundlicher alter Herr, der selten die Wohnung verlässt, besitzt einen Ersatzschlüssel.

»Du wolltest mir von Beau Lamare erzählen«, sage ich, an Kane gewandt. »Und was ist mit diesem Bobby Joe? Kennst du ihn?«

Kane seufzt. »Eli … du musst nicht die Details kennen. Lass mich ausreden!«, wirft er ein, als ich protestieren will. »Nur so viel: Marguerite hat Bobby Joe beauftragt, dich zu entführen, um mich unter Druck zu setzen.«

Ich brauche lange, um diese Information zu verdauen. Ungläubig schüttele ich den Kopf. »Aber wieso?«

»Sie hat den Kuss am Poydras Building beobachtet und sich irgendwas zusammengesponnen.«

Kanes verächtlich hervorgebrachte Worte jagen einen Dorn durch mein Herz, und ich kann nur mit Mühe ein Keuchen unterdrücken. Nicht minder schockiert bin ich über die Heftigkeit meiner Gefühle.

»Und was hat sie von dir verlangt?«, frage ich in gelassenem Tonfall, was mich sehr viel Überwindung kostet.

»Das Übliche: Ich sollte ihr meinen gesamten Besitz überschreiben.«

Und? Hättest du es getan?

Mein Herzschlag beschleunigt sich. Ich wage es nicht, die Frage zu stellen. »Womit hat sie gedroht?«, flüstere ich.

»Was glaubst du denn?« Er stößt ein bitteres Lachen aus. »Du hast Bobby Joe kennengelernt. Trotzdem würde ich dich bitten, Marguerite und Isabella den Cops gegenüber nicht zu erwähnen.«

»Warum nicht?«, rufe ich überrascht aus.

»Tu es einfach, okay?«

»Willst du sie etwa schützen?« Die Empörung ist mir deutlich anzuhören.

»Glaubst du das, Eli?« Er wirft mir einen wütenden Blick zu. »Glaubst du wirklich, ich will diese hinterhältigen Miststücke schützen?«

»Aber was dann?«, frage ich leise, erhalte jedoch keine Antwort.

Die halbstündige Fahrt bis nach Hause verbringen wir schweigend. Gewaltsam dränge ich die Tränen zurück. Jetzt, da die Leidenschaft abgeklungen ist, fühle ich nur noch Schmerz und Leere. Kane ist plötzlich wie ein Fremder. Was er streng genommen auch ist, denn je häufiger wir uns begegnen, desto mehr Rätsel gibt er mir auf.

»Kommst du noch mit hoch?«, frage ich dennoch, als er vor meiner Tür hält.

Er schüttelt den Kopf. »Ich habe noch einiges zu tun.«

Eine Welle des Zorns flutet durch meinen Körper, die er niederschlägt, indem er sich unerwartet vorbeugt und mir einen zärtlichen Kuss auf die Lippen gibt.

»Tut mir leid«, sagt er leise und macht es mir unmöglich, ihn zu hassen.

Verfluchter Scheißkerl!

Wortlos lege ich die Decke ab und steige aus dem Wagen. Kane wartet mit laufendem Motor und fährt erst dann los, nachdem mein Vermieter mich ins Haus gelassen hat. Ich erkläre Mister Brown in groben Zügen, was mir widerfahren ist, und er reicht mir einen Ersatzschlüssel für mein Apartment. Als Erstes nehme ich eine lange, heiße Dusche, anschließend rufe ich Mom an, um ihr mitzuteilen, dass ich zu Hause angekommen bin. Wir einigen uns darauf, dass sie mich am nächsten Morgen abholt, um mich zum Büro des Sheriffs in Monroe zu fahren, damit ich meine Aussage machen kann.

Trotzdem würde ich dich bitten, Marguerite und Isabella den Cops gegenüber nicht zu erwähnen.

Obwohl ich erschöpft bin, ist mein Geist aufgepeitscht, also gehe ich kurz hinunter zu Mister Brown und frage ihn, ob er zufällig ein Beruhigungsmittel oder Schlaftabletten in seinem Apothekenschränkchen hat.

Er hat.

Keine halbe Stunde später falle ich in einen todesähnlichen Schlaf.

Klärende Worte

Kane

Das Polizeirevier, in dem Beau seit fünf Jahren als Detective arbeitet, liegt nördlich vom French Quarter. Der Prachtbau, der erst voriges Jahr restauriert wurde, sticht durch eine ockerfarbene Fassade und weiße Säulen hervor. Mag der äußere Schein noch so prunkvoll sein, drinnen erwartet mich das übliche Bild: ausgeraubte Touristen, die mit fahlen Gesichtern ihre Aussagen machen; Transvestiten, Fixer, Stadtstreicher und Prostituierte in Handschellen, die verhört und abgeführt werden; ein diensthabender Beamter, der mit gleichgültiger Miene hinter einer Glasscheibe sitzt und sich alle Mühe gibt, aufgebrachte Bürger abzuspeisen. Es sei denn, es handelt sich um Mord oder schweren Raub. Untermalt wird das Ganze vom Grölen der Besoffenen in den Arrestzellen.

Nachdem ich Eli vor ihrem Apartment abgesetzt habe, bin ich zum Stadthaus am Garden District gefahren, habe geduscht und mich umgezogen. Ihrem Blick nach zu urteilen, hätte sie gewollt, dass ich bleibe, aber ich bin zu rastlos, um sie in den Arm zu nehmen und zu trösten. Ich muss Rechnungen begleichen, Dinge richtigstellen. Es ist nicht die Zeit für Sentimentalitäten.

»Ich muss Detective Beau Lamare sprechen«, sage ich zu dem Beamten hinter der Glasscheibe. »Es ist dringend.«

Der Cop ist in den Vierzigern, hat rotblonde Haare und eine Hautfarbe, die auf zu viel Fett und Alkohol hinweist, was auch die birnenförmige Figur in der Uniform erklären würde.

»Er ist beschäftigt«, kommt es brummig zurück.

»Es ist wichtig«, entgegne ich ebenso unversöhnlich und taxiere ihn, bis er blinzelt.

»Ich kann ja mal anfragen«, murmelt er widerwillig. »Aber ich würde mir nicht zu viel Hoffnung machen. Und Ihr Name ist …?«

»Kane Deveraux«, ertönt es plötzlich hinter mir.

Während die Birne hinter der Glasscheibe nach dem Telefon greift, drehe ich mich langsam um. Vor mir hat sich ein Zwei-Meter-Mann mit einem gewaltigen Schnauzer, aufgeblähtem Wanst und Händen wie Schaufelräder aufgebaut. Bis auf Gehirnmasse ist an ihm alles im Überfluss vorhanden.

»Officer Santiago«, sage ich mit gedehnter Stimme.

»Was hast du hier zu suchen, Arschloch?«

Raoul Santiago gehört nicht unbedingt zu meinen Fans und ich nicht zu seinen. Unwillkürlich balle ich die Fäuste, was ihm keineswegs entgeht.

Ein schmieriges Grinsen huscht über sein Gesicht. »Tu dir keinen Zwang an! Gib mir einen Grund, dich einzubuchten.«

Wie gern würde ich dem Wichser die Fresse polieren! Santiago ist ein korrupter Bulle, der auch gern mal Nutten verprügelt. Ich bin schon mehrmals mit ihm aneinandergeraten, wenn auch nur verbal. Vielleicht wäre es an der Zeit, ihm eine Lektion zu erteilen, aber nicht hier auf dem Polizeirevier. Gerade als ich ihm eine entsprechende Antwort geben will, meldet sich der diensthabende Beamte zu Wort.

»Detective Lamare hat für Sie Zeit. Er kommt sofort.«

»Danke«, sage ich, ohne Santiago aus den Augen zu lassen.

Als Beau auftaucht, stehen wir immer noch da und starren uns an. Ich hege den Verdacht, dass sich Santiago bereits seit Längerem im Standby-Modus befindet. In seinem Blick liegt nicht ein Funke menschlicher Intelligenz.

»Haben Sie nichts zu tun, Officer?«, fährt Beau den Idioten an. Passend zu seiner Statur klingt es wie das Brummen eines Bären.

Beaus Erscheinungsbild lässt sich in drei Worten zusammenfassen. Unrasiert. Ungekämmt. Robust. Sein Anzug ist zerknittert, und natürlich hängt seine Krawatte schief. Im Gegenzug verfügt er über einen messerscharfen Verstand und genießt unter seinen Kollegen großen Respekt.

»Doch, Sir«, entgegnet Santiago auch prompt und stapft davon, nicht ohne mir vorher einen letzten feindseligen Blick zugeworfen zu haben.

»Komm mit!«, sagt Beau zu mir, und ich folge ihm in ein winziges fensterloses Befragungszimmer mit einem Tisch und zwei Stühlen. Nur der Spiegel fehlt.

»Sind die Kameras ausgeschaltet?«, frage ich ihn, nachdem er die Tür hinter sich geschlossen hat.

»Ja.«

»Gut«, antworte ich und schmettere ihm ohne Vorwarnung meine Faust ins Gesicht.

»Fuck, Kane!«, flucht Beau und fährt sich übers Kinn, bevor er ein Taschentuch aus seiner Hose zieht, um sich das Blut von der aufgeplatzten Unterlippe zu wischen. »Wir sind doch keine Kinder mehr!«

»Du hast mich reingelegt.«

Beaus hellbraune Augen blicken ernst. »Ich hatte einen guten Grund.«

»Ich zweifle nicht daran, dass du einen Grund hattest«, presse ich wütend hervor. »Ob er allerdings gut war, muss ich noch entscheiden.«

»Ich kann dir nicht mehr darüber sagen«, murmelt Beau und steckt das Taschentuch zurück in seine Tasche.

Ungläubig starre ich ihn an. »Spinnst du?«

»Tut mir leid, Kumpel.«

»Ich bin nicht dein Kumpel!« Ich mache einen bedrohlichen Schritt auf ihn zu, doch Beau weicht keinen Millimeter zurück.

»Ich würde es dir sagen, wenn ich könnte«, erklärt er ruhig. »Du musst mir einfach vertrauen.«

Ich schnaube verächtlich. »Wie könnte ich!«

Ein Ruck geht durch Beaus Körper. »Jetzt mach mal einen Punkt, Kane! Wir beide haben eine Menge Scheiße durchgemacht, und ich war immer loyal dir gegenüber.«

»Ja, bis jetzt.«

Beaus Augen funkeln. »Ich hatte keine Wahl.«

»Wenn ich schon nicht Elis Retter sein durfte, will ich wenigstens wissen, warum du die alte Hexe geschickt hast und nicht deine Bullenkollegen«, sage ich säuerlich.

»Auch das kann ich dir nicht sagen.«

»Fick dich, Beau!«

»Du erfährst es, wenn es so weit ist«, erwidert er unbeeindruckt.

Frustriert lasse ich mich auf einen der beiden Stühle fallen, und die Anspannung fällt sichtlich von Beau ab. Auch er setzt sich.

»Lavinia«, sage ich und schüttele verständnislos den Kopf. »Warum sie?«

»Sie war in der Nähe, und sie verfügt über gewisse Qualitäten.«

»Was musstest du ihr dafür geben?« Die alte Hexe tut nie etwas uneigennützig.

»Nichts. Allerdings stehe ich jetzt in ihrer Schuld.«

Ich stoße ein hämisches Lachen aus. »Dumm gelaufen, würde ich sagen. Ich möchte nicht in deiner Haut stecken.«

Beau wirft mir einen wütenden Blick zu. »Du könntest, verflixt noch mal, etwas dankbarer sein! Dank mir ist deine Kleine in Sicherheit.«

»Sie ist nicht meine Kleine.«

»Ja, was auch immer«, brummt Beau.

Wir schweigen eine Weile.

»Da ist noch etwas«, sagt er schließlich.

»Was?«

»Halt dich mit deinem Vergeltungsschlag gegen Marguerite Deveraux zurück, zumindest für eine Weile.«

»Was?« Beinahe wäre ich von meinem Sitz aufgesprungen.

»Du hast schon verstanden, was ich gesagt habe.«

»Wir reden hier von Marguerite.«

»Deinem weißen Wal, ich weiß, Kapitän Ahab«, antwortet Beau ironisch. »Trotzdem.«

»Du verlangst verflucht viel.«

»Gut möglich, aber davon hängt auch verflucht viel ab.« Er beugt sich nach vorn. »Als dein Freund bitte ich dich, mir zu vertrauen, okay?«

Ich suche seinen Blick. »Okay«, antworte ich langsam, dann seufze ich. »Und was soll ich jetzt tun?«

Beau zuckt mit den Achseln. »Leb dein Leben weiter, vögle deiner Kleinen das Hirn raus.«

Habe ich schon.

Bei dem Gedanken regt sich mein Schwanz. Ich durchlebe noch einmal die letzten Sekunden, kurz bevor Eli unter meinen Stößen gekommen ist. Ihre kleinen, spitzen Schreie, der entrückte Ausdruck in ihrem Gesicht, das unkontrollierte Zucken ihres Körpers …

Ich schüttele den Kopf, um die Bilder zu verbannen, und starre Beau mit finsterer Miene an. »Eines Tages wird Marguerite für alles büßen, und du wirst es nicht verhindern können.«

»Ich weiß.« Beau seufzt. »Trotzdem hoffe ich, dass es niemals dazu kommen wird. Ich will dich nicht die nächsten fünfundzwanzig Jahre im Knast besuchen müssen.«

Als ich aufstehe, folgt er meinem Beispiel.

»Keine Ahnung, was du ausbrütest, Kumpel«, sage ich zum Abschied. »Aber vermassele es nicht.«

Ein Lächeln huscht über sein unrasiertes Gesicht. »Werde ich nicht.«

Eli

»Sie hatten ein Riesenglück, Miss Page. Dieser Robert Joe Barnes ist sehr gefährlich. Bei dem Vorstrafenregister kann einem angst und bange werden«, sagt Sheriff Thomas mit Blick auf den Bildschirm. »Weiß der Kuckuck, warum der noch auf freiem Fuß ist«, fügt er murmelnd hinzu.

Nachdem ich dem Sheriff von Ouachita Parish den Vornamen und eine Beschreibung meines Entführers geliefert habe, hat es keine fünf Minuten gedauert, bis er in der bundesstaatlichen Verbrecherdatei fündig geworden ist. Nun löst er seinen Blick wieder vom Bildschirm und schaut mich an. Seine sanften Augen täuschen über den harten Kampf hinweg, den er als erster dunkelhäutiger Sheriff in der Bezirksgeschichte zweifellos ausfechten musste.

»Ich bin sehr dankbar, es heil überstanden zu haben«, antworte ich.

»Und Sie sagen, eine alte Frau namens Lavinia hat Sie gerettet?«

Ich nicke.

»Was können Sie mir über sie sagen?«

Während ich ihm von meinen Eindrücken erzähle, macht er sich zwar Notizen, dennoch steht ihm die wachsende Skepsis auf die Stirn geschrieben.

»Und wo finde ich diese … Lavinia?«

Ich zucke mit den Achseln. »Keine Ahnung. Ich weiß nur, dass sie sich irgendwo im Bayou Lafourche aufhält.«

»Mhm.« Er fährt sich mit der Hand übers Kinn. »Verstehen Sie mich nicht falsch, Miss Page, aber …«

In diesem Augenblick beugt sich der Beamte, der hinter ihm gestanden hat, zu ihm hinunter und flüstert ihm etwas ins Ohr. Verblüffung macht sich auf Sheriff Thomas' Gesicht breit.

»Aha«, sagt er. Und dann noch einmal: »Soso.« Danach sieht er mich an und räuspert sich. »Diese Lavinia scheint eine lokale Berühmtheit zu sein. Ich werde jemanden von meinen Leuten hinschicken, um sie zu befragen. Und Robert Joe Barnes werden wir zur Fahndung aussetzen.«

Wieder nicke ich. »Wann bekomme ich meinen Wagen zurück?«

»Heute Nachmittag, denke ich«, antwortet Sheriff Thomas. »Bis dahin sind unsere Untersuchungen abgeschlossen. Da wir den Entführer kennen, müssen wir Ihren Wagen nicht komplett auseinandernehmen.«

Ich stoße ein nervöses Lachen aus. »Das höre ich gern.«

Den Rest des Tages verbringe ich bei meinen Eltern, schlage aber ihre Bitte aus, länger zu bleiben. Je schneller ich zur Normalität zurückkehre, umso besser, argumentiere ich. Am Ende geben sie nach. Trotz meiner beherzten Worte graut mir davor, auf der Rückfahrt die Stelle zu passieren, an der mir die Entführer aufgelauert haben. Stephen, der offenbar Gedanken lesen kann, bietet sich an, mich zu eskortieren, bis ich den Highway erreicht habe.

Ich habe den besten Bruder der Welt.

Am nächsten Morgen gehe ich zur Arbeit, als wäre nichts geschehen. Die Nachricht des Übergriffs hat sich wie ein Lauffeuer verbreitet, und ich bin innerhalb weniger Sekunden von besorgten Kollegen umringt, die ich mit vagen Informationen abspeise. Dabei halte ich die Version eines Überfalls aufrecht. Eine Entführung wäre mit zu vielen Erklärungen verbunden. Als ich schließlich wieder frei atmen kann, gönne ich mir einen Kaffee und steuere dann Garretts Büro an. Meine Knie schlottern ein wenig, dennoch versuche ich, mir meine Aufregung nicht anmerken zu lassen.

»Ah, Miss Page!«, ruft er, kaum dass ich über die Schwelle getreten bin. »Ich habe gehört, was passiert ist. Eine schreckliche Sache! Wie geht es Ihnen?«

Schweigend schließe ich die Tür hinter mir, dann baue ich mich vor seinem Schreibtisch auf und stütze meine Hände auf die dunkel polierte Mahagoniplatte. »Mir geht es gut«, antworte ich leise und bohre meinen Blick in seinen. »Im Gegensatz zu Ihnen, sobald bekannt wird, dass Sie mit Marguerite Deveraux unter einer Decke stecken …«

Er richtet sich ruckartig in seinem Sessel auf. »Bitte was?«

»Unterbrechen Sie mich nicht!« Mein Puls rast. »Der Überfall auf mich geht auf das Konto Ihrer Freundin. Sie hat den Kerl angeheuert.«

»So ein Unsi…!«

»Ich weiß nicht, ob Sie mit drinhängen oder nicht, aber wenn, könnte es für Sie verflucht unangenehm werden! Der Sheriff von Ouachita Parish ermittelt bereits in dieser Sache.« Dass ich Sheriff Thomas nichts von Marguerite Deveraux erzählt habe, muss mein Boss ja nicht erfahren. »Ich könnte ja beiläufig Ihren Namen fallen lassen und sehen, was passiert.«

Garretts Gesichtsfarbe wechselt von Krebsrot zu Kreideweiß. »Das können Sie nicht tun. Das wäre Rufmord.«

»Wäre es das?«, entgegne ich mit einem dünnen Lächeln. »Ich bin Opfer und traumatisiert, da kann man schon mal Dinge durcheinanderbringen. Aber selbst wenn Ihre Unschuld am Ende bewiesen werden würde … Sie wissen doch, wie es mit einem ramponierten Ruf so ist. Er haftet an einem wie ein beißender Gestank, der Ihren Vorgesetzten sicher nicht behagen würde.«

Langes Schweigen.

»Was wollen Sie?«, fragt Garrett schließlich mit einer krächzenden Stimme.

»Meinen alten Job zurück.«

»Okay«, sagt er hastig. Ich kann sehen, wie er schwitzt. »Aber ich versichere Ihnen, dass ich nichts mit alldem zu tun habe.«

Ich beuge mich vor, lasse zu, dass die Wut mich übermannt. »Das ist mir egal! Sie sind Marguerite Deveraux' Speichellecker. Erwarten Sie von mir keinen Respekt und erst recht kein Mitleid, sollten Sie ihretwegen im Knast landen.«

Mit diesen Worten drehe ich mich um und verlasse das Büro. Ich steuere die Toilette an, um mir kaltes Wasser ins Gesicht zu spritzen. Das Blut rauscht in meinen Ohren, so laut pocht mein Herz. Nachdem ich mich wieder etwas gefasst habe, huscht ein triumphierendes Lächeln über mein Gesicht.

Ein bisschen Lara Croft steckt in jedem von uns!

Das erste Date

Eli

Der Rest der Woche verläuft angenehm ruhig, und die Erinnerung an das schlimmste Erlebnis meines Lebens wird immer mehr zu einem Kaleidoskop surrealer Bilder. Die Schwärze des Containers, die Fahrt mit dem Kanu, die sengende Hitze, die Gerüche in Lavinias Hütte, der Regen, die Trauerweide … Alles verschmilzt zu einem verwirrenden Ganzen, begleitet vom ekstatischen Klopfen zweier Herzen, als Kane und ich uns geliebt haben. Nur manchmal, wenn ich die Augen schließe, sehe ich Bobby Joe vor mir, der mit seinem Messer vor meinem Gesicht herumfuchtelt, ein kaltes Grinsen auf den Lippen.

Kurz nach meinem Gespräch mit Paul Garrett bekomme ich einen neuen Fall auf den Tisch, bei dem es um die Besitzerin mehrerer Luxusboutiquen geht, der auffallend häufig teure Designerklamotten abhandenkommen. Obwohl sie Jahr für Jahr Umsätze in Millionenhöhe macht, nehmen wir an, dass sie die »gestohlene« Ware unter der Hand verkauft. Entsprechend groß ist meine Motivation. Während ich am Telefon mit der Speditionsfirma rede, die für den Warentransport der

Dame zuständig ist, fällt mein Blick zufällig auf Ben, der vor den Kaffeemaschinen steht und sich angeregt mit einer Frau unterhält. Den Hörer ans Ohr geklemmt, mache ich mich lang, um unauffällig über die Trennwände zu spähen. Mein Verdacht bestätigt sich. Er redet mit Viola Johnson, unserer Personalchefin. Ihrem leisen Lachen und Bens roten Ohren nach zu urteilen, handelt es sich bei dem Gespräch um mehr als nur um höflichen Small Talk.

Nachdem mein Telefonat beendet ist, rolle ich mit meinem Stuhl zu Ben hinüber, der inzwischen wieder an seinem Schreibtisch sitzt.

»Und wie war's?«, frage ich leise.

Er richtet seine blauen Augen auf mich. »Was meinst du?«, fragt er mit unschuldiger Miene, dennoch kann ich seine Aufregung spüren.

Als ich ein schiefes Grinsen aufsetze, platzt es auch schon aus ihm heraus. »Viola und ich haben am Samstag ein Date! Wir gehen ins Kino, in einen französischen Film, irgendwas mit *120* und *minutes*, wie auch immer. Danach gehen wir essen.«

Ich schlage ihm anerkennend auf die Schulter. »Gratuliere! Du hast dich am Ende doch getraut. Siehst du, ich wusste, dass es gut gehen würde.«

Verlegen starrt Ben auf seine Hände. »Tja, also, um ehrlich zu sein, hat Viola mich gefragt und nicht andersherum.«

Unwillkürlich breche ich in Lachen aus, was mir ein paar strafende Blicke einbringt. Schnell drücke ich meine Hand auf den Mund, um das Geräusch zu dämpfen. »Das ist toll, Ben! Ich freue mich für dich.«

»Ja, oder?« Seine Augen leuchten. »Ich hätte nie gedacht, dass eine Frau wie …«

Sein Blick richtet sich auf einen Punkt hinter mir, und er verstummt jäh.

»Nun, wie es aussieht, herrscht hier ja gute Stimmung«, ertönt die Stimme meines Chefs. »Schön, schön«, murmelt er und geht weiter.

Verblüfft schaut Ben hinter ihm her. »Alter! Was ist denn mit dem passiert? Der ist ja zahm wie ein Lämmchen.«

»Keine Ahnung.« Ich zwinkere verschwörerisch. »Vielleicht hat er am Samstag auch ein Date.«

Ben und ich grinsen uns breit an, dann rolle ich zurück zu meinem Schreibtisch. Was so ein bisschen Druck alles bewirken kann!

An diesem Abend mache ich es mir mit selbst zubereitetem Risotto und einem Glas kalifornischem Rotwein vor dem Fernseher gemütlich, um mir zum wiederholten Mal *Anna und der König* anzuschauen. Dann, gerade als ich beschließe, den Tisch abzuräumen, klingelt mein Handy. Die Nummer ist mir unbekannt. Kurz spiele ich mit dem Gedanken, nicht dranzugehen, doch die Neugier ist größer.

»Ja?«, melde ich mich.

»Ich bin's«, antwortet eine rauchige Männerstimme, deren Klang ein seismisches Beben entlang meiner Wirbelsäule auslöst.

»Kane«, sage ich langsam, um Contenance bemüht.

»Wie geht es dir?«, fragt er.

»Gut«, antworte ich.

»Wirklich?«

»Ja, wirklich. Ich habe meinen alten Job zurück.«

»Wie das?«

»Ich habe mit Paul Garrett ein paar Worte gewechselt und ihn davon überzeugt, dass es so besser ist.«

»Bravo!« Ein Lachen schwingt in Kanes Stimme mit. »Ich freue mich für dich.«

»Danke«, murmele ich.

»Hör zu.« Er räuspert sich. »Ich wollte mich für mein Verhalten am Montag entschuldigen. Ich habe mich wie ein Arsch benommen.«

»Ja, das hast du.«

»Darf ich dich morgen Abend zum Essen einladen? Als kleine Wiedergutmachung?«

Wüsste ich es nicht besser, würde ich Stein und Bein schwören, dass er nervös klingt. »Ein Date?«, frage ich.

Er lacht weich. »Ja, ein Date.«

Mein Herzschlag beschleunigt sich. »Gern.«

»Schön!« Die Erleichterung ist Kane deutlich anzuhören. »Ich hole dich morgen um sieben Uhr ab. Passt es dir?«

»Ja, klar. Wo gehen wir hin?«

»Das ist eine Überraschung.«

»Okay«, hauche ich etwas kurzatmig.

»Gute Nacht, Eli«, sagt Kane abschließend. »Träum was Schönes.«

Oh, das werde ich ganz bestimmt.

»Du auch.«

Eine Weile sagt keiner ein Wort, nur die Stille ist zu hören, eine fast mystische Stille.

»Ich lege jetzt auf«, flüstere ich.

»Okay«, antwortet Kane ebenso leise.

Ich beende das Gespräch und starre auf den Fernseher, ohne etwas zu sehen. Erst mit Verzögerung wird mir bewusst, dass sich meine Lippen zu einem debilen Lächeln verzogen haben.

O Gott, was ziehe ich an?

Sofort bin ich auf den Beinen. Vergessen ist das Liebesepos mit Jodie Foster! Ich stürze ins Schlafzimmer und reiße meinen Kleiderschrank auf. Kane hat mich bisher nur in Hose und Bluse oder T-Shirt gesehen. Es wird Zeit, andere Geschütze aufzufahren. Hastig lasse ich meine Augen hin und her wandern. Mir steht ein langer, nervenaufreibender Abend bevor!

Am Ende bin ich zu dem Schluss gekommen, dass ich nichts zum Anziehen habe, also gehe ich am nächsten Morgen los, um diesen Missstand zu bereinigen. Zum Glück ist Samstag, der perfekte Tag für einen Bummel. Eine Stunde später betrete ich einen kleinen Laden in der Magazine Street, den mir eine Kollegin als »absoluten Geheimtipp« angepriesen hat, weil er Haute Couture zu vernünftigen Preisen anbietet. Das Interieur besticht durch Schlichtheit und Eleganz. Die Kleidungsstücke liegen nach Farben sortiert in den Regalen, vereinzelte Kleiderständer stehen verstreut im Raum herum. Die Verkäuferin, eine ältere Dame mit kurzen grauen Haaren, ist gerade dabei, Pullover zusammenzulegen. Bei meinem Erscheinen hebt sie den Kopf. Sie strahlt zugleich Kompetenz und Vornehmheit aus, und ich wähne mich in guten Händen.

»Guten Tag, Miss«, sagt sie und kommt auf mich zu. »Kann ich Ihnen helfen?«

»Ja. Ich suche ein Kleid für den Abend.«

Die Frau lächelt milde. »Haben Sie eine bestimmte Vorstellung?«

Ja. Es sollte etwas sein, das zu einem ersten Date mit einem umwerfenden Mann voller Widersprüche passt, mit dem man bereits zweimal Sex hatte.

»Elegant soll es sein, aber nicht zu overstyled«, antworte ich stattdessen. »Auf jeden Fall sexy.« Bei den letzten Worten kann ich nicht verhindern, dass eine leichte Röte meine Wangen überzieht.

Meine Verlegenheit ignorierend, legt die Verkäuferin einen manikürten Finger auf ihre Lippen. »Lassen Sie mich nachdenken.« Sie mustert mich von Kopf bis Fuß. »Etwas in

Royalblau oder Nachtblau. Schwarz wäre zu hart bei Ihrer zarten Elfenbeinhaut und den blonden Haaren. Einen Moment bitte.«

»Danke«, sage ich.

Mein Gefühl hat mich nicht getrogen, was die Verkäuferin betrifft, denn als ich kurz darauf in der einzigen Kabine des Ladens in ein nachtblaues Cocktailkleid aus Seide schlüpfe, bleibt mir die Luft weg. Es passt wie angegossen. Der Ausschnitt ist gerade geschnitten und schulterfrei, die Ärmel sind kurz. Das Oberteil ist eng anliegend, was meine vollen Brüste betont, ohne vulgär auszusehen. Clou ist der weite knielange Rock, der vorn deutlich kürzer ist als hinten. Das Kleid verbindet alles, was ich mir insgeheim gewünscht habe. Es ist von einer dezenten Eleganz, zugleich aber auch romantisch und sexy. Vor dem Spiegel drehe ich mich einmal um die eigene Achse. Ein Traum! Die Verkäuferin war so geistesgegenwärtig, mir die passenden Stilettos gleich mitzugeben.

Etwas schüchtern schiebe ich den Vorhang zur Seite und trete aus der Kabine. »Und? Was sagen Sie?«, frage ich die Verkäuferin.

Sie strahlt mich an. »Sehr schön! Das Kleid ist wie für Sie gemacht.« Sie umrundet mich. »Sie haben hübsche Beine. Sie sollten häufiger Röcke oder Kleider tragen.« Kurz zucke ich zusammen, als sie meinen Zopf anhebt. »Ich würde Ihnen zu einer lockeren Hochsteckfrisur raten, um Ihren Nacken zu betonen, und dazu lange Hängeohrringe.«

Ich nicke und lächele mit kindlichem Staunen im Blick mein Spiegelbild an. Lavinia hat recht behalten. Ihre Salbe hat Wunder gewirkt. Der Sonnenbrand ist verschwunden, und auch die Abschürfungen an den Handgelenken sind kaum mehr zu sehen. Am Ende sprenge ich mein Budget, indem ich noch ein passendes Täschchen kaufe, aber ich kann einfach nicht widerstehen. Ich bedanke mich überschwänglich bei der Verkäuferin, die mir viel Vergnügen wünscht, und nehme mir vor, den Laden auf jeden Fall weiterzuempfehlen.

Als Kane um Punkt sieben Uhr abends unten an der Haustür klingelt, atme ich tief durch und zwinge mich zur Ruhe. Seit einer halben Stunde tigere ich aufgebrezelt im Wohnzimmer auf und ab. Ich bin schrecklich nervös. Mit schlotternden Knien gehe ich in die Diele und drücke auf den Summer, dann warte ich einige Augenblicke und öffne die Tür. Kane, der eben die letzten Stufen genommen hat, bemerkt mich und bleibt abrupt auf dem Treppenabsatz stehen. Wie mir die Verkäuferin geraten hat, habe ich meine Haare zu einem lockeren Chignon frisiert, dazu trage ich lange silberne Ohrringe mit hellblauen Steinen, die wie Saphire aussehen. Auf eine Halskette habe ich verzichtet, im Gegenzug trage ich für meine Verhältnisse reichlich viel Make-up. (Alles, was über Kajalstift und Mascara hinausgeht, gilt für mich als viel.) Erst habe ich mit silbernem Lidschatten herumexperimentiert, mich aber dann für verschiedene Blautöne entschieden. Bis es allerdings so ausgesehen hat wie auf der Beautyseite im Internet, brauchte es schon länger, aber ich bin zufrieden. Beim Lippenstift habe ich mich für eine dezente matte Farbe entschieden, die sich Nude Devotion schimpft.

Während mich Kane mustert, droht mir das Herz aus der Brust zu springen. Auf seinem kantigen Gesicht liegt ein schwer zu deutender, fast nachdenklicher Ausdruck, seine Augen liegen im Schatten.

Ob ich ihm gefalle?

Er jedenfalls sieht umwerfend aus! Zu seinem blau changierenden Seidenhemd, das einen wunderbaren Kontrast zu der sonnengebräunten Haut bildet, trägt er eine dunkelgraue Hose und schwarze Lederschuhe. Sein Hemd steht beunruhigend weit offen, seine Frisur wirkt nicht so streng wie sonst. Vermutlich hat er sie mit etwas Gel in Form gebracht und damit eine unwiderstehliche Wirkung erzielt. Als hätte eine Frau seine Haare zärtlich verwuschelt. Passend zu seinem schicken, aber dennoch lässigen Aussehen hat er den schweren Siegelring zu Hause gelassen, worüber ich insgeheim froh bin. Ich hasse diesen Ring.

»Na so was!«, rufe ich aus, um meine Aufregung zu überspielen. »Wir passen farblich zusammen. Was für ein Zufall!«

In zwei Schritten ist er bei mir und drückt mich an sich. Sein Duft nach leichtem Moschus und frisch gewaschener Haut zieht mir das letzte bisschen Kraft aus den Beinen.

»Deine Augen haben die Farbe der wilden Lilie, die im Bayou wächst«, raunt er an meinen Lippen. »Ich dachte mir, wenn mein Hemd die gleiche Farbe hat, kann ich nichts falsch machen.«

Meine Lippen formen sich zu einem hingerissenen, stummen »Oh«, das er mit seiner Zunge ausfüllt. Während er mich küsst, so voller Leidenschaft und Hingabe, drückt er mich in die Wohnung. Die Tür knallt laut, als er sie mit einem Fußtritt schließt.

»Verdammt, Eli«, stöhnt er. »Wenn ich nicht den Restaurantbesitzer bekniet hätte, so kurzfristig noch einen Tisch klarzumachen, kämst du mit diesem Kleid keinen Meter weit.«

»Es … es gefällt dir?«, stammele ich.

»Gefallen? Du siehst darin atemberaubend aus.«

»Oh, Kane«, seufze ich. »Du siehst übrigens auch sehr hübsch aus«, hauche ich zwischen zwei Küssen.

Eine seiner Augenbrauen zuckt nach oben. »Hübsch?«

Ich schenke ihm ein schelmisches Lächeln und presse mich schamlos an ihn. Einige Minuten lang sagen wir nichts mehr, weil uns schlichtweg die Luft dazu fehlt. Anschließend verlassen wir händchenhaltend das Haus, aber erst nachdem ich mir den

Lippenstift nachgezogen habe. Vor dem Eingang steht Kanes silberfarbener Sportwagen.

»Ich komme mir vor wie *Pretty Woman*«, sage ich lachend, als ich mit seiner Hilfe einsteige. Mit Stilettos ist es gar nicht so einfach. »Wohin fahren wir?«

»Ins *Bacchanal Wine.*«

»Was ist das? Ein Restaurant?«

Er nickt und startet den Motor. Das brummende Geräusch hallt dunkel in meinem Bauch wider. Ein anregendes Gefühl, an das ich mich gewöhnen könnte. *Protzige Villa und Siegelring nein. Sportwagen ja.* Mit einem breiten Grinsen im Gesicht blicke ich durchs Fenster nach draußen. Der Abendhimmel ist mit violetten Streifen durchzogen, in der Ferne zucken Blitze.

»Erzähl mir vom *Bacchanal Wine*«, fordere ich Kane auf.

Ich liebe es, deine Stimme zu hören.

»Für New-Orleans-Verhältnisse ist das Restaurant noch relativ neu. Es wurde erst vor fünfzehn Jahren eröffnet«, erklärt Kane, während er den Sportwagen mit ruhiger Hand durch den Abendverkehr steuert.

Kein Kavaliersstart an den Ampeln. Kein Schwanzlängenvergleich mit anderen Fahrern PS-starker Boliden. Das gefällt mir. Aber nichts anderes habe ich von Kane erwartet. Solche Kindereien passen einfach nicht zu ihm.

»Alles begann als unscheinbare Weinhandlung in Bywater«, erzählt Kane weiter. »Damals galt die Gegend am Industrial Canal als arm, inzwischen wurde das Viertel aufgewertet. Nach Katrina gab der Besitzer aus der Not heraus allwöchentlich formlose Dinnerabende auf der Gartenterrasse hinter seinem zweihundert Jahre alten Haus. Das sprach sich herum, und nun gehört das *Bacchanal Wine* zu den besten Restaurants in New Orleans. Ein echter Geheimtipp!«, fügt Kane mit einem Lächeln hinzu.

Eine Stunde später sitzen wir unter einem Meer aus Lichterketten an einem kleinen runden Tisch mit rot-weiß karierter Tischdecke und laben uns an baconumwickelten Datteln mit Chorizo, Piquillo-Paprika und gerösteten Tomaten, einer Spezialität des Hauses. Dazu trinken wir einen spanischen Rotwein. Die Terrasse ist rappelvoll, zumal heute Abend eine leichte Brise weht, die der Hitze ihre Schwere nimmt. Im Hintergrund spielt eine Liveband. Im *Bacchanal Wine* treten ausschließlich Musikgrößen aus New Orleans auf, erklärt Kane. Im Fackelschein der Petroleumlampen funkeln seine Augen wie schwarze Diamanten. Seine Gegenwart und das fast magische Ambiente üben eine berauschende Wirkung auf mich aus. Gebannt hänge ich an seinen Lippen, während er mir Anekdoten über New Orleans erzählt. Von lustig über schräg bis hin zu gruselig ist alles vertreten.

»Wusstest du, dass alle Mittelstreifen in New Orleans als ›neutraler Grund‹ bezeichnet werden?«, fragt er irgendwann. »Früher stellte die Canal Street die Trennlinie zwischen den europäischen Bewohnern im French Quarter und den Amerikanern auf der Uptownseite dar. Natürlich hielten sie sich gegenseitig für komplette Idioten, also einigte man sich darauf, dass der Mittelstreifen der einzige Ort sei, an dem nicht gestritten wird. Das hat sich bis heute gehalten.«

Ich breche in lautes Lachen aus. Unsere Blicke treffen sich, und ich lege meine Hand auf seine. »Weißt du eigentlich, dass du ein wunderbarer Erzähler bist?«

Er lächelt. »Mein Vater war einer. Als Kind konnte ich ihm stundenlang zuhören.«

»Erzähl mir von ihm«, fordere ich Kane sanft auf.

Gedankenverloren streicht er mir mit dem Daumen über den Handrücken. »Ich denke, mein Vater war ein Träumer und damit ganz anders als der Rest seiner Familie. Er war zwar von imposanter Statur, hatte aber ein sanftes Gemüt. Er lernte meine Mutter bei einem Auffahrunfall in Lafayette kennen. Als er wegen einer Katze auf der Straße ruckartig bremste, knallte meine Mutter mit ihrer Rostschüssel von hinten in seinen Jaguar.« Kane lacht leise. »Obwohl sie zwei Kopf kleiner war als er, hat sie ihn zur Schnecke gemacht. Während sie sich wie eine Furie aufführte, hat er sich Hals über Kopf in sie verliebt. Dad hat diese Geschichte gern und oft erzählt. Er musste sich ganz schön ins Zeug legen, um meine Mom zu erobern. Sie hielt nicht viel von reichen, verwöhnten Schnöseln.« Kurz hält er inne, den Blick ins Leere gerichtet. »Meine Mutter war eine sehr stolze Frau. Als Dad seinem alten Leben abschwor, um sie zu heiraten, wusste sie, dass er es ehrlich meint. Obwohl die beiden glücklich miteinander waren, glaube ich, dass sie Schuldgefühle hatte. Unser Leben war nicht einfach. Dad war noch recht jung, er hatte ein Studium der vergleichenden Literaturwissenschaft begonnen, das er nach seiner Heirat abbrechen musste. Des Geldes wegen. Trotzdem beteuerte er meiner Mutter immer wieder, dass er seine Entscheidung niemals bedauert hat …«

Als Kane eine kurze Sprechpause einlegt, um einen Schluck Wein zu trinken, warte ich schweigend ab.

»Meine Mutter war in einer Konservenfabrik beschäftigt, doch als diese geschlossen wurde, fand sie keine Arbeit mehr«, fuhr er nach einer Weile fort. »Mit ihr verloren hundertfünfzig Leute ihren Job, und jeder von ihnen kämpfte verbissen um viel zu wenige freie Stellen in der Region. Dad verdiente sein Geld als Preisboxer. Er hatte als Jugendlicher geboxt, aber seine Cajun-Gegner waren von einem anderen Kaliber als seine Sparringspartner im exklusivsten Boxklub von New Orleans.« Kane stößt ein Geräusch aus, das wie ein bitteres Auflachen klingt. »Trotz seiner Größe war er nur mittelmäßig. Wir kamen gerade so über die Runden. Ich denke, er scheute sich davor, seine ganze Kraft einzusetzen. Er war einfach kein Haudrauftyp.« Ein trauriges Lächeln legt sich um Kanes Lippen. »Wann immer ein Streit entbrannte, versuchte er, den Gegner mit Worten zu beschwichtigen, obwohl er ihn mit einem einzigen Faustschlag hätte k. o. schlagen können …«

Kane beißt sich auf die Unterlippe. Da es ihm offensichtlich immer schwerer fällt, von seinem Vater zu sprechen, wechsele ich das Thema.

»Erzähl mir von dir!«, sage ich. »Wie hast du es vom Plumpsklo zum Bidet geschafft?«

Kane grinst schief. »In vielen kleinen Schritten. Als Jugendlicher habe ich nach der Schule und in den Ferien als Flaschenspüler in der Tabascofabrik gejobbt und einiges an Geld zur Seite gelegt, aber natürlich hätte das niemals fürs College gereicht. Nach der Highschool habe ich zum Glück ein Teilstipendium bekommen, und Erics Vater …« Er sieht mich fragend an. »Du erinnerst dich an Eric Vincent?«

Ich werfe ihm einen bösen Blick zu. »Ja, ich erinnere mich an deinen aalglatten Anwalt.«

Kanes Grinsen wird breiter. »Eric ist in Ordnung und ein Freund aus Kindheitstagen. Jedenfalls stammt er aus einer wohlhabenden Familie, und sein Vater gewährte mir ein zinsloses Darlehen, damit ich studieren konnte.«

»Wow!«, rufe ich aus. »Wie großzügig!«

Er nickt. »Erics Vater wusste von meinem Ehrgeiz. Außer Grandmère und Grandpère war er nach dem Tod meiner Eltern der Einzige, der an mich geglaubt hat. Ich verdanke ihm sehr viel. Dank ihm konnte ich am Remington College in Lafayette Sales & Marketing studieren.«

»Und ich schätze, das Darlehen hast du längst zurückbezahlt.«

Kane nickt. »Das habe ich.«

»Und wie hast du es an die Spitze der Deveraux-Familie geschafft?« Verlegen fahre ich mir durch die Haare. »Es kursieren da … diverse Gerüchte …« Plötzlich fehlen mir die Worte.

»Mein Onkel war ein dekadentes Arschloch mit jeder Menge Schulden, und er war spielsüchtig.« Ein bösartiges Glitzern leuchtet in Kanes Augen auf. »Es war ein Leichtes, ihm am Spieltisch nach und nach seinen Besitz abzuknöpfen.«

»Hat er dich denn nicht erkannt?«

Kane schüttelt den Kopf. »Der arrogante Idiot hatte mich nicht auf dem Schirm. Schon damals hatte ich mir angewöhnt, Anzug und Krawatte zu tragen. Vermutlich dachte er, dass ich auf Bäumen lebe und nur beim sonntäglichen Gottesdienst Schuhe trage. Als ihm sein Fehler bewusst wurde, war es zu spät. Ich habe seinen Besitz zu Geld gemacht und in Aktien investiert. Mit dem Gewinn habe ich die restlichen Anteile gekauft. Der Schlappschwanz hat sich daraufhin eine Kugel in den Kopf gejagt.«

»Puh«, murmele ich und trinke einen großen Schluck Wein, um meine Bestürzung zu verbergen. »Wie langweilig muss dir meine Familie im Vergleich erscheinen!«, versuche ich zu scherzen.

Er greift nach meiner freien Hand und verschränkt seine Finger mit meinen. »Ich will alles über sie erfahren«, entgegnet er leise. »Und über dich. Ich habe dir schon viel zu lang das Ohr abgequatscht.«

Ich schenke ihm ein zärtliches Lächeln. »Finde ich überhaupt nicht.«

Insgeheim bin ich froh, dass sich Kane mir anvertraut, zumal ich glaube, dass es ihm guttut, sich alles von der Seele zu reden. Ich halte ihn nicht unbedingt für jemanden, der jedem Wildfremden seine Lebensgeschichte aufdrängt. Ich erzähle ihm von Mom, Dad und von Stephen, davon, dass ich in der Schule nicht sehr beliebt war und Zuflucht in der Mathematik gesucht habe.

»Wie konntest du nicht beliebt sein?«, fragt Kane und sieht mich voller Wärme an. »Ich hätte dich gemocht.«

»Wohl kaum!«, widerspreche ich und lache. »Ich war eine Streberin, und du warst ein Rebell.«

»Klingt wie die erste Zeile eines kitschigen Lovesongs«, flüstert Kane und taucht seinen Blick in meinen.

Eine Weile sagen wir nichts, bis ich mich vorbeuge und ihm einen Kuss auf die Lippen hauche. Meine Gefühle in diesem Moment drohen mich zu überwältigen.

»Das einzige Coole, was ich gemacht habe, war Bogenschießen. Als Jugendliche habe ich es geliebt. Schade, dass ich es aufgegeben habe. Ich sollte wieder damit anfangen«, füge ich nachdenklich hinzu. »Treibst du irgendeinen Sport?«

»Ich boxe«, antwortet Kane. *Wie sein Vater.* »In Thibodaux gibt es einen Boxklub, in dem ich Mitglied bin, seit ich sechzehn bin. Das ist gut, um Aggressionen abzubauen. Immer, wenn ich glaube, vor Wut oder Frustration zu platzen, fahre ich dahin.«

»Stammt daher die Narbe auf deiner Nase?«

Weil in diesem Moment der Kellner kommt, um uns die große Käseplatte zu bringen, für die das *Bacchanal Wine* berühmt ist, bleibt mir Kane zunächst die Antwort schuldig.

»Du musst mir nicht antworten, wenn du nicht willst«, beeile ich mich zu sagen, als ich den grimmigen Ausdruck in seinen Augen sehe.

»Nein, nein. Ich erzähle es dir.« Er holt tief Luft. »Nach dem Tod meines Vaters ging meine Mutter zu Marguerite, um sie um Hilfe zu bitten, was sie viel Überwindung kostete. Sie war, wie gesagt, eine stolze Frau. Aber sie bat nicht um Hilfe für sich, sondern für mich. Sie wollte meine Zukunft abgesichert wissen. Ich sollte eine gute Ausbildung bekommen, und die kostet bekanntlich Geld. Doch Marguerite erteilte ihr eine Abfuhr, und nicht nur das. Sie griff nach ihrem Spazierstock mit dem silbernen Löwenkopf, um meine Mutter von ihrem Grundstück zu verjagen, aber ich habe mich vor sie gestellt. Ich war zwar erst neun, aber für mein Alter recht groß. Der silberne Löwenkopf hat mich voll erwischt.« In Gedanken versunken streicht er sich über die Narbe, während mir bei dem Anblick das Herz blutet. »Du hast recht. Ich könnte sie wegmachen lassen, aber ich tue es nicht, weil sie mich jeden Tag daran erinnert, wer ich bin und woher ich komme.«

»Oh, Kane«, flüstere ich.

Sein Blick verdüstert sich. Als er eine Hand ausstreckt, um mir eine Träne von der Wange zu wischen, zucke ich leicht zusammen. Ich hatte nicht einmal bemerkt, dass ich weinte.

»Jetzt aber Schluss mit den alten Geschichten!«, sagt Kane energisch. »Ich habe dir die Stimmung verdorben, und das tut mir leid.«

Ich schüttele den Kopf. »Ich wollte es ja unbedingt wissen.«

Er küsst meine Fingerspitzen und löst damit ein angenehmes Kribbeln in meinem Bauch aus, dann lächelt er. »Wusstest du eigentlich, dass es im *Bourbon Orleans Hotel* spukt?«

»Wirklich?«

»Ja. Der Geist heißt Eldrige, ein Soldat aus dem Bürgerkrieg. Und er ist nicht allein«, erklärt Kane mit geheimnisvoller Stimme. »Da ist noch die berühmte Lady in Red, die im großen Ballsaal Walzer tanzt.«

Ich stütze das Kinn auf meiner Hand ab. »Sag bloß.«

»Ja.« Sein Lächeln ist spitzbübisch. »Möchtest du sie mal sehen?«

»Unbedingt!«

»Schön.« Er bannt meinen Blick. »Versuchen wir doch morgen unser Glück und statten dem Hotel einen Besuch ab.«

Mein Herz gerät kurz ins Stolpern. Kane will sich erneut mit mir treffen.

»Eine gute Idee! Ich bringe Kamera und Audiorekorder mit«, füge ich feixend hinzu, was Kane ein jungenhaftes Lachen entlockt.

Wir verzichten auf ein Dessert, genehmigen uns aber vor dem Verlassen des Restaurants noch zwei Espressos. Danach schlendern wir durch die Nacht zurück zum Wagen, der ein wenig weiter unten in der Straße steht. Das Viertel ist wie ausgestorben, kaum beleuchtet, nur von der Terrasse des *Bacchanal Wine* ertönen Musik und lautes Stimmengewirr. Am Wagen angekommen, packt mich Kane ohne Vorwarnung und drückt mich gegen die Karosserie. Weil er seine Hände rechts und links von mir an den Wagen stützt, bin ich eingekesselt. Als ich die Wärme seines Körpers spüre, geraten die Schmetterlinge in meinem Bauch in Aufruhr.

»Bleib heute Nacht bei mir«, sagt er leise.

»Kommt drauf an«, entgegne ich kokett, obwohl meine Entscheidung bereits feststeht. »Was hast du zu bieten?«

Er beugt sich zu mir herunter. Seine Zunge tänzelt von meinem Ohrläppchen zu meinem Nacken, zieht eine warme, feuchte Spur zu meinem Mund, um an meiner Unterlippe zu nippen. »Ich werde dir befehlen, dich bis auf die Unterwäsche und die Stilettos auszuziehen«, flüstert er. »Dann verbinde ich dir die Augen und setze dich auf einen Stuhl. Deine Hände werden hinter deinem Rücken gefesselt sein. Du wirst mir ausgeliefert sein.« Während er redet, schlägt mir das Herz ganz weit hinten in meiner Kehle. »Du wirst für mich die Beine weit spreizen. Ohne zu murren.« Sein warmer Atem streift über mein Ohr. »Ich werde dich in der Haltung eine Weile schmoren lassen und zusehen, wie der schmale Stoffstreifen zwischen deinen Schenkeln immer feuchter wird, wie sich deine Nippel wie pralle Kirschen gegen den zarten Stoff deines BHs drücken. Obwohl ich danach lechzen werde, mich mit den Zähnen an deinem weichen Fleisch zu vergehen, werde ich mich in Geduld üben …« Kanes Stimme ist rau, lässt mich schneller atmen.

»Und dann?«, krächze ich.

Als seine Fingerspitzen zärtlich über mein Schlüsselbein fahren, überzieht Gänsehaut meinen Körper. Er packt mein Gesicht mit einer Hand, küsst mich kurz und hart. Seine Zunge durchstößt meine Lippen, und das Ziehen in meinem Becken nimmt zu. Er schiebt seine freie Hand unter mein Kleid und streicht über meinen feuchten Slip. Einen Finger lässt er unter den Stoff gleiten, um die Nässe genüsslich über meine Schamlippen zu verteilen. Als ich leise stöhne, beißt er mir sanft in die Unterlippe. Kane beendet seinen Kuss, umkreist mit seinem feuchten Finger meinen Mund, zeichnet die Umrisse nach, bevor er ihn zwischen meine Lippen schiebt. Schamlos lecke ich daran, schmecke meine eigene Lust.

»Dann«, sagt er und drückt einen weiteren Finger in meinen Mund, »werde ich deinen Kopf mit beiden Händen umklammern und dir meinen Schwanz tief in den Rachen stoßen.« Bei seinen Worten durchfährt mich die Wollust wie ein Blitz. »Du wirst saugen und lutschen, bis ich komme.« Wieder nähert sich sein Mund meinem Ohr. »Und du wirst anstandslos schlucken, alles, bis auf den letzten Tropfen.«

Ich schnappe heftig nach Luft, spüre die Nässe an den Innenseiten meiner Schenkel.

»Bin ich mit deiner Leistung zufrieden, verpasse ich dir eine harte Fingermassage. Anschließend ficke ich dich.« Er leckt über meinen wild schlagenden Puls am Hals. »Ich mache dich heute Nacht zu meinem Spielzeug, Eli.«

Dann zieht er sich zurück, um mir ins Gesicht zu sehen. »Das ist mein Angebot. Was hältst du davon?«, fragt er fast vergnügt.

Obwohl er seine Stimme unter Kontrolle hat, ist die Lust in seinen Augen unübersehbar, und auch die stattliche Beule in seiner Hose spricht eine deutliche Sprache.

»Ich bin dabei«, flüstere ich und muss mich räuspern. »Ich hoffe nur, du hast feuchtigkeitsabweisende Stühle, wo du doch immer so um deine Designermöbel besorgt bist.«

Er stößt ein kehliges Lachen aus, dann nimmt er eines meiner Handgelenke und drückt einen sanften Kuss auf die blassen Abdrücke, die Bobby Joes Fesseln hinterlassen haben. »Bist du sicher, dass dir die zusammengebundenen Hände und das Ausgeliefertsein keine Probleme bereiten werden?«

»Das fragst du mich jetzt?«, rufe ich empört aus. »Nachdem du mich so heiß gemacht hast, dass ich nicht mehr klar denken kann?«

Er grinst schief.

»Lass uns endlich fahren, du fleischgewordener Teufel!«, fauche ich ihn an.

Zwanzig Minuten später fühlen sich meine Beine zwar immer noch wie Pudding an, dennoch kann ich mir ein verzücktes Wow nicht verkneifen, als wir vor einer Jugendstilvilla aussteigen, die hinter einer rosa verputzten Mauer aufragt. Links und rechts vom schmiedeeisernen Tor stehen Bananenstauden und rascheln leise im Wind. Die Luft ist schwer vom Duft der Rosen, die an der Hausfassade emporklettern.

»Hier wohne ich, wenn ich in der Stadt bin«, erklärt Kane, während er die weiße Eingangstür aufschließt.

»Führst du mich herum?«

»Klar.« Er lächelt mich an. »Nachdem ich Marguerite hinausgeworfen habe, habe ich das Haus komplett renovieren lassen. Jetzt ist es einigermaßen annehmbar.«

»Einigermaßen annehmbar?«, wiederhole ich ungläubig, während ich mich drinnen mit großen Augen umsehe. Im Unterschied zum Anwesen draußen im Bayou wirkt das Haus auf den ersten Eindruck nicht protzig, sondern eher wie eines dieser Romantic Hotels in Savannah. »Was bist du nur für ein Snob!«

»Ich ein Snob?«, fragt Kane empört.

Die Hände in die Hüften gestemmt, werfe ich ihm einen provozierenden Blick zu. »Ja, und zwar der Schlimmste von allen.«

»Du freches Biest!« Kane wirft mich kurzerhand über seine Schulter, was mir ein Geräusch entlockt, das irgendwo zwischen Quieken und hysterischem Gelächter angesiedelt ist, und stapft die gewundene Holztreppe nach oben. »Ich zeig dir gleich, was ein Snob ist!«

An diesem Abend komme ich nicht mehr dazu, das Haus zu besichtigen.

Überraschungsbesuch

Eli

Am nächsten Morgen wache ich matt und zufrieden auf. Kane hat in der Nacht nicht nur seine Ankündigung wahr gemacht, sondern für einen Nachschlag gesorgt und dann noch für einen und noch einen … Ich habe die halbe Nacht in einem einzigen Orgasmusrausch verbracht. Schon die Erinnerung daran treibt mir erneut die Nässe in den Schoß. Und das noch vor dem ersten Kaffee! Als Kane, nur mit schwarzen Boxershorts bekleidet, aber mit einem warmen Lächeln auf den Lippen und einem Frühstückstablett in den Händen, das Schlafzimmer betritt, gibt er in der Morgensonne ein perfektes Bild ab. So perfekt, dass sich eine unsichtbare Schlinge um meinen Hals zusammenzieht.

Natürlich weiß ich, dass Kane schweres Gepäck mit sich herumträgt, er ein komplizierter und vielleicht auch unberechenbarer Mann ist, trotzdem kann ich nicht gegen das Gefühl ankämpfen, das in meinem Herzen auflodert. Es liegt nicht nur am Sex, auch wenn dieser keine Wünsche übrig lässt, vielmehr ist es das Gesamtpaket Kane Deveraux, das mir den Boden unter den Füßen wegzieht.

»Alles in Ordnung?«, fragt er. Sein Blick ist forschend.

»Jaja. Alles bestens«, antworte ich mit einem kleinen Lächeln. »Ich habe mich nur gerade gefragt, wie spät es ist.«

Er grinst. »Es ist fast Mittag.«

»Schon?«, rufe ich und richte mich ruckartig auf.

Prompt heftet sich sein Blick auf meine nackten Brüste, die ich hastig mit dem Laken bedecke. Daraufhin wird sein Lächeln breiter.

»Prüde? Ich denke, der Zug ist abgefahren«, neckt er mich, während er das Frühstückstablett vorsichtig auf das Bett stellt. »Heute Nacht habe ich von dir alles gesehen. Wirklich *alles.*«

»Hör auf!«, rufe ich und boxe ihm in die Seite.

Er packt meinen Nacken und küsst mich. »Lass uns essen, kleine Wildblume«, murmelt er auf meinen Lippen. »Wir müssen Kraft tanken für nachher.«

»Wieso? Was haben wir denn vor?«

Sein hungriger Blick treibt mir die Röte ins Gesicht. Als er mich auslacht, schnappe ich mir ein Croissant und werfe es nach ihm. Er revanchiert sich auf seine sehr spezielle Art, und am Ende wird nichts mehr aus der Geisterjagd im *Bourbon Orleans Hotel.*

Obwohl wir den ganzen Sonntag mit Sex und Dösen verbringen, schaffen wir es, uns am frühen Abend zu einem Bummel im French Quarter aufzuraffen. Um den Massen zu entgehen, die schnatternd und lärmend durch das Viertel ziehen, schlendern wir durch die Nebenstraßen mit ihren alten Häusern und den typischen umlaufenden Galerien, den verwunschenen Gärten und Hinterhöfen.

Am Ende landen wir in der *Checkpoint Charlie's Bar* am Ende der Frenchmen Street, die, wie mir Kane erklärt, die Bourbon Street als Musikmeile von New Orleans beerbt hat. Will man die besten Blues- und Jazzmusiker erleben, muss man hierherkommen. Für die Bar, die Spielhalle, Livemusikbühne und Münzwäscherei zugleich ist, bin ich in meinem blauen

Seidenkleid overstyled, doch Kane hilft mir aus der Patsche, indem er mir seine Lederjacke über die Schultern legt und meint, ich sähe zum Anbeißen aus. Unschuldig und verwegen zugleich. Nie habe ich mich so begehrenswert gefühlt wie in diesem Moment, obwohl ich die Haare offen trage und nicht geschminkt bin. Was auch nicht nötig ist. Ein zufälliger Blick in den Spiegel an der Wand verrät mir, dass ich übers ganze Gesicht strahle.

Kane und ich gönnen uns jeweils einen halbpfündigen Charlie Burger mit Cheese Fries und dazu ein Bier. Das haben wir uns redlich verdient! Bevor er mich später am Abend nach Hause fährt – wir beide müssen am nächsten Tag arbeiten und brauchen etwas Schlaf –, schlendern wir Händchen haltend die Uferpromenade entlang. Die funkelnden Sterne spiegeln sich millionenfach im Wasser des Mississippi wider, ein laues Lüftchen zaust an unseren Haaren. Unter den grünen Kronen einer Eiche legt Kane seinen Arm um meine Taille und zieht mich an sich.

»Ich mag dich, Elinor Page«, murmelt er und streut kleine Küsse auf meinen Hals. »Sehr sogar.«

Vor Glück springt mir das Herz fast aus der Brust. »Ich mag dich auch, Kane Deveraux«, antworte ich mit zittriger Stimme.

Als er seine Lippen auf meine drückt, spüre ich sein Lächeln.

Der wunderbare Abschluss eines wunderbaren Tages!

In der darauffolgenden Woche holt mich Kane Abend für Abend direkt von der Arbeit ab. Ich komme mir vor, als wäre ich wieder auf der Highschool. Damals hätte ich meine Seele verkauft, um von einem solch heißen Typen im Sportwagen und mit der düsteren Ausstrahlung eines Unterweltbosses abgeholt zu werden! Bei dem Gedanken muss ich unwillkürlich lachen. In mancher Hinsicht bleibt man auf immer und ewig ein junges Mädchen.

Leroy Masters hat Roscoe für ein paar Tage zu sich genommen, und so verbringt Kane die Nächte in New Orleans. Mal übernachten wir bei ihm, mal bei mir. Wir kochen zusammen, schauen uns im Fernsehen Filme an oder sehen auf der Terrasse einfach den Glühwürmchen zu. Wir lieben uns, mal hart, mal zärtlich, und immer schlafe ich in seinen Armen ein. Die beiden Male, in denen ich im Traum von Bobby Joes Fratze heimgesucht werde und schreiend aufwache, küsst Kane meine Tränen fort. »Die Cops kriegen ihn«, beruhigt er mich im Brustton der Überzeugung.

»Weißt du, was mir gefallen würde?«, frage ich, nachdem ich an diesem Tag in seinen Wagen gestiegen bin. Es ist Donnerstag und nicht mehr weit bis zum Wochenende.

»Nachts ins öffentliche Schwimmbad einzubrechen und im Pool zu vögeln?«, mutmaßt Kane und fährt aus der Parklücke.

Ich lache. »Das meine ich nicht. Obwohl es mir gefallen würde. Nein, ich fände es schön, wenn wir mal wieder Joseph und Louisette besuchen würden.«

Kanes Lippen verziehen sich zu einem Lächeln. »Gute Idee! Lass uns übermorgen hinfahren. Dann ist auch Markt in Saint Charles. Den musst du dir unbedingt mal ansehen, es ist wie eine Reise in die Vergangenheit. Bei der Gelegenheit kaufe ich Joseph ein paar von den Zigarren, die er so liebt. Der Gestank bringt Grandmère immer so schön auf die Palme …«

Sein Handy klingelt.

»Entschuldige«, sagt er, nachdem er aufs Display geschaut hat. »Da muss ich rangehen.«

Schon blinkt er und hält rechts an.

»Ja?«, meldet er sich.

Während er zuhört, legt sich ein seltsamer Ausdruck auf sein Gesicht.

»In Ordnung«, sagt er nach einer Weile und beendet das Gespräch.

Seine Miene ist ernst.

»Alles in Ordnung?«, frage ich besorgt.

Er nickt. »Es war nur eine Freundin.«

Sofort verspüre ich einen heftigen Stich der Eifersucht. Offenbar bin ich für Kane ein offenes Buch, denn er drückt mir einen Kuss auf die Stirn.

»Ich kenne Jet, seit wir Kinder waren. Kein Grund zur Sorge«, sagt er mit mildem Spott, doch sein Lächeln erreicht seine Augen nicht.

Er lenkt den Wagen zurück auf die Straße und fährt Richtung Süden. Sein Blick ist starr nach vorn gerichtet, ein grimmiger Zug liegt um seinen Mund, also bohre ich nicht weiter nach, obwohl mich die Neugier plagt. Nach gut zwanzig Minuten hält er vor einem zweistöckigen Stadthaus mit prachtvollem Balkon, genau gegenüber vom Audubon Park unweit des Flusses. Hier im Westen von New Orleans stehen die Residenzen der Upperclass, der alteingesessenen Familien, der Könige und Königinnen des Mardis Gras. Hier werden noch Debütantinnenbälle mit viel Spektakel veranstaltet, die sich die Väter einiges kosten lassen. Eine sehr exklusive Gegend.

»Was wollen wir hier?«, erkundige ich mich mit einem Lächeln.

»Jemanden besuchen.«

»Deine Freundin aus Kindheitstagen?«, frage ich und mache Anstalten auszusteigen.

»Du bleibst im Wagen«, sagt Kane ernst, während er etwas aus dem Türfach nimmt und in seiner Jackentasche verstaut.

»Was? Aber …«

»Es dauert nicht lang.«

Kanes Stimme duldet keinen Widerspruch, also gebe ich nach. »Okay«, antworte ich.

Die Stirn in Falten gelegt, beobachte ich, wie er das flache, verschnörkelte Tor aufdrückt, die wenigen Stufen zur

Eingangstür erklimmt und den Messingklopfer bedient. Keine fünf Sekunden später geht die Tür auf, ganz so, als sei er erwartet worden. Doch auf der Schwelle steht keine beunruhigend hübsche Frau, sondern ein groß gewachsener blonder Mann im dunklen Anzug, der mir vage bekannt vorkommt. Bei Kanes Anblick erlischt sein Lächeln. Bevor er den Mund aufmachen kann, verpasst ihm Kane ein paar kurze Faustschläge ins Gesicht. Bam! Bam! Bam! Es geht so schnell, dass ich den Bewegungen kaum folgen kann. Entsetzt sehe ich, wie der Mann taumelt. Kane holt noch einmal zum Schlag aus, der den anderen mit solcher Wucht an der Schläfe trifft, dass dieser kraftlos zusammensackt.

Ohne nachzudenken, stürze ich aus dem Wagen und sprinte die Stufen nach oben zur Tür. Als Kane mich hört, wirbelt er herum. Ärger spiegelt sich auf seinem Gesicht wider.

»Hatte ich nicht gesagt, du sollst im Auto bleiben, Eli?«, blafft er mich an und schlägt hastig die Tür hinter mir zu.

Dann beugt er sich zu dem Bewusstlosen, um ihn abzutasten. Unter seinem Jackett findet Kane eine Pistole, die er an sich nimmt. Rohe Gewalt ist mir fremd, und mein Herz rast beim Anblick von so viel Blut. Wie aus weiter Ferne höre ich Schritte, die sich nähern. Eine Frau kommt um die Ecke.

»Was soll dieser Lärm, Brad?«, fragt sie scharf.

Es ist Marguerite Deveraux. Sie trägt ein dunkelblaues Kostüm und dazu einen eleganten Hut. Anscheinend will sie ausgehen. Als sie Kane bemerkt, entfährt ihr ein Keuchen. Sie kommt nicht mehr dazu, den Rückzug anzutreten, denn er packt sie grob am Arm.

»Du willst dich also nach Rom absetzen?«, zischt er mit vielsagendem Blick auf die Koffer in der Vorhalle, die mir bis zu diesem Zeitpunkt entgangen waren. Er angelt eine Rolle Klebeband aus der Tasche und wirft sie mir zu. »Wenn du schon hier bist, mach dich nützlich! Fessle und kneble den Mann!«

Schockiert schaue ich den Chauffeur an, dann die Rolle in meiner Hand, dann wieder den Chauffeur.

»Ich kann nicht«, flüstere ich.

»Tu es, Eli!«

Ich schüttele den Kopf. »Der Mann hat nichts getan.«

»Wenn er für Marguerite arbeitet, hat er zwangsläufig Dreck am Stecken«, entgegnet Kane kalt.

Plötzlich meine ich, wieder den ekelhaften Geschmack von Klebeband auf meinem Mund zu spüren. Die Erinnerung schnürt mir den Hals zu. »Was, wenn er unter dem Knebel an seinem eigenen Blut erstickt?«, frage ich.

»Wird er nicht. Nicht von den paar Kratzern.«

Den paar Kratzern? Das Gesicht des Mannes sieht aus, als wäre er frontal gegen einen fahrenden Truck geknallt.

Ungläubig starre ich Kane an, bis ein Ruck durch seinen Körper geht. »Also gut«, sagt er und zielt mit Brads Pistole auf Marguerite. Bei diesem Anblick rutscht mir das Herz in die Hose. »Du übernimmst das!«, knurrt er die alte Frau an. »Und mach es ordentlich, sonst schieße ich dir ins Bein. Du weißt, ich hätte keinerlei Skrupel, dir wehzutun.«

Während Marguerite mit wütend zusammengepressten Lippen seinem Befehl nachkommt, hält Kane die ganze Zeit die Mündung auf sie gerichtet. Sein Blick ist konzentriert, seine Hand ruhig.

Er meint es todernst!

Die Erkenntnis trifft mich mit solcher Wucht, dass ich mich gegen die Wand lehnen muss.

»Geh zurück zum Wagen, Eli«, sagt Kane leise.

Stumm schüttele ich den Kopf.

»Ich will es dir nicht zweimal sagen müssen«, brummt er gereizt.

Wieder schüttele ich den Kopf. »Ich werde hierbleiben, Kane«, sage ich mit fester Stimme, obwohl ich mich innerlich wie ein verängstigtes Kind zusammenkaure. Etwas sagt mir, dass meine Gegenwart eine Katastrophe verhindern kann.

Kanes Gesicht verschließt sich vollends. »Wie du willst.«

Als er Marguerite in den Salon zerrt, kostet es mich viel Mühe, einen Schritt vor den anderen zu setzen. Meine Beine schlottern, in meinem Kopf herrscht das reinste Chaos. Ich muss etwas tun, aber was? Der geräumige Salon ist, wie der Rest des Hauses, mit antiken Möbeln eingerichtet. Schwere Teppiche bedecken den Boden, Bilder in Goldrahmen hängen an den Wänden. Der Sessel, in den Kane Marguerite drückt, ist mit Gobelins bezogen.

»Das Taxi wird jeden Moment eintreffen«, verkündet die alte Dame, nachdem sie wieder zu Atem gekommen ist.

»Und wenn schon?«, antwortet Kane ungerührt, während er ihre Handgelenke mit Klebeband am Sessel fixiert. »Dann hupt der Fahrer eben, klopft vielleicht noch an der Tür und fährt wieder, wenn sich keiner rührt.«

Marguerites Finger verkrampfen sich um die Armlehnen. »Was willst du?«

»Nichts.« Kurze Pause. »Ich bin hier, um dich zu töten.«

W…was?

Mein Herz rutscht ins Bodenlose.

»Kane!«, rufe ich völlig aufgelöst. »Tu das nicht!«

»Ich hatte dir gesagt, du sollst nach draußen gehen, Eli«, antwortet er tonlos.

»Ganz gleich, was sie getan hat: Sie ist deine Großmutter!«

Kurz blickt er zu mir herüber. Seine Augen sind kalt wie Murmeln. »Na und?«

»Blut ist dicker als Wasser«, sage ich wenig einfallsreich. Zu meiner Entschuldigung muss ich sagen, dass ich kurz davor stehe, in Panik auszubrechen.

Kane lacht auf. Es klingt kein bisschen fröhlich. »Der dümmste Spruch, den es je gegeben hat!«

»Dann … dann sei barmherzig!«

»Was, wenn … Bobby Joe an ihrer Stelle hier sitzen würde, Eli? Wärst du dann genauso mitfühlend? Glaub mir, sie ist schlimmer als er«, fügt er hinzu, als ich nichts sage. »Man häuft nicht so viel Reichtum an, ohne über Leichen zu gehen. Sie ist gierig, kriegt den Hals niemals voll!«

»Du doch auch nicht!« Die Worte sind heraus, bevor ich sie zurückhalten kann.

Als Kane mit wutverzerrter Miene einen Schritt auf mich zu macht, weiche ich unwillkürlich zurück.

»Alles, was ich wollte, war eine Chance im Leben«, stößt er zwischen zusammengepressten Zähnen hervor. »Als Marguerite sie mir verweigerte, habe ich sie mir genommen.«

»Aber dir bedeutet das alles nichts!«, rufe ich voller Verzweiflung. »Ich habe es in deinen Augen gesehen. Trenn dich davon! Es zerstört dich nur.«

»Niemals!«

Ein leises Kichern ertönt. Es ist Marguerite. »Das kann er nicht. Dafür ist er zu schwach. Wie sein Vater.«

Als Kane mit erhobener Faust zu ihr herumwirbelt, löse ich mich endlich aus meiner Starre und werfe mich dazwischen.

»Sie hat deine Entführung eingefädelt, verflucht! Sie hätte zugelassen, dass dieser Verrückte dich verstümmelt oder sogar tötet!«, faucht Kane, der mitten in der Bewegung eingefroren ist. »Das hier tue ich für dich!«

»Für mich?«, rufe ich. In mir steigt Wut auf. »Das hier hat nichts mit mir zu tun, Kane! Du willst Rache üben.«

»Nein! Ich will Gerechtigkeit.«

»Du lügst!«, werfe ich ihm entgegen. *Ich muss ihm irgendwie die Waffe abnehmen.* »Sie ist eine alte Frau. Warum kannst du ihr nicht vergeben?«

»Sie ist alt, ja. Aber das ist keine Entschuldigung. Auch alte Menschen können niederträchtig sein.« Kanes wilder Blick gräbt sich in Marguerites Gesicht. »Warum soll ich ihr etwas gewähren, das sie selbst niemals gezeigt hat? Barmherzigkeit! War sie vielleicht barmherzig, als sich mein Vater in eine Cajun-Frau verliebt hat? Sie hat ihn verstoßen und zugelassen, dass er sich in drittklassigen Klubs das Hirn zu Brei schlagen lässt, um seine Familie zu ernähren.« Kanes hasserfüllte Züge sind kaum wiederzuerkennen. »Nachdem er an einem Blutgerinnsel im Gehirn gestorben ist, hat sie Mutter und mich von der Beerdigung ausgeschlossen. Ihre Gorillas haben uns weggescheucht, als wären wir streunende Hunde! Das werde ich ihr niemals verzeihen.« Seine Worte zerreißen mir das Herz. Als er seinen Mund an Marguerites Ohr legt, habe ich Mühe, ihn zu verstehen. »Du Miststück hast zugelassen, dass nach Dads Tod dein missratener Lieblingssohn über Mutter herfällt. Ich wette, du hast ihn dazu angestachelt. Dafür verdienst du einen langsamen, schmerzhaften Tod.«

Es klopft an der Tür. Sofort reißt Marguerite den Mund auf, um zu schreien, aber Kane ist schneller. Seine Hand krampft sich wie eine eiserne Klaue um Marguerites dünnen Hals und drückt zu. Die alte Frau röchelt.

»Ein Laut, und ich breche dir das Genick«, flüstert er heiser. »Auch wenn es für meinen Geschmack viel zu schnell gehen würde.«

»Mein Gott, Kane«, bringe ich unter Tränen hervor.

Wo ist der Mann geblieben, der mich mit witzigen Anekdoten zum Lachen gebracht hat? Der mich nach meinen Albträumen im Arm gehalten hat, bis ich wieder eingeschlafen bin? Der mir in einem besonderen Moment anvertraut hat, dass er sich lange nicht mehr so unbekümmert gefühlt hat? Ich muss ihn von Marguerite wegzerren, aber mein Körper gehorcht mir nicht. Die Verzweiflung droht mich zu überwältigen, zumal ich seine Beweggründe verstehe. Während der Taxifahrer ungeduldig klopft, ruft und wieder klopft, starren wir uns an. Kanes

Blick ist dunkel wie die Nacht, seine Miene bar jeder Emotion. Als niemand reagiert, braust der Taxifahrer davon. Ich kann hören, wie sich der Wagen entfernt.

»Bitte, Kane, lass uns die Polizei anrufen«, murmele ich. »Wir werden ihr sagen, dass Marguerite hinter der Entführung steckt.«

»Die Polizei!«, schnaubt Kane. »Die kann da auch nichts machen. Marguerite verwischt ihre Spuren zu gut. Wie beim illegalen Organhandel.« Er richtet seinen Blick auf mich. »Das Hospiz, Eli. Du erinnerst dich? Du warst aufgebracht, weil ich ihm die Förderung entzogen habe. Nun, sicher, im Hospiz werden die Todkranken bis zu ihrem Ende gewissenhaft gepflegt. Nur dumm, dass man sie hinterher ausnimmt wie Weihnachtsgänse, um ihre Organe an die Meistbietenden zu verkaufen.« Er lacht böse. »Ach übrigens, Marguerite, die Fuhre, die du vor zwei Wochen verloren hast, wurde anonym gespendet. Das städtische Krankenhaus in Tremé dankt.«

»Du Bastard!«, krächzt Marguerite und schießt mit ihren Augen wütende Pfeile auf Kane ab.

»Und du wolltest mich wegen Steuerhinterziehung drankriegen!«, wendet sich Kane erneut an mich. Sein verächtlicher Blick lässt mein Herz zu Eis gefrieren.

Unwillkürlich fällt mir der Spruch ein: Wenn du lang genug in einen Abgrund blickst, blickt der Abgrund auch in dich hinein. Niemals zuvor schien er mir so real wie in diesem Moment. Tränen rinnen unkontrolliert meine Wangen hinunter. Wie betäubt wende ich mich ab.

»Wo gehst du hin, Eli?«

»Weg von hier«, murmele ich. »Das wolltest du doch.«

»Aber verstehst du denn nicht? Sie hat den Tod verdient!« In seiner Stimme liegt ein harter und zorniger Klang. »Als sie dich entführen ließ, hat sie eine Grenze überschritten.«

»Ich kann keinen Mann lieben, der so voller Hass ist«, flüstere ich, ohne mich umzudrehen.

Das Schweigen in meinem Rücken wiegt schwer.

»Ich habe dich nicht gebeten, mich zu lieben«, stößt Kane schließlich hervor.

Wie Messerstiche rammen seine Worte in mein Herz, und mir wird übel.

Als ein Gackern einsetzt, schaue ich über die Schulter nach hinten. Es ist Marguerite, die lacht. »Ein Streit unter Liebenden«, sagt sie hämisch. »Nein, wie süß! Die menschl…«

Weiter kommt sie nicht, denn Kane verpasst ihr mit dem Knauf seiner Pistole einen brutalen Schlag gegen die Schläfe. Leblos sackt die alte Frau in sich zusammen. Unsere Blicke treffen sich. Ich weiß nicht, was Kane in meinen Augen liest, aber sein Kiefer verhärtet sich.

»Dann geh doch!«, platzt es aus ihm heraus. »Verschwinde! Ich brauche dich nicht!«

»Ich werde die Polizei rufen, Kane«, sage ich noch, bevor ich den Salon verlasse, vorsichtig einen Schritt vor den anderen setzend.

Besser, er wird wegen Freiheitsberaubung und Mordversuchs verhaftet als wegen Mordes.

»Tu dir keinen Zwang an!«, ruft er mir hinterher. »Bis die Cops da sind, ist hier alles gelaufen! Mir ist es scheißegal, wenn ich deswegen im Knast verrotte!«

Was ist mit uns?, will ich erwidern. Aber in diesem Augenblick begreift mein Herz, dass es kein uns geben wird. Niemals.

Leise schluchzend verlasse ich das Haus. Der Klumpen in meinem Bauch ist schwer wie Blei, mein Gesicht fühlt sich seltsam taub an. Vor dem Tor zögere ich kurz, dann greife ich nach meinem Handy. Ich wähle die 911, doch am Ende verharrt mein Daumen über der Taste mit dem grünen Telefon.

Ich kann nicht.

Du machst dich mitschuldig.

Ich weiß. Trotzdem kann ich es nicht. Auf der Suche nach einem Ausweg wirbeln meine Gedanken wild durcheinander. Ich stocke kurz. Eine Person gibt es, die ich anrufen kann. Zum Glück habe ich die Nummer gespeichert. Meine Finger zittern, als ich wähle.

Es klingelt.

»Leroy Masters«, meldet sich kurz darauf eine männliche Stimme.

Sie klingt ruhig, kontrolliert. *Normal.* Als stünde die Welt nicht kurz davor, aus den Fugen zu geraten.

»Leroy!« Ich hole tief Luft. »Elinor Page hier. Kane ist bei Marguerite und droht, sie umzubringen. Bitte, Sie müssen ihn daran hindern. Auf mich hört er nicht.«

»In Uptown?«

»Ja.«

Schon hat er aufgelegt. Erschöpft lasse ich mich auf eine der Stufen vor der Eingangstür fallen, den Kopf in die Hände gestützt. Mehr kann ich im Moment nicht tun. Mit klopfendem Herzen horche ich, aber aus dem Haus dringt kein Laut. Kein Schuss. Keine Schreie. Nichts. Als befände es sich unter einer riesigen Glocke, die jedes Geräusch verschluckt. Im Gegenzug zwitschern sich ein paar Finken in der Eiche vor mir die Seele aus dem Leib und erinnern mich schmerzhaft daran, wie schön alles sein könnte. Ich erwache erst aus meiner Starre, als Motorgeräusche ertönen. Mühsam hebe ich den Kopf. Ein schnittiger Sportwagen, gefolgt von einem Motorrad, hält direkt vor dem Haus. Aus dem Wagen stürzt ein gut gekleideter Mann, den ich nach einem kurzen Moment der Verwirrung erkenne. Es ist Eric Vincent, Kanes Anwalt. Als der Biker hinter ihm seinen Helm abnimmt, kommt ein hübsches weibliches Gesicht mit wilden roten Locken und grünen Katzenaugen zum Vorschein. Die junge Frau ist schlank und drahtig und vibriert förmlich vor Energie.

»Leroy hat Sie angerufen«, sage ich matt.

»Ja, er hat uns gebeten zu kommen, weil wir näher dran waren«, antwortet Eric Vincent. »Haben Sie die Cops gerufen?«

Ich schüttele den Kopf.

Begünstigung einer Straftat. Wie viel man dafür wohl bekommt?

Eric Vincent könnte mir diese Frage sicher beantworten.

»Danke, Miss Page«, sagt er und berührt sanft meine Schulter.

»Ich hab's!«, ruft die junge Frau.

Mit einem grimmigen Lächeln zeigt sie auf die offene Eingangstür. Erst jetzt bemerke ich das Einbruchswerkzeug in ihren Händen. Der Anwalt nickt mir ein letztes Mal zu, dann verschwinden beide ins Haus. Als die Tür mit einem lauten Knall zufällt, bricht mein Herz endgültig entzwei. Ein kurzes, wenn auch unvergessliches Kapitel meines Lebens wurde soeben geschlossen.

Ich hole tief Luft, stehe auf und gehe.

Höllenfeuer

Kane

»Kane! Kane!«

Die Stimme klingt, als käme sie aus weiter Ferne. Ich kann sie hören, aber sie dringt nicht zu mir durch. Mein Blick ist starr auf Marguerites leichenblasses Gesicht gerichtet, aber alles, was ich sehe, sind große blaue Augen voller Abscheu.

Ich kann niemanden lieben, der so voller Hass ist.

Elis Worte martern mich, hämmern in meinem Kopf. Immer und immer wieder. Warum begreift sie es nicht? Ich kann Marguerite nicht davonkommen lassen. Sie muss büßen für das, was sie mir und meiner Familie angetan hat. Meiner Mutter. Meinem Vater. Selbst meiner kleinen Schwester, die seit ihrer frühesten Kindheit in Nassau lebt. Anne-Marie. Das Mädchen, das meine Mutter geboren hat, nachdem mein Onkel sie vergewaltigt hat. All die Jahre über habe ich sie versteckt gehalten, damit Marguerite die Zweitgeborene ihres Lieblingssohns nicht für sich beansprucht. Nach Mutters Tod hätte sie Himmel und Hölle in Bewegung gesetzt, um das Sorgerecht für Anne-Marie zu erhalten, was Grandmère, Grandpère und ich unter allen Umständen verhindern mussten. Damals haben meine Großeltern all ihre Ersparnisse zusammengekratzt, um das kleine Mädchen außer Landes bringen zu lassen und ihr eine liebevolle Betreuerin zur Seite zu stellen.

Später habe ich es mir zur Aufgabe gemacht, mich um Anne-Maries Wohlergehen zu kümmern. Gesehen habe ich sie das letzte Mal vor dreiundzwanzig Jahren, da war sie ein Jahr alt. David Lime, ein vertrauenswürdiger Privatschnüffler aus Lafayette, besucht sie einmal im Monat auf den Bahamas und erstattet mir dann Bericht.

Ich spüre eine Hand auf meinem Arm. Ich will sie wegschütteln, aber ich bin dazu nicht imstande. Meine Glieder sind schwer wie Beton.

»Kane!« Eine sanfte Frauenstimme.

Eli?

»Kane!«

Wut, gepaart mit Enttäuschung, macht sich in mir breit. Es ist nicht Eli. Eli ist gegangen, sie hat mich im Stich gelassen.

Meine Gedanken kehren zurück zu Anne-Marie. Wenn ich Marguerite aus dem Weg schaffe, kann sie endlich in die Vereinigten Staaten zurückkommen und ihr Leben leben. Während ich im Gefängnis sitze, werden sich meine Freunde um sie kümmern. Ich kann mich auf sie verlassen, das weiß ich. Alles, was ich in den letzten Jahren an Vermögen angehäuft habe, wird ihr zugutekommen. Ich lächele. Die Fotos, die mir David in regelmäßigen Abständen schickt, zeigen eine hübsche, selbstbewusste junge Frau mit dunkelbraunen Augen und schwarzen Locken. Sie erinnert mich an Mutter. *Mutter, die eines Nachts einfach beschloss, nicht mehr aufzuwachen.* Der Arzt stellte nach ihrem Tod fest, dass sie an Herzversagen gestorben war. Mit gerade mal einunddreißig Jahren.

Ich spanne den Abzug meiner Pistole.

Als ein Handy klingelt, runzele ich missbilligend die Stirn. Kurz darauf drückt mir jemand etwas ans Ohr, dann höre ich eine tiefe Stimme. Es ist Beau.

»Kane! Mach keinen Scheiß!«, sagt er eindringlich. »Bobby Joe wird gefasst, das verspreche ich dir. Wir kriegen den Dreckskerl. Und wenn es so weit ist, wird er einen Deal aushandeln und gegen Marguerite aussagen. Darauf verwette ich meinen Arsch!«

»Und wenn nicht?«, krächze ich. Endlich habe ich meine Stimme wiedergefunden.

»Wir haben noch ein Ass im Ärmel.« Beau senkt die Stimme. »Hör zu, was ich dir nicht erzählen konnte: Zurzeit ermittle ich für die Interne undercover gegen ein paar Kollegen, die sich von Marguerite schmieren lassen. Um meine Rolle glaubwürdig spielen zu können, halte ich ebenfalls die Hand auf. Deshalb konnte ich dir Elis wahren Standort nicht nennen, sonst wäre ich aufgeflogen. Marguerite ist nicht dumm … Hast du gehört, was ich gesagt habe?«, fragt er, als ich nichts erwidere. »Ich stehe kurz davor, die Bande auffliegen zu lassen, und Marguerite mit! Sie ist fällig, Kane. So oder so.«

Mein Verstand braucht einen Moment, um die Informationen zu verarbeiten. Inzwischen ist das Miststück aus ihrer Bewusstlosigkeit erwacht und starrt mich hasserfüllt an.

»Fuck, Mann!«, ruft Beau. »Was soll ich ohne dich machen, wenn du im Knast sitzt?«

»Du?«

»Ja, ich. Und auch die anderen. Wir brauchen dich, Kumpel. Schon vergessen? Der Fünfköpfige Drache.«

Ich stoße ein Lachen aus, das sehr brüchig klingt. »Wie du gesagt hast, Beau, wir sind keine Kinder mehr … Marguerite wollte nach Rom abhauen«, sage ich, als er nichts erwidert.

»Und wenn schon. Wir haben einen Auslieferungsvertrag mit Italien. Verflucht, Kane, ich hatte dich doch gebeten, die Finger davon zu lassen und endlich das Leben zu genießen.«

Ich schweige lang.

»Kane?«

»Ich habe Eli verloren«, murmele ich.

»Sie hat Leroy angerufen.«

»Nicht die Cops?«

»Nein. Du hast mehr Glück als Verstand, Mann!«

»Ja«, stoße ich hervor und nehme den Finger vom Abzug. »Ich bin ein echter Glückspilz.«

Meine Lunge zieht sich schmerzhaft zusammen. Kein gemeinsames Abendessen unter freiem Himmel mehr, keine Glühwürmchen auf der Terrasse, kein Frühstück im Bett. Und auch kein gemeinsamer kleiner Tod mehr. Nie wieder. Wie ich es vermissen werde, mich in ihr zu versenken! Zuzusehen, wie ihre hübschen Züge beim Orgasmus entgleisen! Ihre kleinen süßen Schreie jagen jedes Mal wie Stromstöße durch meinen Unterleib bis in die Schwanzspitze hinein. Bei der Erinnerung daran rinnt ein wildes Zittern durch mein Herz, meine Sicht verschwimmt … Gewaltsam ringe ich das Gefühl der Trauer nieder, das mich zu überwältigen droht, und lasse zu, dass Groll mich übermannt. Wenn sie sich nicht von mir abgewandt hätte, würde ich ihr sagen, dass das Leben nun mal kein Zuckerschlecken ist! Dass nicht jeder das Glück hat, mit Mommy und Daddy in einem hübschen Häuschen mit Vorgarten aufzuwachsen und dass … Scheiße! Vielleicht würde ich sie auch nur schütteln und so lange küssen, bis der Abscheu aus ihrem Blick verschwindet und sie nicht mehr klar denken kann!

Fluchend wende ich mich ab und lasse zu, dass meine Freunde Marguerite und ihren Chauffeur von ihren Fesseln befreien. Die Alte zetert und wünscht mir die Pest an den Hals, aber ihre Worte prallen an mir ab. Ob Eli vor der Tür wartet? Die Hoffnung treibt mich nach draußen, doch von ihr ist weit und breit nichts zu sehen. Sie hat sich verpisst! Natürlich hat sie das! Zornig hole ich mit dem Fuß aus und kicke einen Stein weg, der Erics sauteuren Sportwagen trifft. Verdutzt starre ich auf die hässliche Beule in der Beifahrertür und breche in ein Lachen aus, das ziemlich hysterisch klingt.

»Alles klar?«, höre ich Eric hinter mir.

»Kommt darauf an«, antworte ich und zeige auf seinen Wagen.

»Scheiße«, sagt er, als er die Beule sieht. Und noch einmal lauter. »Scheiße!«

»Stell dich nicht so an«, entgegnet Jets Stimme. »Ist doch nur ein Auto.«

»Ach ja?«, schimpft Eric. »Ich möchte dich mal sehen, wenn Kane seine Wut an deiner Honda ausgelassen hätte.«

»Das ist etwas anderes. Sie ist ein Klassiker.«

Kurioserweise wirkt das ewige Gezänk der beiden wie Balsam auf meine überreizten Nerven. »Wird sie die Bullen anrufen?«, frage ich und zeige auf das Haus.

Eric schüttelt den Kopf. »Glaube ich nicht. Aber sie droht damit, dich wegen Körperverletzung zu verklagen. Für den Fall, dass sie ihre Meinung ändert, sollten wir machen, dass wir hier wegkommen. Und du zahlst den Schaden an meinem Wagen«, sagt er, an mich gerichtet.

»Schon klar«, brumme ich.

Es gibt bessere Wege, seine Probleme zu lösen, und ich bin nicht stolz darauf. Aber nachdem ich in *White Owl Mansion* angekommen bin, lasse ich mich volllaufen. Eine Flasche Whiskey, das Best-Of-Album von Dr. John und eine ordentliche Portion Selbstmitleid. Mehr braucht es nicht, um für ein paar Stunden den Schmerz zu vergessen.

Am nächsten Morgen wache ich mit einem furchtbaren Kater auf. Pelzige Zunge, pochender Schädel, Selbsthass. Das volle Programm. Als der Duft von gebratenem Speck an meine Nase gelangt, dreht sich mir der Magen um. Doch dann vollführt mein albernes Herz einen Hüpfer. Ist Eli zurückgekommen?

Steht sie vielleicht unten in der Küche, in einem spießigen Blüschen, die Haare zu einem braven Zopf geflochten, und macht mir Frühstück? Schon springe ich aus dem Bett. Ein wenig zu schwungvoll, denn in meinem Kopf explodiert eine Splittergranate. Kurz stütze ich mich an der Wand ab, hole tief Luft, dann begebe ich mich etwas vorsichtiger ins Bad, um mir Wasser ins Gesicht zu spritzen, *Mann, sehe ich vielleicht beschissen aus!*, und mir einen Morgenmantel überzuziehen. Dann gehe ich nach unten.

Zu meiner grenzenlosen Enttäuschung werkelt keine hübsche Blondine in meiner Küche herum, sondern ein ekelhaft gut aussehender, athletischer Typ in Jeans und T-Shirt.

»Was tust du hier?«, blaffe ich ihn an, während Roscoe wie aus dem Nichts auftaucht und mich schwanzwedelnd begrüßt

»Wonach sieht's wohl aus?«, erwidert Leroy ungerührt.

»Beau hat dich darum gebeten, ein Auge auf mich zu werfen«, mutmaße ich.

Leroy grinst. »Ganz genau! Wer wäre besser geeignet als ich? Dein persönlicher Assistent und Chauffeur?«

Und jetzt auch Babysitter.

Ich seufze. »Was gibt's zu essen?«

»Ich dachte schon, du fragst nie. Omelett mit Speck und Chorizo.«

»Wo sind unsere Turteltäubchen?«, frage ich, während ich am Tisch Platz nehme.

Damit meine ich unsere beiden Verwaltungsmitarbeiter, die erst vor Kurzem aus dem Urlaub zurückgekommen sind.

»Ich habe ihnen zwei Tage freigegeben, bis du dich wieder im Griff hast«, antwortet Leroy freimütig.

»Ehrlich«, erwidere ich ziemlich knurrig. »Für das stattliche Gehalt, das ich dir zahle, könnte ich ein wenig mehr Arschkriecherei erwarten.«

Leroys Lachen hallt zwar wie tausend Kanonenkugeln in meinem gemarterten Kopf wider, dennoch kann ich ein Grinsen nicht unterdrücken. Am Ende esse ich das Omelett fast komplett auf, der letzte Rest geht als Futterspende an Roscoe, und trinke dazu drei Tassen Kaffee. Währenddessen lasse ich den gestrigen Tag Revue passieren, obwohl sich dabei mein Magen zusammenknotet. Wieder einmal haben mir meine Freunde den Arsch gerettet.

»Danke«, sage ich zu Leroy.

Er lächelt. Mehr Worte braucht es zwischen uns nicht.

Meine Dankbarkeit hält allerdings nur bis zu dem Augenblick, als ich feststellen muss, dass Leroy im Gästezimmer Quartier bezogen hat.

»Wer passt auf deine Kinder auf?«, maule ich ihn irgendwann an.

Wir sitzen in der Bibliothek. Er blättert in einer Sportzeitschrift, während ich mir den Bericht durchlese, den mir der Vorarbeiter der Werft am Vortag per Mail geschickt hat. Inzwischen ist die Holzlieferung aus Brasilien eingetroffen, und die Arbeiter konnten den Zeitverlust durch Überstunden wieder wettmachen. Ich schätze, ein Bonus ist fällig.

»Sie haben einen Babysitter«, erwidert Leroy.

»Was, die auch?«, versetze ich sarkastisch.

Er grinst, ohne von seiner Zeitschrift aufzublicken, erspart sich aber eine Antwort.

Nach einer Weile lege ich den Bericht beiseite und hole tief Luft. Es wird Zeit, dass ich mit Eli spreche.

»Ich will telefonieren, Leroy. Es ist privat.«

Falls er ahnt, worum es geht, so lässt er sich nichts anmerken.

»Alles klar«, sagt er nur und geht.

Mein Puls beschleunigt sich etwas, als ich nach dem Telefon greife. Zwar habe ich keinen blassen Schimmer, was ich Eli sagen soll, aber ich muss die Sache zwischen uns irgendwie klären. Unsere Unstimmigkeit kann nicht das Ende bedeuten. Es darf einfach nicht sein! Ich wähle ihre Nummer. Es klingelt und klingelt und klingelt.

»Verdammt!«, fluche ich laut.

»Sie geht nicht ran, hm?«, kommt es klugscheißerisch aus dem Nebenraum.

»Halt's Maul, Leroy!«

Er lacht.

Ich versuche es noch einmal. Zwar komme ich mir dabei wie ein kranker Spinner vor, aber was habe ich schon für eine Wahl? Ich werfe einen Blick auf die Uhr. Es ist drei Uhr nachmittags. Vielleicht ist sie in einer Besprechung. Ich versuche es weiterhin, den ganzen Tag über und auch noch am frühen Abend. Je häufiger ich Elis Nummer wähle, desto mehr wird die Idee zur Obsession, sie sprechen zu müssen. Als würde mein Leben davon abhängen.

Als sie kurz nach dem Abendessen unerwartet abnimmt, bleibt mir fast das Herz stehen.

»Was willst du, Kane?«, begrüßt sie mich barsch.

»Marguerite lebt und ist unversehrt«, ist das Erste, was ich sage. Vielleicht nicht der beste Einstieg, aber etwas Besseres will mir partout nicht einfallen. Obwohl ich Stunden Zeit hatte, darüber nachzudenken, ist mein Kopf plötzlich wie leergefegt.

»Ich weiß.« Ihr Tonfall ist kühl und distanziert. »Sonst hätte in der Zeitung etwas darüber gestanden.«

»Mehr hast du dazu nicht zu sagen?«

»Erwartest du etwa, dass ich dich tätschele, als wärst du ein Kind, und ›Gut gemacht!‹ sage?«, versetzt sie.

Stirnrunzelnd starre ich vor mich hin. »Ich hatte mit Erleichterung gerechnet.«

»Vielleicht auch noch mit Dankbarkeit?«, kommt es säuerlich zurück. »Lass mich in Ruhe, Kane, und hör auf, mich dauernd anzurufen!«

Scheiße, so sollte das Gespräch nicht ablaufen.

»Das kann ich nicht, Eli«, antworte ich, um einen ruhigen Tonfall bemüht. »Ich will dich bei mir haben.«

»Ich dich aber nicht bei mir«, sagt sie müde, was in meinen Ohren kein bisschen glaubwürdig klingt.

Das Gefühl, Oberwasser zu haben, treibt mich dazu, etwas sehr Dummes zu sagen. »Mach dir doch nichts vor, Eli«, antworte ich. »Wenn ich es darauf anlege, bringe ich dich selbst hier am Telefon zum Stöhnen. Ich bringe dich dazu, mich anzubetteln, dich zu vögeln.«

»Und wenn schon!«, stößt sie hervor. »Es ist nur Sex! Eine schnelllebige Angelegenheit, die nach wenigen Minuten vorüber ist. Nichts Besonderes.«

»Nichts Besonderes?« Ärger steigt in mir auf, den ich nur mit großer Anstrengung zurückhalten kann.

»Ja. Den kann ich mir von jedem x-beliebigen Kerl in einer Bar holen.«

Ein glühender Schmerz flammt durch meinen Brustkorb. Wow! So fühlt sich das also an, wenn einem ein scharfes Messer ins Herz gerammt wird! Unwillkürlich balle ich die Faust. Vor meinem inneren Auge habe ich das Bild von Eli, die sich nackt mit irgendeinem Typen im Bett herumwälzt. Mein Kopf pocht vor aufgestauter Wut.

»Du warst es, die von Liebe gesprochen hat«, sage ich zwischen zusammengepressten Zähnen.

»Das habe ich nur so dahergesagt. Ich war verzweifelt und wollte dich vor einer Dummheit bewahren!«, kommt es wie aus der Pistole geschossen zurück.

Ihre Bemerkung verschlägt mir für einen kurzen Moment die Sprache. »Fick dich, Eli!«, stoße ich schließlich hervor und lege auf.

»Und? Wie ist es gelaufen?«, fragt mich Leroy, der in diesem Moment das Zimmer betritt. »Hat sie …?«

Mein finsterer Blick lässt ihn jäh verstummen. Ich springe auf die Beine und stürme in die Vorhalle, um meine Jacke zu holen.

»Was wird das?«, fragt Leroy alarmiert, der mir natürlich gefolgt ist.

»Bourbon Street«, sage ich nur.

»Was? Jetzt?«, fragt er ungläubig. »Es sind eineinhalb Stunden Fahrt.«

»Du schaffst es in einer.«

»Das ist keine gute Idee, Kane«, gibt Leroy leise zu bedenken.

»Es ist sogar eine sehr gute«, widerspreche ich energisch.

Ein Kane Deveraux lässt sich nicht von einem durchtriebenen kleinen Biest abspeisen, als wäre er irgendein dahergelaufener Trottel!

Aber genau das bist du, ätzt es in meinem Hinterkopf. *Ein Trottel!*

Am Ende benötigen wir zwei Stunden, bis wir an unserem Ziel sind. Allein, um einen Parkplatz zu finden, brauchen wir fast eine halbe Stunde. Inzwischen ist meine Wut etwas verraucht, und ich zweifle an der Richtigkeit meines Vorhabens, trotzdem werde ich keinen Rückzieher machen. Ganz bestimmt nicht. Es ist schwül und stickig, als Leroy und ich eine Seitengasse betreten, die von der Bourbon Street abgeht. Kein Luftzug ist zu spüren, und die vertrockneten Palmwedel in den schäbigen Vorgärten stehen gelb und bewegungslos da. Ein unangenehmer, leicht säuerlicher Geruch scheint sich über alles gelegt zu haben, als ob irgendwo tote Ratten herumliegen. Dazu gesellt sich der Geruch von Wein, Bier und Erbrochenem.

»O Mann«, höre ich Leroy murmeln.

An altes Mauerwerk gelehnt, stehen ein paar Nutten, die auf Freier warten. Als sie uns erblicken, steuern sie auf uns zu wie Schmeißfliegen auf einen Scheißhaufen. Mein Blick schweift über die Auslage und bleibt an einer Frau hängen. Ob sie hübsch oder sexy ist, interessiert mich nicht. Alles, was mich interessiert, ist ihr blonder Zopf. Gereizt drehe ich mich zu Leroy um, der, seit wir aus dem Wagen gestiegen sind, nicht einen Millimeter von meiner Seite gewichen ist.

»Du willst doch nicht dabeistehen und zusehen, oder doch?«, frage ich ihn kalt.

»Du benimmst dich gerade wie ein Riesenarschloch, weißt du das?«, entgegnet er und dreht sich auf dem Absatz um, um hinter der nächsten Straßenecke auf mich zu warten.

»Wie viel?«, frage ich die blonde Nutte.

»Blowjob fünfzig. Kehlenfick hundert. Ein Quickie mit Gummi hundertfünfzig«, leiert sie ihren Text herunter. »Bezahlung im Voraus.«

Ich hole zwei Fünfzig-Dollar-Scheine aus meiner Brieftasche und gebe sie ihr.

»Alles klar, Süßer«, säuselt sie, nachdem sie das Geld eingesteckt hat, und zieht mich in den Schatten eines Hauseingangs.

Dann geht sie auch schon vor mir auf die Knie. *Was die Bewohner wohl davon halten mögen?* Als sie den Reißverschluss meiner Jeans öffnen will, halte ich sie zurück.

»Ich mache das selbst«, sage ich.

Sie zuckt mit den Achseln. »Du bist der Boss.«

Ihr Mund ist warm und heiß, und als sie meinen Schwanz umschließt, stöhne ich leise auf. »Was für ein Prachtexemplar«, murmelt sie.

»Nicht quatschen«, brumme ich.

»Okay.« Sie klingt kein bisschen beleidigt. Ein echter Profi.

Während sie meinen Schwanz gekonnt bearbeitet, habe ich meine Finger fest in ihre Haare gekrallt. Ich bin froh, nicht ihr Gesicht sehen zu müssen. Dafür starre ich ihren blonden Zopf an, der sich zwar nicht so dick anfühlt, wie ich es gern hätte, mir dennoch in dem Moment gute Dienste leistet. Schnell schwelle ich zu meiner vollen Größe an. Die Frau ist gut, sie nimmt meinen Schwanz komplett in ihrem Mund auf, sodass ich ihr Gaumensegel spüren kann. Obwohl es sich nicht richtig anfühlt, zuckt es gierig in meinem Unterleib. Mit einem Grunzen packe ich ihren Kopf, während ich ihren Mund ficke. Nun bestimme ich das Tempo. Als sie gurgelt, das Geräusch der vollkommenen Unterwerfung, stelle ich mir Eli dabei vor. In meiner Fantasie ist sie diejenige, die hörbar durch die Nase atmet, weil mein Schwanz ihr die Luftzufuhr blockiert, und ich werfe ihr derbe Beschimpfungen an den Kopf. »Miese Schlampe« ist eine von den harmlosen.

Die Vorstellung reicht aus, damit ich komme. Mit einem Stöhnen entlade ich meine ganze Wut in den weit geöffneten Mund der Frau, ich kann hören, wie sie schnell schluckt. Dann ist es auch schon vorbei. Als sie mit einem leisen Ächzen aufsteht, ihre Knie knacken leicht, habe ich meinen Schwanz schon wieder eingepackt. Aus dem Augenwinkel sehe ich, wie sie sich über die Lippen wischt.

»Wenn du dich mal wieder auspowern willst, weißt du ja, wo du mich findest, Süßer!«, ruft sie mir noch zu, nachdem ich ihr einen zusätzlichen Hunderter zugesteckt habe.

Eine unverständliche Antwort murmelnd, stolpere ich von dannen. Von all dem Mist, den ich in meinem Leben angestellt habe, war das hier mit Abstand das Armseligste! Mich zieht es tiefer in die Gasse hinein, dorthin, wo es noch schäbiger und dreckiger ist. Ich ertrage es nicht, jetzt mit Leroy zu reden und die Missbilligung in seinen Augen zu sehen. Fluchend fahre ich mir mit der Hand durchs Gesicht. Nach dieser Aktion müsste ich mich besser fühlen, von einer schweren Last befreit. Aber das genaue Gegenteil ist der Fall. Ich fühle mich beschissener als vorher, und das will etwas heißen! Während ich einen Schritt vor den anderen setze, gelange ich zu der bitteren Erkenntnis, dass meine Verzweiflung, oder wie immer sich dieses brennende

Gefühl in meinem Innern schimpft, nichts mit meinem Schwanz zu tun hat.

Wie hat Lavinia es genannt? Höllenfeuer?

Mit neunzehn verliebte ich mich zum ersten und auch zum letzten Mal. *Julie.* Ihr Bild tritt aus den Schatten der Erinnerungen hervor. Sie war ein Mädchen aus der Nachbarschaft, süße siebzehn, dunkelblond mit braunen Augen. Ein Jahr lang hing der Himmel für uns voller Geigen. Selbst als sie mit ihren Eltern wegzog, schworen wir uns ewige Liebe. Monatelang telefonierten wir täglich miteinander, bis das Ganze seinen natürlichen Weg nahm. Irgendwann blieben die Anrufe aus, dann die Mails. Ich sollte nie wieder etwas von ihr hören. Obwohl unsere Beziehung zerbrach, denke ich gern und ohne Groll daran zurück. Die erste Liebe ist immer etwas Besonderes. In den nachfolgenden Jahren hatten romantische Gefühle keinen Platz mehr in meinem Leben, weil ich zu sehr damit beschäftigt war, Marguerite und ihre Brut zur Strecke zu bringen.

Bis Eli aufgetaucht ist.

Wann habe ich mein Herz an sie verloren? Als sie im *Bacchanal Wine* mit leuchtenden Augen vor mir saß, in diesem unglaublichen Kleid? Oder geschah es schon viel früher, als sie die Narben auf meiner Brust berührte und ihre Unterlippe kaum merklich bebte? Ich weiß es nicht. Ich weiß nur eines: Ich werde sie zurückgewinnen. Um jeden Preis! Bevor sie auftauchte, war mein Leben von Wut und Bitterkeit geprägt. Als hätte ich in einer dunklen, kalten Höhle gelebt, bis sie mich in die Sonne gezerrt hat.

Einer spontanen Eingebung folgend, wechsle ich die Richtung und gehe zum Jackson Square, wo ich mir ein Taxi nehme. Weil ich kein komplettes Arschloch bin, rufe ich Leroy von unterwegs an, um ihn über meine Pläne zu informieren. Was er mir daraufhin an den Kopf wirft, würde selbst den Nutten im French Quarter die Röte ins Gesicht treiben. Ich muss grinsen. Eine Welle der Zuversicht durchflutet mich. Ich bekomme das mit mir und Eli wieder hin. Und wenn ich meinen Stolz herunterschlucken und vor ihr auf den Knien rumrutschen muss! Sie wird es mir nicht leichtmachen, so viel ist sicher. Umso süßer wird unsere Versöhnung ausfallen.

Tiefe Wunden

Eli

Fick dich, Eli! Ich beiße mir fest auf die Unterlippe, um nicht erneut zu weinen. In den letzten vierundzwanzig Stunden habe ich wegen Kane Deveraux so viele Tränen vergossen, dass ich damit die halbe Stadt unter Wasser setzen könnte. Vielleicht hätte ich ihn am Telefon anhören müssen, aber ich war zu sehr aufgewühlt, konnte nur mit Mühe die beherrschte Fassade aufrechterhalten. Meine Gefühle für ihn sind stark. So stark, dass seine inneren Dämonen mein Verderben werden und mich mit in den Abgrund ziehen könnten. Wären seine Gefühle ebenso stark, könnte ich ihm dabei helfen, sie zu bekämpfen. So aber stehe ich auf verlorenem Posten, wie sich gestern gezeigt hat. Auf seine Freunde hört er, aber nicht auf mich.

Natürlich bin ich froh, dass er letztlich zur Vernunft gekommen ist. Die Vorstellung, er könnte bis zu seinem Lebensende im Gefängnis sitzen oder gar durch eine tödliche Injektion hingerichtet werden, treibt mich an den Rand der Verzweiflung. Genau deswegen muss ich ihn aus meinem Herzen verbannen. Heißt es nicht, die Zeit heilt alle Wunden? Ich muss ihm nur konsequent aus dem Weg gehen, dann wird sich der Schmerz abnutzen, bis nichts mehr übrig bleibt als eine dünne Narbe. O ja, es wird eine Weile dauern, aber ich werde über ihn hinwegkommen. Ich muss!

Du bist ein Feigling! Statt ihn fallen zu lassen, solltest du ihm beistehen.

Ich bin kein Feigling!, widerspreche ich meiner inneren Stimme. Ich habe ihm indirekt meine Liebe gestanden, und er hat mich zum Teufel gejagt! Er sagte, er brauche mich nicht. Auch ich habe meinen Stolz.

Seine Worte waren im Zorn gesprochen, außerdem …

Ich schneide meiner inneren Stimme grob das Wort ab und schaue auf die Uhr. Obwohl es erst halb neun ist, beschließe ich, ins Bett zu gehen, was ich nicht mehr getan habe, seit ich ein Kind war. Gestern habe ich es frisch bezogen, weil in den zerwühlten Laken noch Kanes Duft hing. Zu Abend gegessen habe ich nicht. Ich habe keinen Hunger. Liebeskummer ist so eine Sache. Sie mag Poeten zu ihren schönsten Gedichten und Musikern zu ihren gefühlvollsten Balladen inspirieren, trotzdem wünsche ich diesen Schmerz niemandem, nicht einmal meinem ärgsten Feind. Vor dem Schlafengehen gönne ich mir noch ein Glas warme Milch mit Honig. Ich bin vom Weinen so erschöpft, dass ich sofort einschlafe.

Irgendwann in der Nacht werde ich von einem seltsamen Laut geweckt. Ein dumpfes Knurren. Alarmiert schalte ich die Nachttischlampe ein. Nach einem Moment der Verwirrung stelle ich fest, dass die Geräuschquelle mein leerer Magen ist, der Protest anmeldet. Herzschmerz hin oder her, er will verflucht noch mal gefüllt werden! Also stehe ich auf, schlüpfe in meine Pantoffeln und stiefele in die Küche. Das Licht schalte ich nicht ein. Die Straßenlaterne draußen spendet genug Licht. Der Blick auf die Uhr vom Herd verrät mir, dass es kurz vor Mitternacht ist. Plötzlich verspüre ich einen Heißhunger auf Marmeladensandwich, also öffne ich den Kühlschrank. Mein Blick schweift über die Gläser und bleibt am bitteren

Orangengelee hängen, das mir ein kleines Lächeln auf die Lippen zaubert. Ich liebe bitteres Orangengelee. Ich greife nach dem Glas und der Butter, und weil ich keine Hand mehr frei habe, schließe ich die Kühlschranktür mit dem Ellenbogen.

Vor mir steht Bobby Joe Barnes.

Von einer Sekunde auf die andere sackt das Blut aus meinem Kopf in die Füße. Wie in Zeitlupe rutscht das Geleeglas aus meinen gefühllosen Fingern und zerschellt auf dem gefliesten Küchenboden. Ich komme nicht mehr dazu zu schreien. Bevor ich reagieren kann, hat Bobby Joe mich gepackt und hält mir sein Messer an die Kehle.

»Keinen Mucks«, zischt er mir ins Ohr.

Er zerrt mich Richtung Schlafzimmer, wirft mich mit Schwung aufs Bett, ohne mich loszulassen. Ich ächze, als er sich schwer auf mich fallen lässt. Vor Angst bin ich wie gelähmt, spüre das kalte Metall auf der Haut, während sich ein brutales Grinsen auf sein Gesicht legt. Er weidet sich an meinem Entsetzen.

»Diesmal hat sie mich beauftragt, dich kaltzumachen«, flüstert er. »Um ihrem Enkel den größtmöglichen Schmerz zuzufügen.« Er rollt mit den Augen. »Familie, hm?«

Ich werde ihm nicht die Genugtuung verschaffen zu winseln.

»Letztes Mal habt ihr mir die Tour vermasselt, aber nicht heute.« Er schnalzt mit der Zunge. »Heute werde ich meinen Spaß mit dir haben.«

Mit zusammengepressten Lippen starre ich ihn an, versuche, nicht in Panik zu geraten. Ich muss mich wehren. Dieses Mal befinde ich mich nicht in einem Container im Nirgendwo, sondern in einem Mietshaus mit zwölf Apartments. Gelingt es mir, zu schreien oder polternde Geräusche zu machen, wird garantiert Hilfe herbeieilen. Vielleicht tritt dieser Verrückte dann die Flucht an. Könnte ich ihm doch nur mein Knie zwischen die Beine stoßen, aber er ist zu schwer, ich kann mich kaum bewegen. Und dann ist da noch die Klinge an meinem Hals … Eine kurze Bewegung würde sicher ausreichen, um mir den Garaus zu machen. Todesangst legt sich wie ein eisiger Film über meinen Körper, und ich beginne zu zittern.

Reiß dich zusammen!

Bobby Joes Grinsen wächst in die Breite. Die Messerklinge wandert von meinem Hals zu meinen Brüsten, und ich kann seine wachsende Erektion spüren. Meine Gedanken rasen. Vielleicht ist das meine Chance! Eine Sekunde der Unachtsamkeit könnte genügen, um ihn außer Gefecht zu setzen. Zumindest lange genug, um entkommen zu können und Hilfe zu rufen. Ich könnte ihm die Nachttischlampe über den Schädel ziehen. Obwohl sich alles in mir vor Ekel zusammenkrampft, lasse ich zu, dass er mich begrabscht. Als mir sein fauler Atem und der Schweiß, der in seiner Kleidung steckt, in die Nase steigen, kann ich nur mit Mühe ein Würgen unterdrücken.

Marguerite darf nicht gewinnen!

Und ich habe Kane noch angefleht, Gnade walten zu lassen.

Mein Gott.

Ich schließe die Augen und lasse meinen Kopf kraftlos zur Seite sinken. Vielleicht denkt Bobby Joe, ich sei bewusstlos geworden. Ich kann hören, wie sein Atem schneller und schwerer wird. Seine Hand schiebt sich zwischen meine Beine, und aus seinem Mund dringt ein lüsternes Grunzen, das mich mit Entsetzen erfüllt. Als ich die Augen einen Spalt weit öffne, sehe ich, dass er mit seinem Messer meinen Oberschenkel anvisiert. Grundgütiger! Sitzt da nicht eine wichtige Arterie? Wenn er dort zusticht, verblute ich innerhalb weniger Minuten. Ich muss Zeit gewinnen, ihn weiter aufmuntern, damit er nachlässig wird. Hinter meinen geschlossenen Lidern brennt es. Gewaltsam dränge ich die Tränen zurück. Als würde ich träumen, lasse ich ein Seufzen vernehmen und winde mich ein wenig unter ihm. Ich spüre, wie er kurz erstarrt, dann verirren sich seine Finger in den Bund meines Slips. Was ihn antreibt, ist klar. Ich muss ihn jetzt nur dazu bringen, das Messer wegzulegen. Aber wie?

»Geh von ihr runter, du Stück Scheiße!«

Im ersten Moment glaube ich, mir Kanes Stimme eingebildet zu haben, aber Bobby Joes Reaktion spricht dagegen. In einer einzigen Bewegung dreht er den Oberkörper nach hinten und hebt die Hand mit dem Messer. Dadurch habe ich wieder etwas Spielraum, den ich nutze, um mein Knie in seine Weichteile zu rammen. Bobby Joe ächzt und krümmt sich zusammen. Leider war ich nicht schnell genug, denn er hat noch Zeit gehabt, seinen Messerwurf auszuführen. Sein Messer schwirrt durch die Luft und bohrt sich tief in Kanes linke Schulter, zwei Handbreit über dem Herzen.

Trotz seiner Verletzung stürzt sich Kane brüllend auf Bobby Joe. Erst da bemerke ich die schwere Weinflasche in seiner Hand, die er wie eine Keule schwingt. Er erwischt meinen Peiniger am Kopf. Sein Schlag ist so hart, dass die Flasche zerbricht. Zwar wende ich sofort das Gesicht ab, dennoch spüre ich einen stechenden Schmerz an der Wange, als ein vorbeifliegender Splitter meine Haut aufritzt. Bobby Joe scheint einen harten Schädel zu haben, denn er wankt zwar, fällt aber nicht zu Boden. Verständnislos starrt er Kane an, der keinen Moment zögert und mit der zerbrochenen Flasche zusticht. Bobby Joe gibt ein grausiges gurgelndes Geräusch von sich, verdreht die Augen und bricht tot zusammen.

Hektisch krabbele ich von ihm weg, darauf achtend, mich nicht an den Scherben zu verletzen, die im Bett verstreut liegen. Überall ist Blut, vermischt mit Rotwein. Als Kane nun ebenfalls wankt, eile ich zu ihm, um ihn zu stützen.

»Ich ruf den Notarzt!«, rufe ich.

»Nicht nötig«, sagt er leise. Er ist kreidebleich. »Hab ich vorhin schon gemacht. Der muss gleich hier sein, zusammen mit den Cops.«

»Gut.« Ich setze ihn vorsichtig auf den Boden, mit dem Rücken gegen die Wand, weit weg von den Scherben und dem vielen Blut. »Wo bist du so plötzlich hergekommen?«, frage ich, nachdem ich ein Handtuch aus dem Bad geholt habe, das ich vorsichtig auf die Wunde drücke. Jedes Kind weiß, dass man ein Messer auf keinen Fall herausziehen darf, weil ansonsten unkontrollierte Blutungen drohen.

»Das ist mir peinlich«, stöhnt er.

Ungläubig schaue ich ihm ins Gesicht. »Was?«

Obwohl seine Augen vor Schmerz eng zusammengekniffen sind, hat er die Lippen zu einem kleinen Lächeln verzogen. »Ich war auf der anderen Straßenseite und habe dich gestalkt.«

»Nein.«

»Doch.« Sein Atem kommt rasselnd über seine Lippen. »Ich war gekommen, um mit dir zu reden, aber dann habe ich k...kalte Füße bekommen.«

»Du? Kalte Füße?«

Er nickt mühsam. »W...wenn du es da...darauf anlegst, hast du g...ganz schön Haare auf den Z...zähnen.«

»Du übertreibst«, murmele ich schrecklich gerührt.

Der große Kane Deveraux hat Angst vor mir.

»Ich ... ha...habe das Arschloch gesehen ... über die Feuertreppe durchs Badezimmerfenster.« Er stöhnt vor Schmerzen auf. »Wo bleibt nur der Scheißnotarzt?«

»Und weiter?«, frage ich bei dem Versuch, ihn abzulenken.

»Hab die 911 angerufen ... und bin hinterher ... auf dem gleichen ... Weg.« Er wirft mir einen Blick zu, der wohl Strenge ausdrücken soll, aber nur erschöpft wirkt. »Brauchst zusätz... liches Schloss für ... für Fenster.«

»Okay.«

Er hebt die Hand, was ihn sichtlich viel Kraft kostet, und streicht über meine Wange. »Du bist verletzt«, murmelt er.

Ich lächele. »Das ist nichts. Nur ein Kratzer.«

»Es tut mir leid«, sagt er noch und lässt den Arm sinken.

Mein Herz schwillt an, und mit einem Mal ist jegliche Angst von mir gewichen. Scheiß auf meinen Stolz! Scheiß auf den Abgrund! Ganz gleich, wie seine Gefühle für mich sind: Als seine Freundin lasse ich ihn nicht allein. Gemeinsam werden wir seine inneren Dämonen besiegen.

»Ich liebe dich, Kane«, flüstere ich und bette meinen Kopf vorsichtig an seine gesunde Schulter.

Statt einer Antwort streicht er mir übers Haar. Wir verharren schweigend in dieser Position, bis der Krankenwagen eintrifft.

Kane

»Wie fühlen Sie sich heute Morgen, Mister Deveraux?«

Ich höre die Stimme des Arztes und öffne die Augen. Mein Blick fällt auf einen bärtigen Mann im weißen Kittel, der mich durch seine randlose Brille eindringlich mustert.

»Super, Doktor«, antworte ich und ringe mir ein Lächeln ab. »Wann kann ich nach Hause?«

Er stößt ein leises, etwas überhebliches Lachen aus, wie man das von Ärzten kennt. »Ein paar Tage müssen Sie sich schon noch gedulden. Übermorgen werden die Nähte entfernt, danach dauert es noch zwei, drei Tage, bis Sie entlassen werden.«

Ich fluche innerlich. *Noch fünf Tage.*

Als er meine Schulter abtastet, grunzt er zufrieden, weil die Wunde offenbar gut verheilt.

»Das alles sieht prima aus, Mister Deveraux, prima«, erklärt er mir. »Allerdings wird eine Narbe zurückbleiben.«

Ich grinse freudlos. »Auf die eine kommt es auch nicht mehr an.«

Daraufhin schenkt er mir ein flüchtiges Lächeln und verlässt das Zimmer, um die Visite fortzusetzen. Gereizt lehne ich mich zurück und schließe die Augen. Sicher, ich hatte Glück. Dank Elis beherztem Eingreifen hat das Messer mein Herz verfehlt, doch weil eine Sehne verletzt wurde, liege ich schon seit fast drei Wochen im Krankenhaus. Obwohl ich den Luxus eines eigenen Zimmers mit Aussicht auf den Park genieße, samt Flachbildschirmfernseher mit 386 Kanälen, fällt mir die Decke auf den Kopf. Auf dem Tisch neben meinem Bett stapeln sich Zeitschriften und Bücher, die ich schon ausgelesen habe. Fast jeden Tag schneit einer meiner Freunde herein, um mir Gesellschaft zu leisten.

Der Besuch von Grandmère und Grandpère Broussard letzte Woche hat mich tief bewegt. Die Fahrt nach New Orleans muss ihnen wie eine halbe Weltreise vorgekommen sein. In ihren robusten und auch ein wenig rustikalen Klamotten wirkten sie, als wären sie aus der Zeit gefallen. Sie brachten mir selbst gebackenen Apfelkuchen mit und erkundigten sich nach Eli. Meine Antwort war ausweichend. Was hätte ich ihnen schon sagen können? Ich weiß selbst nicht, was los ist. In den ersten Tagen kam Eli immer nach der Arbeit vorbei. Sie saß auf dem Stuhl neben dem Bett und lächelte mich an, fast ein wenig schüchtern. Wir sprachen kaum, weil eine Infektion mich beutelte und ich dazu nicht in der Lage war. Dennoch war es tröstlich, sie bei mir zu wissen. Dann, von einem Tag auf den anderen, blieben ihre Besuche aus. Ohne eine Erklärung. Seit zwei Wochen habe ich sie nicht mehr gesehen, und auch meine Anrufe laufen ins Leere, was mich stinkwütend macht.

»Schlafen kannst du, wenn du tot bist«, reißt mich eine tiefe Stimme aus meinen Gedanken.

Es ist Beau, der in der Tür steht. Er trägt Jeans und T-Shirt und darüber ein offenes kariertes Hemd mit hochgekrempelten Ärmeln. Seine übliche Freizeituniform.

»Ich habe gute Neuigkeiten«, sagt er und zieht sich einen Stuhl heran, um sich an mein Bett zu setzen.

»Geht es um Eli?«

Beau zieht überrascht eine Augenbraue hoch. »Nein, es geht nicht um Eli«, sagt er langsam, als sei ich begriffsstutzig. »Es geht um Marguerite.«

»Ah, okay«, antworte ich. »Erzähl.«

Wie nebensächlich plötzlich Dinge werden können, die zuvor dein ganzes Sein beherrscht haben.

»Die Staatsanwaltschaft erhebt Anklage gegen sie und fünf Cops aus meinem Revier. Sie wird wegen Bestechung und illegalen Organhandels vor Gericht gestellt. Die Cops sind dran wegen Korruption, Verletzung von Dienstgeheimnissen sowie Beteiligung an illegalen Aktivitäten. Ich werde als Hauptzeuge auftreten.« Beau grinst. »Es wird dich freuen zu hören, dass dein persönlicher Freund, Raoul Santiago, mit von der Partie ist.«

Ich grinse zurück. »Das sind in der Tat gute Neuigkeiten.«

Kurz schließe ich die Augen. Ich bin am Ziel angelangt. Endlich büßt Marguerite für das Leid, das sie anderen zugefügt hat. Es ist anzunehmen, dass sie bis zu ihrem Lebensende im Knast bleiben wird, ohne Aussicht auf vorzeitige Entlassung. Organhandel findet niemand sexy. Nach so vielen Jahren wird Anne-Marie endlich nach Hause zurückkommen. Ich beiße mir nachdenklich auf die Unterlippe. Trotz allem fühle ich mich unvollständig, als würde etwas fehlen. Ich müsste vor Glück zerspringen, aber das Gegenteil ist der Fall. Weil der eine Mensch fehlt, mit dem ich diesen lang ersehnten Augenblick teilen möchte.

»Danke, Beau«, sage ich leise.

»Das habe ich nicht für dich getan, Kane. Na ja, nicht nur. Ich hasse korrupte Cops!« Und dann verpasst er mir doch tatsächlich eine Kopfnuss. Mir, dem Schwerverletzten! »Und jetzt werd endlich glücklich, du Idiot!«, schnauzt er mich zum Abschied an.

Zwei Tage später nehme ich ihn beim Wort. Kaum sind die Nähte entfernt und der Verband angelegt, bin ich auch schon auf den Beinen. Ich muss Eli sehen. Sofort! Ich verschwinde im Bad, um mich frisch zu machen und anzuziehen, dann packe ich meine Habseligkeiten in eine Reisetasche und verlasse das Zimmer. Auf dem Gang laufe ich prompt meinem Arzt in die Arme, der sich nicht gerade vor Begeisterung überschlägt.

»Was wird das?«, fragt er.

»Ich checke aus.«

Er verschränkt die Arme vor der Brust. »Das kann ich nicht gutheißen.«

»Tut mir leid, Doc«, entgegne ich energisch. »Ich weiß Ihre Sorge zu schätzen, aber Sie werden mich nicht davon abhalten können.«

Unsere Blicke liefern sich ein stummes Duell, bis der Arzt laut seufzt.

»Also gut«, gibt er klein bei. »Aber versprechen Sie mir, dass Sie den Verband täglich wechseln lassen.«

Ich nicke ernst. Schließlich liegt es auch in meinem Interesse, dass die Schulter schnell ausheilt.

»Und Sie müssen eine Erklärung unterschreiben, dass Sie sich gegen unseren Rat auf eigenes Risiko selbst entlassen.«

»Um von hier wegzukommen, würde ich sogar einen Teufelspakt unterschreiben«, entgegne ich übermütig. Die Aussicht, schon sehr bald die gleiche Luft wie Eli zu atmen, sie zu küssen und zu schmecken, ihren pulsierenden warmen Körper an meinen zu pressen, pumpt einen Schub frischer Energie durch meinen Körper.

»Die Erklärung reicht völlig«, entgegnet der Arzt humorlos.

Nachdem ich die Formalitäten erledigt habe, steige ich in eines der Taxis, die vor dem Krankenhaus stehen, und lasse mich zu Elis Apartment bringen.

»Soll ich warten?«, fragt mich der Fahrer, als ich aussteige.

»Ja«, sage ich nach kurzer Überlegung. Schließlich ist es mitten am Tag. Gut möglich, dass Eli bei der Arbeit oder beim Einkaufen ist. »Meine Tasche lasse ich hier.«

»Alles klar, Chef.«

In wenigen Schritten bin ich an der Haustür und klingele, doch nichts passiert. Also klingele ich erneut. Immer noch keine Reaktion. Gerade als ich über meinen nächsten Schritt nachdenken will, öffnet sich eines der unteren Fenster, und ein grauhaariger Kopf mit Spitzbart kommt zum Vorschein.

»Sie ist nicht da«, sagt der Mann.

Ich wende mich ihm zu. Es ist Elis Vermieter. »Hallo, Mister Brown«, sage ich.

»Ah, Sie sind's«, sagt der alte Mann, als er mich wiedererkennt.

In der Nacht, als Bobby Joe gestorben ist, hat er, wie die restlichen Hausbewohner auch, auf dem Bürgersteig gestanden und die makabre Show live mitverfolgt. Von der Ankunft der zwei Polizeistreifen und des Notarztwagens bis hin zum Abtransport der Leiche, was für besonders große Aufregung gesorgt hat.

»Miss Page ist für ein paar Tage zu ihren Eltern gefahren«, erklärt mir der Vermieter bereitwillig. »Das ist nur verständlich angesichts dessen, was vor zw…«

»Sie ist in Monroe?«, unterbreche ich ihn ungeduldig.

»Ja.«

»Sie haben nicht zufällig die Adresse?«

Er hat sie und zögert keine Sekunde, sie dem tapferen Retter seiner Mieterin zu geben, »einer so adretten und freundlichen jungen Frau«.

Ich bedanke mich, wünsche ihm einen schönen Tag und laufe zurück zum Taxi.

»Wann endet Ihre Schicht?«, frage ich den Fahrer, auf dessen Namensschild Harry Chan steht.

»Sie hat eben erst begonnen.«

»Sehr gut. Was halten Sie von einem Trip nach Monroe? Sie setzen mich dort ab und fahren direkt wieder zurück.«

Kurz überlegt der Fahrer, dann nickt er. »Das lässt sich machen. Allerdings wird das nicht ganz billig.«

»Das ist kein Problem«, antworte ich. »Wenn Sie den Hinweg unter vier Stunden schaffen, zahle ich Ihnen das Doppelte.«

Der Taxifahrer strahlt übers ganze Gesicht. »Ist gebongt, Chef!«

Auf der Fahrt nach Monroe habe ich viel Zeit zum Nachdenken und male mir hundert verschiedene Verführungsarten aus, um Eli weichzukochen und für immer an mich zu fesseln. Mir wird kein Trick zu schmutzig sein! Als wir schließlich ihr Elternhaus erreichen, ist es später Nachmittag.

»Sicher, dass ich nicht warten soll?«, fragt der Fahrer, nachdem ich die Rechnung plus Extrabonus beglichen habe.

»Ja«, antworte ich. »Ganz sicher.«

Egal, was in den nächsten Minuten geschieht: Ich werde mich auf keinen Fall abwimmeln lassen.

Ich hole meine Reisetasche aus dem Kofferraum, winke dem Taxifahrer zum Abschied zu und mustere neugierig die Umgebung. Das Haus, in dem Eli aufgewachsen ist, liegt malerisch inmitten eines alten Pappelhains und wirkt gemütlich, gerade weil es nicht zu groß ist. Mir gefallen die roten Fensterläden und die Holzveranda mit dem Schaukelstuhl. Kurz stelle ich mir die kleine Eli vor, die draußen mit ihrem großen Bruder spielt, während die Mutter in der Küche Pfannkuchen backt. Ich würde mein Leben verwetten, dass im Garten früher eine Schaukel gestanden hat.

Ich gehe die Veranda hoch und betätige die Klingel. Eine Frau öffnet die Tür, die Eli wie aus dem Gesicht geschnitten ist. Sie ist schätzungsweise Mitte fünfzig, nicht sehr groß, mit

Lachfältchen um die Augen und einzelnen grauen Strähnen in den dunkelblonden Haaren, die sie mit bunten Klämmerchen nach hinten gesteckt hat. Sie trägt ein geblümtes Kleid, darüber eine rote Küchenschürze mit altmodischen Volants. Mir gefällt diese ältere Version von Eli.

»Guten Tag, Mrs Page«, sage ich. »Mein Name ist Kane Deveraux. Ich möchte Ihre Tochter sprechen.« Mein Tonfall ist freundlich, aber bestimmt. »Keine Bange, ich will mich nicht bei Ihnen einquartieren. Ich komme nur direkt vom Krankenhaus«, füge ich lächelnd hinzu, als ihr irritierter Blick auf meine Reisetasche fällt.

»Aus New Orleans?«, fragt sie.

»Ja.«

»Oh«, haucht sie. Ein schwer zu deutender Ausdruck legt sich auf ihr Gesicht, dann macht sie einen Schritt zur Seite. »Bitte treten Sie doch ein!«

»Danke, Mrs Page.«

Ich stelle meine Reisetasche an der Garderobe ab und sehe mich um. Links geht es in die Küche, geradeaus am Ende des Gangs vermute ich das Wohnzimmer, rechts führt eine Treppe nach oben. An den weiß verputzten Wänden hängen Familienfotos, auf einem schmalen Tisch, wo Schlüssel, Sonnenbrillen und Kleingeld deponiert werden, steht eine Vase mit Sonnenblumen. Bratenduft liegt in der Luft.

»Elinor! Besuch für dich!«, ruft Mrs Page nach oben.

»Ist es Arthur?«, ertönt prompt Elis Stimme, und in mir flammt Eifersucht auf.

Wer zum Teufel ist Arthur?

»Nein, es ist nicht Arthur!«, ruft ihre Mutter zurück.

»Okay, ich komme.«

Höre ich aus ihrer Stimme Erleichterung heraus? Ich hoffe es, sonst, schwöre ich, geht es diesem Arthur an den Kragen. Eli gehört zu mir und zu niemand anderem! Schon erscheint sie auf dem Treppenabsatz. Sie trägt ein hellblaues Tanktop und ausgefranste kurze Jeans. Ihre hübschen Füße stecken in Flipflops, und ihre Haare sind zu einem hohen Pferdeschwanz zusammengebunden. Meine Brust wird eng. *So mädchenhaft und unschuldig.* Plötzlich komme ich mir vor wie ein Teenager, der unter dem strengen Blick der Mutter seine Freundin zu einer Spritztour auf seinem neuen Mofa abholt.

»Kane!«, ruft sie hörbar erschrocken, als sie mich erblickt. Zwar fasst sie sich schnell wieder, doch ihr Lächeln wirkt unecht, wie aufgemalt, was meinem Eifer einen erheblichen Dämpfer versetzt.

Was, zum Teufel …?

»Er ist direkt vom Krankenhaus hierhergefahren«, erklärt Mrs Page.

»Oh«, sagt nun auch Eli.

Unangenehmes Schweigen breitet sich zwischen uns aus.

»Möchten Sie einen Kaffee?«, fragt mich Mrs Page.

»Gern«, beeile ich mich zu sagen und folge ihr in die Küche, während Eli langsam nachkommt.

Nachdem wir an dem runden Tisch Platz genommen haben, schenkt Mrs Page uns Kaffee in hübsche Porzellantassen ein.

»Milch? Zucker?«, fragt sie mich.

»Etwas Milch bitte«, antworte ich.

Es herrscht eine seltsame Stimmung. Während ich an meinem Kaffee nippe, werfen sich Mutter und Tochter unruhige Blicke zu. Meine Laune sinkt ins Bodenlose, gleichzeitig verspüre ich eine Mischung aus Ärger und Sorge.

»Wie geht's dir?«, fragt Eli leise.

Fuck! Sie kann mir nicht mal ins Gesicht schauen.

»Gut«, antworte ich.

»Sind die Nähte raus?«

»Ja, seit vorgestern. Ein, zwei Wochen werde ich mich wohl noch damit herumärgern müssen.«

»Das tut mir leid«, murmelt sie und meidet erneut meinen Blick.

Ich presse die Zähne so fest zusammen, dass sie knirschen. Das ist ja kaum auszuhalten! Gerade will ich meinen Unmut kundtun, als ein älterer Mann auf der Türschwelle erscheint, dem der Oberlehrer aus jeder Pore dringt.

»Aha! Sie sind also der junge Mann«, sagt er und wirft mir über den Rand seiner Brille einen strengen Blick zu.

»Keine Ahnung, was Sie meinen«, antworte ich und verkneife es mir, ein »Sir« dranzuhängen, als wäre ich wieder zehn Jahre alt und könnte eine Matheaufgabe nicht lösen, die er mir vor der ganzen Klasse gestellt hat. Schlimm genug, dass er mich als »jungen Mann« bezeichnet hat!

Erneut trifft mich ein strenger Blick, dann verschwindet er wieder wie ein Spuk.

Jetzt reicht's!

»Okay, ich weiß zwar nicht, was hier vor sich geht«, sage ich grimmig in die Runde, »aber ich will eine Erklärung, und zwar sofort!«

Eli stellt ihre Tasse sachte ab. »Okay«, sagt sie leise. »Lass uns reden.«

Sie steht auf, und als sie die Treppe nach oben nimmt, folge ich ihr. Dabei entgeht mir nicht, dass Mrs Page uns mit besorgter Miene hinterhersieht. Ein Krampf schneidet durch meine Eingeweide. Eli wird doch keine tödliche Krankheit haben? Oder ist sie vielleicht mit diesem Arthur zusammen? Von Stufe zu Stufe fällt es mir schwerer, meine Ungeduld zu zügeln. Am liebsten würde ich Eli packen und die Antwort aus ihr herausschütteln. Stattdessen schaue ich mich in ihrem Jugendzimmer um, das wir eben betreten haben. Es ist nüchtern, ganz ohne kitschigen Firlefanz, und passt zu ihr.

»Was ist los?«, frage ich, nachdem sie die Tür hinter uns geschlossen hat.

Sie verschränkt die Finger ineinander und sucht meinen Blick. Ihre Augen sind groß, blau und wunderschön. Und sie sind voller Angst.

Übelkeit steigt in mir hoch.

»Ich erwarte ein Kind«, sagt sie leise. »Unser Kind.«

Mein Herz setzt mindestens zwei Takte aus.

»Was?«, stoße ich schließlich hervor.

Ein Neuanfang

Eli

»Was?«, fragt Kane verdutzt.

»Vielleicht … erinnerst du dich«, stammele ich, und meine Stimme droht wegzubrechen. »Die Trauerweide … der Regen … kein Kondom …«

Hastig senke ich den Blick, wage es nicht, ihm ins Gesicht zu sehen. Was würde ich darin lesen? Entsetzen? Verachtung? Wut? Das Geräusch, das daraufhin aus seinem Mund quillt, scheint mir so abwegig zu sein, dass ich eine Weile brauche, bis die Erkenntnis in meinen Verstand sickert.

Kane lacht.

Perplex schaue ich auf. Er hat den Kopf nach hinten geworfen und lacht lauthals. So sehr, dass ihm Tränen in die Augen schießen. Dann reißt er mich in seine Arme und drückt mir einen dicken Schmatzer auf den Mund.

»Ehrlich, Süße! Du hast mir eine Scheißangst eingejagt!«, ruft er. »Ich dachte schon, du hast Krebs oder so was.«

»A…aber …« Verständnislos starre ich ihn an. Das Herz schlägt mir bis zum Hals. »Du bist nicht sauer?«

»Sauer? Warum sollte ich sauer sein?«

»Na, weil ich schwanger bin und ich dir vielleicht hätte sagen sollen, dass ich nicht die Pille nehme.« Ich mache eine hilflose Geste. »Es lag nicht in meiner Absicht, dir eine Falle zu stellen, Kane. Es war auch nur das eine Mal. Danach haben wir ja immer verhütet.«

»O ja, dieses eine Mal hatte es wirklich in sich«, sagt er mit einer dunklen Stimme, deren Vibration ich bis tief in meinen Unterleib spüre.

Ich bin zu keinem klaren Gedanken fähig, denn zu meiner Verwirrung über Kanes unerwartete Reaktion gesellt sich ein lustvolles Kribbeln in meinem Bauch, als er dazu übergeht, meinen Hals mit kleinen heißen Küssen zu übersäen.

»Warum nimmst du eigentlich nicht die Pille?«, murmelt er zwischen zwei Küssen. Es klingt ehrlich interessiert. »Ich dachte, heutzutage wäre das gang und gäbe.«

Ich kaue verlegen auf meiner Unterlippe. »Ich nehme sie nicht wegen der Nebenwirkungen, und ehrlich gesagt«, mir schießt die Röte ins Gesicht, »so oft habe ich sie vor dir nicht gebraucht.«

Kane sucht meinen Blick. »Wirklich?«

Ich nicke.

»Auf die Gefahr hin, dass ich mich jetzt wie ein Neandertaler anhöre«, er drückt mich enger an seine Brust und legt sein Kinn auf meinem Kopf ab, »aber es freut mich zu wissen, dass ich nicht jedes Haus in der Gegend abklappern muss, um deinen ehemaligen Stechern die Schwänze abzuschlagen.«

Vor Empörung japse ich. »Was …? Wofür hältst du mich?«

»Was ist mit diesem Arthur?«, fragt Kane statt einer Antwort. Ein leises Grollen hat sich in seine Stimme geschlichen.

»Arthur?«, rufe ich verblüfft. »Er ist ein netter Kerl, aber selbst wenn er der letzte Mann auf der Welt wäre, würde da nichts laufen.«

»Gut.« Kane wirkt zufrieden. »Mir gefällt die Vorstellung, dass unser Kind im Bayou gezeugt wurde«, fügt er leise hinzu.

Mein Herzschlag beschleunigt sich. »Du hast also nichts dagegen, dass ich das Baby behalten will?«

Ich spüre, wie er sich versteift. »Was ist das für eine Frage, Eli?«, Er packt meinen Hinterkopf und zieht mein Gesicht dicht an seines. Sein Blick funkelt vor Empörung. »Natürlich werden wir es behalten. Es ist unser Kind.«

Ich ringe um Fassung. »Als ich von meiner Schwangerschaft erfahren habe, bin ich in Panik geraten, weißt du. Deswegen habe ich dich nicht mehr im Krankenhaus besucht.« Eine Träne löst sich aus meinem Augenwinkel. »Ich hatte Angst davor, wie du reagierst.«

Er hebt mein Kinn an, um mir tief in die Augen zu sehen. »Du machst mich sehr glücklich, Eli. Du hast keine Vorstellung, wie sehr! Du, unser Kind und ich bedeuten für mich einen Neuanfang. Der glückliche Teil meines Lebens beginnt. Du, Elinor Page, bist meine Katharsis.«

»Wow!«, scherze ich mit zittriger Stimme. »Das ist das Romantischste, was ein Mann je zu mir gesagt hat.«

Mit einem breiten Lächeln hebt er mich hoch und wirbelt mich herum. »Grandmère und Grandpère werden ganz aus dem Häuschen sein!«, ruft er übermütig wie ein Kind. Er strahlt übers ganze Gesicht. Diese Variante von Kane Deveraux ist völlig neu und einfach hinreißend. »Und Anne-Marie erst! Man wird schließlich nicht jeden Tag Tante!«

»Anne-Marie? Tante?«, frage ich überraschend und auch ein wenig außer Atem.

Kanes Miene wird schlagartig ernst. Nachdem er mich abgesetzt hat, lassen wir uns auf dem Bett nieder, und er erzählt mir von seiner kleinen Schwester, den Bahamas und von David Lime. Hinterher brauche ich einen Moment, um das Gehörte zu verdauen.

»Jetzt verstehe ich, warum du es mir nicht sagen konntest«, flüstere ich schließlich.

»Zumal dein Boss in Marguerites Auftrag seine Augen und Ohren überall hatte.«

Unwillkürlich zieht sich mein Hals zu. »Was ist eigentlich mit Marguerite?«, frage ich mit etwas zittriger Stimme.

»Vergiss Marguerite!«, erwidert Kane warm lächelnd. »Sie ist Geschichte.«

»Aber …«

»Ab jetzt zählt für mich nur noch die Familie Broussard-Page-Deveraux.«

»Schön«, sage ich und drücke ihm einen Kuss auf die Nase. »Der Nachname unseres Kindes steht schon mal fest.«

Er lacht, und ich falle in sein Lachen ein.

»Was ist eigentlich mit Isabella?«, frage ich.

»Ich entziehe ihr die finanziellen Mittel. Sie wird es schon schaffen. Talent als Schauspielerin hat sie ja«, fügt er etwas giftig hinzu.

»Wird sie denn keine Schwierigkeiten machen?«

»Warum sollte sie? Sie kann froh sein, nicht mit Bobby Joe in Verbindung gebracht zu werden. Marguerite wird sie nicht verpfeifen, schließlich ist sie ihre Enkelin, und ich werde Stillschweigen bewahren, solange sie uns in Ruhe lässt.«

»Fast tut sie mir leid«, sage ich nachdenklich.

»Mir nicht«, grollt er. »Können wir das Thema wechseln?«

Seufzend lehne ich mich an ihn. Als er daraufhin seine Arme um mich legt, hüllt mich sein Duft ein wie eine warme Decke. Besser als alle Zahlen der Welt. *Viel besser.*

»Schwebt dir etwas Spezielles vor?«, gurre ich und fahre mit einem Finger über seinen straffen Bauch.

Nicht unbedingt subtil, aber äußerst wirksam, denn seine Muskeln ziehen sich lustvoll zusammen. Ich kann ein triumphierendes Lächeln nicht unterdrücken. Wie ich das vermisst habe!

»Überleg dir schon mal, wann wir heiraten werden«, murmelt er.

Ich hebe ruckartig den Kopf, um ihm ins Gesicht zu sehen. »Heiraten?«

»Natürlich werden wir heiraten. Warum wirkst du so überrascht?«

»Warum ich so überrascht wirke?«, rufe ich entgeistert. »Du hast mir noch kein einziges Mal gesagt, dass du mich liebst, und plötzlich sprichst du von Heirat.«

Er rollt mit den Augen. »Frauen! Ich habe die drei Worte vielleicht nicht ausgesprochen, aber ich habe doch wohl oft genug bewiesen, wie es um meine Gefühle steht, oder etwa nicht? Ich bin zu dir angekrochen gekommen wie ein liebeskranker Hund, verflucht!«

Der Kloß in meinem Hals schnürt mir fast die Luft ab. »Du heiratest mich doch nicht nur wegen des Kindes?«, raune ich. »Das musst du nicht. Du wirst genauso ein Teil seines Lebens sein wie ich, versprochen.«

Mit zusammengekniffenen Augen schaut er mich an. »Spinnst du?« Sein Körper vibriert förmlich vor Entrüstung.

»Gut, dann sag es!«

Mein Herz rast.

»Was soll ich sagen?«

»Sag, dass du mich liebst.«

»Ehrlich, Eli, du magst clever und gutherzig sein und der heißeste Engel, den ich kenne, aber manchmal machst du mich wahnsinnig«, mault er mit gerunzelter Stirn.

»Sag es!«, fordere ich unerbittlich.

Mit einem theatralischen Seufzen rutscht er vom Bett und geht auf die Knie. »Ich liebe dich, Eli, und lege dir hier und für alle Zeiten mein Herz zu Füßen. Tu damit, was du willst. Es gehört dir.« Mit einem übertrieben schmachtenden Blick schaut er mich an, und ich kann nur mit Mühe ein Kichern unterdrücken. »Elinor Page, willst du m…?«

»Alles in Ordnung da oben?«, ertönt die laute Stimme meiner Mutter.

»Alles bestens, Mom!«, rufe ich zurück und weiß nicht, ob ich lachen oder weinen soll.

»Gut!« Und dann hörbar leiser. »Gut.«

»Also wo war ich?«, murmelt Kane ein wenig ungehalten. »Ach ja. Elinor Page, willst du m…?«

»Ja!«, unterbreche ich ihn lachend. »Ja, ich will!« Ich knie mich zu ihm und drücke meine Lippen auf seinen Mund. Unsere Zungenspitzen treffen sich, und ich vergrabe meine Hand in seinem Haar. »Und wie!«

»Gut.« Er schenkt mir ein Lächeln, das seine harten Gesichtszüge weicher erscheinen lässt. *Mein wunderschöner Mann!* »Wir sollten das feiern.«

»Werden wir im Haus am Garden District wohnen?«, frage ich ein wenig atemlos, als er seinen Worten Taten folgen lässt und seine Hand unter den Saum meines Tops schiebt.

»Nein«, murmelt er in meiner Halskuhle. »Ich werde es verkaufen.«

»Aber warum denn?«, rufe ich enttäuscht.

»Wir haben wundervolle Stunden dort verlebt, Eli, aber es war Marguerites Haus. Ich will nicht irgendwo wohnen, wo ihr Geist hinter jeder Ecke lauert.« Seine Hand legt sich um eine meiner Brüste. »Von dem Geld kaufen wir ein neues Haus. Unser Heim.«

»Glühwürmchen inklusive?«, keuche ich.

»Glühwürmchen inklusive.«

»Also gut.« Wollüstig drücke ich mich gegen seine Hand. »Ich finde es übrigens nett, dass du mir dein Herz zu Füßen legst und so«, raune ich in sein Ohr, als er durch den dünnen

BH meinen Nippel massiert. »Aber im Augenblick interessiert mich mehr dein …«

Als ich das Wort ganz, ganz leise sage, nein, eher hauche, packt er mich und drückt mich nach oben aufs Bett. Ich sehe, wie er vor Schmerz zusammenzuckt. Seine verletzte Schulter.

»Oh, du armes Häschen«, murmele ich. »Leg dich auf den Rücken, damit ich dich umsorgen kann.«

Seine Hände wollen mir das Top ausziehen, aber ich hindere ihn daran.

»Nichts da!«, sage ich mit fester Stimme. »Du musst dich schonen.«

»Ich? Mich schonen? Nur über meine Leiche«, grummelt er.

»Papperlapapp!«, entgegne ich. »Mein Zimmer, meine Regeln.«

»Das werden wir ja sehen«, murmelt er, aber ich beachte ihn nicht.

Aufreizend langsam knöpfe ich sein Hemd auf, das er in einer ungeduldigen Geste von sich schüttelt. Mein Blick schweift über seinen muskulösen Oberkörper, während das Kribbeln zwischen meinen Beinen stärker wird. Sachte lege ich meine Hand auf den Verband, der seine Schulter und einen Teil seiner Brust bedeckt.

»Danke, dass du mich gerettet hast«, flüstere ich.

Als Kane mir das Top auszieht und auf den Boden wirft, lasse ich es geschehen, auch als den BH das gleiche Schicksal ereilt.

»Ich denke, wir haben uns gegenseitig gerettet, kleine Wildblume«, antwortet er leise und schließt seine Lippen um einen Nippel. »Ich habe deinen Geschmack so sehr vermisst.«

Mit einem zufriedenen Laut widmet er sich ebenso hingebungsvoll der anderen Brust. Mein Rücken wölbt sich auf, das Pochen zwischen meinen Beinen nimmt zu. Ungeduldig, beinahe fahrig, öffne ich den Reißverschluss meiner Jeans, was ihm ein leises Lachen entlockt. Ich streife sie mir von den Hüften, dann ist seine Hose dran. Mit einem Leuchten in den Augen lässt er mich gewähren, als ich am Bund nestele. Ich kann nicht widerstehen und lege eine Hand in seinen Schritt. Er ist steinhart. Ohne meinen Blick von seinem Gesicht abzuwenden, massiere ich ihn, genieße das schwellende Gefühl unter meiner Hand. Als ich ihn von seiner Hose und danach von seinem Slip befreie, drückt er seinen Kopf in das Kissen. Beim Anblick seines harten Schwanzes lecke ich mir über die Lippen.

»Lass das«, sagt er mit einem kehligen Stöhnen und will nach mir greifen, aber ich entwische ihm mit einem kleinen Lachen.

Aus sicherem Abstand lasse ich meinen Blick über seinen Körper wandern, mustere ihn prüfend, und als sein Schwanz leicht zuckt, durchströmt mich die Macht wie eine Droge. Seine Augen funkeln, dennoch sagt er kein Wort. Vorsichtig robbe ich näher und senke den Kopf, um kleine Küsse auf seine Brust zu hauchen. Meine Lippen streichen andächtig über eine aufgerichtete Brustwarze, wandern weiter zum harten Bauch bis hin zu seinem hoch aufgerichteten Schwanz. Ich umgreife sein Fleisch und spüre das Klopfen unter der samtigen Haut. Kurz hebe ich die Augen. Sein dunkler, hungriger Blick treibt mir die Nässe zwischen die Beine.

»Schön brav sein«, sage ich.

»Wir werden sehen«, brummt er zurück.

Mit einem kleinen Lächeln fahre ich mit der Zunge über die glatte Eichel, streiche über den Spalt und schmecke einen Hauch salziger Würze. Noch einmal umkreise ich sie, bevor sich mein warmer Mund um seine Härte schließt. Ich höre ihn flach ausatmen, während sein Schwanz in meinem Mund weiter anschwillt. Ich liebe dieses Gefühl. Als ich zu lutschen beginne, gibt er ein unartikuliertes Geräusch von sich.

Eindeutig eine Aufforderung! Meine Lippen ziehen sich enger um seinen Schwanz, saugen schneller und nachdrücklicher. Wollüstig schiebt er mir sein Becken entgegen, während ich seinen Schwanz in meinem Mund aufnehme, so tief wie möglich. Seine Finger graben sich in meine Kopfhaut. Er zieht sich ein Stück zurück, und ich empfange gierig seinen Stoß. Wieder und wieder. Als er in meinem Mund zuckt, löse ich mich sanft von ihm. Sein Blick versengt meine Haut bis zu den Knochen, während ich mich aufrichte, um meinen Slip auszuziehen. Dann liebkose ich seinen Schwanz mit meinen Brüsten, fahre mit den Nippeln über den empfindlichen Spalt.

»Wer hätte gedacht, dass du so ein schamloses kleines Biest bist?«, krächzt er, und ich spüre, wie sich seine Hand auf meinen nackten Po legt, um ihn zu kneten.

Statt einer Antwort beuge ich den Oberkörper nach unten und schiebe sein Fleisch wieder tief in meinen Mund.

»Und das von einer werdenden Mutter!«, fügt er keuchend hinzu.

Mir entfährt ein Glucksen und ihm ein »Himmel!«.

Ein letztes Mal lecke ich ihn genüsslich mit feuchten Zungenschlägen von der Wurzel bis zur Spitze und zurück, dann setze ich mich auf, umfasse seinen Schwanz, um ihn in die richtige Position zu bringen. Genug des Vorspiels! Ich muss ihn in mir spüren. Sofort! Hungrig lasse ich mich auf ihn niedersinken. Als meine Schamlippen seine Eichel umschließen, stöhne ich laut. Kane tut es mir gleich.

»Gott, bist du nass«, sagt er heiser. »Und so heiß.«

Während ich ihn Zentimeter für Zentimeter in mir aufnehme, weiten sich seine Pupillen.

»Und eng!«, keucht er hinterher und stößt unvermittelt hart von unten zu.

Mein Körper zieht sich mit einem Ruck um ihn herum zusammen, und flüssige Hitze durchströmt meinen Unterleib.

Seine Muskeln zittern vor Lust, sein Schwanz klopft und schwillt weiter an. Jedes Härchen an meinem Körper richtet sich auf, als er mich mit kurzen, harten Stößen fickt. Seine Finger graben sich in meine Hüften, während er sein Tempo immer mehr steigert.

»Kane«, stöhne ich. »Oh, Kane.«

Die Überlegung, meine Eltern könnten uns vielleicht hören, habe ich gänzlich aus meinem Verstand getilgt. Mein ganzes Sein ist auf unsere beiden Leiber fokussiert, die zu einem schweißbedeckten, pulsierenden Wesen verschmolzen sind. Um ihn zu entlasten, stütze ich meine Hände hinten auf seinen Knien ab und beginne, auf ihm zu reiten. Mein Becken hebt und senkt sich, immer schneller stoße ich herab. Mit einem leisen Lächeln setzt er sich auf, wölbt seine Hände und presst meine Brüste zusammen. Sein Schwanz zuckt. Dann vergräbt er sein Gesicht in meinem Fleisch und saugt hart an meinen Nippeln. Gierig presse ich seinen Kopf gegen meine Brüste, gleichzeitig drücke ich mich auf seinen Schwanz.

»Greif dir zwischen die Beine!«, fordert er rau.

Irritiert schaue ich ihm ins Gesicht. »Ich dachte, ich gebe hier die Befehle.«

Er stößt ein dunkles Lachen aus. »Träum weiter!« Ein harter Glanz tritt in seine Augen, der mich schwindelig werden lässt. »Ich will sehen, wie du durch deine eigene Hand kommst.«

Während er sich wieder zurücklehnt, die Arme hinter dem Kopf verschränkt, löse ich meine rechte Hand von seinem Knie, um meinen Kitzler zu berühren. Mir seines brennenden Blickes bewusst, reibe ich meine empfindliche Perle, erst sanft, dann immer fester. Sein heißer Schwanz in meinem Innern pocht und pulsiert. Es ist kaum auszuhalten. Stöhnend werfe ich den Kopf in den Nacken, halte die Augen halb geschlossen. Die Spannung baut sich in meinen Beinen auf, ich krümme die Zehen und spüre den nahenden Höhepunkt in meinen Waden …

»Du hast also nicht viele Männer gehabt, hm?«, fragt er mich unvermittelt.

Weil meine Sicht getrübt ist, blinzele ich heftig. »Was?«, keuche ich. »Nein.«

»Wie bist du deine überflüssigen Energien losgeworden?«

»Ich … äh …«

»Hast du dich selbst befriedigt?« Seine Stimme klingt heiser.

»Nein«, antworte ich hastig. Zu hastig.

»Lüg mich nicht an!«, entgegnet er rau. »Und immer schön weiterreiben, meine Süße.«

Ich beiße mir auf die Lippen, tue dennoch, was er verlangt.

»Hast du dabei Hilfsmittel benutzt?«

Die Hitze schießt mir ins Gesicht, und ich nicke zögernd.

»Dildos? Oder was anderes?« Sein Schwanz zuckt erneut.

»Dildos«, krächze ich.

»Gut. Das nächste Mal will ich dabei zusehen«, knurrt er und packt mich, um wieder hart zuzustoßen.

Mein Unterleib zieht sich heftig zusammen, ich bäume mich auf, dann jagt der Orgasmus wie ein Tsunami durch meinen Körper. Kane hämmert weiter seinen Schwanz in mich, und in meinem Kopf explodieren die Farben. Ich wimmere, stöhne und grabe meine Finger in seine Hüften. Die Welle der Lust, die über mich hereinbricht, zerrt ihn mit über die Klippe. Ein unterdrückter Schrei kommt tief aus seiner Brust, bevor er sich zuckend in mir entlädt. Seine muskulösen Oberschenkel werden zu Stein und zwängen mich so fest ein, dass es fast wehtut. Kurz erstarrt er, dann werden seine Muskeln weich. Als ich mich auf ihn fallen lasse, umfängt er meinen matten Oberkörper mit seinen Armen. Seufzend berge ich meinen Kopf an seiner gesunden Schulter und sauge seinen Geruch nach frischem Schweiß und einem leichten Sandelholzduft auf. Noch immer steckt er in mir, feucht, kühl und entspannt. Ein wunderbares Gefühl.

»Ich liebe dich«, keuche ich, als ich wieder sprechen kann.

»Ich liebe dich auch, meine kleine Wildblume«, sagt er mit heiserer Stimme und küsst meine schweißnasse Schläfe.

In mir brandet eine Woge der Zärtlichkeit auf. Unsere Lippen treffen sich, und er hält meinen Kopf, um mich wieder und wieder zu küssen.

»Wie viele Kinder wollen wir?«, fragt er mit dunklem Blick.

»Immer langsam mit den jungen Pferden!«, lache ich leise. »Ich möchte meinen Job noch eine Weile ausüben.«

Kane verzieht das Gesicht. »Ehrlich, Steuerprüferin ist ungefähr so sexy wie Politesse oder Postangestellte.«

»Du redest wie Stephen«, erwidere ich ungerührt. »Aber das ist mir egal. Ich liebe das, was ich tue.«

Kane verpasst mir einen zärtlichen Nasenstupser. »Das weiß ich doch, und darauf kommt es letztlich an.«

»Vielleicht wechsle ich irgendwann zur Steuerfahndung«, sage ich nachdenklich. »Sofern ich es schaffe, meine Abneigung gegenüber Waffen abzulegen.«

Eine Falte der Missbilligung bildet sich auf Kanes Stirn. »Ist die Arbeit dort nicht gefährlich?«

Ich grinse schief. »Auch nicht gefährlicher als die letzte Steuerprüfung, die ich hatte.«

Kane nimmt mein Gesicht in seine Hände. Ein Hauch von Kummer liegt in seinem Blick. »Es tut mir alles sehr leid.«

Voller Liebe mustere ich sein Gesicht. »Mir nicht«, erwidere ich und küsse ihn.

Epilog

»Danke, Mister Deveraux, und auf Wiedersehen«, sagt Antoine Archer und starrt dem hochgewachsenen Mann hinterher, der eben seinen Laden verlässt.

Trotz der schwülen Sommerhitze ist dieser wie immer tadellos gekleidet, er trägt eine helle Sommerhose und dazu ein cremefarbenes Hemd, dennoch sind gewisse Veränderungen unverkennbar. Seit einiger Zeit scheint sein Stammkunde hellere Farben zu bevorzugen. Das Haar trägt er zwar immer noch kurz, doch statt sich regelmäßig zu rasieren, lässt er sich einen verwegenen Dreitagebart stutzen, was ihm ein lässiges Aussehen verleiht. Der schwere Siegelring am rechten Ringfinger ist verschwunden, und die grobe Narbe auf dem Nasenrücken prangt weniger auffällig als früher, als läge ein Weichfilter darüber. Mit ziemlicher Sicherheit hat er etwas daran machen lassen. Die größte Veränderung aber ist der Ausdruck in den hellgrauen Augen. Wo früher ausnahmslos Kälte regierte, blitzt immer häufiger Wohlwollen auf.

Nichtsdestotrotz ist Kane Deveraux dem Inhaber des *Marcello's* nach wie vor nicht geheuer, zumal wilde Gerüchte die Runde machen. Es heißt, er hätte den Großteil seines Besitzes an eine junge Frau überschrieben, die er als seine Schwester ausgibt. In Wirklichkeit, so die Meinung einer einflussreichen Bloggerin, handelt es sich um eine Stripperin, die zum Schweigen gebracht werden sollte. Aus welchem Grund, weiß niemand so genau. Antoine Archer beteiligt sich nicht offen an den Spekulationen, Loyalität gegenüber seinen Kunden hat oberste Priorität, dennoch hält er es für unverantwortlich, einem jungen Ding von vierundzwanzig Jahren die Führung einer Stiftung zu übertragen. Selbst wenn, laut einem Artikel im *Times-Picayune,* die Deveraux-Stiftung wieder über einen Vorstand und ein Kontrollorgan verfügt.

Alles in allem erscheint ihm die ganze Sache dubios. Bis auf die Schiffswerft, zwei Autos und den Erlös aus dem Verkauf der Villa im Garden District, mit dem er sich ein neues Haus am Lake Pontchartrain gekauft hat, soll Kane Deveraux alles aufgegeben haben. Es würde den Meisterbarbier nicht wundern, wenn irgendwo im Ausland Millionen herumliegen würden. Welcher vernünftige Mensch verzichtet schon freiwillig auf ein solches Vermögen?

So unglaublich die Geschichte auch klingen mag: Der Skandal, der vor einigen Monaten die Stadt erschütterte, stellt sie locker in den Schatten. Dabei ging es um die Großmutter seines Stammkunden, um die ehrbare Marguerite Deveraux, von der manche glaubten, sie sei längst gestorben. Aber das Gegenteil war der Fall. Die alte Frau war in den letzten Jahren umtriebig gewesen und alles andere als ehrbar. Illegaler Organhandel, Auftragsmord, Bestechung von Staatsdienern … Noch immer bombardiert die Boulevardpresse die Öffentlichkeit täglich mit neuen Details. Ein süßer Schauer legt sich auf Antoine Archers Körper, wenn er daran denkt. Die Geschichte liest sich wie ein Krimi von Chris Carter, seinem Lieblingsautor. Inzwischen sitzt sogar der Leiter des örtlichen IRS in Untersuchungshaft, weil er darin verstrickt sein soll. Welche weiteren Kreise die Affäre wohl noch ziehen wird? Obwohl Presse und Öffentlichkeit zunächst davon ausgingen, stellte sich bald heraus, dass Kane Deveraux nichts mit den Verbrechen seiner Großmutter zu tun hatte.

Gedankenverloren schaut Antoine Archer durch die Glastür nach draußen. Heute wird Kane Deveraux nicht von einem schwarzen BMW abgeholt, sondern von einer zierlichen Blondine, die einen Kinderwagen vor sich herschiebt. Sie wartet draußen auf dem Bürgersteig. Sie ist hübsch, trägt ein geblümtes blaues Kleid und ein strahlendes Lächeln im Gesicht. Die Haare hat sie zu einem lockeren Pferdeschwanz zusammengebunden. Der lange zärtliche Kuss, den die beiden austauschen, lässt den Meisterbarbier hüsteln. Obwohl er sich fühlt, als würde er heimlich durchs Schlüsselloch schauen, kann er den Blick nicht abwenden. Kane Deveraux wirkt glücklich. Vor einem halben Jahr hat er unter Ausschluss der Öffentlichkeit in einer kleinen Kapelle in der Nähe von Lafayette geheiratet. Anwesend waren seine engsten Freunde, die Familien und einige Arbeitskollegen, so munkelt man. Da die Braut schwanger war, gab es böse Zungen, die behaupteten, Kane Deveraux habe sie nur wegen des Babys geheiratet.

Antoine Archer lacht kurz auf. Was für Idioten! Selbst ein Blinder mit Krückstock erkennt, wie schwer verliebt die beiden sind. Das kleine Mädchen im Kinderwagen, das auf den Namen Rosalie getauft wurde, ist ein Kind der Liebe. Darin besteht für ihn kein Zweifel. Eine glückliche kleine Familie, befindet er. Trotzdem wäre so ein Leben nichts für ihn. Kinder findet der Meisterbarbier anstrengend und Frauen noch anstrengender.

Kurz blickt er auf die Uhr. Er hat noch etwas Zeit, bis er das GESCHLOSSEN-Schild an der Tür wieder umdreht und den Laden aufschließt. Noch immer besteht Kane Deveraux auf seiner Privatsphäre, daran hat sich nichts geändert. Und obwohl er Antoine Archer nicht mehr in Angst und Schrecken versetzt wie früher, hält dieser an seiner liebgewonnenen Gewohnheit fest. Pfeifend geht er ins Hinterzimmer, holt ein fein geschliffenes Glas aus einem Mahagonischränkchen und gießt sich einen kleinen Schluck Kilbeggan Whiskey ein. Wie jeden Donnerstag um diese Zeit.

Nachwort

Liebe Leserin, lieber Leser,

das Schreiben von »Gegen jede Vernunft« war wie die Reise in eine faszinierende, teils exotische Welt, und ich hoffe, dass es euch beim Lesen ebenso erging. Die meisten im Roman beschriebenen Orte sind real. Im *Bourbon Orleans Hotel* soll es tatsächlich spuken, das *Checkpoint Charlie's* ist Kneipe und Münzwäscherei zugleich, und die baconumwickelten Datteln mit Chorizo, Piquillo-Paprika und gerösteten Tomaten im *Bacchanal Wine* sind legendär.

New Orleans steckt voller Geschichten, die erzählt werden wollen, und deshalb ist die Reise noch lange nicht zu Ende. Der Federkiel wird nicht ruhen, bis alle aus der Clique des Fünfköpfigen Drachen ihr Liebesglück gefunden haben. Als Nächstes verliert Beau Lamare, der Detective beim New Orleans Police Department, sein Herz an eine Frau, die es faustdick hinter den Ohren hat. Sie wird es ihm nicht einfach machen, so viel kann ich schon verraten. Mehr dazu erfahrt ihr beizeiten auf Facebook oder auf meiner Homepage. Sollte euch der Auftakt zu meiner neuen »New Orleans Blues«-Reihe gefallen haben, würde ich mich wie immer über eine Weiterempfehlung oder eine Rezension, zum Beispiel bei Amazon, freuen.

Ich danke euch und wünsche euch und euren Familien eine schöne Zeit!

Herzlichst,
eure Amélie Duval

Danksagung

Zunächst richtet sich mein Dank an das Team von Amazon Publishing für seine großartige Unterstützung in allen Belangen, ganz gleich, ob es sich um die Entwicklung, die Gestaltung des wunderschönen Covers und ums Marketing handelt. Ein großes Dankeschön geht an die Lektorin und das Korrektorat, die nicht nur Rechtschreib-, Komma- und Logikfehler ausgemerzt, sondern auch Kane mehrmals vor einer stattlichen Erektion bewahrt haben. Ganz besonders danke ich Nicole Tschierschke, die für meine Anliegen immer ein offenes Ohr hatte. Gemeinsam haben wir »Gegen jede Vernunft« noch besser gemacht.

Außerdem danke ich meiner Familie für ihren uneingeschränkten Beistand sowie unserer temperamentvollen Hündin Rosi, der ich trotz intensiver Arbeit am Computer viel Bewegung und eine gesunde Bräune schulde.

Last but not least danke ich meinen LeserInnen, denen ich meinen Erfolg verdanke. Insbesondere meinen Facebook-Freunden, die an der Entstehung und Verbreitung meiner Geschichten regen Anteil nehmen, mich mit ihren Kommentaren und persönlichen Nachrichten motivieren und zum Weiterschreiben antreiben. Ohne euch wäre ich nie so weit gekommen.

Druck:
CPI Druckdienstleistungen GmbH
im Auftrag der
Zeitfracht GmbH
Ein Unternehmen der Zeitfracht - Gruppe
Ferdinand-Jühlke-Str. 7
99095 Erfurt